批评 对话

诗·史·思之维

周新民 著

北京联合出版公司
Beijing United Publishing Co.,Ltd.

图书在版编目（CIP）数据

对话批评：诗·史·思之维 / 周新民著 . —— 北京：
北京联合出版公司，2021.1
ISBN 978-7-5596-4734-4

Ⅰ．①对⋯ Ⅱ．①周⋯ Ⅲ．①中国文学－当代文学－
文学评论－文集 Ⅳ．① I206.7-53

中国版本图书馆 CIP 数据核字 (2020) 第 233073 号

对话批评：诗·史·思之维

作　　者：周新民
出 品 人：赵红仕
责任编辑：徐　樟
特约编辑：汤　成
封面设计：鹏飞艺术

北京联合出版公司出版
（北京市西城区德外大街 83 号楼 9 层　　100088）
三河市华润印刷有限公司印刷　　新华书店经销
字数 298 千字　　710 毫米 ×1000 毫米　　1/16　　23.5 印张
2021 年 1 月第 1 版　　2021 年 1 月第 1 次印刷
ISBN 978-7-5596-4734-4
定价：39.80 元

目　录

序　言

第一辑　时代之镜

民族之根与世界之眼——对话吉狄马加　003

和谐：当代文学的精神再造——对话刘醒龙　020

文学的气节与风骨——和刘醒龙对谈《蟠虺》　034

做新时代的柳青——对话关仁山　047

使命与宿命——对话刘继明　064

第二辑　哲思之维

打开人性的皱褶——对话苏童　077

灵魂的守望与救赎——对话陈应松　094

思想的独舞者——对话孔见　112

第三辑　道技之翼

好的故事本身就是好的形式——对话王安忆　127

写作，就是反模仿——对话叶兆言　139

"小"中自有大乾坤——对话朱辉　151

写一段就复活一段——对话侯马　166

第四辑　文心之诉

以"回望"之名前行——对话曹军庆　187

作家是看见鸟儿就追山的孩子——对话冉正万　198

我从没有借着胆子粗暴地对待过生活——对话剑男　213

第五辑　致敬之章

走出"影响的焦虑"——对话刘向东　229

向汪曾祺致敬——对话苏北　245

第六辑　和合之美

我崇尚朴素喜爱自然——对话叶弥　261

来自天籁的声音——对话龙仁青　272

写作是为了唤醒温暖与悲悯——对话次仁罗布　286

第七辑　文史之思

文学批评的视野与使命——对话贺桂梅　303

批评伦理的探询——对话谢有顺　321

做真正的文学批评家——对话刘复生　335

批评何为、文学共和与重建集体性——对话刘大先　346

在现场，新伤痕，怎么办？——对话杨庆祥　359

序　言

　　我清楚地记得在 2000 年的春天，那是我跟随於可训先生攻读博士学位的第一年的下学期，我交上了寒假期间写的一篇文学批评文章，恳请於师教正。说来惭愧，我硕士期间就读的是文艺学专业，沉迷于西方文论的学习与研读之中，未曾尝试过文学批评。怀着忐忑的心情，我等待着於老师的"判决"。我知道，於老师是著名的文学批评家，我的这篇作业肯定入不了他的法眼。但是，我想知道的是，文学批评应该怎么写。二十年前，人们普遍认为，有了文艺学专业的底子，再去读中国现当代文学专业的博士学位，应该是一件比较轻松的事情。但是，说句实话，那一篇文学批评首作，着实让我吃了不少苦头。坐在於老师家里，我内心波澜起伏，无所适从。正当忐忑不安之际，我听到於老师轻轻地说了这样一句话："好的文学批评就像两个知己之间的轻松对话。"这是"对话"和文学批评首次在我脑海之中建立起联系。一晃二十年过去了，於师这句话所包含的关于文学批评的性质和功能的灼见，我一直铭记在心。

　　其实，中国和西方都有非常悠久的对话批评的历史。在中国，《论语》就可以看作一部对话批评的典范作品。而西方苏格拉底的对话被看作西方哲学的重要源头。西方思想界的对话批评传统一直绵延不绝，巴赫金、托多洛夫等，甚至建构了比较成系统的对话美学。由于中国文学更多地承担着教化功能，文学批评以教诲、引导为基本底色，所以，对话批评渐渐淡出历史。改革开放以来受到外来文学批评范式的影响，对话批评尤其是作家访谈，渐趋火热。

然而，对话批评毕竟不占主流，占主流的是学院批评。20世纪90年代初期学院批评崛起之时，曾被批评界寄予厚望。然而，当初无论如何也想象不到，学院批评会发展到令人失望的地步。种种病象，学界讨论很多了，我不想赘述。学院批评今天面临这种窘境，和它日益沦为学术性的自说自话的现状密不可分，以致今天的文学批评失去了体人察己的温度，或者生硬地演绎既有文学理论观点，或者与文学史研究勾肩搭背，以求获得合理性，模糊了文学批评和文学史研究的边界。于此这般折腾，文学批评最终陷入作家不爱、读者不喜的困窘境地。文学批评为何这般面目狰狞？我想，一个重要的原因是，批评家只顾孤芳自赏，眼中没有作品，心中没有读者。从根本上讲，文学批评的种种病象的原因，可归结为文学批评丧失了对话性。所以，我以为重新建立文学批评的对话性，是拯救文学批评的良途之一。

当然，实现文学批评的对话性的途径可以多种多样，对话批评算是其中比较常用的方法。近二十年来，我在对话批评的道路上有过持续的探索。恩师于可训先生自2002年开始主持《小说评论》的"小说家档案"专辑，在此期间我曾访谈过王安忆、苏童、叶兆言、刘醒龙、陈应松等作家，和他们的对话是这本对话集的一个重要组成部分。应刘醒龙先生的邀约，我曾主持过《芳草》杂志《中国60后作家访谈》栏目。"中国60后作家访谈"历时七年之久，总计有34篇。应恩师于可训先生、蔡家园先生的邀约，我还于《长江文艺评论》主持"新锐批评家访谈"，先后邀约了五位青年批评家对谈。几年前，我在《芳草》杂志上发表的部分访谈集出版了，本次把《芳草》杂志刊载剩余的访谈，连同《小说评论》《长江文艺评论》刊载的一起结集出版，算是对对话批评工作的一个总结。在此，我对各位刊物主编、编辑辛勤的劳动表示诚挚的感谢，也非常感谢各位受访的作家和批评家，是他们的精彩答问，让我在对话批评这条路上坚持走了这么多年。

庚子之疫，是人类面临的重大挑战。人和自然的关系再次成为人类发展道路上最为重要的课题。自文艺复兴以来，人是万物的尺度，人是主体，自然是可以被改造的客体，等等观点，已经成为人类潜意识深处根深蒂固的价值观念。但是，人和自然之间不平等的关系也让人类吃尽了苦头，此次庚子之疫就是明证。人和自然和谐相处，应该是人类走出人和自然之间紧张关系的不二法门。同样，文学批评也要遵循平等的对话原则，让批评家和作家、读者和文学，在平等对话的前提下，心灵相通，美美与共。

今日，武汉新增确诊病例首次降为1例，除武汉之外，其他地区无新增病例（除境外输入外）。特记之！

2020 年 3 月 17 日

第一辑

时代之镜

民族之根与世界之眼

——对话吉狄马加

周新民：马加主席您好！我关注您的诗歌创作已久，在阅读您数量众多的诗歌过程中，萌发了些想法。今天想就有些问题和您一起探讨下。首先请谈谈您诗歌创作的缘起。

吉狄马加：我走上诗歌创作道路，主要有这么几个原因。

第一个原因是我深受彝族诗歌文化传统的影响。我们彝族是一个有着深厚的诗歌传统的民族，可以说，现在世界上像彝族有这么多史诗的民族是不多的，在彝族现存的史诗中，仅创世史诗就有十余部，像彝族的《勒俄特依》《梅葛》《阿细的先基》等史诗，彝族还有很多抒情长诗，这在世界民族诗歌发展史上都是很少见的。彝族还有许多以诗歌的形式写成的哲学的典籍，像《宇宙人文论》《宇宙生化论》等。实际上，在彝族漫长的历史中，不论是书写其哲学，或是书写其人文科学的著作，都是用诗的方式来表达，像历史上很有名的《西南彝志》，就是彝族的很重要的历史典籍。所以彝族不管是表达自己的哲学思想，还是记录自己的日常生活，都习惯用诗歌的形式。因此，我们可以毫不夸张地说，彝族是一个诗歌的民族。另外，彝族的民歌资源也非常丰富。彝族的诗歌形式里，还有一种彝语"克智"。"克智"翻译成汉语就是指通过吟诵的方式来互相进行对答，它是一种对答的诗歌方式，主要应用在祭祀、婚礼、丧葬这样大型的集会活动中。民间婚丧等重要活动中，常由彝语中的"德古"（即智者，充满智慧的人），用诗歌的方式来谈天说地、说古论今。所以，从我的童年到我的少年，都是在彝族浓厚的诗歌文化环境里耳濡目染。彝族与生俱来的诗性，让彝族人民生活在充满诗性的环境中，也深深影响了我。

第二个原因是我在不同阶段受到了不同诗人的影响。我在小学和中学是在昭觉度过的，当时，昭觉还是凉山彝族自治州的首府，它位于凉山的一个湖心地带。那个时候"文革"虽然快要结束了，但还有好多文学书籍被封存起来，图书馆里的一些图书仍然借阅不了，所以那时候想要阅读到外来的文学作品，还是比较困难的。那时候读到的一些诗歌作品中，郭沫若的《女神》就是我最早读到的诗歌作品之一。教科书里面的李白、杜甫等诗人，他们的诗歌对我的影响都是间接的，但郭沫若的《女神》对我的影响是很大的。当时看了郭沫若的《女神》，就觉得这样狂放的、自由的、浪漫的诗歌，过去是没有见过的，所以读了非常激动。从那时候我就开始找"五四"时期的新诗来阅读，虽然我能找到的书还是比较有限。

真正让我对写诗有一种冲动的，是普希金的一本诗集。那本书是当时一个同学借给我看的，我知道这肯定是一本外国人的诗集，但不知道是谁写的，因为封面已经被撕掉了，书脊的名字也很模糊。直到看到最后的后记，才知道原来是俄国的诗人普希金的诗歌，译者是戈宝权先生。我在读那本诗集的时候，觉得非常震动，因为普希金在诗歌里面对爱情、对生命、对自由、对自然的赞颂，点燃了我的心灵。那时候，我生活在一个少数民族地区，也很亲近大自然，所以普希金的诗歌里的那种对大海、对自由、对生命、对纯洁爱情的歌颂，给一个少年的冲击，可以说是很大的。我觉得这个诗能写得如此之美妙，是很难想象的，就特别地喜欢。因为这本诗集是同学借的，而那时候又没有复印机，所以我只好拿一个笔记本，花了一两天的时间，把那本诗集大部分抄下来了。因为有这段经历，所以普希金的诗对我的影响很大。很多人采访我时，我都说，这可能是最早给我带来写诗的灵感，触发我想成为一个诗人的梦想的最大缘由。我认为，是普希金给我点燃了想当诗人的梦想。虽然我们相隔万里，也生活在不同的时代，但他的诗歌跨越了时空，给我这样一个生活在遥远的、边远的、异域的、少数民族的少年，带来了诗和文学的梦想。所以，从接触普希金诗歌的时候，我就开始写诗。那时候，我的诗歌充满了激情。现在回过头看来，我那时候的诗歌，更多的是用一些激情的、比较华丽的辞藻，那些文字也都是很稚嫩的。但是，重要的是，从那个时候开始，我就有写作的欲望，并且想通过文字来表达自己，书写自己内心的感受。我还记得那个时候，开始写一些比较诗性的，用诗的方式写的一些抒情散文。高中的时候，我记得好像还写过一篇散文就叫《当〈国际歌〉响起的时候》，因为这是老师临时布置的作业，当时拿起笔就写，所以写得非常有激情。文章写完之后，语文老师看了这篇作文之后还问我，是否是我自己写的。我说肯定是自己写的。于是，语文老师就叫学校的相关老师来测试。因此，我觉得还是普希金给我带来了文学梦，普希金的诗歌开启了我的文学梦。

1978 年我上大学了，在西南民族学院（现为西南民族大学）中文系学习。那个时候就能阅读到很多新东西了，包括"五四"以来的一些很优秀的诗人的作品。除了郭沫若之外，还包括像穆旦、卞之琳、徐志摩、戴望舒、臧克家等等一批诗人的作品。在那时候对我影响比较大的应该是艾青。艾青的作品我很喜爱。在文学气质上，我也觉得我们有很多相同之处。所以，对艾青诗歌的热爱一直伴随我到现在。我觉得，艾青是中国现当代诗人里面对我写诗有着非常深刻的影响的一位诗人。后来，随着整个国家思想解放运动的兴起，在十一届三中全会之后，我们这些大学生，阅读面大大扩展。外国哲学、文学化作品、文学作品都是我们的阅读对象。

总体看来，我认为我个人走上文学道路的重要原因有两点：一是我们彝民族本身就是一个充满了诗意的民族，我们所有的表达方式都和诗歌有关；另外一个原因就是像普希金这样的诗人在当时对我的影响，促使我后来就想通过诗歌这样一种方式来表达我对生命、对人生的看法。

周新民：彝族的文学给您提供了非常丰富的营养。您也曾说："我诗歌的源泉来自那里的每一间瓦板屋，来自彝人自古以来代代相传的口头文学，来自那里的每一支充满希望和忧郁的歌谣。我的诗歌所创造的那个世界，来自我熟悉的那个文化。无论是在形式，还是在诗的内在节奏上，它都给了我许多不可缺少的基因和素质。"您能不能具体地展开谈一谈，彝族的文学，是从哪些方面给您提供了营养？

吉狄马加：我举个例子说，比如说彝族的史诗，像《勒俄特依》。《勒俄特依》记录了彝族的诞生，记录了彝族诞生的这种过程，包括创造神话。另外，《勒俄特依》还记录了彝族迁徙的历史过程。因为整个彝族在迁徙过程中经过了不同的地方，所以它也记录了当时所处的自然环境，包括当时的他们的生活方式。这种记录完全是用诗的方式，它的比兴很多，最美妙的地方就是它并不让你感到很虚，虽然诗歌往往就容易让人感觉到它写得比较虚。但是，《勒俄特依》却不同，在记录这整个迁徙过程和民族创始过程的时候，写得很详细。它非常具体地描述了一个民族迁徙的历史。从诗歌中你可以看到不同的地点、不同的人物，它还详细地描述了在民族迁徙的过程中彝族人遇到的困难、面临的挑战。

《勒俄特依》中提到了我们彝族的六个兄弟在两千多年前，云贵高原上的大小凉山上，是怎么迁徙的，特别是我们彝族到了凉山的古侯和曲涅这两支，对他们在迁徙过程中的这些重大事件，都做了详细的记录。这些记录又是通过诗的方式来实现的，所以我们可以感受到它是便于记忆的，因为要不断地迁徙，所以要把自己民族的历史记下来，就必须朗朗上口。但是，用诗的方式，就不可能面面俱到，所以在记录的时候，只能选最精华的部分，因此这个史诗，往往就是把最重要的事件和最重要的迁徙的历史中间的人物、事件、自然环境等做详细的记录。在我后来写诗的过程中，在诗歌中记录重大事件时，就受到这些彝族史诗表述方式的影响。

第二，我们彝族的诗歌，讲究递进，所以排比句很重要。它的排比句和汉族的有一些诗歌的排比句不一样，它是不断强化的，它这种强化也是要便于记忆。所以在我写的现代诗里面，经常也有这种排比句，递进的东西比较多，然后非常讲究诗歌的节奏而不是简单的韵脚。彝族的诗歌，它为了便于朗诵，是很讲究节奏的，讲究它内在的韵，这对于我后来用汉语写新诗，实际上也是有影响的。

和其他用汉语写作的中国诗人相比，我吸收了彝族诗歌的表述形式。很多诗人和评论家说我的诗歌表述方式很独特，原因就在于我吸收了彝族诗歌的营养。在彝族抒情诗传统或彝族史诗传统的影响下，我的诗歌有以下几个方面的特点：

第一个特点就是排比句比较多，讲究内在的节奏，便于朗诵。

第二个特点就是在写诗的时候，要把一些比较重要的事件详细记录下来。因此，我的诗歌有比较强的画面感。实际上，这个画面感是受彝族史诗的影响。我在记录重要事件时，不可能像散文那样漫无边际地记录，而是选取最重要的事件、最重要的形象、最重要的象征，作为表现对象。

第三个特点是，我写的抒情诗比较纯粹。有评论家觉得我的诗歌里好像有某种古典的东西，其实这种古典的东西不像欧洲 18 世纪、19 世纪或者欧洲更早的 16 世纪的诗歌，或者比它们更早的十四行诗，而是受彝族的抒情传统的影响。

第四个特点是，我写的那些长诗叙事性比较强，叙事手法受到了彝族诗歌表达方式的影响。我写叙事性很强的诗歌时，比如我的长诗《致马雅可夫斯基》，在叙事这方面我受了彝族诗歌的表达方式影响。

我觉得彝族诗歌传统对我的影响是不自觉的，是潜移默化的。因为过去在阅读彝族传统史诗、传统抒情诗的时候，这种影响是逐步进入到了我的血液之中。当我在表达的时候，特别是在用汉语来表达的时候，对诗歌的节奏和叙事方式，往往就会有自己独特的理解和表达。这也是我的诗歌和众多汉语诗歌相比有诸多独特性的重要原因。

周新民：您这样一讲，让我对您的诗歌有了更加清晰的认识。您的诗歌的确和中国汉民族的抒情诗有很大差别。您善用比兴的表达方式，这一特点是不是和彝族的传统文学有关系呢？

吉狄马加：对，彝族的诗歌喜欢用比兴的表达方式。因为彝族的语言特别丰富，现在已经找到的彝文的词差不多是四五万个。我们知道，《康熙字典》也就是四万五千字左右，所以彝语本身是特别地丰富。彝族的诗歌传统是喜欢用比兴的表达方式。彝族诗歌喜欢用比兴的方式，和彝族的人文历史，特别是和彝族所生存的自然环境有关系。彝族的诗歌不喜欢直接说，而是通过一种特殊的比兴来表达情感。你比如说，彝族诗说一个姑娘很漂亮，它没有直接说你长得很漂亮。它说你站在那个高高的山顶，你的影子会投在我的怀中；它形容一个姑娘很漂亮，它说她的脖子就像绵羊的一样，因为有一种绵羊的脖子很长，所以这种绵羊的脖子在旋转的时候特别漂亮，它用来形容女性的脖子细长；还有它说一个女的漂亮，它会说你的呼吸有蜂蜜的气息，它就说那个女的美啊，不光是面容的美，就连她的呼吸，来自她的五脏六腑的东西，都具有蜂蜜的气息，它的形容很多很巧妙；还有它形容一个女的很庄重很漂亮，它会用一条河流来对她进行表述，说她就像一片流到很宽阔的原野上的那样的河水，波澜不惊地、很平稳地流的时候，用来形容女的高贵、深沉，这种比喻的方式很含蓄。

周新民：在您之前的少数民族诗人的诗歌创作大都停留在风貌地物、民俗风情层面，因为，风貌地物、民俗风情是一个民族的重要标示。而您的诗歌创作也是关注本民族，但是，您的诗歌毫无疑问是超越了本民族的外在风貌地物、民俗风情，而更多地关注彝族的精神与灵魂。《史诗和人》《一支迁徙的部落》等诗歌融入了您对彝族这个民族精神的深刻的理解。我想知道，是什么原因促使您选择了与众不同的写作路径以聚焦本民族的精神？

吉狄马加：我开始写诗的时候赶上一个很好的时候。随着中国改革开放，我们的阅读面随之扩大。我阅读了许多外国诗人的诗歌。尤其是黑人诗人的诗歌创作，引起了我的思考。

很长一段时间以来，有许多黑人诗人写的作品只是从表面来展现黑人的文化，缺少对黑人深层次的文化和心理结构的表达。当时的一些诗歌，虽然也写了黑人在美国和其他国家所经历的苦难，也只是停留在外在历史事件的书写，没有深入到黑人的文化与精神深处。一直到了上个世纪初至 30 年代，哈莱姆的文艺复兴发生了。哈莱姆的文艺复兴代表了整个黑人民族的真正意义上的文化觉醒。这个时期，尤其像兰斯顿·休斯等诗人，他们的诗歌就比较能表达黑人的内在的民族精神。而在美学技巧等方面，他们又接受现代诗的影响。因此，兰斯顿·休斯等诗人的作品，既继承了黑人的诗歌传统，又吸收了很多现代诗歌的写作方式，达到了很高的一个高度。我认为，在上个世纪五六十年代的美国，兰斯顿·休斯的作品是能和弗罗斯特、艾略特、史蒂文斯等诗人作品相媲美的，毫不逊色。

许多非洲诗人，像塞内加尔的总统桑戈尔、法属殖民地马提尼克的艾梅·塞泽尔，他们在上个世纪 30 年代开始提出"黑人性"。"黑人性"也成为影响全世界黑人的很重要的一个文化运动。这股文化思潮也引起了我的思考：如何表达民族的文化与精神？诗歌创作如何深入到民族文化心理的深层之中？

我们那个时候还能阅读到智利诗人巴勃罗·聂鲁达、西班牙诗人洛尔迦等等。聂鲁达的创作引起了我的思考。聂鲁达生活在智利这样一个小国，但是，惠特曼的诗对他的影响很大，还有很多法国的超现实主义的诗人，包括一些象征派的诗人对他有很大影响。我在思考：为什么这些诗人能写出很重要的作品？他们为什么能在世界诗歌史上占有很重要的位置？我认为，他们在处理自身的写作和他的那片土地、他自身的文化传统、整个世界诗歌发展的关系的时候，这些诗人最大的特点都是能立足本土。他们对自己本土文化的思考，是站在一个更高的高度。因此，他们的作品往往有很强的民族性、地域性，但是它又有很强的世界性，具有一种人类意识。

在 80 年代，年轻的民族诗人里面，我算是很早开始思考怎么更好地表达自己的民族精神，怎么更好地分析和研究外来诗歌，特别是一些现代诗歌、先锋诗歌，然后再回到彝族的文化本土的。这不是简单的回归，而是站在一个更高的高度和文化视野，来重新审视和反思自己民族的文化和历史。所以在写作时，往往是依托自己的民族，我力求使这些作品写得既能表达我们彝民族的民族精神，也能跨越民族、跨越国界、跨越宗教信仰，可以说这些作品是具有人类意识的，或者说是具有普世价值的。在写这些作品时，我往往在艺术形式上力求将外来的诗歌与彝族的传统诗歌更好地融合在一起。我的第一本诗集，就是获得全国第三届新诗集奖的那本诗集，实际上就是既受到彝族的传统诗歌的影响，同时也吸收了"五四"以来的优秀的中国新诗的影响，尤其是汉语新诗的影响，还有外来翻译诗歌的影响。具体说来，像巴勃罗·聂鲁达、费德里科·洛尔迦、惠特曼、兰斯顿·休斯、桑戈尔、艾梅·塞泽尔等等这些诗人，对我的影响很大。包括那个时候的一些俄罗斯诗人，除了我最喜欢阅读的普希金、莱蒙托夫，还有后来翻译的叶赛宁等，还有德国诗人海涅、英国诗人雪莱，都对我产生了深远的影响。随着阅读视野的扩大，后来的印象派、象征派，包括一些未来主义诗歌、超现实主义诗歌，都对我有很大影响。

周新民：《古老的土地》是您的代表作之一。在这首诗歌里，您把彝族和人类勾连在一起。您经现代文化意识，从世界看凉山和彝族；您又从凉山看世界，从彝族看人类。您曾说："我写诗，是因为对人类的理解，不是一句空洞无物的话，它需要我们去拥抱和爱。对人的命运的关注，哪怕是对一个小小的部落作深刻的理解，它也是会有人类性。"（《一种声音》）我认为，您善于在不同的民族文化的比较中，去探寻不同民族之间的文化特性。

吉狄马加：任何一个诗人，他都不可能没有他的历史，我们不是简单的文化决定论者，实际上，诗人生长在什么地方，他成长地方的历史和文化，对他的影响都是很大的。我觉得很重要的一点是，诗人能不能站在一个很高的角度来重新审视自己民族的文化，这和一个诗人本身的文化眼界和文化眼光有很大的关系。其实有很多作家和诗人，生活在某一个地域，身体也去了很多地方，这当然很重要，所谓"读万卷书，行万里路"，但是我觉得一个真正的好的诗人，他首先应该是用人类文明的一切成果来武装自己，就是自己的思想境界和艺术境界，他需要综合性的修养，而这些是必须通过阅读和思考而获得的。在这一点上，我觉得和许多前辈诗人比，我们有一个优势就是，在这近半个世纪中，人类虽然有许多区域性的战争不断出现，但总的来说二战之后，世界发展的主流还是和平，所以在这样一个大的环境里面，我们有机会来吸收和学习世界上最好的文学成果，我觉得这个学习是很重要的。

再就是比较你自身的民族文化，如果没有进行比较，没有坐标，你对整个世界文学发展的认识是不够的，你也不知道你写的作品在思想性和艺术性上，所达到的高度是怎样的，这对我们每一个诗人作家来说都是非常重要的。

另外一个是，每一个民族的独特的语言也好，文字也好，都具有不可替代性。很多人不太理解，我们少数民族诗人跨越在两个语言之间，就像我们彝语言和汉语言之间，我们用汉语在写作，其实只是用汉语的这种表达，实际上我们是把少数民族自身语言中的独特思维和包括我们对事物的看法，融入我们整个写作里面了，所以我们和很多汉族的诗人作家，虽然有相同的地方，但很多地方实际上是不一样的。

周新民：阅读您的诗歌时，我鲜明地感觉到您在不同民族文化差异性与共同性的坐标系中去观察彝族与世界。值得称道的是，您并非一味地强调不同民族之间的共同性，而是很注意不同民族之间的文化差异性，并小心呵护着这种文化差异性。

吉狄马加：你对自身的文学坐标确立之后，再回过头来看你这个民族的生活的时候，就会看得更清楚。比如说我们彝族过去是种姓制度，是在一个很封闭的社会状态下，有着自己很完整的一个社会体系。尤其是凉山的彝族，有自己的习惯法，在历史上有着自己形成的社会架构，有传统的哲学体系、伦理道德。因此和世界别的民族的文化比较起来，我们的思维方式和生活方式，是完全不一样的，作为一个诗人来说，我们必须把这种不一样植入其中。我们彝族从上个世纪50年代开始所经历的这种剧烈变革，也是别的民族没有的，恰恰是这种变革，让我们一方面要保留自己的传统，另一方面要经历从 20 世纪以来的工业化、后工业化、现代化的过程。而现代化是一个很复杂的过程，我们现在所经历的现代化，让我们的社会结构不断改变，我们在多种文化和文明冲突中，也产生了意识变革。某种意义上对诗人来说，你是这个民族精神在变革时的晴雨表，你的灵魂和心灵会感知到很多别的诗人可能没有经历过的东西，这对诗人来说，不一定是坏事。你见证了你的民族在整个现代化过程中，所经历的欢乐、痛苦，这种剧烈的历史变革带来的震动，也是别的民族很难经历的。在这样一个过程中，把你的民族，不是放在一个简单的封闭地域进行比较，而是把她放在整个世界中比较，放在20世纪的民族历史发展中比较，她的坐标体系是不一样的。而且你认识的角度也不一样，你可以看到哪些在你民族发展过程中是光明的、进步的，哪些是你需要保留的，你就会看到你的民族的传统、历史、哲学思想、文学艺术等，你都可能重新认识，你能看懂它们的价值。

例如，为什么过去我们认为没有价值的东西，现在你可以看到它的价值，像过去很长时间全世界对生物的多样性都能形成一种共识。任何一个物种在这个地球上消失都是这个地球上所有生命共同的一个梦魇，而文化多样性，也是从20世纪后半叶开始，大家可以感觉到，文化其实也是一种基因，它对人类未来的发展而言，其重要程度不亚于生物多样性。对诗人来说，这种认识，就是在不断比较的过程中，去看到哪一些东西是需要我们更好地去继承、去传承的。我们可以看到一些问题，20世纪以来，人类工业的发展，资本对人类的控制，技术逻辑对人的精神生活空间的挤压等等，都超过了历史上的任何时候。但是恰恰是这样阵痛和嬗变，对我们这样一个古老的民族来说，作为诗人，我可能会更好地去思考人和自然的关系、人和社会的关系，思考战争与和平，思考一些人类的终极的问题，比如说生命、死亡等等，这会让我站在更高的角度去思考，而不是仅仅停留在对生活一般性的、模拟性的写作上。

周新民：我从您的创作谈和您的诗歌中意识到，您发掘彝族的精神世界，其目的并非是简单地描摹，而是从世界的眼光中来理解彝族。而这一点无论是对于一个少数民族诗人来说，还是对于一个国家来说，都是不容易的。我们换个角度，从民族的眼光看世界的话，彝族这个民族的文化，您觉得有哪些东西给我们当今的世界提供了不可或缺的营养或补充？

吉狄马加：彝族这个民族，非常地奇特，也非常地古老。

首先从文字来说，现在可考的文字历史，有人说是三千年，有人说是四千年，有人说五千年，有人说八千年，甚至有人说一万年，但现在可以肯定的是，汉文和彝文是中国这片土地上最古老的原生文字，因为纳西族东巴经更多的是一个象形符号，还不能形成一个文字系统。要形成一个文字系统，就原生的来看，就是彝文和汉文，其他的很多文字基本上是受外来文字的影响，是衍生文字。

现在我们能看到的彝族的古代典籍，像《西南彝志》《勒俄特依》《宇宙生化论》《宇宙人文论》等等，这些讲的就是整个地球的形成过程，生命的形成过程，都是很唯物的，在彝族的很多古代哲学里面就有这样的记载。说句实在话，中国最古老的一些文化的来源中，彝族可以说是一个重要的源头，现在这已经成了一个不争的事实。现在有大量的实证可以看到，包括三星堆这种文化奇迹，都被认为和早期的彝人有着密切的关系。

彝族对这个世界的贡献，是她在很早的时候，就从一个唯物和辩证的观点来谈生命的起源、地球的起源。彝族不说是上帝或真主创造了人类、地球、宇宙，而认为地球在最早的形成过程中，清气往上升，浊气往下沉，从而形成了地球和宇宙。彝族从唯物论的角度来讨论生命产生的关系，并且从清气和浊气的角度来论述阴阳、公母的辩证关系。这种哲学观，如今看起来也符合现代科学的解释。

另外，彝族认为人类的祖先是从雪里面来的，所以彝族认为我们是雪族十二支，就是雪的灵族。雪族十二支中，有六种是动物，包括蛙类、蛇、鹰、猴子、熊、人，另外还有六种是植物。这六种动物和六种植物都是同源的，都是亲兄弟。彝族完全是从物质角度谈生命。现在国外有很多人研究《宇宙人文论》。《宇宙人文论》代表中国哲学最古老的一种哲学来源。所以我觉得彝族对世界人类最大的贡献，就是她在很早的时候就从唯物和辩证的角度解释了地球的产生、生命的产生、宇宙的产生。这是非常了不起的。

还有一个就是彝族有自己的历法。一个民族取得很高的文明的标志，一个是文字，另一个就是历法。彝族在古代使用过最早的历法是十月太阳历，现在在彝族的典籍里面仍能找到。有些学者认为彝族不可能有太阳历。但事实就是，在彝族的《宇宙人文论》里面，专门有太阳历的记载。太阳历认为一年是十个月，一个月是三十六天，那么一年就是三百六十天，还有五天是过年日，它比我们现在用的这个公历要更准确。在世界上产生了太阳历的民族是不多的，有古玛雅、印第安等。玛雅人的太阳历是十八月太阳历，这可以说代表了美洲文明最高的一个成就，而彝族的十月太阳历，我认为是代表东方文明很重要的一个成就。

彝族最早的戏剧"撮泰吉"也是对中华民族文化做了巨大的贡献。"撮泰吉"到现在还有，它是所谓"傩戏"，就是戴着面具跳舞，演人是怎么从猴子变成人的。当时的曲六艺先生和曹禺认为，彝族的"撮泰吉"把中国戏剧史往前推了五百年，这也是很了不起的。

彝族是很古老的一个民族，不可思议的是，她虽然古老，但她的文字史并没有中断过。从最古老的彝文到现在的彝文，文字的字形等方面的变化并不大，并且现在还在用。古彝文的文字造型，从以前发展到现在，它的稳定性是很高的，并没有多大变化。这说明彝文字的记录，还是很先进的。

周新民：您的诗歌在处理民族性和世界性的问题上做得很好，您能回顾一下您在处理民族性与世界性的关系上所采取的方式吗？

吉狄马加：我觉得每一个人写作的时候，都是不一样的。比如我最早写作的时候，可能和自己的文化眼光有关系，我会直接写我民族的生活、历史、风俗这方面的东西。但是，那个时候我就已经力求要写这样一些作品：它一定不是狭隘的，它能表达你的民族精神，但这个民族精神不是排他的，而是有人类性的。所以，我觉得表达自己对这片土地、民族、文化的热爱，可能是任何一个诗人的一生都要秉持的信念，一个诗人不可能不热爱养育他的文化，养育他的土地和人民，这是诗人的天性，而真正伟大的诗人，他一生都不可能遗弃这些东西。

但是，很重要的一点就是，我们在表达这种民族精神的时候，需要对我们的生活和民族精神进行选择和过滤。我们所表达的民族精神，从某种意义上来说，是表现这个民族向往光明、渴望进步。例如对太阳、对火的赞颂，实际上是表达了人类对迈向明天和未来的一种希冀和希望，像艾青这样的诗人，他一生都在写太阳，写火把，他实际上就是一个歌颂光明的诗人。再比如我早期的诗歌，包括《自画像》《黑色的河流》，这些诗歌充分地表达了一种身份认同，是我作为一个彝族人，对我的民族的文化、历史、传统的一个高度的身份认同和精神认同，我为它感到骄傲。这是对我的民族的一种理性认识。认识我的民族的伟大、独特，这一点我觉得是很重要的。就像我们读普希金的诗歌，普希金有很多诗歌表达了对自由的赞颂，对自然的热爱，对生命的敬畏。但是，普希金还有一些作品是对当时的沙皇进行鞭挞，对当时黑暗的社会制度，特别是农奴制度的控诉，同时，你也可以看到普希金对俄罗斯的文化、历史、土地、文字语言的热爱，这是来自他骨髓里面的东西。

我对彝族的文化、历史、土地、文字语言的热爱，是我诗歌写作一以贯之的主题。我早期的诗歌中，这一主题是比较直接表现的。我比较直接地思考了本民族文化之中的精华与糟粕。后来，随着阅读的深入，随着我个人文化视野的拓展，尤其当我了解到别人的文化，并且和自己的文化进行比较之后，站在另外一个角度再来看自己民族的文化时，就更要理性、冷静，这时候再写东西，就不会简单化。

周新民：我想和您重点探讨下您的三部重要作品。首先，《我们的父亲——献给纳尔逊·曼德拉》和您以往的作品有点不一样了。

吉狄马加：从某种意义上来说，我实际上是在更深层次地写，我既是一个彝族诗人，但同时也是这个世界上的一分子，这是我更理性的体会。诗人永远不可能离开你的文字，不可能离开你的语言，不可能离开你本身的文化生活对你的影响。但是，在今天面对这样一个世界的时候，我们已经是一个整体，我们要思考的不仅仅是自己民族的命运，还要思考人类的命运。另外，除了关注自己的民族，整个人类也已经进入了我们的视野，这既是一个彝族诗人，也是一个中国诗人，同时也是一个世界诗人，对本民族、对人类、对生活的一种关注。这可能与每一个人的经历也有关，像我，已经去了五六十个国家，跑了很多地方，参加过许多重要的国际文化活动，也结交了很多非常重要的诗人、作家，所以现在世界上出现任何一个问题，都可以进入我的诗歌的范围，我想这也是一个诗人的认识在不断改变和扩大。《我们的父亲——献给纳尔逊·曼德拉》是我在曼德拉过世后的一个星期写的，毫无疑问，曼德拉是20世纪一切被压迫、被奴役的民族的符号性人物之一，他是人类历史上追求自由公平正义的一位勇士，他的存在，不仅对南非黑人，就是对全世界一切追求自由公平正义的民族而言，其作用都是巨大的。他具有强大的人格力量，是20世纪为数不多的能够得到各种政治力量认可的划时代人物。这首诗发表之后产生了较为广泛的影响，特别是在人民大会堂由青海卫视举办的跨年音乐会上经过朗诵艺术家的朗诵，被传播得很远，南非驻华大使和文化参赞听完朗诵后热泪盈眶，晚会结束后多次向我表达感激之情。

周新民：《我，雪豹……——献给乔治·夏勒》这首长诗是您的重要作品。首先从这首诗歌的题目谈起吧。我知道，乔治·夏勒是一名动物学家、自然保护主义者和作家。您在这首诗歌中想表达什么样的情感？

吉狄马加：这个诗它最重要的一点就是，要表达世界上所有的生命都是平等的，不仅仅是人类的生命是平等的，而是所有的植物和动物的生命都是平等的。尤其是 20 世纪以来，人类的工业化和后工业化对自然带来的破坏是非常严重的。另外，像两次世界大战，人类不光对自身犯下了许多不可饶恕的罪行，同时对别的动物也犯下了许多不可饶恕的罪行。因此，这首诗主要是表达我们对生命的尊重。这是很重要的主题。

雪豹作为一种濒危的动物，它们的生存环境越来越恶劣，它们的生存空间被挤压得越来越小。我写《我，雪豹……——献给乔治·夏勒》这首诗就是要表达，在这个地球上，所有植物的生命、所有动物的生命都是平等的。在这个地球上，任何一个民族、语言、文字都有它存在的价值；任何一个动物，你都不能剥夺它在这个地球上生存的权利。

周新民：我想了解下，在彝族文化里，是否有"人和自然是平等的"观点？

吉狄马加：有。我们不光是平等的，彝族认为我们都是雪族十二支，雪族十二支都是兄弟，都是从雪山上下来的六种植物和六种动物，再衍化成地球上其他的植物和动物，从这个意义上讲是有血缘关系的，所以那当然是平等的。

周新民：虽然中国有悠久的诗歌传统，但是，长诗不多见，好的长诗更是少见。《我，雪豹……——献给乔治·夏勒》被认为是现代汉语诗歌最优秀的长诗之一。您在写作这首长诗时，在艺术上有哪些突破？

吉狄马加：我觉得写长诗面临三个最难的问题。第一个是它的结构。很多人写长诗，哪怕他写几百行几千行，但给人的感觉是若干首短诗连在一起的长诗，不具备长诗的体式规范。我觉得长诗的结构对于一个诗人和作品来说有很高的要求。我写《我，雪豹……——献给乔治·夏勒》这首长诗时，花了一年多时间构思，主要想这个长诗的结构怎么把握。我发现，像艾略特的《四个四重奏》《荒原》等优秀的长诗都有好的结构。再比如希腊诗人埃利蒂斯写长诗也非常重视诗的结构。

长诗的内容也是要面临的难题。不管你的诗有多长，它所要表达的思想应该是有一个中心的。我觉得这些对一个创作长诗的诗人来说，有很高的要求，就像修一个房子，你必须要有房子的框架，写长诗也是这样，你不能信马由缰，想到哪儿写到哪儿，那肯定是不行的。

最后，长诗最忌讳的是没有层次。长诗不可能一开始就在一个高潮的阶段，一首长诗就像一部结构很严密的、有复调的交响乐，有它舒缓的地方，也有高潮的地方。

周新民：能详细讲一下您对《雪豹》这首长诗的结构上的安排吗？

吉狄马加：这首长诗，第一个是要表述雪豹在人迹罕至的地方的生存状态。第二个需要表述的是雪豹和自然、生命的关系。第三个主要是写雪豹和人类的关系，它的生存空间是如何遭到挤压的，它不断遭到人类的屠杀，它对这种追击的反应，而这种反应更多的是用拟人化的手法来写。最后一个主要是要表现雪豹在这个大千世界中，作为一个生命存在于这个地球上，它的生存权利是不可剥夺的。

周新民：马雅可夫斯基是俄罗斯著名的诗人。然而，这样一位伟大的诗人去世后，能记起他的人不多。尤其是今天这样一个市场经济时代，也因为苏联的解体，马雅可夫斯基基本上被人遗忘。您为何要写《致马雅可夫斯基》这样一首长诗？

吉狄马加：马雅可夫斯基的创作活跃期主要是在上个世纪初，他是当时未来主义诗歌的一个代表人物，他就出现在旧俄进入苏维埃的时代，他无论是在诗歌形式上、语言上，还是在诗歌内容上，都是一个反叛的形象。他应该是上个世纪初的俄罗斯的先锋诗人，可以说是最伟大的诗人之一，也可以说是一个旗帜性的人物。当时未来主义运动在意大利兴起，后来到了俄罗斯，出现了很多在绘画和诗歌方面的未来主义者，他们当时举起了反叛传统的大旗，马雅可夫斯基就是其中之一。他很早在写《穿裤子的云》的时候，就在里面写到了要"打倒你们的制度，打倒你们的爱情，打倒你们的艺术"，所以他具有一种反叛形象。并且他的诗有很强的预言性，实际上马雅可夫斯基在很早就写到了一支红色的队伍会穿行在克里姆林宫，他这句话就预言了1917年的十月革命，这是很神奇的。

很多人对马雅可夫斯基有误读，就是仅仅认为他后来好像是在进行意识形态写作，其实那完全是对马雅可夫斯基的一种误解，实际上马雅可夫斯基后来写的是《列宁》这样的长诗。有人说马雅可夫斯基一生充满了爱情，他在爱什么呢？他爱的一个是女人，一个就是革命。最重要的是马雅可夫斯基在那个年代预言了一个问题，就是那个时候人类的精神是极度空虚和堕落的，这和现在是一样的，现在全世界都处于一个人类精神堕落的时候。如今拜金主义和拜物主义可以说超过了历史上的任何时候，现在的整个人类缺少一个精神方向，缺少一种真正的精神指向和精神信仰。现在的人类，对物质大量攫取，这种疯狂原因在于人类缺少精神。而马雅可夫斯基所处的那样一个时代和现在一样，他那个时候也是一个很复杂的社会变革时期。

写《致马雅可夫斯基》这个诗的缘由主要就是要回答这些问题，就是现在人类需要注入一种更强大的精神。人类是需要信仰的，否则整个人类就处于精神最匮乏的时候，也是一个精神堕落的时候，所以马雅可夫斯基这样的精神是必然要复活的，马雅可夫斯基这个诗人在上一个世纪所预言的社会变革时代的命运，我们今天也需要一次精神革命。我实际上是借马雅可夫斯基之口，回答这个问题。

周新民：您最近获"2016欧洲诗歌与艺术荷马奖"，该奖项以伟大的古希腊诗人荷马的名字命名，为表彰具有世界影响的诗人和艺术家对传统的继承，并在文学和艺术领域具有创造性的贡献，其作品应具有贴近古代的范式，同时向世界发出极具个性而普遍的讯息，颁奖者认为，中国诗人吉狄马加的诗富有文化内涵，事实上深深植根于彝族的传统。他的诗歌创作也提升了通灵祖先的毕摩祭司所把控的远古魔幻意识。他的诗歌艺术构成一片无形的精神空间，山民们与这一空间保持持久的互动，他的诗让人心灵净化，并构建起一个人类不懈追求纯真和自我实现的伟大时代。把欧洲诗歌与艺术荷马奖这一具有国际影响力的奖章颁给您，我认为是非常合适的。您能不能给我介绍下这个奖的情况？

吉狄马加：这个奖的评选机构设在欧盟总部布鲁塞尔，在欧盟下面的作家诗人中，新设立的一个奖，前一届是颁给了一个东欧的诗人，这一届是颁给我，它叫"欧洲诗歌与艺术荷马奖"，这个奖主要奖励这样一些诗人：他的作品既具有你的民族的文化意义，也必须要具有世界意义。所以他们给我这个奖，我觉得也是对我的一个褒奖吧。

我觉得还有很重要的一点，是整个彝族的文化历史，特别是我近几十年写诗的过程中，所表达的既有这种对自身民族文化的一种讲述，包括他们谈到了笔墨的文化，谈到了彝族的古老历史，同时也把这样一种彝族的精神生存状态和彝族人的命运融入整个人类来讲，在20世纪的这样一个古老民族的命运，他们所经历的欢乐、苦难，折射出20世纪以来人类的命运，这是一个方面。第二个很重要的一点是我的颁奖辞，要把自己作为世界诗人之列中的一位，要关注整个人类的命运，如果你表达的东西不是大家感兴趣的，我觉得他们也很难把这个奖颁给我。

周新民：您是一位具有世界影响的诗人，您的诗歌被翻译成多种外语，是中国诗人中作品翻译得比较多的一位，也一直强调文化输出和对外文化交流，除了"欧洲诗歌与艺术荷马奖"外，您还获得过多种国外的比较重要的诗歌奖项。您认为中国诗歌走出去还有哪些问题值得注意的？

吉狄马加：中国文学和中国诗歌走出去，应该是一个水到渠成的事，在这里我们一方面要做好顶层设计，另外一个方面还要进行务实的中国文学对外翻译工作。应该说在这方面，过去已经积累了一些宝贵的经验，另外在近年来的交流中我们又打开了许多新的渠道，我以为最重要的是，这种交流必须与具体作品的翻译有机地结合起来，要使我们重要作家、诗人的作品，能更准确、更艺术地呈现在别的语言中，真正进入相关国家的主流领域，在这里指的是他们主流的出版机构和主流文坛。

周新民：您创办了"青海湖国际诗歌节"，至今年已举办五届。青海湖国际诗歌节创办于 2007 年，每两年举办一次，已成功举办五届。青海湖国际诗歌节诞生了庄严的《青海湖诗歌宣言》，落成了世界海拔最高的"青海湖诗歌广场"，设立了青海湖国际诗歌节"金藏羚羊国际诗歌奖"。目前，青海湖国际诗歌节已在国内外享有极高的声誉，被国际诗坛列为当今世界最著名的诗歌节之一，在国内外有重大影响，是国际最著名的诗歌节之一。您能谈谈创办"青海湖国际诗歌节"的初衷与影响吗？

吉狄马加：这个话题我已经回答了无数次了，我不想在这个地方重复我过去说过的话，但是我可以告诉你，这个国际诗歌节的举办，已经彻底改变了中国诗歌交流在国际上的形象，这个国际诗歌节极大地宣传了中国作为一个诗歌大国的不凡气度。但是我要在这里强调，任何重要的文化品牌的打造都是需要时间，需要积累的，环法自行车赛已经举办一百多年了，马其顿国际诗歌节也有四五十年了，所以我们的国际诗歌节今后是不是能继续享誉世界，还需要对这个国家和民族文化真正负责任的人，继续将这个国际诗歌节坚持举办下去。这是我个人的心愿，我相信也是无数中国诗人和诗歌爱好者的心愿。

（载《芳草》2017 年第 1 期）

吉狄马加

彝族，著名诗人、作家、书法家。1961年生于四川大凉山。1982年毕业于西南民族学院（今西南民族大学）中文系。现任中国作家协会副主席、书记处书记，兼任中国少数民族作家学会会长，中国诗歌学会顾问。是中国当代著名的少数民族代表性诗人，同时也是一位具有广泛影响的国际性诗人，已在中国出版诗文集近二十种，其作品还被翻译成多种文字在近三十个国家和地区出版发行。多次荣获国内和国际文学组织机构的奖励，其中诗集《初恋的歌》获中国第三届新诗（诗集）奖；组诗《自画像及其他》获第二届全国少数民族文学诗歌奖最高奖；组诗《吉狄马加诗十二首》获中国四川省文学奖及郭沫若文学奖荣誉奖；诗集《一个彝人的梦想》获中国第四届民族文学诗歌奖；1994年获庄重文学奖；2006年5月22日被俄罗斯作家协会授予肖洛霍夫文学纪念奖章和证书；2006年10月9日，保加利亚作家协会为表彰他在诗歌领域的杰出贡献，特别颁发证书；2012年5月获第20届柔刚诗歌（成就）荣誉奖；2014年10月获南非姆基瓦人道主义奖；2015年7月获第十六届国际华人诗人笔会"中国诗魂奖"；2016年6月获"2016欧洲诗歌与艺术荷马奖"；2016年11月获罗马尼亚《当代人》杂志卓越诗歌奖和布加勒斯特作家协会诗歌奖。2007年创办青海湖国际诗歌节，担任该国际诗歌节组委会主席和"金藏羚羊国际诗歌奖"评委会主席。曾多次率中国作家代表团和中国青年代表团参加国际活动。

和谐：当代文学的精神再造
——对话刘醒龙

周新民：刘老师，您好！非常感谢您在繁忙的工作中抽空接受我们的采访。您走上文学创作的道路比较早，在小说创作领域取得了很好的成绩。这么多年了，您还记得您发表的第一篇作品是什么吗？

刘醒龙：《黑蝴蝶，黑蝴蝶……》是我的第一篇作品，发表在 1984 年第 4 期《文学》上，这个杂志在 1983 年叫《安徽文学》，1985 年以后也叫《安徽文学》，就这一年叫《文学》。

周新民：您还记得它的具体内容吗？

刘醒龙：《黑蝴蝶，黑蝴蝶……》写了几个年轻人的事情，思考了人应该如何认识自己，如何实现自己的价值，表现了对前途、命运、青春的思考，也认定和思考了个人价值。现在看来这部小说还有些有趣的地方，有些可取的地方。小说中的一句话"机遇是只有少数人才能享受的奢侈品"，到现在还经常看到有人在引用。

周新民：您的作品一下就切入"人"的问题，基本奠定了您以后文学创作的大致走向。但是这样的思考在当时还是很"前卫"，与当时主流文学创作的主旨有很大的不同。我想，当时的编辑发表您的这篇小说，也许是看中了您的这篇小说的其他方面吧！

刘醒龙：文学这个东西还得信点缘。我觉得我写这部小说就是缘分到了。

1984 年我把小说给《文学》杂志寄过去，编辑苗振亚老师马上就给我回信了，随后还专程来湖北看我。他喜欢我的小说，主要原因就是他看重我的写作中透露出了和皖西一带完全不同的小说气质，所以他想来看一下。《黑蝴蝶，黑蝴蝶……》虽然有些幼稚吧，但怎么说总还是有些生命力。

周新民：在发表《黑蝴蝶，黑蝴蝶……》之前，您就没投稿？

刘醒龙：不，不是这样的！前些天，我在浙江青年作家讲习班上提到，早发表不一定是好事。如果我要急于发表，1981 年就可以发表作品。当时我给一家刊物寄出一篇小说，编辑部也是马上回信了，说可以发表，但提出了四条修改意见。我只接受了一条意见。我还写信过去驳斥其他三条意见。这当然让对方很生气，一生气就直接把我的稿子枪毙掉了。如果我遵照他们的意见修改了那篇作品，那就发表了。但是，那会我在心里建立起一根并不完美的标杆，认为文学就是这样的。我没有按照编辑的意见去修改，因为我的文学观念和他的文学观念不同。当时很多有名的小说如《班主任》《在小河那边》《我应该怎么办》，我的那篇小说就是模仿它们的，现在看来都是一种笑话。这篇小说没发表倒是催促我继续思考文学的问题。《黑蝴蝶，黑蝴蝶……》只能算是我的习作，之后我写了《卖鼠药的年轻人》《戒指》等，然后就迅速转向了"大别山之谜"系列的写作。

周新民：看来您很坚持您的文学观。"大别山之谜"系列充满魔幻的色彩，充溢着浓郁的地方风情，您的创作是否和当时的"寻根"文学一样，都受到了拉美魔幻现实主义文学的影响？您的文学启蒙教育源自哪里？

刘醒龙：我的文学启蒙教育，更多的是受到了民间传说的影响。小时候，每到夏天，在院子里乘凉，爷爷就会给我讲很多的民间故事，有《封神榜》这样的民族文学，也有当地的民间故事，这才是我的文学启蒙教育。

周新民：除了民间文学的教育外，您应该也接受过正宗的文学教育吧！

刘醒龙：尽管小时候我也读过《红岩》《红日》《红旗谱》，但是这些小说并没有在我的记忆中留下什么印象，只是为了阅读而阅读。我后来的写作和这些阅读简直就是毫不相关。根本原因就在于，一个人，特别是一个有艺术气质的人，他的艺术特征恐怕早在童年时就形成了。因为童年没有经过后天种种训练，童年时的认知主要是直觉，是无邪的，喜欢和不喜欢是没有来由的。艺术也就是这样，艺术本应不受任何其他东西影响。一切了不起的写作者，他的高峰写作一定是和童年经历有关的。艺术的选择在童年就完成了，至于你能达到什么境界，那才是后天的修养问题。

周新民：您觉得"大别山之谜"系列还有哪些地方到现在您还比较重视？

刘醒龙：我看重的是这种小说充分地展示了我个人对自然、对艺术、对人等一切通过文字来表现的那种想象力。在这种小说里，个人的想象力完全发挥了。但是问题也出在这里，就是想象力过于放纵了。毕竟写小说的目的还是要给人看，过分放纵自己的想象力，而不考虑别人怎么样进入到这种想象中，不考虑别人怎么样去理解你的想象力，这就形成了后来人们所说的读不懂。几乎没有人跟我说过能读懂我的"大别山之谜"。这些小说，也许连我自己都不懂。也许这种写作是任性的，我在创作中完全展示了我的想象力。在后来的写作中，我就慢慢意识到了这一点：最好的文学，只有在相对收敛、相对理智的背景下才能把它写好。否则自己认为写得怎么好，其实效果可能适得其反。

周新民：您认为您的整个文学创作经历了哪几个阶段呢？"大别山之谜"应该是您的创作的第一个阶段吧。那么第二个阶段的创作有哪些作品呢？

刘醒龙：我的文学创作明显地存在着三个阶段。早期阶段的作品，比如《黑蝴蝶，黑蝴蝶……》、"大别山之谜"，是尽情挥洒想象力的时期，完全靠想象力支撑着，作者对艺术、人生缺乏具体、深入的思考，还不太成熟。第二个阶段，以《威风凛凛》为代表，直到后来的《大树还小》，这一时期，现实的魅力吸引了我，我也给现实主义的写作增添了新的魅力。第三个阶段是从《致雪弗莱》开始的，到现在的《圣天门口》。这个阶段很奇怪，它糅合了我在第一、第二个时期写作的长处而摈弃了那些不成熟的地方。

周新民：《威风凛凛》是第一个转折，也就是第二个阶段的开始，如果说第一个阶段您的文学创作过多地依赖于一种想象力的发挥，那么从《威风凛凛》开始探讨人的精神问题，这也是您以后的创作中一个非常重要的线索。那么请您谈谈您对这部小说的一些看法。

刘醒龙：我同意你的说法，这个时期小说是对于个人精神状态的探讨和表达。"大别山之谜"写到后来，就陷入了迷惘状态。我突然不明白写作究竟是怎么回事，我不明白这样写下去的意义何在，我如何接着写下去。所以写到"大别山之谜"中后期的时候，也就是写到《异香》的时候，我很苦闷，我发现不能再写下去了。

周新民：是的，写作完全依赖个人想象力，是很难继续下去的。写作毕竟是一个复杂的过程。最终是什么一件事情，让您的创作出现了新的转机？

刘醒龙：有一个契机，大约是1988年。在红安县召开的黄冈地区（就是现在的黄冈市——访谈者注）创作会议上，省群众艺术馆的一位叫冯康兰的老师，讲到一首小诗《一碗油盐饭》："前天我放学回家／锅里有一碗油盐饭／昨天我放学回家／锅里没有一碗油盐饭／今天我放学回家／炒了一碗油盐饭／放在妈妈的坟前。"在场的人数在一百左右，这首小诗对其他人也许没有任何影响，而我却感动至极，泪流满面。在听到这首诗的那一瞬间我突然明白艺术究竟是怎么回事，原来就是用最简单的形式、最浅显的道理给人以最强烈的震撼和最深刻的启示。一首小诗只有三句话，三个意境，它所表达的东西却太丰富了。年轻时藐视权威，甚至嘲笑巴金先生"艺术的最高技巧是无技巧"的箴言。是这首诗让我恍然大悟，并且理解了巴金先生之太深奥和太深刻。

周新民：在《威风凛凛》中，您曾提到了"百里西河谁最狠"这一暴力主题，谈谈您对它的认识。

刘醒龙：暴力是我们民族的历史习惯，历朝历代的人，都喜欢用暴力手段解决问题，在精神上征服不了对方时，就会情不自禁地实施消灭肉体的办法。殊不知，对肉体的消灭会带来更大的精神灾难。《威风凛凛》是个承前启后的作品。后来，从《村支书》《凤凰琴》《秋风醉了》到《分享艰难》《大树还小》，总体上有一种一以贯之的东西，那就是对人的关怀，对生命的关怀。具体一点就是对人活在世上的意义的关怀。人活在世上的真正意义也许找不到，也不是小说所能解决的。小说的写作只是提供一个路径，引导你去运作，引导你去尝试。如果小说最后加个结论，告诉别人应该怎么做，就像当年的《金光大道》《艳阳天》等等，硬去加上一些未卜先知的内容，就会无法避免地成为日后的笑料。

周新民：那您怎么解决这个问题？

刘醒龙：成熟的文学作品往往还是表现有一定程度的迷惑的状态。比如后来的《村支书》，作品出现的时候引起了很大反响。尽管多数批评家认为，在当时到处都是"新写实"那种灰暗的基调风行的时候，《村支书》却表达了一种光亮一种理想。就小说来说，它究竟表达了什么光亮什么理想，人们并不知道，也说不清，通常会将其认识为表现人性的美的一面。其实并非如此简单。《村支书》

这篇小说中，老支部书记是那么可爱，深受当地人欢迎，但相对于时代来说，却又是明显落伍。然而这种落伍，并没有妨碍他的非常强大。我并非想通过这样的人物来表达自己的理想，而是为了在变化太快的现实面前，提醒时代关注，除了生存的舒适度外，还应该有更为紧要的人格强度和生命力度。

周新民：是否可以说您开始树立了一个道德理想主义者的形象？

刘醒龙：这个是你说的，我确实没想过这个问题。

周新民：您的作品开始涉及了一个道德救赎的问题：人要在历史困境、现实困境中，用精神力量、信仰来拯救个体，实现个体的价值，彰显个体的力量。市场经济时代，是个人的精神、信仰受到冲击，个体的精神开始萎缩的时代，您在作品中却致力于塑造在现实、功利面前有着自己坚定的价值趋向的主题，我想，这是您的小说深受欢迎的主要原因。

刘醒龙：是的，我作品中的人物大都面临着精神和利益的对峙。像《凤凰琴》，所有人都为转正名额明争暗斗，但当以转正名额为象征的利益突然来了之后，大家一下子都在想：它有什么意义，既然我不能离开这个穷山沟，这样的利益又有何意义？其实，拿到转正名额和没拿到转正名额，这里面并没有可以办成铁案的对与错。小说因此提供了一个极大的思索空间。一个人在一生中都会遇到这类问题，在道德上选择对了，以日常人生的标准来衡量却是错的。还有完全相反的一种选择，道德关乎人生，利益关乎日常。一定含义的对与错，免不了总在其间逆转，并且关乎人的一辈子。

周新民：在您的小说中，除了个人的价值与现实环境的冲突之外，还隐含了个人的精神价值、人格尊严、道德问题和历史趋势之间的矛盾和冲突，是不是呢？

刘醒龙：对。很多人把《凤凰琴》当作是写教育问题。这种认识没有看到文学的发展，其文学意识还停留在50年代。用旧的文学意识来套当下的文学，就像研究如何让神话里的千里马在高速公路上奔跑。不要以为当代中国文学只在现代主义上有了长足进步，现实主义的文学同样进步非凡，在艺术性与思想性诸方面，其进步幅度甚至还超过现代主义在同一时期的表现。

周新民：您的作品开始关注在历史发展中，个人的尊严和价值问题，个人在面对历史和现实的趋势时，如何从精神层面来应对现实和历史趋势。《分享艰难》这部作品遭受到很多批评，您如何看待这些批评？

刘醒龙：我是不赞同这些批评的。实际上，批评这部作品的批评家，不久之后就开始表示对自己当初批评的不认同，认为自己误读了。

周新民：您也这样认为吗？

刘醒龙：的确是误读了。这部小说本身写的有种焦虑，批评家应当比我更理智。腐败等等一系列早已存在的社会问题，仿佛是在1996年前后的一夜之间突然爆发的，在此之前，大家好像都对改革充满了幻想，以为只要今天改革了，幸福就会在明天早上降临。但在那一段时间里，人们才真正意识到，也许还不仅仅是意识到，而是不得不接受改革是不可能一蹴而就的这样一种事实。改革带来的大量后遗症压迫着我们，文学界对《分享艰难》表现的焦虑远远超过我自己在这部作品中表现的焦虑。

周新民：这么说来，您认为对《分享艰难》的批评，在很大程度上是社会普遍存在的焦虑的缘故？

刘醒龙：分歧最大的其实不在于我的文学观，而在于通过这部作品所表达的社会意识。那个时候，很多批评家尽管批评了这部作品，所使用的武器却是落后的。比如说他们之前一直批评的所谓"清官政治"，在此背景下的"清官文学"，早就被大家所抛弃了。这时候又突然情不自禁地重新捡起来。写这部小说时，我并没有直接的意识，是大家的批评让我清醒过来，思索自己为什么会这样写，然后我才明白，其实内心有另外一种想法。我一直对庸俗的清官文学很唾弃。清官文学喜欢解民于倒悬，实际上只是一剂虚妄的心灵鸡汤。那些清廉的文学形象更是当年所谓"高大全"的盗版。如此我才明白，我的小说最大的不同点就在于，我懂得了人要活下去，社会要向前发展，必须对特定事物进行一定程度的认可，包括对那些也干坏事的乡村政治家，因为他们也会做一些好事。

周新民：我想问您一个问题，《分享艰难》要说的是谁分享谁的艰难？

刘醒龙：这也是批评家后来就一直在纠缠的问题：作为老百姓的我们为什么要为贪官污吏分享艰难？确实是这样的，没错，我们不应该为他们分享艰难，这是毫无异议的！但是，我们也还要想到另外一点，就是在这个社会上，我们是否应该承担一定的社会责任，我们不能只想享受改革带来的大量社会福利。

周新民：您就是说，我们也应该分担改革的艰难。

刘醒龙：对一个负责任的人来说，如果不是由每一个社会人去共同分担改革带来的艰难，这个世界上还有哪些人能够替代呢？不改革，国家就完了，民族就完了。而改革就会出现大量的问题，那么谁来分担？靠官员，他们承担得了吗？其实，"清官文学"也是一种负担，一种灾难。"清官文学"所赞美的"清官政治"对我们的民族改革也是一种灾难，为什么我们民族一直无法建立现代政治体制，其原因就在于我们自己放弃了某些责任。我想表达的是，既然我们选择了，我们就要承担。但是，在当时，社会普遍处于焦虑。改革开放初期福利好，让人们只看见改革带来的好处、带来的福利，没有想到改革也会带来那么多痛苦。所以当理想一旦破灭，就把责任推到某些人身上，认为是某些人带来的。这就带来了一种全新的矛盾：我们该不该在以改革名义下犯下可以谅解或者不可饶恕的种种错误的管治机制面前，承担时世的艰难？其实，这部作品表达的正确的意思应当是，作为社会人的我们，在分享改革带来的成果的时候也应该分享改革的艰难。这才是现代的、健康的人格。

周新民：有批评家认为，《分享艰难》缺乏人文关怀，您怎么看待这个意见？

刘醒龙：我跟几个批评家讨论过，其实他们不是说我的这个作品缺乏人文关怀，而是一说到《分享艰难》，就把这一类作品都包括了，就针对这一类作品统一来谈。如果读细一点，就会发现《分享艰难》与他们总在类比的一些作品有着根本的不同。在那些小说中，有些细节虚构得太离谱。比如，老干部用好不容易到手的一点养老金，去保释因嫖娼而被派出所抓了起来的前来投资的外商等。这种事即便是真的有发生过，也是有违文化与传统的。说《分享艰难》缺乏人文关怀的批评主要来自小说中的一个细节：洪塔山把孔太平的表妹给糟蹋了。所有的人都认为，不应该原谅洪塔山，我们怎么应该原谅这样的人呢？有批评者曾经著文说：孔太平的舅舅给孔太平跪下来，要孔太平放过洪塔山。在我的小说中，正好相反，是舅舅不打算公开追究洪塔山后，孔太平扑通一声跪了下来。从文化心理及太多的日常事实来看，这样处理是极为真实的。在中华文化渗透到的每个地方，谁家出了这种事件愿意张扬呢？这是和批评者眼里属于同类小说里根本不同的情节，遗憾的是，处在比小说家更为激愤状态下的部分评论家混淆两类完全不同的写作立场。

周新民：看来我们在阅读小说的时候要细致一些！

刘醒龙：写作粗糙不得，阅读小说更粗糙不得。

周新民：您的《大树还小》也引起了争议，您怎么看？

刘醒龙：针对这部小说的争议是最浅薄的。如果说《分享艰难》的争议还有它的社会意义，这一次的争议真的没有意义。其实根本就没有过争议，只有一方在骂街，我懒得同这些将文学常识丢在一旁的人说什么。

周新民：主要分歧在哪里？

刘醒龙：我在作品中，是要解释一个精神层面问题。我想在还原那个时期乡村真实的同时，借助"下乡知识青年"这样的群体来表达一种想法：有一类人总在控诉曾经受到了磨难，但斯时斯地那些同样受着磨难，至今仍看不到出路的另一类人，他们的出路，他们生命的价值又何在呢？我其实要表达的就是这点。但他们却认为我在丑化"下乡知识青年"。

周新民：的确，您的追问确实很有意义。

刘醒龙：他们最恨的是小说中的四爹说的一番话："你们知青来这里受过几年苦，人都回去了，还要骂一二十年，我们已经在这里受了几百年几千年的苦，将来也许还要在这里受苦，过这种日子，可谁来替我们叫苦呢？"只要稍有良知的人都不会挑出这块地方来进行批判。小说其实是在提醒历史与社会注意这样一个伪真理：知青生活再怎么苦，几年后就离开了这个地方，然而，土生土长在这个地方的人，就该如此祖祖辈辈在这里受苦受难吗？

周新民：可惜，有这种思想和情怀的人太少了。您创作了许多优秀的中篇小说，您知道我最喜欢您的哪部小说吗？您可能想不到的，我最喜欢的是《挑担茶叶上北京》。

刘醒龙：那确实是没有想到。

周新民：《挑担茶叶上北京》有历史的与现实的内涵，同时包括政治思想与个人意志的较量，在思想、艺术、叙述和情感控制上都超越了您以前的作品。

刘醒龙：比较《挑担茶叶上北京》和《分享艰难》，应该说在艺术上，《挑担茶叶上北京》更成熟一些。《挑担茶叶上北京》和《分享艰难》是同时期的作品，是姊妹篇。

周新民：这两篇小说您怎么看？

刘醒龙：《挑担茶叶上北京》比《分享艰难》的小说味道重些，艺术气息更浓。

周新民：谈谈您的长篇小说，您在1996出版的长篇小说《生命是劳动与仁慈》，好像反响不是太强烈，在您看来，它是一部怎样的作品？

刘醒龙：有评论家说它是"打工小说的发轫之作"。《生命是劳动与仁慈》与我有很多的亲密性，属于精神自传吧。我把我在工厂生活、工作十年的所见、所闻、所想、所接触的问题在小说中都表现出来了。在小说中，其实我表现了我的困惑：普通劳动者的个人价值如何体现。对普通劳动者的价值的认定问题，很多时候是很无奈的。从个人感情来说，具体到所说的，就是工人作为一个阶层在当下所面临的困境。我们到目前为止，对普通劳动者没有应有的认识，从1977年恢复高考以来，我们所有的教育都是精英教育，精英意识。我在1996年写了这么一部不合时宜的作品。

周新民：但出版社似乎还很高调，人民文学出版社是以"探索者丛书"的名义出版的，出版社大概也意识到您的这部作品在某些方面的超前性吧！

刘醒龙：这部小说出版时，有人用所谓先锋性来怀疑我是否写得了探索小说。《生命是劳动与仁慈》在社会以及人的精神状态的层面上的追问，也许比现代主义旗号下的探索者走得更远。属于终极关怀的问题当然需要探索。那些被忽略了的我们所处时代的小问题，同样需要探索的，因为这样的探索更能昭示某种大方向。一个小人物，尤其是一个社会地位低下的小人物，一类人，尤其是一类处在社会底层的人，他们的精神状态与生存状态，从来就是一条贯穿我的全部小说的命定线索。

周新民：《生命是劳动与仁慈》和其他拘泥于探讨人的终极性关怀的作品相比，也是一种探索。其实，您的这篇小说中也有一些很有意思的细节。

刘醒龙：小说中有个细节，有人在名叫武汉的大城市里开了个乡村风格酒店，有斗笠有蓑衣有水车等等东西。当时很多人认为是笑话。他们说，这怎么可能呢，人们还没有享够幸福，怎么会怀念那些苦日子呢？我是毫不怀疑，在城市的现代化过程中，人心中那种与生俱来的怀旧心理，特别是对乡村的怀念，肯定日甚一日。所以，写作时，我想象了这样一座酒店。现在，一切都印证了。小说不可能是预言，但小说家一定要有预见性。

周新民：您是哪一年到武汉的？

刘醒龙：1994年。

周新民：您到武汉后，创作题材发生了某种转变，开始创作《城市眼影》

《我们香港见》这些都市题材的小说。

刘醒龙：当时有种心境，想换个脑子写一写。但这不是我兴致所在，只是一种尝试，是为了表明另一种能力。这是一种性情文字，它不代表什么，我也不想向别人证明什么。

周新民：我们集中地谈一下《圣天门口》吧。我认为，《圣天门口》在当代长篇小说史上是一部集大成的小说，也是您个人创作历史上集大成的作品。有些人认为这部作品完全超越了您以前的作品。而我个人认为，这部作品和您以往作品的联系还是很紧密的，谈谈您怎样认识这部作品与您以往作品的联系？

刘醒龙：《圣天门口》与我以往作品是有内在联系的。同我第一、第二阶段作品相联系比较的话，我认为它是取了二者之长的，它继承了我第二阶段对写实风格的痴迷执着和第一阶段对想象、浪漫风格的疯狂。可以说它综合了我第一、第二阶段的写作风格，而又在二者之上。

周新民：请您在革命历史题材小说的视角坐标上谈谈《圣天门口》！

刘醒龙：在刚刚结束的第七次全国作代会上，《文艺报》记者曾就文学如何创新问题采访了我。在我看来，在建设和谐社会的历史背景下，写作者对和谐精神的充分理解与实践，即为当前文学创作中最大的创新。中国历史上的各种暴力斗争一直为中国文学实践所痴迷，太多的写作莫不是既以暴力为开篇，又以暴力为终结。《圣天门口》正是对这类有着暴力传统写作的超越与反拨，而在文学上，契合了"和谐"这一中华历史上伟大的精神再造。

《圣天门口》相对于以往写近现代史居多的小说，一个重要的分歧就是它不是在相互为敌的基础上来构造一部作品，来认识一段历史。而是最大限度地、最有可能真实地接近那个时代的历史状态。比如就《圣天门口》来说，小说从头到尾写了那么多的斗争、争斗、搏杀和屠杀，但我非常注意不让任何地方出现"敌人"这种措辞。《圣天门口》从汉民族创世到辛亥革命这条虚一点的线索，从辛亥革命到60年代"文革"高潮这条实一点的线索，通过这种虚实结合的写法，来求证我们对幸福和谐的梦想。写任何一部小说都应有一种大局观，这是很重要的。从国共两党斗争开始后大半个世纪以来，种种文学作品一直纠缠在谁胜谁败、谁输谁赢、谁对谁错。这些问题，我们如果用发展的眼光来看，我们一百年之后再来纠缠对和错、输和赢，就显得一点不重要了。

周新民：您认为文学家和历史学家对历史的写作有什么区别？

刘醒龙：作为文学家，在写历史时，必须用现在的眼光而非当时的眼光来看待历史事实，应该有新的视角、新的意识。否则就很难超越，那样我们无非是只能模仿别人、刻录别人。

周新民：最初触动您写《圣天门口》的机缘是什么？

刘醒龙：对我而言，那是内心的一种情结、感觉。从我出生那一天开始就有一种东西在积淀，多年的写作，一直没有很好表达出来，所以，我一直想写一部能够表达成长至今的经历中最为纯朴、深情和挚爱的作品。

周新民：《圣天门口》素材的积累？

刘醒龙：从我一出生的那天开始，很多东西仿佛就在那里等着我去搜集，等着我去发现，还有一些民间流传的东西。具体讲，比如说我小说写到的那个小曹书记——曹大骏，这个人是有真人原型的，是当时鄂豫皖政治保卫局局长兼任红山中心县委书记，"肃反"时杀人如麻。小时候，大人都用"曹大骏来了"吓唬我们。那时候，我们总觉得这个人是个十恶不赦的家伙。后来却发现，他竟是一位在革命纪念馆里挂有大幅照片的烈士。在写作《圣天门口》之前，这类可以化作文学元素的东西，可以说是早已在血液中流淌着，而无须临时抱佛脚。

周新民：《圣天门口》标志着您的创作进入到了一个崭新的阶段。由发表《黑蝴蝶，黑蝴蝶……》开始，您的小说开始延续着对人的精神和生存的关注，并在此基础上生发出道德救赎的主题。而从《圣天门口》开始，对人的救赎转向神性救赎，就是对人的生命的敬畏。小说中的一系列人物都体现了这个观点。请谈谈对作品中梅外婆、阿彩、马鹞子、杭九枫等人物的感想？

刘醒龙：在谈梅外婆之前，我想先打个比方。我认为，一部好的作品应该是完整的，就好像我们说的一杯水，它应该是一个整体。它由水、杯子以及杯子中没有水的空的那一部分等这三部分组成。而我们往往会忘记杯子中无水的空的那部分，不去写这一部分，而好的小说应该是完整的，应该包括这三个部分。《圣天门口》中梅外婆就是杯子中没有水的空的那一部分，就是需要去充分想象、完善和提炼的，它提供了一种艺术的空间让你去展开想象。中国小说以往的问题就在于把这些都割裂了，你要写什么就得写什么，不能写什么就不要写什么。其实，藏在"实"的背后的应当是一个时期的理想、梦想。梅外婆就是被作为这个民族过去、现在、未来的一种梦想来写的。想想我们在以往作品中所见到的那么多暴力、苦难、血腥、仇恨，如果仅仅是这些东西，我们民族怎么能延续几千年？我时常在想，说中国人的阿Q精神，有人被处决了而我们还在拿着馒头蘸那个血吃。汉民族如果仅仅就这样，那他们绝对延续不到现在。我们的文学，缺乏对一只杯子的整体表现与深究。杯子本身以及杯子里的水，普通人都能看见。文学除了这样的看见外，还要发现杯子中那些确实存在的无形部分。比如总让马鹞子和杭九枫感到敬畏的梅外婆，那才是脊梁所在。写这部作品时，我怀有一种重建中国人的梦想的梦想。我并不知道要做什么，但我觉得中国人有些梦想是要重建的，我们不应该继续采用暴力的方式解决问题，不能再崇尚以血还血、以牙还牙。小说中，我写到巴黎公社那一笔，我以我的梦想来看这段历史，我认为巴黎公社没有失败，它是换了一种方式，不是用暴力的方式，而是用和平的方式，实现了其理想。

周新民：很多人喜欢拿《圣天门口》和《白鹿原》相比较，您对《白鹿原》这部小说是如何看待的？

刘醒龙：《白鹿原》写得很好，它是一部很诱惑人的小说。从小说本身来说，它将陕北气质表现得淋漓尽致，从头到尾贯穿得非常好。它肯定会是中国小说的一种标志。

周新民：您的创作从文学题材来看，主要是表现社会底层人的生活，有很强的"底层意识"。您对"底层写作"有何看法？

刘醒龙："底层"这个词语对我不合适。用"底层"这样一个充满政治倾向的词语来说文学更不合适。我认为，用"民间"两个字更合适一些。我所有的写作，正是体现了来源于民间的那些意识。

周新民：为什么您的作品有那么强烈的民间意识？

刘醒龙：除了我的文学启蒙教育主要是民间文学外，还有两点决定了我的作品充满民间意识。首先，我从小生活在这种地方，没有见过大世面，既不知道主流是什么，也不知道大地方的人关心什么，大地方的生活状态是什么。我是1990年5月第一次去北京，那时已经三十多岁了。武汉我也是二十多岁才第一次来的，就连县城，在我们少年时期也是不常去的。当时的这种环境使我们无法接触到"精英"和"主流"。且不说非正式的茶余饭后，就连正式的乡村课堂，也不过是一种换了模样的民间。其次，我的成长经历决定了我和主流思想、精英思想保持了一段距离。在别人眼里，"文革"是天大的灾难，可"文革"对我的最大影响，是让我成了实实在在的自由人。这种自由自在很容易使我处于无政府、无组织和无主流的民间状态。所以"文革"时的主流成分，在我成长的关键时期，也无法对我施以特别大的影响。正是这样的无拘无束，使得我习惯于当一种"主流"产生时，基本上下意识地先表示一种不认同，回头再说其理由。真正的写作确实需要和以一己之经验，与外界保持距离。

周新民：您被看作乡土文学的代表性作家，您是如何看待乡土文学的？

刘醒龙：乡土是我个人的情感所在。乡土在不同时期有着不同的调整，不同的意义。只要人在这个世界上生存，只要人还对自然、对田野、对山水怀有深深的留恋，乡土和乡土文学就一定会沿着它既定的模式发展下去，我对这一点深信不疑。

周新民：这就是您的文学作品一直弥漫着乡土气息的主要原因吧！您认为好的乡土文学应该是什么样的？

刘醒龙：中国乡村小说有几大败笔。第一种败笔是刮东风时写东风、西风来了写西风的应景之作，其间生硬地安插一些投城里人所好的所谓乡村的变化，和极为媚俗的所谓人性觉醒之类的情爱，还美其名曰敏感。这类写作态度不诚实，有人媚俗，有人媚上，这种人是在媚自己，其笔下乡村，只不过是个人作秀的舞台。第二败笔是所谓时代的记录员，经常带着笔记本下乡，记到什么东西回来就写什么。当年的"现实主义冲击波"本是由主编《上海文学》的周介人联手雷达先生一起提出来的，但周先生却明确说过，他其实不喜欢有些人的写作。还有一个败笔，那就是将乡土妖魔化，还硬要说成是狂欢式写作。我对这样的小说总是感到深深的恐惧，读到最后很害怕，因为我所读到的全是仇恨，没有一点点爱与仁慈。

周新民：那么您认为真正的乡土写作是什么呢？应该站在什么立场上去看待乡土？

刘醒龙：首先不是上面说的三种。在乡土越来越处于弱势、边缘化的局面下，首先必须有一种强大的、深沉的爱和关怀，它既不应该是乡土的浅俗的"粉丝"，也不是乡土的指手画脚者。应把乡土当作自己一生的来源之根和最终的归宿。具体怎么去写，那是个很宽泛的话题。

周新民：您刚才说的关怀和爱怎样理解？关怀什么，爱什么？

刘醒龙：这是个很简单的道理。当然这不是我们所说的爱心。爱乡村，不是要给乡村、乡村人提供多少物质援助，这种物质援助可能是一种恩赐，是一种居高临下。真正的爱乡村是一种由衷的爱，你可以不给它任何东西，但是你的心应该和它在同一位置。回到写作上，我说的这种爱这种关怀，应该是一种对乡土的感恩。没有乡土，哪来的我们当下的文化和当下种种的一切。

　　周新民：最后我想请您谈谈您的小说观。

　　刘醒龙：从长篇小说来讲，它应该是有生命的。在小说当中，中短篇小说确实很依附于一个时代，如果它不和时代的某种东西引起一种共鸣，它很难兴旺下去。但长篇小说不一样，长篇小说是一个独立的生命体，它可以不负载当下的任何环境而独立存在，可以依靠自身的完整体系来充实自身。比如这几年一些好的长篇小说《白鹿原》《马桥词典》《尘埃落定》，它们和时代没有什么关系，但它们都有自身的丰富性，构造了一个完整的生命体。

（载《小说评论》2007 年第 1 期）

文学的气节与风骨
——和刘醒龙对谈《蟠虺》

周新民：您是第八届茅盾文学奖五位获奖作家中，获奖后第一个创作和出版长篇小说新作的。（刘震云的《我不是潘金莲》和获得茅盾文学奖的《一句顶一万句》是姊妹篇，虽然是获奖之后出版，但是获奖之前已经进入了实质性的创作。）《蟠虺》主题宏大，对楚文化的神秘和庄严，对"国之重器"出土后的真伪之辨，都有淋漓尽致的表现，承载着大历史宏阔宽悯的气量，所有这些，驾驭起来顺利吗？能否说，在某种程度上也体现了您文学创作的胸怀？写作这部长篇的契机是什么？

刘醒龙：《蟠虺》的写作初衷有很多种，最重要的还是被曾侯乙尊盘的魅力所吸引。2003年夏天之前，我与太多的人一样，理所当然地将同一地点、同一时间出土，像明星一样身姿显耀的曾侯乙编钟当成文化崇拜的对象。那年夏天，发生了一件事，让我赫然发现原来还有不只是藏在深闺人未识，而在博物馆中展示也未被人识得的国宝中的国宝。那一刻，心里就有了某种类似小说元素的灵感，并一直将曾侯乙尊盘给人的况味供奉在心头。因为博物馆就在家的附近，或自己去，或带朋友去，每隔一阵总会去寂寞的曾侯乙尊盘面前怀想一番。最终促成《蟠虺》是近些年打着文化旗号的伪君子们横行霸道，而带来的文化安全问题。虺五百年为蛟，蛟一千年为龙。当今时代，势利者与有势力者同流合污，以文化的名义纠集到一起，不好预判他们是要为蛟或者为龙，唯其蛇蝎之心肯定想将个人私利最大化，而在文化安全背后还隐藏着国家安全的极大问题。对青铜重器辨伪也是对人心邪恶之辨，对政商奸佞之辨。商周时期的国之重器，遗存至今其经典性没有丝毫减退。玩物丧志一说，对玩青铜重器一类的人是无效的，甚至相反，成为一种野心的膨胀剂。

周新民：说实话，我很吃惊，也听到一些熟悉您写作资源的同行们，公开或者私下里表示惊讶，实在没有料到，您能跨出颠覆性的一步，写出如此令人震撼，足以倾覆您既往文学印象的作品来，因为在人们印象中的刘醒龙，是以乡村叙事为特长。而《蟠虺》与您以往的小说题材是那样不同。乡村是您熟悉的生活领域，而《蟠虺》显然与您熟悉的生活大相径庭，涉及的专业内容很多，您是否也做了相当的文学和专业准备？

刘醒龙：十几年中，总在有意无意地找些关于青铜重器方面的书读，粗略地盘算了一下，从 20 世纪 50 年代油印的小册子，到最新的大部头精装典籍，仅是购买直接相关的书籍与材料，就花费了三千多元。有些专业方面的书真的太难读了，能够读下来，还得感谢中国的高速铁路，感谢武汉成了中国的高铁中心。从离家很近的高铁车站出发，去往下一个目的地，大多在四小时左右。往来八个小时的孤单旅途，正好用来读一本平时难得读进去的专业书。

周新民：王蒙曾在 20 世纪 80 年代就提出"作家学者化"的倡导。其本意是文学创作要有厚实的知识储备。我想，《蟠虺》能吸引这么多批评家的注意和读者的好评，和《蟠虺》丰赡的知识涵养有密不可分的关系。相关的知识储备需要耗费大量时间和精力，创作过程也必定需要较长的时间吧。这本书您创作了多长时间？为什么会起名《蟠虺》？虽然这两个汉字看上去很有神韵，毕竟它们太不常用，从事古典文学研究的没事，停在现当代文学一般水平上的人，很难马上认识。

刘醒龙：我必须先将王蒙的话补齐，王蒙在说"作家学者化"后，特别加上一句"作品不能学术化"。

从 2012 年年底，到 2014 年元月脱稿，前后花费十几个月。实际上，交稿之后还在不断地修改，直到出版社都出清样了，还改动了一些。与我的其他作品的名字改来改去不一样，《蟠虺》是从一开始就定下来的。因为这两个字不好认，女儿就读的学校组队参加汉字听写大会，老师号召全校学生多找一些"变态"的字词刁难一下集训队的学生。女儿就将这两个"变态"的字词报到学校去。不知道这两个字有没有难倒想要去北京汉字听写大会现场的学生，但在小说出版之初，我所碰见的成年人，都得翻字典才能认出来。在流行语横行的当下，老祖宗留下的看家本领，还是需要我们不时地重温一番。尽管还可以构思一些更加通俗、更加惊悚，也更能吸引眼球的小说名，那却不在我的选项中。毕竟这两个字所表示的是青铜文化中最具代表性的图腾，同时也是现代化进程中贯穿数千年历史的一种象征。

"蟠虺"的突出使用，还可以判定为文学价值的选择，是古典与经典，还是流俗与落俗，文学价值的分野，在任何时代都是不容忽视的。有人曾建议，如果将《蟠虺》改名为《鬼尊盘》，起码要多卖二十万册。此话很让人无语。不是道不同不相为谋，也不是自己不了解这个世界有多么喜欢混淆，而是发现坚持一种所有人都明白的价值，比同样被所有人明白的利益要艰难太多。唯一令人宽慰的是，文学从来是在艰难时世中体现存在意义的。

周新民：《蟠虺》完全超出了我对您作品的阅读经验。无论构思还是叙述，和之前作品相比都有很大的变化。我相信，只要是阅读过您的文学作品的读者都有这样的感受。有些评论用"突破"一语来形容《蟠虺》带来的变化，不知用突破一词是否准确？一般情况下"突破"是针对某种困境或者说是某种限定界限而言的，比如对中国当代文学某种壁垒的突破。这种突破对您来说是否也有一定的难度？

刘醒龙：与某些壁垒的对峙是当代文学的重大使命，而且这种对峙只许成功，不许失败。事实上，无论何种对峙，文学都没有失败的记录。那些与文学过不去的力量，可能强悍一时，但在时间长河里，文学的优势太明显了。

面对新的写作，从来不会没有难度。这也是我从 2000 年起，彻底放弃中短篇小说写作的重要原因。在那之前，所有的中短篇小说写作对我来说实在不是一件难事。即便是像《大树还小》这样被评论界指为知青小说中的另类，在写作时也无法让自己使出全部才情，甚至还有一种憋闷的感觉。写作的天敌是惯性和类型化，私人性质的惯性，一个人的类型化也是不被允许的，除非想成为文学史中失败的典型。比如我们很少能从王安忆、韩少功和莫言的写作中发现依附在惯性上的雷同。一个人重复也是重复，这样的写作只要有一部就够了，再写就是多余的。像是将汽车停在马路上，发动机不停地转，人也一直坐在驾驶座上，却拉手刹，挂 P 挡，不向前走，如此下去是要吃罚单的。生活当中的坏习惯是总是质疑别人，不时检讨自己质疑自己却是比较好的习惯。及时出现的自我怀疑，使我作出全力写作长篇小说的选择。《蟠虺》的难度明显摆在那里，仅是书中小学生楚楚用来刁难成人的那三十个与青铜重器相关的汉字，能认识一半就很不容易了。况且还将考古界自身都没有结论的重大悬疑贯穿始终，这也是小说的魅力所在。小说的使命之一便是为思想与技术都不能解决的困顿引领一条情怀之路。

　　周新民：《蟠虺》中的曾本之、马跃之、郝文章等几个人物形象是近些年长篇小说的重要收获。我注意到，近些年，一些小说乐于暴露知识分子的负面形象。老实说，这些小说并不了解知识分子的生活，人物形象也显得很干瘪。相比较而言，曾本之这一人物形象很饱满，在他身上寄托着中国传统知识分子的诸多美德和良知。

　　刘醒龙：一个向上修养自己的人，总在不断探索前行，能够与人相伴相随的唯有文学，因为文学从不说对，也不说错，只将一切的启迪和启发安放在情怀之中。

　　《蟠虺》的开篇便说："识时务者为俊杰，不识时务者为圣贤。"写这句话时，脑子里联想到的另一句话是："实践是检验真理的唯一标准。"这么联想起来看实在有些奇怪，其实不然。原来多么有意义的一句话，这些年来，却被弄成只顾"实践"，不要"标准"，或者是只看到识时务的俊杰们的实践，而看不到不识时务的圣贤们的标准。特别是某些有影响力的公众人物，太计较眼前蝇营狗苟的小利益，只顾肉体享乐的实践，不管安妥灵魂的标准。人类如果对自己的灵魂不管不顾，那些日新月异的科学技术就会变成无视科学的名利赌博，变成披着科学外衣，没有人伦天理的技术暴徒。

　　作品是一个作家的气节。文学是一个时代的气节。这就像上战场，每个人都应当将自己把守的那段战壕当作最后防线进行死守，每个人都要将自己当作战场上最后的勇士与恶势力决斗。

　　周新民：与曾本之相比较，郑雄是作为异化的知识分子形象出现的，他身上有着这个时代种种阴影。功利、势利、唯利是图是他身上最突出的特点。总听到有读者在问，郑雄这个人物形象的原型是确定存在的吗？

　　刘醒龙：记录这个世界的种种罪恶不是文学的使命，文学的使命是罪恶发生时，人所展现的良心、良知、大善和大爱。记录这个世界的种种荣耀不是文学的任务，文学的任务是表现光荣来临之前，人所经历的疼痛、呻吟、羞耻与挣扎。

这个时代的文学外表有些弱小，如果丧失了起码的气节，就只能沦为他者的玩物。一般情况下，我的写作都没有具体的原型。至于《蟠虺》，在我的写作过程中同样没有也不需要原型。作品出版后，别人爱怎么说，那是别人的事，我不爱听，也不想听。

周新民：虽然《蟠虺》充满了时代感，在阅读中体会到针砭时弊的快感，但是，阅读难度还是比较大的。因为，相比较您既往的作品，《蟠虺》涉及了更多的专业知识，情节也更复杂，叙事难度更大，我想读者在阅读时肯定要面临更多困难。您是否担心读者会因为阅读障碍而放弃阅读？

刘醒龙：在文学中太过炫技，是一种愚弄，还可以看作愚昧。文学需要叙事技术，又从来都不是靠叙事技术立世的。在一部内容与人物底气十足的作品面前，叙事技术往往会变得微不足道。那些到处与人讨论叙事技术的人，听他们说小说，令人哭笑不得。正如前往珠穆朗玛峰，只关心穿什么牌子的衣物，上山后如何用微博，如何上微信，不去考虑自己的身子骨有没有这个能耐攀上世界最高峰。再好的衣物，穿在木乃伊身上，不仅了无风采，更会奇丑不堪。

长篇小说与专业考古相遇，必然导致险象环生，稍有不慎，作品就会全军覆没。在森严沉寂、颠扑不破的青铜重器面前，风险更是成十倍百倍地增加。空前大的风险当然是长篇小说写作的巨大难题，反过来也是巨大的机遇，一旦处理得当，叙事魅力同样会十倍百倍地增加，也更容易使人进入到作品意境之中。

迄今为止，在我的写作历程中，《蟠虺》是最具写作愉悦感的一部。阅读此类的作品的挑战性是存在的，特别是之前对青铜重器缺少基本了解的人更是如此。日常阅读中，凡是经典作品，哪一部、哪一篇不是对读者文学素养的挑战？没有挑战的写作和阅读是伪写作和伪阅读，这样的写作与阅读是无效的。作为写作者我相信读者，一如自己对《蟠虺》的信任。反过来，作为一名读者，我不会信任那些有意用作品来讨好读者的作家。就像社会生活中，那些一味阿谀奉承，只知溜须拍马的家伙都不是好东西。天下想当官的人，不是全是想为老百姓做事。在菩萨面前烧香叩头的人，也不全是大慈大悲的善良之辈。文学之事也不例外！出版界有句口头禅："读者是上帝。"这句话主要是为资本吆喝。对文学来说，有些读者是上帝，有些读者却是魔头；有些读者是智者，还有一些读者是智者的反义词。作为一名写作者，最应当信任的还是自己的内心。真正的写作是为了内心的悲悯、宽容、忧郁和仁爱。

周新民：我注意到，您在《蟠虺》这部小说的叙事过程中，常会使用"巧合"的方法。在我看来，《蟠虺》中的巧合不仅仅是叙事和推动情节的需要，也是您表现对世界、人生的思考的需要。我隐约中感觉到，《蟠虺》中的"巧合"有着复杂的含义，似乎寄托着您对历史、社会与人生的思考。

刘醒龙：巧合是一个人面对复杂人生的自信，也是一个人在纷繁的世俗中作出正确的选择。对作家来说，巧合是灵感的一种来源。比如这部《蟠虺》，如果不是当初在博物馆被一位在武汉大学读夜大班的某女作家的同班同学认出来，并热心地客串讲解员，将藏在太多青铜重器深处的曾侯乙尊盘介绍给我，或许就不会有这样一部关于青铜重器的长篇小说出现。巧合是人生之所以美好的重要因素，天下男女，哪一段爱情的出现不是因应着巧合，大千世界，茫茫人海，只要错过一次相见，或许就是永远的陌生人。偏偏在某个时刻两个人带着爱情相遇了，然后相守白头。匠心独运和肆意编造的分野还是说得清楚的。我喜欢这种名叫巧合的事情，巧合的出现证明时间、地点、人物、事件全部选择对了。小说人物的名字是小说趣味性的重要索引。近二三十年，中国作家中，有很多人因为无人知晓的极其乡俗的本名与声名远播的十分优雅的笔名，成为文学界美谈。事实上，人的名字是人来到世上遇到头一件必须较真的事。传统中，姓氏后面的第二个字必须是辈分的标字；非传统中，双胞兄弟哥哥叫了大双，弟弟便叫小双，这些都是来不得丝毫马虎。在男女情事中，姓欧阳的男孩总是更招女孩喜欢。有些事情之巧，真的让人无法理解。《蟠虺》中在长江与汉江交汇的龙王庙溺亡那位，确认其人其事，过程就是如此，因为太真实了，才让人在难以置信中体味出难以言说的人生意味。还有夜晚在墓地遇上灵异的情节，我是不想多费笔墨去解释，这种在日常生活中人人都有体会的现象，本无须在小说里作太多的啰唆。写作时，自己也不明白，这个城市的地名委员会为何要老早给我留下这绝妙的小说素材，这样的巧合很能让人兴奋，也很让人无奈。有一阵，那些有头有脸的人中就曾盛传和氏璧在某个地方再现了，还有传言说谁是 21 世纪的楚庄王之类的。说者未必无心，听者未必有意，到头来这些都成了天赐的小说元素。《三国演义》开篇就说天下分久必合，合久必分。"文革"时期最流行的话是天下大乱达到天下大治。

诸如此类的历史巧合，总是包含在历史进程的必然当中。对作家来说，需要做的事情是将真实生活的巧合，关进叙述艺术的笼子里，不使它太过汪洋肆意。

《蟠虺》的写作使我对自己有了新的认识。在此之前曾以为无论体力、年岁还是兴趣，都到了快要金盆洗手的时候了，《蟠虺》的写成，令我对小说写作有了全新境界的兴趣，甚至在脱稿后的习惯性疲劳恢复期时，就有了新的写作灵感与冲动。很高兴文学的活力在我这里还没有变异，没有变成假文学之名，实为非文学的东西。这也是《蟠虺》已成为自己的偏爱的重要原因。长篇小说写作注定会成为写作者标记人生的高度。

周新民：您在《蟠虺》创作手记中写道，细节的叙述是小说的核心机密。事实上，优秀的小说家除了在情节与叙事手法上下功夫外，还得在细节上下功夫，而细节的捕捉与表现往往更难。您能谈谈您对小说细节的理解吗？您在《蟠虺》中是怎样去提炼细节的呢？您觉得有哪些细节是您非常看重的？

刘醒龙：细节是天下小说的共同秘密。没有细节就没有小说，丢弃细节就是丢弃小说。叙事艺术的关键不是故事，而是充填故事框架的细节。故事是梅树的树干，细节则是梅树上一年当中只开放几天的灿烂花朵。赏梅其实是在赏花，谁会在意没有花的梅树？

周新民：《蟠虺》中写到几处地名，比如"两个黄鹂鸣翠柳"中的黄鹂路和翠柳街，"一行白鹭上青天"中的"白鹭街"，是真有这地名，还是为了引出没有"青天路"而虚构的？无论真假，这样的描写真是神来之笔。

刘醒龙：这些没有丝毫虚构，全是真实的，还有小说中一再提及的"老鼠尾"，更是东湖景区最美的地方，可以在百度地图上轻易搜索到。都在我家附近，因为单行线的缘故，只要出门就得经过翠柳街或者黄鹂路，再走远一点，便到了白鹭街。写作之初对此我并没有什么想法，有天夜里都熄灯睡觉了，却忽发奇想，便重新爬起来，拿起便笺将这个稍纵即逝的念头记下来，一边写一边还笑。夫人很好奇，听我说过后，她也忍俊不禁地笑了起来，还要我感谢地名委员会的人，人家专门为我预备的小说素材。这也应了那句老话，艺术无所不在，就看谁有灵感。

周新民：非常喜欢《蟠虺》中的一段话："曾小安说郑雄很伪娘是有几分道理，像我们这样纯粹搞研究，只对历史真相负责。自打当上副厅长，郑雄就不能再对历史真相负责，首先得对管着他的高官负责。所以，但凡当官的，或多或少都有些伪娘。就像昨天下午的会上，郑雄恭维庄省长是 21 世纪的楚庄王，就是一种伪娘。只不过这种伪娘，三分之一是潘金莲，三分之一是王熙凤，剩下的三分之一是盘丝洞里的蜘蛛精。"读起来既美妙玄幻又横空穿越，最过瘾的是新加坡的鞭刑那样的批判。在《蟠虺》中这样令人会心的文字比比皆是。

刘醒龙：小说的力量是与其趣味相关联的，一旦失去趣味，剩下来的枯燥，哪怕再肃然也无法令人起敬。或者是相反，那些索然无味的辞藻会使人觉得华而不实。这个杀手不太冷，这也是能够"杀人"的小说魅力之一。

周新民：的确如此，《蟠虺》的细节非常考究。尤其《蟠虺》以丰富的楚文化细节，让青铜重器成为读者关注的焦点。能谈谈您认为楚文化中最迷人的部分是什么吗？"公元前 706 年，楚伐随，结盟而返；公元前 704 年，楚伐随，开濮地而还；公元前 701 年，楚伐随，夺其盟国而还；公元前 690 年，楚伐随，旧盟新结而返；公元前 640 年，楚伐随，随请和而还。"小说中的这段话，无疑出于史实，为什么要写这些？似这类从故纸堆中翻出来的东西，在当下还有意义吗？

刘醒龙：《蟠虺》写了"楚"，却非是为"楚"而写"楚"。小说的意义是从小地方小人物着手，放眼与放怀的总是更大的世界。"楚"的文化精神，在时下有着特别的意义，小说反复提到"楚"与"随"的关系，深入描写真的楚学者与伪的楚学者的学术伦理与人格操守的不同，除了对楚文化浪漫情怀的表达，更强调了中国文化中关于"仁至义尽"的精髓。

春秋战国的争斗，颇似旧欧洲贵族之间的战争，看似天下大乱，实际上仍存在相当程度的社会伦理底线。"仁者无敌""仁至义尽"等文化经典皆出自这个时期。公元前 506 年，吴三万兵伐楚，楚军六十万（多种资料说法不一，另有楚军二十万之说）仍国破，吴王逼随侯交出前往避难的楚王，随侯不答应，说随僻远弱小，楚让随存在下来，随与楚世代有盟约，至今天没有改变。如果一有危难就互相抛弃，随将还用什么来服侍吴王呢？吴王觉得理亏，便引兵而退。随没有计较二百年间屡屡遭楚杀伐，再次歃血为盟。这才有了后来楚惠王五十六年作大国之重器，也许就包括旷世奇范曾侯乙尊盘，以赠随侯曾侯乙。制度固然重要，如果没有强大的社会伦理基础，再好的制度也会沦为少数人手中的玩物。引领势如破竹大军的吴王，只因理亏便引兵而退，便是这种伦理约束的结果。老省长和郑雄，还有熊达世的所作所为，则是反证，在视伦理为无物者面前，制度同样如同虚设。

"非大德之人，非天助之力，不可为之"，小说中老三口说的这话，不仅仅是"人在做，天在看，心中无愧，百无禁忌"，大德与无愧，都是向着社会伦理的表述。与制度相比，伦理防线的崩塌危害更大。

在文学中，中国文化中"仁者无敌""仁至义尽"的精髓，自《三国演义》中"七擒孟获"之后，缺席了几百年，在这一点，当代文学显然要重新有所担当，不能再任由暴力与血腥的文字泛滥下去。

周新民：《蟠虺》在很多方面颇有讲究。除了上文提到的几处之外，楚学院的门牌也很有意思："楚弓楚得""楚乙越凫""楚越之急"……这样的安排，是否暗示了主人性格命运？

刘醒龙：如果觉得有这种意境，那就是的吧。写作需要突发奇想，既然外面的酒店与 KTV 包房经常用名城、名胜做房号，为什么楚学院就不能如此呢？关于"楚"的成语有那么多，那么精辟精彩，而我们却知之甚少。能用上的时候尽量多用，也算是对先贤们的一种崇敬与感怀，同时也是对互联网时代像洪水猛兽一样泛滥的垃圾语言的反拨！

周新民：在《蟠虺》中您创作了两首别致的赋，其中一首《春秋三百字》："别如隔山，聚亦隔山，前世五百次回眸，哪堪对面凝望？一片风月九层痴迷，两情相悦八面爽朗，三分江山七分岁月，四方烟霞六朝沧桑，生死人妖五五对开，左匆匆右长长。二十载清流，怎洗涤血污心垢断肠？十万不归路，名利羁羁，锦程磊磊，举头狂傲，低眉惆怅。憾恨暗洒，从雁阵来到孤雁去。潮痕悲过，因花零落而花满乡。江汉旧迹，翩若惊鸿。佳人作贼，丑墨污香。千山万壑难得一石，五湖四海但求半觞。漫天霜绒枫叶信是，姹紫嫣红君子独赏。觅一枝以栖身，伴清风晓月寒露，新烛燃旧情，焉得不怀伤？凭落花自主张，只温酒研墨提灯，泣照君笑别，岂止无良方！宿茶宿酒，宿墨宿泪，今朝方知昨夜悔。秋是春来世，春是秋重生，留一点大义忠魂，最是重逢，黄昏雨巷，朦胧旧窗。"赋作为古典散文，在当下越来越受重视，这是文字的一种出路吗？

刘醒龙：我写这些文字，只是想试试自己的笔锋。它在小说中的出现另有特别的理由。文学是一根硬骨头，骨头再硬也不能不要智慧。古典文学的春秋笔法，在现代汉语中丢失得格外彻底。不是写作者不想用，实在是现代语言太过直白，字里行间藏不起许多情，也藏不起许多恨。"二十载清流，怎洗涤血污心垢断肠？

十万不归路，名利羁羁，锦程磊磊……"如果写成"从 1989 年到现在，二十多年了……"如此等等，力量与情怀都会不尽如人意。"江汉旧迹，翩若惊鸿。佳人作贼，丑墨污香。"这些话如果用现代汉语来描写，很容易变成"大字报"或者"革命口号"。中国文学在当下的发展注定是由现代汉语引领前行。不过，多一点传统经典底蕴，斯时斯地恰到好处地尝试古典之风，肯定是件好事。文章有限，天地很宽，别说一点古典元素，就是再多一些，也应当容得下。写作的佳境，一切想融入其中的元素都应当没有障碍。

周新民：浮躁的社会里，越来越多的人静不下心来读书和思考。您希望通过《蟠虺》，引发读者怎样的思索和启迪？或者关注哪些他们正在忽略或淡忘的东西？

刘醒龙：小说开头有一句话："识时务者为俊杰，不识时务者为圣贤。"如果说，写这本书有什么目的，这句话就是。希望天下少一些追势利的俊杰，而多一些真正有理想的圣贤。

周新民：我想，正是您本着严肃、认真的态度来写作《蟠虺》，才使《蟠虺》具有非常积极的社会意义和价值吧。上海《解放日报》的"解放书单"是全国首个以党政机关领导干部为目标受众的读书专刊，这是为贯彻习近平总书记今年 5 月在上海考察时要求领导干部"少一点应酬，多用一些时间静心读书、静心思考"而推出的。中央政治局委员、中共上海市委书记韩正亲自为该书单撰文，由沪上数位资深出版人、理论界专家、文艺界人士、媒体代表，秉持"价值、高度、前沿"的取向，从茫茫书海中精选而出。作为小说作者，您认为《蟠虺》入选这份书单的原因何在？

刘醒龙：我也是从媒体上见到这个书单的，说实在话，以往一些行政领导或部门提供的所谓书单，并不是真的让人读书，而是为了表明某种政治态度。读书一定要读好书，要读让人心灵启蒙的可以长久受益的书，要读良师益友般的经典之书。上海方面提供的这个书目，不仅让人眼前一亮，更是有理想，有追求的。读书正是如此，看上去是读书，实则是探求理想，发现生活，让人生道路走得更正确。

周新民：您提到："读书一定要读好书，要读让人心灵启蒙的可以长久受益的书，要读良师益友般的经典之书。"《蟠虺》入选"解放书单"表明它已经被看作启迪心灵的"经典之书"。我一直觉得您是一个有风骨的作家。我注意到 2014

年的 7 月 16 日《人民日报》以一整版的篇幅摘录了《蟠虺》，这是少有的现象。您以为这表明了《人民日报》的什么样的态度？

刘醒龙：与政治在某些方面交集是文学的魅力之一。这些年人们下意识地想将文学与政治作彻底切割，原因在于某些写作者的骨头太软。如果人活得都像《蟠虺》中的曾本之、马跃之、郝文章，不仅是政治，整个社会生活都会变得有诗意和更浪漫。文学与政治交集时，一定不要受到政治的摆布，相反，文学一定要成为政治的品格向导。

中国文学的悲壮在于，文学时常成为政治的祭品。我不用"悲哀"，而用"悲壮"，是在表明文学是有力量的。有些人感到恐惧，又不能痛下杀手，便阴谋暗算。《蟠虺》问世才两个月，就有阴风嗖嗖而起。即便不去谈论这些，就这件事本身而论，也能看出一种归还给普通公众的意味深长的文学理想。

周新民：和您谈完《蟠虺》，我还想与您谈些与文学创作相关的话题。我接触到的很多年轻的有志于小说的写作者有一种危机感。他们为了写作花费了很大力气，耗尽心血，但是，遭遇了出版艰难和读者寥寥无几的窘境。有些写作者为了获取金钱和名声，去写吸引眼球迎合读者的流行文学或网络文学的文字。作为一名功成名就的作家，您认为文学在这个时代面临危机吗？您觉得作家该如何作为？

刘醒龙：有时候，所谓的危机是庸人自扰。只要我们还记得遗传的概念，只要人类还得仰仗人文精神的传承，作为这个世界上最重要的文化载体的文学就不应当绝望。古往今来，将文学作为获取功利的工具之人从来不在少数。好在文学的生生不息与那些人不存在利害关系，不是由那些利欲熏心的家伙说了算。有人想当写作明星，想天天活在媒体娱乐版上；有人渴望通过写作成为有钱人，夜夜泡在花天酒地里。那就让他们按自己的想法去做好了，真正的作家是《天龙八部》中的"扫地僧"。

周新民：一个作家的创作和他的阅读、文学观、生活经历密切相关。其实，作家的日常生活也会影响到作家的创作。我知道您每天早起，游泳一千米，再去做其他事，很多年这样坚持下来。您把写作当作一生追求的最为重要的事情，当然，写作也改变了您的命运；那么，写作的最大的意义，写好的小说，对您来说，意味着什么？您又怎么定义什么是"好小说"？

刘醒龙：写作对于我，早期是因为我明白自己不可能适应商界与官场，文学则是一种全凭自身才情，可以独辟蹊径、独善其身的事业，所以才有了这样的选择。事实证明我对自己的了解没有错。人做任何一件事都要做得尽可能好。年轻时当车工，年年都是先进生产者。将小说写好，写得让读者喜欢，差不多就是回到当年的车间，力争当上先进生产者。对作家来说，写出好小说，是天经地义的，就等于日常生活中普通人做好每件琐事。好小说经得起岁月的消磨，也经得起世俗的尘封，等到白发苍苍时，还能轻言细语与孙辈不时提起，且不觉得愧疚。

（原载《南方文坛》2014 年第 6 期）

刘醒龙

1956 年 1 月 10 日生于湖北黄州。曾任英山县水利局施工员、阀门厂工人，黄冈地区群艺馆文学部主任。华中师范大学客座教授，当代文学研究中心名誉主任，湖北省博物馆荣誉馆员。现任湖北省文学艺术界联合会主席，《芳草》文学杂志主编，中国作家协会第九届全委会委员，中国作家协会小说委员会副主任。

1984 年开始发表作品，代表作有中篇小说《凤凰琴》《秋风醉了》《分享艰难》等。中篇小说《挑担茶叶上北京》获第一届鲁迅文学奖。作品《凤凰琴》《白菜萝卜》《分享艰难》分别获第五、六、七届《小说月报》百花奖。长篇小说《天行者》获第八届茅盾文学奖。

做新时代的柳青

——对话关仁山

周新民："60 后"作家普遍受过全日制高等教育。你只上过中等师范学校，接受的是中等专业教育。中等专业学校的文学教育完全不能和高等学校相提并论，是什么样的机缘促使你走上文学创作的道路？

关仁山：60 年代出生的优秀作家，像苏童、余华、迟子建、格非、毕飞宇，他们都是经历了比较完整的教育。80 年代初期，我在昌黎师范学校上学。在学校的时候，我就喜欢文学，在阅览室读文学作品。当时学校办了一个校刊叫《碣石文艺》，我当了学校文学社的社长。在那里找到一些名著来读，就这个时候培养了我的对文学的热爱之情。

中师毕业以后，我就回故乡唐山丰南县的一个小镇去当老师了，文学离我远了一些。但是，这个小镇让我对生命的记忆十分惨烈，1976 年我在小镇读初一时，经历了震惊中外的唐山大地震。邻居把我从废墟里扒出来的时候，我对生命、对灾难有了更深层的思考。我在小镇当老师的时候，教美术，还兼管语文。与此同时，我还是班主任。教书以后我还是不甘心，订阅《小说月报》《人民文学》之类的杂志，教了半年书之后我开始写文章，搞文艺创作了。写了一篇散文《亮晶晶的雨丝》在县文化馆的内刊《芦笛》发表之后，《唐山日报》副刊转载，我就跟领导提出想到文化馆创作组工作。最初，文化馆不缺人，然后给我放到一个镇的文化站。在文化站就那么干了一年多。后来去了县政府办公室，在那里给领导写报告，心中还是想搞文学创作，那时写了一些通俗小说，我向领导要求回到了文化馆，经过一番周折我才进了创作室。就这么个经历。我没有经历过中文专业的系统训练，走上文学创作之路全凭自身热情以及对文学的热爱。

周新民：早期的创作走的是传奇文学的路数，像《胭脂稻传奇》《魔幻处女海》等作品，具有明显的传奇文学叙述特征。你当初选择这样的创作模式的原因是什么，之后你又是怎样转向纯文学创作的？

关仁山：最早期我在文化馆工作之后吧，认识了一个叫杨帆里的老师，他是唐山群艺馆的文艺辅导干部，专门辅导群众文艺的。我在文化馆也是文艺辅导员这么个身份。然后我们跟群众艺术馆有个杂志《群众演唱》，那个刊物是群艺馆办的内刊。杨帆里和我是朋友，他本身写传奇小说，经常邀请我为他的刊物写故事。《胭脂稻传奇》是我俩合作的。当时我给他讲了一个故事，他告诉我他老家有一种稻米，是皇帝宫廷御米，我俩合作写成了《胭脂稻传奇》，在长江文艺出版社出版。后来，我又是受长江文艺出版社的编辑吴双之邀，在长江社又出版了长篇传奇小说《魔幻处女海》。所以说，与湖北还是很有缘分。

我写了几篇纯文学之后转向传奇文学，一边写传奇小说一边写纯小说，写的几篇纯文学的短篇小说《野洼》等都发到我们的地方刊物《唐山文学》上，当时叫《冀东文艺》。我受杨帆里老师的影响走上通俗文学的创作道路。写传奇小说的经历锻炼了编织故事能力和想象力，但是，我心里很不甘心永远走那条道路。

后来我认识了老作家管桦，管老是我创作转型的引路人。我认识管桦之后，和管桦的儿子鲍河扬成为好朋友，他在《杂技与魔术》杂志当编辑，经常在《北京文学》发一些作品。他就跟我讲："我们老头回来说你挺有才，老家也有作家，县委书记介绍的你。他说不能浪费才华，老头没好意思直接说，他通过我转达给您。他说您应该深入生活，写有价值的作品，二十多岁这年龄也挺好的。"他还说："你既然扎根在冀东平原上，不妨在一个小屯挂职，体验体验人民的生活，从此转向走严肃文学之路。"管桦当时是北京作协主席，是唐山丰润人，是我的老乡，更是我尊敬的作家。管老和浩然老师在一起。浩然老师对我坚持农村题材创作起到很大助推作用，这就是我文学创作的转折点。

鲍河扬还给我推荐了几本书，其中包括尼采、叔本华的哲学书。然后我就决定开始转向。在我们老家渤海湾有一个海边渔村叫涧河，我们县委王书记派领导直接给我送到那村里，挂职副村长深入生活。这个时候1992年。我1990年开始转型，1991年就开始发具有转型意义的作品。转型的第一篇作品是短篇小说《苦雪》，发在《人民文学》1991年第2期上，还拿了《人民文学》当年的优秀小说奖第一名。《人民文学》当年的第3期，发表了我的中篇《播火者》。《苦雪》等作品发表后，被《小说月报》转载，我便有了信心。《人民文学》副主编崔道怡老师对《苦雪》这样评价："我一点也猜不出他走过通俗路径，《苦雪》并无俗气，却有大家风范，其语言锤炼，结构经营，氛围渲染，题旨钩沉，都已经颇见功夫，达到了一定品位。"于是，我以此为开篇准备写"雪莲湾风情录"系列小说。正因这个转型，我有幸参加了1991年的全国的"青创会"。

周新民：在小渔村雪莲湾挂职后，写出了雪莲湾风情录系列小说，像《苦雪》《红旱船》《蓝脉》《太极地》等，都颇有特色，也引起了较好的社会反响。你认为这段传奇文学的创作对你之后的纯文学创作有什么影响？

关仁山：我当时读了好多志怪小说、历史传奇小说。当时还写了一些武侠作品，比如《杀手与交际花》等作品。这段创作经历培养了我对文字的掌控能力、编织故事能力以及想象力等等。比如我的短篇《苦雪》中打海狗的故事，就是对曾经创作的中篇传奇小说《焚烧的黑帆》中的素材再利用。

周新民：传奇文学的创作丰富了你的文学想象力，为你的纯文学创作奠定了基础。你的小说被认为是吸收了魔幻现实主义的写法。你为何会选择这样的写法，这种魔幻现实的写法同传奇相比又有怎样的关联性？

关仁山：对，你说魔幻吧。当时也没有读过马尔克斯的作品，魔幻这种东西还没接触到呢。但是，咱们写的好多细节都是从生活中来的，就是民间流传的东西。举个例子说，其实我有一个短篇小说叫《船祭》，1991年在香港《亚洲周刊》世界小说比赛中获冠军奖。那次纯粹是看了一下消息瞎投稿，结果一下中了冠军奖。当时评委有大陆著名作家冯骥才。冯骥才对天津作家桂雨清说，河北那个小伙子拿了个冠军奖。咱们得了冠军，而且票数还很高。当时评委给我的评语就是《船祭》既是"写实"又"魔幻"，既传统又现代。其中这篇小说所谓的"魔幻"是船烧成了灰烬，造船的大船师与木船同归于尽，木灰被雨水冲进了大海，形成了一个图案。这图案与大船师烧成的"舍利"跟渔民生活发生联系。

有些魔幻的东西其实是来自民间传说，咱们确实没考虑到魔幻，就考虑到老家有这么个传说。在渔村挂职副村长时，就到处有人跟我讲。后来，《白纸门》的故事也是来自民间传说。门板在船上竖起来的时候，能镇住汹涌的风暴潮，同时也能镇住迷狂的人心，门文化的魔幻故事都来自民间传说。

周新民：这里所谓的"魔幻"其实有一些早期的传奇的影子在里面，只不过关注的是现实社会生活。

关仁山：有一些魔幻的东西是在民间流传的故事当中，老百姓给它丰富，给它变异的，使之重新获得生命力。这是来自民间的文化。后来读《百年孤独》觉得人家是那种魔幻，是来自国外的、人家国家的民间现实。这种魔幻的写法后来影响我写"农村三部曲"，把这个文化的东西也都传承下来了。《天高地厚》里的蝙蝠，《麦河》里那个盲人与坟墓里的鬼魂对话、善庆姑娘变鹦鹉等等，甚至包括《日头》里状元槐流血、毛孩子飞上天与敲钟人老轸头的对话，这些传说都是魔幻的东西，至今感动着世人。但是，它们又是来自民间文化的滋养，对小说创作中艺术飞升大有帮助。魔幻的东西随着时间的变化，人们不再关注，但是，人们对真善美的追求和向往是不会改变的。

周新民：你的"雪莲湾风情录"系列小说就以关注当下社会现实而引起文学界的注意。《九月还乡》《大雪无乡》被看作"现实主义冲击波"文学潮流的经典作品，产生了令人瞩目的影响。

关仁山：关注现实生活，而且还写传统与现实的冲撞、文化的冲撞、人性的冲撞，是我一贯的文学追求。90年代初期，我在渤海湾渔村体验生活，创作了《苦雪》《红旱船》《蓝脉》等"雪莲湾风情录"系列小说，其中由小说《醉鼓》改编的话剧《鼓王》，由北京人艺的大导演林兆华导演，李默然主演，获得了当年的文化部的"文华奖"。

进入1994年，当时中国的国有企业问题和乡镇企业问题非常突出了。我故乡唐山乡镇企业走到一个严峻关口了，必须得实行股份制改造，我的《大雪无乡》是最早反映股份制改造的小说。在这之前，先锋文学探索到了一个阶段，方方、池莉、刘震云等作家掀起的"新写实"文学潮流已经风靡文坛。"新写实"小说虽然把对人的关注引导到人生的本真状态。但是，更广阔层面的人民大众生活，缺乏相应的文学的表达。就在这时被雷达老师命名的"现实主义冲击波"应运而生。刘醒龙的《分享艰难》、谈歌的《大厂》、何申的《年前年后》、我的《大雪无乡》

等作品集中发表。这些作品直面中国当时最基层工厂、乡镇，以文学的方式反映中国当时最为广大老百姓关注的、最为尖锐的社会问题，当时在文坛和读者中产生了广泛影响。之后，关注现实的长篇出了一批。紧接着的是张宏森的《车间主任》、周梅森的《人间正道》、张平的《抉择》等等。

这些关注现实的文学作品的问世很及时，对生活有一些冷峻的认识。但是，一些评论家站在批判现实主义高度上提了一些问题，认为这些作品缺少更深刻的批判意识，缺少思想艺术性。这些提法角度不同，各有道理，但是，那时的环境有局限，当作品面面俱到的时候，可能就缺少犀利的警示的东西。

周新民：关于"现实主义冲击波"这一文学潮流的评价的确出现了分歧。不过，对于你个人而言，《九月还乡》《大雪无乡》是你文学创作的巨大飞跃。《太极地》《闰年灯》和《九月还乡》《大雪无乡》等作品，虽然都是关注农村的社会现实，相比较而言，你觉得在叙事手法和所关注的问题上，《九月还乡》《大雪无乡》和《太极地》《闰年灯》有何不同？

关仁山：像《九月还乡》《破产》这一批作品，那一年发表有七八个中篇吧。最响的是《九月还乡》和《大雪无乡》这两部。相比较而言，"雪莲湾风情录"系列注重民俗、民情、人性，注重风情美、人性美的开掘，更注重民俗文化元素的挖掘，以及时代大潮冲击下渔民生活的裂变。无论是描写大海还是关注渔民苦难，作品透达一种诗意的盎然。而《大雪无乡》《九月还乡》从写作对象来说，所关注的是冀东平原农民而不是渔民。从写法上看，《大雪无乡》《九月还乡》比"雪莲湾风情录"系列更平实，更接地气，更有冲击力，反映问题更尖锐一些，融入对现实社会更多的体察和反思。

在人物形象塑造上，《大雪无乡》《九月还乡》更有特色。例如，我在写股份制改革的《大雪无乡》中塑造了一个文学形象潘老五。潘老五是一个耐人寻味的人物形象。他一手遮天，驾驭乡土，功过参半。但是，对于潘老五的塑造还有些遗憾，还没有把他做到极致，特别是没有很好挖掘他的灵魂，遗憾地与这个有可能成为"这一个"的典型的人物失之交臂。这个人物的出现是那个时代的产物。那时"老子打的天下，乡镇企业是我的天下，老子说了算"的观念特别严重，忽视人民的利益。那是一个疯狂的时代。那时候鼓励胆子大一点，富得快一点。是时代的大环境给了这种人物以平台，同时也展示了其劣根性与人性的龌龊。潘老五已经成为时代前进的阻力。我发现了这个典型人物，但遗憾没能很好挖掘到他的灵魂深处。

《九月还乡》中的九月也是一个重要的人物形象。20世纪90年代初期和中期，农村的姑娘进城卖淫的现象特别严重，但是没有文学作品敢涉及，我是比较早涉及这一领域的。《九月还乡》当时给了《十月》这个杂志定了头条。然后《小说选刊》转载了，《新华文摘》也转载了。九月这人物耐人寻味，她到城里打工，最后沦为卖淫的妓女，她用卖淫的钱伤痕累累地回到故乡，在家乡美丽的土地上耕种棉花，开垦荒地。九月的形象呢，当时是富有争议的。九月从过去罪恶的泥沼中挣扎出来，故乡温暖的土地抚慰着她受伤的灵魂。有人认为她身上有新农民的元素。她想当一个农场主，历尽艰辛，被人冷眼相看。这一形象有着特殊的意义。这个心地善良、勤劳能干的女孩由沦落而升华，从田野的劳动中重新找到了她一度失去的做人的价值。九月的命运也折射出改革催生了人的巨变这一重大命题。

周新民：我认为《九月还乡》，包括醒龙的《分享艰难》，都在思考一个命题：道德评判立场在这个时代里面已经没有力量了。

关仁山：传统的美德也好，传统的道德也好，在这个锦衣大套中不堪一击了。尽管我们表面上还在给自己贴金，但是在今天，资本来了之后，脆弱的传统美德一溃即败。那个时代，在我老家县城生活，我感觉到，一大批东北卖淫的人充斥整个县城。而且一块玩打台球还见到过东北女人说："挣钱呐，赶紧挣完钱回老家开店做生意过日子啦。"那是明说的。在那个时代，衡量人价值的就是金钱。传统的东西，人性的道德，啪地掉下来了。

周新民：九月身上是充满挣扎的，包括人性的温暖和现实的无奈，读来让人心酸。从路遥《人生》中的高加林到你的《九月还乡》中的九月，折射了时代的巨变，也是中国文学反映城乡关系的巨变。高加林是很纯粹很简单，他一心要脱离土地，要到城市去，到大城市去。因此，《人生》是在城乡二元对立的矛盾与冲突中展开情节。但是，到了《九月还乡》，就不能以简单的城乡冲突来表达九月们的命运了。你是怎么看待"九月"她们的命运的。

关仁山：《九月还乡》中九月这个人物，带着满身伤痕，带着内心的疼痛回来了。她在棉花田里哭泣，她有自责的东西。她为啥说她回来做手术去骗他这个淳朴的恋人双根呢。做手术，回来跟双根成家，她内心里是向往美好的，但是由于现实的残酷，她要生存，必须把那些美好的东西碾碎。她要突破她底线的东西，她要生存。人进行生存的挣扎，要站住脚跟，就要不择手段了。如果说再往前走，高加林就是这么个人物了。但是高加林还不能往前走，当时刚改革开放嘛，他还突破不了时代和文化上的道德的约束。高加林心灵受伤之后还得回到黄土高原，他得回到故乡的热土自我疗伤。

那时候，城市改革开始，刚刚兴旺的乡村受到冲击，乡村的图景开始凋零并残酷，我小说中的人物就活在这样的环境中，有欢乐，也有痛苦，更有挣扎。而九月与平常农民不同，在城里的生活，使她有了见识，也有了无奈和悲哀。她突破底线，她挑战道德。山西的评论家段崇轩写评论时，提到我这个九月的形象，认为是新农民的代表。九月不仅突破了道德底线，而且还有了商业意识、法律意识。她身上开始具有现代文明的商业意识、自省意识。她开垦荒地，把产品推向城市。她做的最糟糕的事是罪恶的原始积累，挣更多的钱，为了以后再来买回更多的东西。这让我们心痛，也让我们思考。

周新民：九月这个人物身上实在有太多东西了，她的历史内涵很丰富。从社会学的意义上讲，我们看到所谓的"农村转型"必然要付出血的代价，也反映了中国商人的原始积累是"带血的"，突破了道德底线。从美学意义上来讲，九月这个人物形象，具有多重性。她既不安于现状，要往外走。但是，她又缺乏现代文明所需要的各种素质；然而，当她回到农村时，又备感尴尬，已经不再是传统的农民了。《九月还乡》实际上这里面提出一个非常严峻的问题，就是广大农村的城市化该怎么进行的问题。

关仁山：农民本身信息资源不够，土地贫瘠，自己又没有资本，从农村很穷的地方到城市，想到的首先是生存，一切奢望都是没有办法实现的。他们的文化也不够，像大学本科生、研究生他绝不会走这条路。农村青年在城市里打拼、挣扎是必然的，而且他还肩负了家乡的重担，融进城市又很艰难，缺少身份认同感。他陷入回不到家乡融不进城市的怪圈之中。这是很纠结的，痛苦的，煎熬的。

周新民：现在回过头来看，《九月还乡》很有前瞻性。到了今天，农村青年也面临这个问题。当前，二代农民工是农民工的主体，第三代农民工已经开始出现。你怎样看待新农民的命运？

关仁山：现在我正在写一部长篇小说《金谷银山》（原名《归来》）。但是我现在换成什么写法了呢？我写一个农民回了乡村吧，他不能适应乡村，融不进乡村；在城市呢，他融不进城市，成了没有身份的人。在这种双重纠结中，他必须得归来，灵魂得归来，身体得归来。这是一个"双重归来"的主题。

我写了这个农民的老家——大雪灾中的一个绝望群体。这个村里支书、村长都已经进城了，就一个小组长在管着村。村里十几口人全是在外打工致残的，还有些年老的空巢老人和小孩。这些绝望的人在大雪灾里被政府给遗忘了。救灾也没考虑他们，屯里就认为这村没人了。恰恰这个农民惦念在这个村子里的这些亲人，所以他回来了。他本来是照看照看他们，救救灾带点吃的。结果一个村民自杀了，在他自杀前这个农民开了一个会议，他必须带村子里的人活下去。我就写这个农民，在城里打拼接近半成功的一个农民又回到了这个家园，他还是被迫回来的。

这个绝望的群体经过六年的奋斗，干出了让城里都羡慕的事情。光伏发电、苹果不打农药，还卖成了四十五块钱一个苹果定制给佛堂。他做的是前瞻的，很商业的东西，还包括这个电商销售。他宣传村里的所有产品，废物变宝。如果没有他，这些残疾人看到的只能是废物。只有有了见识的人，他才可能有这个意识，变废为宝。而他的妻子呢，在城里办证，想在北京买套房融进城市。但是这个过程艰难。我写了他的妻子不断地要融进城市，又不断被打回来再融进去，打回来再融进去的历程。我感觉在城市是归来，在农村也是归来。无论是城市还是乡村，你都融不进去，但必须得融进去的"归来"。这个过程中它很艰难的。

周新民：你的小说围绕人和土地的关系来展开。人和土地的关系史也是中国农民命运的沉浮史。你的小说从《大雪无乡》《九月还乡》到《天壤》《平原上的舞蹈》，再到《红月亮照常升起》《农民》，叙写了农民承包土地—离开土地—回归土地的历史过程。这些小说中你其实在思考一个命题：作为农民，最终还得回到土地上来。

关仁山：无论你多么恨土地，最后你找到自己的价值还得回土地上来。《金谷银山》写了这个恨土地的农民，在城里卖菜闯出半个天地，但是，还是融不进城市。这个在城市中很卑微的人，最后在救灾中照顾家人，帮助绝望中的人们活下来。在救助他人的过程中，他一步一步融进了这乡村，尽管他不习惯这里的生活，甚至连空气都不习惯，但是他依然重新融进乡村自然，并保住了这一片绿水青山。

这个过程很难，他又种药材，又找种子。由于他本身就是个卖菜的，他非常反感转基因食物，反感吃外国粮食的种子。他们这个村子里有一种小麦的品种是老种子，但是这个老种子已经绝迹了。农民当时推广新种子，不让吃老种子，也由于产量低，老种子就绝迹了。只有出嫁太行山的老姑奶奶，带走了一包种子和一棵树。他老姑奶奶在太行山涉县，然后，他就得追到涉县。老姑奶奶也说老种子绝迹了，但是有一包种子在老姑爷坟里头，老姑爷喜欢把老种子带进坟墓。最后，他们把坟刨出来，做个仪式，拿羊、猪"领牲"，然后哭了三天三夜，把种子捧回来。之后，他们把这个村庄变成中国人的种子基地。尽管他跟孟山都的转基因不能抗衡，但是他这个精神的东西在这个小山村里面闪光了。

我是写一批绝望的人如何做出一些富有精神高度的事情来。转基因的种子不能再发芽，产完了以后还要再买，这是孟山都他们美国公司跟中国农业部造成的中国农民的尴尬。这个农民也没想那么多，没想到有为了民族的高度，他认为这种子值钱。恰恰这样，他那条山成了种子基地了。谷子、大豆、小麦，中国的原始种子、纯正的种子，从坟里起出来，再把它培育发芽。这里有象征色彩。

周新民：你要对农村真正做出非常贴切的反映，需要解决几个问题。第一个就是农民与土地是什么关系；第二个就是农村传统的表现是民间文化，它和这个主流文化，知识分子文化，政治文化是不一样的。毕竟中国的农村社会是一个以传统文化、民间立场为基本特征的社会空间。《白纸门》具有浓郁的民间文化意蕴。

关仁山：对农村来说，不仅仅人与土地关系是一个主线，其实还有个传统文化的问题。我的两部长篇里都写到文化，《日头》涉及文化，《白纸门》也涉及文化。《白纸门》是"布老虎丛书"最后一本，当时是安波舜策划的"布老虎"，由春风出版社出版。然后被中国作协的《长篇小说选刊》转载。《白纸门》表现的文化是民间文化，民间文化无处不在，但是在我们这个商品时代软弱无力。尽管它很无力，却存在于角角落落，在民间土壤中还是有很强大的生命力。我要把这种软弱无力写出来，也要把无处不在的顽强生命力写出来。我当时抱着这么一个淳朴的想法。

《白纸门》中的"门"是带着魔幻色彩，来源一个民间传说，也是我们那海边村里的真实事。那时候人死后买不起棺材，拿门板就抬下去下葬了。男左女右，一看这家没左门，就知道这家没男人；一看这家没右门，就明白这家没女人。它有这么个民俗，后来演化成"白纸门"。之后，在七奶奶身上与门合一了，七奶奶本身就象征门。在大海里，门要变成人了，七奶奶要变成门了。门文化是民间文化。在民间，钟馗、关公当门神，寄托老百姓朴素的一种理想。著名作家蒋子龙老师在《白纸门》研讨会上说："读《白纸门》感觉酣畅淋漓，毛骨悚然，这是个好东西，经得住热闹，经得住考验，我从中读出了一些经典文学的元素。"

周新民：如果说《白纸门》表现了一种传统的民间文化，那么你的《天高地厚》开始比较关注重大的农村社会历史变迁问题。书写农村历史巨变，已有《创业史》《艳阳天》《许茂和他的女儿们》《平凡的世界》等优秀作品。你认为你的这部作品从上述这类作品中吸收了哪些有益的营养，又在哪些方面有超越？

关仁山：长篇小说《白纸门》写了渤海湾大量民俗文化，以及民俗在商品大潮冲击下的生命力量、扭曲和消亡。我想，中国涉农的大事件、政策影响了中国农民的命运，包括《日头》也延续了这种写法。超越什么当时想的不多。前面那么多经典耸立着，即使能从一个点上突破也好，但是要说光想着超越，就不敢写了。作家朋友柳建伟给我写了一个评论，说我的《天高地厚》是对柳青、浩然、路遥等作家的致敬，浩然那个《艳阳天》、路遥《平凡的世界》，还有距离稍微远点的陈忠实的《白鹿原》。这个系列包括经典《创业史》，梁生宝这个农民英雄形象，都是农村史诗宏大叙事。

当时我就感觉，农村文学三十年，路遥《平凡的世界》从三中全会以前写到土地大包干，到多种经营开砖窑，大家包产到户了，直接写到这为止了。我说路遥走了之后，中国作家基本不管后来这些农事了。如今强调个体生命的挖掘，宏大叙事也不吃香了。我估计聪明作家不会干这些傻事，明显看着无法超越，之前还有那个《古船》这些标杆。《古船》《平凡的世界》那些农村的宏大史诗，一些经典作品戳在那儿了。但是咱们还算是年轻作家，我们就怀着向前面这些作家致敬的心情写作。想完全突破他们，那咱们也没有把握，可能性不大。我后来这么想，咱们来写一篇路遥之后的反映农村史诗变化，深刻反映农民命运的一部小说，咱们就把这个空白堵上。艺术高度咱们达不到，咱们就凭艺术理想、自己的一股子热情写到哪算哪，自然压力就小了许多。但是，当时也有这种想法，想把这段中国农民的命运史给补上。于是也就构成了我后面的农村三部曲。如果没有《天高地厚》也不会写《麦河》，没有《麦河》也不会写《日头》。这三部曲都是跟土地相联的，而且都是宏大叙事。我常常想，宏大叙事为什么不能创新呢？

周新民：我很同意你的观点。现在中国作家已经陷入"小叙事"的狂欢之中，漠然地看着正在发生着巨变的中国社会现实。在中国现实书写和建构的历程中，中国作家是缺位的。好在还有一些作家仍然坚韧前行，以表现中国社会现实为自己不懈的追求。《麦河》就是这样一部优秀作品。之所以说《麦河》是优秀之作，是因为它妥善地处理了长篇小说创作上的许多难题。比如，文学如何及时地反映社会现实生活的问题。这是中国长篇小说比较难以把握的问题。《麦河》对现实生活反映得特别及时，你在创作之初有何设想？

关仁山：说到文学如何反映巨变的现实生活，我感觉，面对当今复杂多变的现实社会，离生活太近，现实原则与审美原则很难达成一致，作家陷入双重焦虑，广大农村发生的一切，众多农民的生活，是我们中国最基本的"国事"。我们再也不能用老眼光看今天的新农村了。农村是农耕文化气息、现代城镇工业气息和科技信息杂糅融合阶段，农民艰难地行进在农业文明向现代工业文明转轨的半路上。现实是我们文学的土壤，文化则是文学的精神。如何把握今天的农村生活？今天的农村生活五光十色，时尚冲乱了规律，思潮压倒了文体。我们的创作如果游离于社会潮流之外，其活力和价值就会减少。但是要表现好这个时代，还要多一些真思考。

现实生活不好表现，作家在当下现实生活面前碰上了很大的困难，认知的困难。抛开惯性写作，寻找新的空间的时候，我才感觉到认识我们的现代生活，表现现代生活有多困难。价值的混乱，现象的复杂，从而增加了把握的难度，也就增加了寻找全新体验的难度。实际上这不是一个新问题，是所有作家必须遭遇的。我想，当年柳青写《创业史》、梁斌写《红旗谱》同样面临着认知当下时代生活的问题。

面对今天农村风云际会的宏阔背景，作家应该怀着一种"以人为本的现代意识"，从人性复杂多样的角度，来审视乡村社会所有人的行为动因。农民每天都在投入一种新的生活，不仅要凭借好政策的外力，更需要战胜自身的障碍。这障碍包括历史渗透在他们心灵深处的小农经济意识。我们就是要揭示这种历史复杂状态。如果用同情式和批判式的态度都会失之偏颇。通过农村变革的具体事件来分析，透过这些事件就能洞察到那条时缓时动的时代之河，可以感受到沉重的历史同改革浪潮的剧烈冲突以及相互制动。中国农民的历史姿态在这样的交汇点上会变得清晰而辽阔。所以，面对复杂的乡土世界，作家应该用一种更宏大、客观的历史眼光来把握和表现尖锐矛盾和艰难曲折，表现我们农民的生存和命运。

说到《麦河》这部小说，曹双羊所代表的资本走向了土地，但是，资本的本性是巧取豪夺的。资本来到农村后，它不养护土地，它大量的用化肥提高产出，是为了在土地上挣快钱。我们的土地已经板结几十年了，我们的污染很严重了，然后我提出一个养护土地的呼声。

我写曹双羊这个主人公呢，他有两次蜕变，从破坏土地到最后养护土地，这个过程他是经过蜕变的。包括白立国这个唱大鼓书的瞎子，传统道德文化在他面前述说，并一点点渗透。曹双羊不是个好人，但是他是一个新农民形象。他在老家有过血淋淋的原始积累，爱情的背叛，他靠破坏资源、破坏土地发了家。他在流转土地的时候，开始也是想挣快钱的，后来，土地的疼痛和土地的变迁让他灵魂蜕变了，升华了。他要养护土地，这是一个飞跃，借助他唱一曲严峻的乡村牧歌。

周新民：《麦河》是一部反映土地流转的长篇小说。土地流转是中国农村面临的最为主要的问题之一，也是中国政府力推的重大政策。反映重大的社会政策问题的作品很容易出现概念化和匠化的不良倾向。我觉得《麦河》最了不起一点就是，能够把对现实社会的反映通过文化的视角增加一种厚度，使艺术形象更有张力，更饱满。你怎样看？

关仁山：我和雷达老师有过交流，后来我的《日头》出版之后，雷达老师说他还是更喜欢《麦河》。这两个作品风格不太一样。《麦河》瞎子弹唱乐亭大鼓，包括这条流淌着麦香的河流，雄鹰叼着一根麦穗飞翔，它有些美的东西，麦浪滚滚，大麦田上的舞蹈。《麦河》关于农民的未来，我们让老鹰虎子做了一些预见。大量农民会一步一步走进城市，乡村也会变好的。现在想来，大工业越发达，我们每个人的内心越想留住一片土，一片净土。这是一部土地的悼词，也是一首土地的颂歌！我想把人放逐在麦田里，让他们劳动、咏唱、思考，即便知道前方没有路，也不愿放弃劳动和咏唱，也不愿停止前行的脚步。我们富足了，都是土地付出的代价，一切物质的狂欢都会过去，我们最终不得不认真、不得不严肃地直面脚下的土地，直面我们的灵魂。我们说土地不朽，人的精神就会不朽。所以，我们有理由重塑今天的土地崇拜！雷达老师读过小说一语道破天机，他说这部作品中最重要的"主人公"是土地，这是一部土地之书。

周新民：我明白你的思考。表面上看，你是在写中国农村土地流转这样一个重大政策对中国农村的影响。但是，你是把土地流转这一社会性话题嫁接在"土地崇拜"这一文化母题之上，使土地流转这一社会性主题具有了深厚的文化底蕴和根基。《麦河》之后，你创作了《日头》。《日头》是你的"农村三部曲"的压卷之作。你认为，《日头》和《天高地厚》《麦河》相比较，有哪些超越？《日头》中的两个人物形象金沐灶和权桑麻很有意义和价值，你能详细谈谈这两个人物形象吗？

关仁山："农村三部曲"（《天高地厚》《麦河》《日头》）的大量篇幅，都贯穿了作家关于农村未来发展前景的思考（鲍真、曹双羊等农村新人的实践）、乡村政治多元势力之间的戏剧性冲突（荣汉俊、权桑麻等权力者与新人之间的冲突），以及农村知识分子的启蒙立场与实践（金沐灶的形象），这些都是"三部曲"的重头好戏，也是我认为这个艺术画卷中最亮眼的部分。《日头》我感觉文化的氛围更浓了。它塑造了权桑麻和金沐灶这两个典型形象。去年十一月，这个"农村三部曲"在上海复旦大学有个学术研讨会。陈思和教授就提到，尽管这个权桑麻形象不是独创，在《农民帝国》里也有过，但是在《日头》里面更突出了。

《日头》中权桑麻这个人物更立体了。他是个民间枭雄，很复杂的形象。权桑麻的形象意义在于他是中国农村基层的真实写照。这一人物形象的确立是作者直面农村社会现实中最要害问题的敏锐书写，也是探讨农民问题的作品中最大胆和最直接的"现实主义"。农民的问题绝不是单一的问题。在中国由传统社会向现代社会的转型中，权桑麻这种投机钻营且胆量大的"积年老狐狸"反而能够获得更为广阔的权力空间，成为地方社会的实际掌控者。这意味着中国农村的现代化不仅仅是道路宽敞、拥有钞票、住上高楼的外在形式的变革，而是应该尊重普通民众对生活方式和人生理想的自由选择，是让农民活得有希望、有尊严、有精神追求的内在信仰的获得。

权桑麻建立的"农民帝国"是一个集专制、严密、混乱、愚昧、迷信、短视、功利、破坏于一体的封闭体系，而他所构建的资本、权力、"土豪"三位一体的利益格局则是中国社会利益链条的象征。只要这样的人还在，中国农村改革的成果就会变味，老百姓就不会真正享受到改革的果实。面对这样的体系与如此强大的利益格局，中国农村现代化若想取得成功，必然要解决制度的、人的以及文化上的种种问题。

金沐灶是与权桑麻相对立而塑造的人物形象，他是民间一个思想文化探索者。金沐灶形象比权桑麻形象要更理想化一些。金沐灶他父亲在"文革"时期为了护一口大钟，一口血喷在钟上。大钟上有《金刚经》，他沾着他父亲的血把《金刚经》拓下来。这件事一下子改变了他人生的所有走向。金沐灶带着悲悯情怀，带着精神探索苦苦追寻让中国农民过上好日子的办法。虽然他是个失败者，但是，他的追问和求索极为有价值。金沐灶这一人物形象的新意，更清晰地表现在思想境界的开阔与高远上。最初设计故事时我以为会写一个复仇的故事，但后来发现金沐灶这一人物形象应该是超越复仇的，他应该突破了既定的故事格局，使小说成为一个讲述农村维权者、探索者的奋斗传奇。

文化的力量不在于战胜对方，而在于实现和解。中国农民思想精神的进步与解放，就是要扬弃这种冤冤相报的斗争，争取在新的时代达成一种和解，才能真正触及传统道德文化的真义。随着小说情节的步步推进，金沐灶实现了精神上的升华与进步，从一个维权者转变成一个具有当代意识的农村政治家，从而站在了时代精神的高地上。但是，他不是我们时代的梁生宝，我还要塑造今天的梁生宝这样的新人。《日头》同时把重心往那方面靠了，可能忽略了一些抒情，而往文化中的儒释道国学上靠拢，特别是道家文化上靠拢，影响了一些抒情的东西、美的东西铺展。

周新民：你提到金沐灶这个形象，他是农民的维权者以及农民中的理想主义者，为摆脱农村贫困与苦难不断地寻找出路。你是怎么看待金沐灶这种失败的探索，或者说你是怎么看待探索农村建设这一重大问题的。

关仁山：金沐灶是一个理想主义者，他的探索，他对农民新生活的企盼，对未来的向往，农民生命的意义的思考，都是珍贵的。陈思和老师在那个会上给予高度肯定，他仰望星空的姿态让人感动，但是也有遗憾，他的探索没有结果。我们作家的任务没有完成，必须完成新乡村的一种重建。因为这样，我感到压力。有专家认为，农村政策调整和改革实践，必然带来极其复杂和惨烈的后果，观念上新与旧冲突，经济上得与失交替，伦理上的颠覆与蜕变，既是发展也是衰退，一切都在进一步退两步或者进两步退一步之间徘徊和挣扎。所以，农民的绝对贫困率的降低与幸福意识的丧失，几乎是同步产生的。这一切，都给予遵循传统现实主义创作原则的作家们一个沉重的挑战，来自现实的力量逼着他们睁开眼睛看到中国乡村现实是怎么一回事，不会再有传统的理想目标指示作家如何通过艺术形象来引导大家走金光大道，也不会再有梁生宝、萧长春这类理想人物来充当农村改革的当代英雄。这种人物到底还有没有？我在生活中发现这样的理想人物还是存在的。

只要走进农民的生活，就会有新的创作冲动和激情。我现在写的这个新长篇小说《金谷银山》又延续了这个金沐灶的探索。我找到了范小枪这样的一个新农民原型。《金谷银山》的任务是要重建。在我们的这个时代，民族文化被城市文化殖民打得鸡零狗碎的时候，我们需要新的农民英雄。《金谷银山》中的这个农民是在无意识中完成一个新乡村文化道德的重建、文化的重建以及经济重建。这个重建既不是今天的文化的照搬，也不是历史文化的翻版。它是农民自己干起来的、正在建设的文化。你说我们都在骂这个体制也好，骂农村贫苦也好，但是农村也就这样了，我们再骂也就这样了。我们前几部作品该批判也都批判了，以后需要文化重建。

为了创作《金谷银山》，我在北京昌平曹碾庄和燕山长城脚下白羊峪体验生活。这位农民在燕山长城脚下梯田里建起了小小的种子库，不用农药栽培。过去，村里路不好走，为了修天梯，村民把长城的砖卸下来给修路了。他们经过六年的打拼，用炸药和自己的铁锤子，打通了一条壁挂式公路。之后，有了新路这些老路就作废了，拆长城砖的农民自发地起老路上的砖还给长城，筑长城。那时长城已经破烂不堪了。农民自发地归还长城砖，表面看是个形式的东西，实际它有一种接近农民觉醒的精神东西。这个事件感染了我，我对这位农民进行深入采访，走进他的内心。他的内心是那样辽阔、质朴。他的精神是那么珍贵，穿越了生活表象而直抵生活本质。我认为作家还是要赋予作品以温暖人心和激励人心的力量，作家要有正面塑造灵魂的能力。

周新民：你的这部新作《金谷银山》可以说是"农村三部曲"之后的第四个阶段了？

关仁山：也可能是吧，这小说《金谷银山》，我以京津冀协同发展为大背景，写荒弃的乡村怎样在新时代下艰难地复活，写农民融进城市的艰难历程。

《金谷银山》里头村支书全家都已经进城了，村里房子都扔了，没有多少人。刚才我说到村里只有十几个人，很绝望的人。有个村民组长是党员，他交党费还得上城里去交。你说这种生活，我在采访时我都很震撼呐。这个村民组长有真实的影子。现实生活中，这名组长把鸡蛋卖了，到城里找支书去交党费，然后回到山里继续过很残酷的生活。

但是《金谷银山》里的范小枪是新农民。他销售产品紧抓消费者。他种植苹果，六年来从不打农药，最后在第六年才培试成功。一棵苹果树只长二十个苹果，但这二十个苹果价值连城。每个苹果挂有种植户的姓名的吊牌，价格昂贵。我要表达的意思是农民觉醒了，全方位地觉醒了。这也是供给侧改革的觉醒。农民实际上他不懂"供给侧"，但是他的行为体现了"供给侧"的内涵。

周新民：你的创作践行了"深入生活、扎根人民"的文学追求。你是怎样理解"深入生活、扎根人民"的八字箴言的？

关仁山：生活贵在体验，贵在生命体验，生活积累贵在感情积累，故事可以编织，但感情是编织不出来的，情感才是一个人的本真。一个有良心的艺术家心中应该永远装着人民，而离开人民的文学创作一定会枯萎。就作家来说，首先要培育对农民和土地的感情。劳动使农民具备了土地一样宽容博大的胸怀。他们永远都在土地上劳作，像是带着某种神秘的使命感，土地就像上帝一样召唤着他们，即使在最困难的时刻也不曾失去希望和信心。这是农民内心的勇敢、力量和尊严。作家不为人民币写作，应该永生永世为人民写作。这是我多年的追求和理想。搞好农村现实题材创作，要求作家自觉把艺术生命的"根"，深扎在现实生活的厚实土壤中，脚踏大地去创新，才有底气。所以，心中装着人民，写出精品力作是我们的中心任务。我的创作离人民的要求，还有距离，为此要不懈努力，以精品力作回报时代和人民的期待和召唤。

（载《芳草》2017年第2期）

关仁山

男，1963年2月生于河北唐山。中国作家协会全委会委员，河北省作家协会主席。中国作协书画院副院长。

主要作品有长篇小说《日头》《天高地厚》《麦河》《白纸门》《唐山大地震》，长篇报告文学《感天动地——从唐山到汶川》《执政基石》，散文集《给生命来点幽默》，中篇小说《大雪无乡》《九月还乡》《落魂天》，短篇小说《苦雪》《醉鼓》《镜子里的打碗花》、散文《塔和路的畅想》等。十卷本《关仁山文集》由花山文艺出版社出版。

作品曾获第五届鲁迅文学奖，获中宣部第十一届全国"五个一工程"奖，第十四届中国图书奖，第九届庄重文文学奖，及香港《亚洲周刊》华人小说比赛冠军等。两次获河北十佳青年作家称号，长篇小说《麦河》入选2010年中国小说学会年度排行榜，《日头》入选中国小说学会2014年小说排行榜。部分作品译成英、法、韩、日等文字，多部作品改编拍摄成电影、电视剧、话剧、舞台剧。

使命与宿命
——对话刘继明

周新民：你在 20 世纪 80 年代就开始文学创作，不过，这个时期的作品很多人并不了解。你能谈谈你早期的经历和创作情况吗？

刘继明：我中学时期开始喜欢文学，大约是 1984 年发表第一首诗歌，1985年发表第一篇小说《双管猎枪》，那时候，我还在家乡新厂镇文化馆工作。1987 年，我离开石首，只身前往新疆，属于半谋职半流浪性质，几个月后回到武汉，1988年考上了武汉大学中文系的插班生。大学毕业后，我分配到湖北省歌剧团工作，1992 年，我去了海南岛，参与创办《海南法制报》和《特区法制》杂志。1993年返回武汉。从 1980 年代中后期至 90 年代初，我已陆续在《钟山》《作家》《收获》《人民文学》等刊物发表了一批中短篇小说和诗歌，但没有什么影响，直到 1994年初在《上海文学》发表一系列所谓"文化关怀"小说，才引起文坛重视。

周新民：谈到你的创作不得不说到"文化关怀"小说。我想了解下，你觉得周介人把你的那些小说命名为"文化关怀小说"有何"动机"？

刘继明：我在《上海文学》发表作品时并不认识周介人先生。我的责任编辑是厉燕书。她是一位资深编辑，有眼光，热情敬业，经她之手发表过许多优秀作品，如邓刚的《迷人的海》，刘醒龙的《菩提醉了》等。出于信任，我直接向她投稿，每次都受到她的鼓励，在经历多次退稿之后，1993 年我终于在《上海文学》发表了作品，那是一个小说二题，其中一篇《夏日里最后一朵玫瑰》被许多刊物和选本转载，还被一些中学收入了课外教材和各类试卷的阅读材料。

1994年，《上海文学》又在第1期、第2期连续发表了我的小说《前往黄村》和《海底村庄》。《前往黄村》发表时，厉燕书老师写信告诉我，周介人先生很欣赏这篇小说，并且希望我再给《上海文学》写一篇小说。尽管之前我已经在《收获》《钟山》和《人民文学》等刊物上发表过作品，但能得到被视为文坛重镇的《上海文学》如此青睐，使我深受鼓舞，一鼓作气写出了《海底村庄》，寄出后没多久，就收到了厉老师的回信。她告诉我作品将在第2期发表。这么快的速度，我从未遇到过。更让我感到意外的是，当我拿到散发着油墨清香味儿的杂志，看到我的作品不仅以"刘继明短篇小说"专栏推出，还在卷首语上冠以"文化关怀小说"的称谓。

谈到这个命名的"动机"，《上海文学》的"卷首语"已经说得十分清楚（我那时还不知道是周介人撰写的）："'文化关怀'小说的创作背景，是对中国内地经济起飞，加速现代化进程这一历史阶段的文化反思。一批更为年轻的、仍在生活基层感受着社会机制调变的作家敏感到：当我们从崇尚行政的力量转向崇拜金钱的力量之后，我们的生活世界可能会出现另一种失衡——那些渗透在社会深层结构中起着凝聚作用的'无用之用'（关于意义、人伦、准则、文化的认同与归属等精神文化之用），可能由于一时无法在市场效益上体现其实用性而往往被忽略；一个社会的整合、团结、改造与提升，既不能独仗封闭时代的权力来生产，亦不能仅凭市场开放时代的货币就能购买到，它是政治、经济、文化三者良性互动的结果。'文化关怀'小说正是在这样一个社会背景及心理背景上出现，它带有鲜明的有别于其他时段小说的'90年代性'。"不久，他又在回答记者问时进一步指出："'文化关怀'并不仅仅指关怀文化事业、关怀文化人，而是指小说应该关怀社会的精神环境、关怀人的灵魂、关怀人的价值追求。在一个重经济的时代，文学应该为这个时代拾遗补阙，关怀一些经济来不及顾及或者不可能顾及，然而又是人的生命的延续与发展绝对不可缺少的东西。所以从根本上说，'文化关怀'就是90年代的'人间关怀'精神。"

回顾我的文学道路，《上海文学》无疑是一个重要的起点，二十多年过去了，但《上海文学》对我的关注和培养，一直使我感念于心。当然，作为一份在当时的中国文坛举足轻重的刊物，《上海文学》远远不止惠及哪一个人或几个人，就拿湖北作家来说，从《上海文学》走向并蜚声文坛的就有好几位。周介人先生对湖北作家真可谓"情有独钟"，1996年，他在"卷首语"中热情洋溢地指出："从80年代中期到90年代中期整整十余年间我国文坛上形成的江汉作家群给了《上海文学》的事业以有力的支撑。从池莉的《烦恼人生》《不谈爱情》，方方的《祖父在父亲心中》直至近年来在全国各大文学期刊都很走红的青年作家刘醒龙、刘继明、邓一光，他们都多少有点偏爱地将自己用心血编就的文学纤绳系在了《上海文学》这条小船上……"

这无疑是湖北作家与《上海文学》之间互相信任的生动写照。1998年，周介人先生不幸病逝，当我从刘醒龙那儿获悉这一消息后，心里十分悲痛，写了一篇短文《悼介人老师》，以凭吊这位为新时期文学作出了杰出贡献的编辑家和评论家。

周新民：周介人对你小说的评价后来渐渐成为评论界的"定论"。"文化关怀"小说虽然承继了先锋小说的创作精神，但我认为，与先锋小说比较多表现精神颓废、孤独、怀疑等情绪不同，你的这些小说更多的是表现了对于理想的追求。我想，你创作这些小说和其时的"人文精神大讨论"的文化背景关系紧密吧。

刘继明：1992年正值邓小平南方谈话之际，随着市场经济的启动，中国社会开始悄悄转型。作为感觉最灵敏的知识分子，无疑是这种转型的先知先觉者。所以从1992年起，一批人文学者先后在《读书》《上海文学》上发表文章或组织座谈，纷纷就市场经济对传统人文价值观的冲击表达深切的忧虑和广泛的思考，并形成了一场波及整个知识界和文学界的"人文精神大讨论"。我显然也从中获得了不少精神上的养料。但"文化关怀"小说产生的最直接原因，首先还是我个人的经历和感受。那时，我从湖北省歌剧团停薪留职，南下海南，在那个充满躁动和狂热的海岛上待了近两年，感受到了市场经济给人们心理和生活上带来的巨大影响。不久，我回到了武汉。两地生活的反差使我产生了一股强烈的创作冲动，这便有了后来一批以伢城为背景的所谓"文化关怀"小说。

评论家李洁非曾经在《迷羊之图——刘继明小说论》一文中指出："关于刘继明小说的艺术形式，我认为可以用'与先锋派貌合神离'来概括……"他认为，我的小说在本质上"与先锋派保持着相当的距离，以致是对立的"，并且概括为"以先锋之名而行古典主义之实"；"在刘继明的故事中，生活表象已被非理性的盲动所统治。他传达了这种状态，但丝毫也不苟同，反之，他在批判——用理性批判。这种理性与人类多少年来已经形成的对于生命的幸福、完满、健康诸概念是相通的。他没有体现出 80 年代先锋派作家和稍后的'后现代'作家对于理性崩塌的那种幸灾乐祸的神情，相反，他为此痛惜、悲叹甚至愤懑……"李洁非这段后来被广泛引用的论述，已经十分透彻地阐明了"文化关怀"小说与先锋小说之间的联系。所谓旁观者清，当局者迷，对于作品的分析，作家本人也许永远不如评论家"高明"。

周新民：你这个时期的小说，常常以执着追求事业而痛苦直至献身的艺术家、学者形象而著称，像《歌剧院的吟咏调》《六月的卡农》《海底村庄》《失眠赞美诗》等都是如此。你为何注重塑造这样的艺术家、学者形象？

刘继明：我大学毕业后分配到湖北省歌剧团担任专业编剧，整天接触的都是一些歌唱家、指挥家和演奏家，还有导演、舞美师等，对他们的性格、生活方式都比较熟悉和了解；另一方面，这类人生性敏感，在一个急剧转型的社会里，他们内心和精神上的震荡显然比一般人更强烈，选择这些人作为我小说的主人公，也就顺理成章了。

周新民：虽然我觉得你这时期的小说与先锋小说的精神表达有所差异，但是，我认为你在艺术表达上还是与先锋小说有着许多共同之处。你的小说有着寓言特性，往往使用了夸张、变形的艺术手法寄予你对生活的思考。90 年代先锋文学已经渐渐退潮，你为何还坚守先锋艺术探索？

刘继明：上个世纪 80 年代中后期至 90 年代初期，是先锋文学风起云涌，独领风骚的年代。它从整体上改变和刷新了现实主义一统天下的当代文学面貌。这种影响一直延续到今天。那个时期的青年作家，莫不以借鉴和模仿先锋小说的手法和技巧为时尚，我也不例外。但实际上，先锋派绝不仅仅只是一种形式，而是包含着一种认知和把握世界的立场和态度。也许正是从这个意义上，李洁非才指出我的作品与先锋派只是"貌合神离"。或者说，我只是披上了先锋派的外衣，骨子里还是一个传统人文主义的守望者。所以，作为文学流派的先锋小说的潮起潮落，丝毫不影响我的写作，因而也就谈不上"坚持先锋艺术探索"了。

周新民："文化关怀"小说属于启蒙叙事，关注的是个人生存境遇，《梦之坝》属于"宏大叙事"，关注的是家国天下。从"文化关怀"小说到《梦之坝》，这一跨度太大。你能谈谈你创作转型的原因吗？

刘继明：不止一次有人问到我的所谓"创作转型"。我曾经在上海的一次演讲中谈到过这个问题。有一段时间，由于个人生活中刚刚遭受了一场灾难，再加上后来一阵子身体又特别糟糕，所以心里特别虚无，像独自一人在黑夜里走路那样，不仅是眼前，连内心里都被黑暗填满了，觉得什么都没有意义。就在那段时间，我差点儿也成了一个基督徒，经常参加基督徒的活动，想给自己的内心寻找一个依托、一个活下去的理由。那时我看的书也都是关于哲学和宗教的，还有探讨生与死等形而上问题的，比如《死亡哲学》《西藏生死书》《论灵魂》，甚至连奥修的书也看，特别希望人死后有灵魂存在。基督教就成了解决这个问题最好的一个途径，包括那阵子我写的一些小说如《火葬场的夏天》《饲养疾病的人》和《祈祷》，此外还写了不少诗，这之前，我已经很长时间不写诗了。我还记得其中的一些句子，如"国家的天空相对于个人的天空，犹如泰山压顶"，"我宁愿相信一粒尘土，也不愿意接受时代的馈赠"，等等，甚至还写了一部诗剧，叫《一个灵魂在寻找自己的躯壳》，听题目就知道是怎么一回事。大概从那个时候起，我开始写作一些思想类的随笔，想自己为自己解开一些疙瘩。经常思考诸如"生活的意义"和"写作的意义"之类听上去很幼稚，但又是很根本的问题。我逐渐意识到人仅仅解决了内心的信仰还不够，还得搞清楚支撑我们活下去的这个世界是怎么回事才行。而要搞清楚世界是怎么回事，就得保持一种对此岸世界的热情，所以慢慢地，我又开始把目光转回到现实世界中来了。

作为一个上世纪 60 年代出生的人，我伴随着上世纪 80 年代的思想解放运动一道成长，经历过现代民主和自由精神的熏陶，狂热地迷恋过萨特的存在主义学说、尼采的"超人"理论和"酒神"精神、安·兰德的新个体主义伦理观，对诸如"他人即地狱"的名句耳熟能详，等等。而在随后到来的 90 年代，我们中间的许多人将"个人化"的叙事奉为圭臬，视为社会进步的标志，认为理想、价值、幸福等纯属个人的精神范畴，而与国家、民族和社群毫不相关。毫无疑问，这在很长一段时期，深深地影响和支配了整整一代人的精神倾向和美学趣味。一个显而易见的事实是，随着向自我、个人和内心的不断后撤或退缩，文学似乎正在渐渐丧失对于重大社会和历史事件的言说和驾驭能力。而当我们意欲把目光从"喃喃自语"式的言说空间，投向较为广阔的社会历史场景时，往往必须对包括个人在内的时代精神遗产进行重新的打理和总结。

《梦之坝》就是这种思考下的一次尝试。在这本书的写作过程中,正值"非典"流行,我重读《鼠疫》时,记下了这样一段话:无论作为个人,还是知识分子或艺术家,在面对关涉人与世界命运的重大事件或时刻,依然需要做出某种"介入",而不是以"纯文学"和"专业精神"为理由,去退缩或无动于衷。

周新民:《江河湖》和《梦之坝》在题材上相近。你已经写作了报告文学《梦之坝》,为何又要写作长篇小说《江河湖》呢?

刘继明:实际上,2003 年,当我在三峡坝区挂职和写作《梦之坝》时,《江河湖》就开始在脑子里萌动了。甚至可以说,《梦之坝》不过是写《江河湖》之前的一次热身和准备。在《梦之坝》中,我关注的是围绕三峡大坝从论证到兴建长达半个多世纪的曲折过程,以及从中折射出的政治文化信息。而到写《江河湖》时,我把笔触集中到了人的身上,人与政治、人与历史以及让人的命运,人物的活动空间也从三峡拓展到 20 世纪中国社会生活的各个领域。

周新民:能否具体谈谈你在《江河湖》中是如何通过甄垠年和沈福天这两个不同类型知识分子的命运沉浮,来揭示人与政治、人与历史和人的命运的关系以及中国当代历史进程的?

刘继明:如果用现在流行的观点划分,沈福天是左派,甄垠年是右派,在长达半个多世纪里,他们以各自的方式参与了 20 世纪中国的现代化进程。国家以及政党政治和知识分子政治之间历来是一种互相制约和博弈的关系。20 世纪中国占据主导位置的政党政治,无疑是中国共产党领导的人民民主实践和社会主义建设,这注定了它跟知识分子几乎与生俱来的精英主义立场存在难以调和的冲突。实际上,三十多年来或者说半个多世纪以来,中国知识分子群体对政党权威的抱怨和"指控"盖出于此。但这种指控常常暴露出知识分子自身的矛盾:他们希望按照自己的设计去改变和解释历史,而政党政治却有自己的一套理念和逻辑,冲突也就不可避免了。这里有一个需要甄别的问题:政党政治的制定者其实也包含着一部分知识分子在内,而被排斥在政党政治之外的那一部分知识分子通常喜欢以独立自由或者价值中立来标榜自己的立场。实际上,在特定的历史时空内,完全"独立"的立场是不存在的。即便在当今时代也一样。汪晖曾经用"去政治化的政治"来表述这种状况,我觉得是比较准确的。如果从这个角度看,甄垠年和沈福天在那个时代各自选取了截然不同的两种立场，他们的命运呈现出迥然相异的轨迹，也就是一种必然了。

所谓"庙堂"和"山水"，也就是"在朝"和"在野"知识分子之间的冲突自古皆然。他们之间的此消彼长，在很大程度上损耗了社会的政治生态。就此来说，葛兰西的"有机知识分子"概念是极具意义的，它使消弭和调节"庙堂"与"山水"之间的紧张关系成为可能。但有机知识分子的出现有一个前提，即必须在板结的国家政治生活之外出现一个相对成熟的公共空间，而这个空间在中国传统的社会结构中始终是缺席的，这也是甄垠年同沈福天一直"势不两立"，缺少真正对话机会的根本原因。

周新民：进入新世纪后，以《放声歌唱》等为代表，你的小说创作又出现了新境地。你被归为"底层文学"的代表作家。《我们怎样叙述底层》一文，事实上又强化了这一判断。请谈谈你为何对底层给予深切的关照。

刘继明：实际上，早在"底层文学"作为一种文学思潮崛起时，我就开始把笔触由精英知识分子转向了底层民众。比如我在90年代后期和新世纪初发表的《请不要逼我》《被啤酒淹死的人》《一诺千金》《回家的路究竟有多远》等中短篇和长篇小说。之所以如此，除了前面说到发生这种"创作转型"的心理原因，也许还跟我的出身背景有关。我从小在乡村长大，对底层民众怀有一种天然的亲近和关切。但更重要的原因是，经过近三十年的改革开放，中国社会在取得举世瞩目的经济成就的同时，也暴露出了许许多多严峻的社会问题，如贪污腐败、贫富悬殊、社会不公等等，导致社会出现了严重的两极分化。作为一名作家，没有理由对现实无动于衷。记得格非在领取茅盾文学奖时曾说："文学既关乎世道人心，也关乎良知和责任。"我深以为然，觉得这正是当下中国文学最匮乏的一种品质。

周新民：你既是"底层文学"的创作实践者，也是这一创作思潮在理论上的推动者之一。对于"底层文学"面临的问题以及可能发展的方向，你如何看？

刘继明：理论界对底层文学一直众说纷纭，充满歧义。例如有人把上世纪五六十年代的工农兵文学，七八十年代的农村题材小说，伤痕文学，以及90年代的新写实小说，统统纳入到"底层文学"这个范畴来讨论，并据此认为现在的底层文学没有什么新东西，不过是老调重弹而已。这种似是而非的看法至少有两个误区：其一，他们把底层文学简单地当成了一种创作题材，就像以前有人经常挂在嘴边的"农村题材""城市题材"或"工厂题材"一样；其二，他们忽略了"底层文学"既是中国现当代文学发展到今天的一个逻辑性过程，同时也是中国90年代以来错综复杂的社会变化催生出的必然产物。如果无视这一点，随意混淆和扩大底层文学的内涵与外延，就等于取消了其作为一种创作思潮的意义。

在我看来，"底层文学"首先是一种撑破精英文化设置的话语雾障，勇于揭示出我们时代的真实图景，站在人民立场，面向现实发言的文学，这或许就是它跟此前的"新写实小说"以及"现实主义冲击波"在价值选择上的根本区别。日本著名学者尾崎文昭曾经在一篇题为《底层写作—打工文学—新左翼文学》的文章中说："根据阶层分析论的所谓客观的'社会底层'其表现形式而言，是总带着贫困的这样一类负面形象，是同情的和慈善事业的对象，甚至是被侮辱的对象。另一方面，文学景观中反复表现的'底层'至少包含有'同情'的情感，伴随着对社会不平等而愤怒的伦理意识。它还与以前所使用的'人民性'概念有重合的一面，最后还被赋予'忍受苦难''真实的''纯粹的''崇高的'等正面含义。"他显然意识到了底层写作和左翼文学之间既有重叠又有差异的关系。

但遗憾的是，底层文学的大多数作家在思想认知和美学趣味上比较混乱、芜杂，这也是目前不少底层文学创作在质量上良莠不齐，缺少更多具有思想冲击力的作品的主要原因。我始终认为，左翼文学是底层文学的一个重要精神资源。如果不从左翼文学中获得有益的启示，底层文学迟早将被整合到已经成为主流的精英文学或中产阶级文学秩序中去，从而失去其在思想和美学上的主体性。

周新民：《人境》是你新近创作完成的一部长篇小说，与你以前的创作相比，这部小说更加贴近现实。你想在这部作品里表现什么样的主题？在艺术上想有什么样的突破？

刘继明：分析小说的"主题"，是评论家的任务，让作者自己来回答实在勉为其难。

我与青年评论家蔡家园刚完成一个关于《人境》的对话，其中蔡家园有一段话，用来回答你提出的这个问题大概比较合适：

阅读《人境》的时候，我不时联想起《创业史》《艳阳天》《平凡的世界》等"社会主义现实主义文学"经典，觉得他们之间具有某种精神上的连续性。但我同时又发现，无论是价值观念、故事情节、人物形象和叙事方式，还是在处理个人经验与社会、历史的关系时，《人境》都与它们存在很大差异。以主人公马拉为例，尽管他深受梁生宝和萧长春式的"社会主义新人"马坷的影响，但又在许多方面与他们存在着差异，比如马拉对个人价值的追求，对生与死等终极价值的思考，在两性关系上的困惑等等，都是柳青、浩然和路遥笔下不曾有过的。这体现出你对人物丰富性和复杂性的充分尊重，也显示出你对待传统时所持的开放态度，自然也体现了鲜明的时代特征。还有对"政治"的处理。自90年代以来，中国文坛流行欲望化、私语化、传奇化书写，呈现出一种"去政治化"的特点。而正如伊格尔顿所言，"伟大的作品总是包含着强烈的政治性"，"去政治化"必然会自我限定文学的生长空间和可能抵达的深度。当然，我所说的"政治"不仅是指制度、权力等狭义的政治，而是指一种广义的政治文化和心理结构。政治常常与人生哲学连接在一起，也与人的精神追求、价值选择息息相关。当代的许多作家，无论是处理历史还是现实，要么有意漠视，要么拒斥这个尺度和视角。如前面所分析的，你的这部作品直面中国当前最大的政治——转型期遭遇的重大现实问题，就像马克思当年剖析早期资本主义一样，你从资本、阶层（阶级）的角度切入，一下触及问题的本质，在批判和建构的双向掘进中实现了你的创作意图。尤其值得注意的是，与"十七年"的几部经典小说相比较，你在把政治转化为心理深度这个方向上作出了更多努力，这在某种意义上也为当下文学发展打开了新的面向……

　　作为作者，我显然无法说清楚《人境》在艺术以及其他方面取得了何种"突破"。但我可以告诉你，完成这部小说后，我心里充满了一种强烈的幸福感。我觉得，我写出了一生中最重要的作品。

　　周新民：蔡家园谈到《人境》和《创业史》《艳阳天》《平凡的世界》有某种精神上的连续性。不过，我更认为《人境》恢复了中国当代文学中断已久的"宏大叙事"。对这个问题你怎么看？

　　刘继明：关于前一个问题，前面提到的蔡家园那段话已经做了具体的分析，我不再赘述。对于第二个问题，我想说的是，很长一段时期以来，许多作家沉浸于"一地鸡毛"式的个人化和日常化叙事，评论界也推波助澜，不断消解和贬斥所谓"宏大叙事"，机械地将二者对立起来，使当代文坛流行着浓厚的小事崇拜和小资趣味，越来越远离时代的重大精神场域和公众的精神生活，日益成为少部分人把玩的休闲工具，另一部分人则满足于追逐商业利润，使文学日益沦为文化工业一个组成部分。文学的功能不断地萎缩、窄化，逐渐丧失了它曾经有过的那种启迪人心、教化社会、匡扶正义的功用。这不是文学的幸运，而是不幸。如果任其发展下去，沉沦的将不仅是文学，而是整个社会和民族。

其实，所谓"宏大叙事"与"个人叙事"并不是非此即彼的对立关系。你说雨果的《悲惨世界》《巴黎圣母院》，托尔斯泰的《安娜·卡列尼娜》《复活》，还有张炜的《你在高原》，究竟是"宏大叙事"还是"个人叙事"呢？所以，如果你说《人境》恢复了中国当代文学中断已久的"宏大叙事"，我深感荣幸。实际上，恢复某个被遗忘或忽略的传统，远不是哪一个人或哪一部小说能承担起的使命，需要更多的作家一起努力。

加缪曾经说过："我们身处满潮的海上。艺术家得像其他人一样划桨，如果能的话就不要死，这就是说，要继续活着并创造。"我觉得，这与其说是有责任感的作家和艺术家的使命，还不如说是与生俱来的一种宿命。

（载《芳草》2016 年第 3 期）

刘继明

男，1963 年生于湖北石首。毕业于武汉大学中文系。历任湖北省歌剧团专业编剧，《长江文艺》杂志编辑，曾任湖北省作家协会副主席，专业作家。上个世纪 80 年代中期开始写作，主要作品有中短篇小说《前往黄村》《海底村庄》《启蒙》，长篇小说《仿生人》《一诺千金》《江河湖》，长篇报告文学《梦之坝》，随笔和文论《我们怎样叙述底层》《用作品构筑我们的道德》等。

曾获屈原文艺奖、湖北文学奖、《上海文学》奖、《小说选刊》年度优秀作品奖、徐迟报告文学奖、中国文联文艺评论奖一等奖等。部分小说和随笔被译介到国外。

第二辑

哲思之维

打开人性的皱褶

——对话苏童

周新民：1987 年，您以《1934 年的逃亡》和洪峰、格非等一起，成为先锋小说的领军人物之一。小说别具一格的叙事方式、叙述语言，成为先锋小说的代表作。同样，这篇小说也在您的创作历程中，具有十分重要的意义。您还能回忆起您创作这篇小说时的情况吗？

苏童：《1934 年的逃亡》是我的"枫杨树"系列的第一个中篇小说。写作这篇小说时，我身边好多朋友是南京艺术学院搞美术的学生、老师，平时与人的交流好多与画面和图像有关。这篇小说的写作是突发奇想的，触动我创作的来源很奇怪，大概是几幅画。现在不清楚的是，具体是哪一幅画触动了我，想写这么一个中篇小说。记得我没有具体的创作大纲，自己画了几幅画，这几幅画提醒了我人物线索、小说的主要情节。我就顺着这几幅画来写。这样的写作本身可能就具备实验性，画面图像用来作为想象的翅膀了。

周新民：《1934 年的逃亡》是您的一篇实验小说，小说被称为实验小说的代表作，这篇小说呈现出和以前的当代小说迥异的小说观念，小说的传统要素都发生了变异，如人物不再是小说的叙事中心，完整的情节也没有了。同时，小说虽然是描写了一个家族的命运，但是，又和典型的家族小说，有着明显的差异。您能否谈谈您在创作这篇小说时的一些设想呢？

苏童：这个小说的创作在我的写作历史中比较奇特，也比较重要。当时，马尔克斯和爆炸文学像风暴一样席卷中国文坛，年轻的写作者大多难逃其影响。关注人的"根"，从而引发了一批以家族史为素材的创作文本。《1934年的逃亡》中有一些比较流行的家族小说的痕迹。但是它其实又不是真正意义上的家族小说，因为我完全抛弃了一些家族小说中重要因素，如描写两代甚至几代人物的命运，提取一个或几个家族成员，做肖像式的细致热情的描写。我似乎没这么做。我把材料抽空了，只借了一个叙述轮廓。抽空了这些家族小说的重要内容后，小说几乎全部是碎片。小说由一组组画面的碎片、一组组杂乱的意象组成，而小说的推进动力完全靠碎片与碎片的碰撞，意象与意象之间的碰撞。传统小说的人物、情节等重要的因素在这篇小说中找不到了，因此，这个小说在我的作品中，实验痕迹确实比较重。

周新民：现在看来，这篇小说对您以后的小说有着什么样的意义和影响？

苏童：这是我第一篇引起舆论关注的作品，与当时其他一些青年作家的作品在一起，形成了一批实验或者先锋小说的具体文本。我不能说它是一篇多么成功的作品，但是一个开始，对我最大的暗示是，写小说可以一边破坏一边创造，破坏和创造有时候具有一致的积极意义。

周新民：在小说《1934年的逃亡》中，枫杨树是一个重要的意象，这个意象后来反复出现在您的"枫杨树"系列小说中，看起来小说中的"枫杨树"不是一个简单的物象，而是具有更复杂的象征意味，您能谈谈它的象征意义吗？

苏童：枫杨树乡村是我长期所虚构的一个所谓故乡的名字。它也是一个精神故乡和一个文学故乡。在它身上寄予着我的怀乡和还乡的情结。

周新民：怀乡和还乡的情结应该是您"枫杨树"系列的主题，它在您的小说创作中占据着非常重要的意义，您能谈谈怀乡和还乡的具体含义和意义吗？

苏童：所谓怀乡和还乡是文学理论在背后阐释的结果。我们这些写作者大多是生活在城市，其实城市人的心态大多是漂泊的，没有根基的。城市里由于人口众多和紧张忙碌的生活方式，导致人对土地、河流甚至树木的情感割裂，一切都是公共性的，个人对自然缺少归属感，怀乡的情绪是一种情感缺失造成的。在文学创作中，所谓的还乡和回乡其实是有一个文学思潮在背后推动。我写这个其实是"寻根"文学思潮比较热闹的时期，"寻根"文学思潮推动了我对我自己的精神之根的探索。因此，"枫杨树"的写作其实是关于自己的"根"的一次次的探究，这探究不需要答案，因此散漫无序，正好适合小说来完成。通过虚构可以完成好多实地考察完成不了的任务。

我在创作谈中也写到，人会研究自己的血脉，这是一种下意识。中国处于农业社会时间太长，大多数城市人口，它的血脉一边在乡村一边在城市，这血脉两侧可以很近也可以很远。一个人在精神上，也是站在这个世界的两侧跳跃，他没有中心，这个中心是不存在的，只有通过写作来调和它。比如我的祖父、父亲是从乡村长大的，我是在这个所谓的城市长大的，那么我是在哪一边的，我认同什么样的文明、什么样的价值观？精神和血脉联系的结果是分裂的、矛盾的，我难以找到一个统一的、和谐的点。这种困难也让你的处境复杂化了。复杂的个人处境对于作家就是一种具体的写作对象，至少是一种出发点。历史上好多作家都在利用自己的处境在写作，前提是你对所谓的"处境"必须要有"无事生非"的能力。从这个意义上说，我的枫杨树乡村系列就是在对处境"无事生非"的探究下应运而生的，包括《米》。

周新民："枫杨树"系列小说有着重要的实验痕迹，在小说艺术层面上，您抛弃了传统小说的艺术表现方式，如故事、情节、人物等；在小说艺术的精神层面上，您更多地关注的是精神的怀乡和还乡问题。在"枫杨树"系列之后，您的创作又有了一个十分明显的变化，这主要表现在，从《妻妾成群》开始，您又重新开始在小说中写故事了。这种跨度比较大，我想请您谈谈您当时怎么想到这样调整自己的想法。

苏童：在《1934年的逃亡》之后，我在考虑，在实验意味比较强的作品之后，我该怎样写下去。我自己在这方面有一个最大的恐惧，就是怕重复自己的作品。继续写下去的方式大概有两种：一种方式是向前走，一种方式是向后退。关键在于你怎么理解向前和后退。其实小说手段的使用上从来不存在先进落后之说，我这里说的后退具体是指故事和人物的运用。我退回来把它们又拾起来了。这说到底也是我的写作惯性，在语言的表述上，在故事的选择上，我渴望表现出独特性。例如，打碎故事，分裂故事，零碎的、不整合的故事，都曾经是我在叙述上的乐趣，但后来我渐渐地认为那么写没有出路，写作也是要改革开放的，要吸收外资，也不能丢了内资。

从《妻妾成群》开始，我突然有一种讲故事的欲望。从创作心态上讲，我早早告别了青年时代；从写作手段上说，我往后退了两步，而不是再往前进。我对小说形式上的探索失去热情，也意味着我对前卫先锋失去了热情。而往后走是走到传统民间的大房子里，不是礼仪性的拜访，是有所图的。别人看来你是向传统回归，甚至是投降。而我觉得这是一次腾挪，人们常说退一步海阔天空，这不仅仅是人生观的问题，也是解决写作困境的一个方法。我要看看，退一步有个什么样的空间。

因此在写作《1934年的逃亡》《罂粟之家》以后，我是有意识地撤退了。重新拾起故事，重新塑造人物。同时，我要寻找写作来源，我当时寻找到的最丰满的东西恰好就是最传统的、最中国化的素材。如《妻妾成群》，一个封建大家庭，男权屋檐下的女子的身影，我看见它背后潜藏着巨大的人性空间，够我写的了。

周新民：这种调整意味着您的小说进入了一个新的阶段，在这样的思考背景中，您又开始了一个新的系列小说，借用常见的名称就是"新历史"小说系列，它包括您的《妻妾成群》《红粉》《我的帝王生涯》《米》。在这个系列小说中，传统的小说艺术表现方式重新浮现在小说中。但是，叙事方式的回归，并不意味着您的小说的探索痕迹的消失。我以为，在这个系列中，对历史与个人关系的探讨，对个人生存状况的勘察，依然可以成为一个文学时代的标尺。我想就这个问题探讨一下。首先，我们来看《红粉》。在《红粉》中，我看到了一个十分重要的现象。在以往的小说中，人是龟缩在社会历史的阴影中，而且是社会历史的力量在带动人物在运动。但是，在您的《红粉》中，个人从社会历史的轨道中脱轨而出。您这样看待社会历史和个人的关系，具有十分重要的意义，它标志着，在当代文学中，具有独特意味的"个人"在诞生。我想知道，您是怎样从这样的一个独特的角度来展开小说的叙事的。

苏童：《红粉》的故事发生在中国社会历史的一个十分重要的转型期，这是一个十分明显的具有社会标签时代特性的小说。但是，在写作时，我试图摆脱一种写作惯性，小心地把"人"的面貌从时代和社会标签的覆盖下剥离出来。我更多的是讲人的故事。

小说中的解放、妓女改造运动是人物活动的背景，必不可少。但解放和妓女改造等社会历史运动，你可以通过别的途径做更详细的了解，不是我要完成的任务。我在《红粉》中，是借助两个女人和一个男人之间的情感纠葛，来拓展我小说中的那个"人性空间"。我觉得这个故事是一个传统的故事，人物的历史背景天生造成了它的沧桑感，天生地造就了人物的悲欢离合。悲欢离合中的人群是天生为文学艺术而生的，值得写。虽然这是一个传统故事，但是它反而使我有了创作它的欲望。

我赞同那时很流行的一句话：老瓶装新酒。我那时候的小说，都想着老瓶装新酒。所谓的新酒当然不能沿用老的酿制方法，首先要摆脱的是对人物的主观批评，尤其是要摆脱泛泛的社会评判和道德评判。《红粉》涉及了人生活中的压力。我放大的是日常生活或者是私生活中的那部分压力。以前的小说文本通常是将人物潜藏在政治、历史、社会变革的线索的后面，表现人的处境。我努力地倒过来，将历史、政治的线索潜藏在人物的背后，拷问人物不一定要把他们倒吊着，可以微笑着伸着懒腰逼供。我想我自己认为的新酒就在这里。

写作当然也是以人为本。任何优秀的小说都是关注人的问题。人的问题之大，可以掩盖政治变革社会变革的问题。在小说之中，人性的细枝末节纵贯整个历史长河，也纵贯整个文学史，它的作用是不言而喻的，是明确的。但是许多人写作的时候会犯糊涂的，他追求庞大的，追求恢宏的叙述体系，人们都说《战争与和平》伟大，是史诗，但要知道托尔斯泰所做的是让一个个人物粉墨登场，然后让他们充分表现后离开舞台。常见的批评话语也有一种错误，就是重大题材、宏大叙事、小众文学、边缘题材等等。我觉得文学中，没有大和小之分，更没有中心边缘之说，对"宏大"和"重大"的追求是追求另一种奇装异服。创作问题好多时候是看人的态度问题，态度决定一切。"人"是写不光的，作家一辈子都在实际生活和文字生活中，双管齐下地与人相处。能够以文字与人打交道，避开社会的潜规则，本来就是幸运，如果能在写作中学会与人相处，是更大的幸运。所以我理解的小说好坏第一是"人"写得好不好的问题。人写好了一切大的问题都解决了。而我的创作目标，就是无限利用"人"和人性的分量，无限夸张人和人性力量，打开人生与心灵世界的皱褶，轻轻拂去皱褶上的灰尘，看清人性自身的面目，来营造一个小说世界。

周新民：小萼和秋仪的命运是悲剧性的，如此说来，小说《红粉》其实在叙写一个悲剧性的故事。您认为，这种悲剧性的东西是否和社会、历史相关？

苏童：所谓的悲剧命运在文学中，以前习惯的目光是要寻求一个黑手，一个谴责对象，创作思路大都是搭好一座悬崖绝壁，然后把人物生拉硬扯地推下去。其实一个人物好好地在沙滩上度假，却要挖个坑把自己活埋了，这才叫悲剧。好的悲剧没有模式，悲剧性是在探索人性时候的衍生物，所以应该心平气和地出现。比如关于说到堕落，悲剧性、喜剧性都有得写，说到生与死，生不一定就是新生的喜悦，死也不一定是灭亡的伤悼。作家的目光可以迷惘但不可以庸俗。《红粉》里小萼和秋仪的命运如果是悲剧性的，那后面的黑手也是无法寻找的，和历史、社会有关，也无关，和人性有关，但那不是人性的错。作家不可能全知全觉，你所塑造的东西也是未知数，我在写作时是尽量挽起人物的手，剩下的只能说是雄心壮志了，就是像孙悟空那样变成一个虫子，潜进人物心灵世界，一番巡游之后，耳聪目明，他说的想的爱的恨的我全知道。

周新民：对社会、历史的忽略，对人自身的关注和重视，是您小说的主要创作主题，应该说在《红粉》中，这个主题得到非常明显的表现。这个主题在《我的帝王生涯》中继续出现，只不过，它要显得抽象一些。它又是怎样出现在您的脑海的？

苏童：这个小说完全是一个天马行空的东西。我那时的小说希望每一篇和上一篇都不一样。《1934 年的逃亡》有一定的写作潮流影响，和当时的文学思潮有关，是当时的思潮和中外的相关文本在背后影响着我。《我的帝王生涯》却不知从哪儿开始，是我自己都想研究的。

写作这篇小说时，我完全处于一种冥想之中，冥想对象是一座雨中或雪中的宫殿。当时我的脑子里，有无数的文学意象在打架，甚至有一些诗句。有一天我的脑子里突然想起小时候听的那些评弹，《狸猫换太子》《长生殿》什么的。我是苏州人，"文革"后期没有什么正统文学的熏陶，那么文学熏陶来自哪里呢？来自有线广播。这个广播是非常单调的，但是因为在苏州，所以一打开广播，除了天气预报、时事新闻外，每一天就是无始无终地、慢悠悠地讲一些长篇评弹。这其中，有很多是宫廷故事。我觉得这种不急不忙的、天马行空的语调，那些经过民间口口相传的东西，用来叙述我脑子里这座宫殿再好不过了。在写作时，我当然用普通话，但我的耳边似乎是有一个评弹艺人在那儿帮助我舒缓地叙述下去，现在我对这篇小说的想法是，如果用苏州话来写，会不会比现在的好。

周新民：那么，在这个虚构的历史故事中，您寄寓着什么？这个小说在表达着什么？

苏童：我觉得我的这个小说是人生的一夜惊梦。但惊醒之前之后都是梦。为什么这样说呢？我把帝王的一生分成两半，一半在宫廷里，极尽奢华荣耀的假帝王，后半生是从高峰到谷底的一个平民生活，而且是一个杂耍人——走索人，都不真实，都有点夸张，悲喜交加。两种人生，而且是变化幅度最大的两种人生，是对比，也是融合的，让一个人去品尝。

在这个一夜惊梦中，我试图对人生的符号进行思考：人生其实在印证某种符号。这是一个抽象的"人"的命题。在小说中，端白的第一个符号是错的，比如说，他是一个假皇帝。那么他怎样去摆脱这个符号？这次摆脱是被动的，他是被宫廷政变撵出宫流落江湖的。落魄使他寻找新的人生，这是第二次，他寻找新生活的过程也是去寻找一个符号，他寻找到了杂耍人这个符号，但是，杂耍人也不是这个人的真实的人生归宿。僧人觉空教他做开明的皇帝却没有教他做底层百姓。端白的人生是对符号的寻找和摆脱。最后，其实，他是自我放逐在社会之外，最终成了一个与社会无关的人。

周新民：《我的帝王生涯》虚构了一个历史场景，在小说中这些场景是抽象的、不确定的。在它之前的《米》却要具体得多。小说写了许多具体的历史场景，有了具体背景。您在创作《米》时，是否有您的一些考虑？

苏童：《米》是我的第一部长篇小说。它的写作思维是由《1934 年的逃亡》发展下来的。经过细节的整合，铺开了对于家庭的叙述线索，人物面目变得清晰可见。我最初并没有有意识地把笔墨集中在米店家庭中，把那里作为某个现场，如此去展开写人性当中最溃烂的区域。最初，我想写的是一个关于城市的新兴产业工人的生活。他们大都是离乡背井的农民，在上半个世纪，他们如何到了城市。他们到了城市多半成了产业工人，成为城市贫民、城市无产者。同时，我想的是，失去了家园之后他们能否拥有新的家园。新产业工人如何与城市的先来者共同生存，构成城市不伦不类的城市文化，我最初是这样的一个大的设想。

但是，这个设想不符合我的写作轨迹。我写作经常推翻设想。最终我还是回归到写"人"，还是变成了写人的境遇，人与人之间的关系。只是人的背景身份是来自一个乡村的农民。他突然出现在城市里，面对陌生的世界、陌生的文化和价值观。五龙这个人物出场以后始终动作幅度很大，对他的描写停不下来，最初那些设想的主题，于是都隐藏在"人"的背后。

周新民：回顾您的创作，"新历史题材"系列的小说，所占据的分量要比"枫杨树"系列的小说重，和您的现实题材的小说相比，更要引人注目一些，出现这种现象，是否意味着您对历史非常感兴趣？

苏童：我不是对历史感兴趣，而只是对一些"发黄"的东西感兴趣。比如说，一张今天的报纸，我并不感兴趣，但是如果茶水倒上去了，弄得很脏了，我一定拿出来看一眼。对于我来说，我的兴趣并不在于历史本身。在我的所有的小说中，具体的历史事件在小说中是看不见的，是零碎，只是布景。因此，我对历史表达从来是不完整的，甚至有时是错误的。

所谓的历史的魅力，对我而言，只是因为它是过去时态，它是发黄的，它是一大堆破碎的东西。我对它感兴趣，只是我觉得过去时优美，非常文学化，对我叙说的热情有无比的催情力。除了《武则天》是一个例外，在我的写作中，始终回避史料和历史记载，但是我可能拿一张旧照片来写作。

是历史的纸屑对我有吸引力。我的小说当中，人物不是当下的，而在历史中。但是在历史中，每个人都在顺着人性的线索，拼命地从历史中逃逸。我在这个层面上，会更多地关注人性问题。而历史在这里只是一个符号。当小说中的历史成为符号时，历史和"人"其实就分不开了。但是，在"人"的叙事中，我们还是可以窥见历史的影子，当人性无比柔韧地展开时，历史的面貌就呈现在人们的眼前。因为，"人"的痕迹铺就历史，从这个意义上倒过来讲，表达"人"就是表达历史。

周新民：现在我们回到现实题材的创作。您的小说大致可以分为三个大的系列："枫杨树"系列、"新历史"系列、现实题材系列。您对写现实题材的小说，有什么样的体会？您满意的现实题材小说是哪些？

苏童：我写实的作品其实写得不够好，所谓写实是要对现实生活背后隐藏的东西挖掘，挖什么要明确，要舍得扔。想要的东西太多，结果可能是两手空空。我比较满意的写实小说是《桂花连锁集团》《肉联厂的春天》。

当下题材的危险性在于具有真实感，人人都可能会有体验。一个作家如果只是满足读者的认知程度，那就是失败的，作家应该远远超出别人对此的认知。当下题材和历史题材的最大的区别是，想象力失去了作用，在当下题材的作品创作中，作家应该像外科医生和魔术师。像外科医生要刀刀见血；像魔术师，指东画西，障眼法过后必须令人惊喜，超越读者的认知。

周新民：写历史或者是您所说的"发黄"的题材中，对"人"的关注，是您小说的主题。在写实题材中，您的主题是否变了？

苏童：不，在我的写实题材中，其实一直在表达人的处境。这是文学万变不离其宗的主题，从托尔斯泰、陀思妥耶夫斯基一直到卡夫卡，"人"仍然是现实的中心，"人"不仅表现在历史中，也体现在现实中，毕竟，"人"是小说的万花筒。

周新民：谈到现实题材或者当下的题材，我不得不说到《蛇为什么会飞》，总的看来，这篇小说的出现，和以往的小说相比，显得有些突兀，我想知道您怎样看待这篇小说？

苏童：这篇小说与以前的小说保持了一种隔断。这种隔断主要体现在两个方面，首先，在这篇小说中，我第一次将小说在当下进行，并且模拟了对现实生活的打包集装箱式的处理。小说里出现了集中场景——火车站。我让火车站成为叙述的靠山，也成为人物的靠山。情节人物以火车站广场为中心，向四周发散。其次，在小说中，我试图摆好直面现实的态度，并和现实平等说话。小说中有许多当下日常生活的符号，我企图把一个微型的社会景观放在小说中，然后让作家和读者的评判自然发生。

周新民：《蛇为什么会飞》的主题和以往的小说的主题相比，有什么变化没有？

苏童：虽然这篇小说在写作场景和写作姿态上，和以往的小说相比，有一些隔断。但我的兴趣仍然在写"人"，只是人物更具动态。在"人"的动态中表现"人"。千禧年、世纪末这个特定的时间，火车站这个特定的场景，人的高速流动意味深长，目的变得简单、单纯，行为却变得更加疯狂。世纪钟的钟声中，人主动地放逐自己，不是心灵需求导致的结果，是生存的本能引起的大规模的随波逐流。这样一个令人窒息的背景，我们不得不思考，现实社会与人群的面和心不和的复杂关系。小说中的火车站也一样，人们听见"城市"的召唤而流向城市，每个人都认为自己是城市的主人。但事实上，"城市"其实谁也不记得，城市在激进的发展改造之后也失去了记忆，自己都不知道自己属于谁。最终，每个人一无所获，解决问题等待的是时间，所有人的未来其实都维系在广场的世纪钟上，那里留着人们和

"城市"命运的悬念。如果让我解释，我对这个小说只能说这么多。

周新民：《蛇为什么会飞》的出现，是否意味着，您的创作会发生一些变化？

苏童：是的。在《蛇为什么会飞》之后，我的创作要拥抱现实，拥抱现实其实不是一个浮夸的口号，是对作家胸怀的一个很好的倡导，当然怎么个拥抱法，拥抱哪儿，这对一个作家更加重要。

周新民：《蛇为什么会飞》除了意味着您的创作目光投射到现实之外，我想，还是否意味着您创作心态也发生了变化？

苏童：人的成长对于作家有利有弊，作家的创作冲动和年龄有一定的关系。年轻有年轻的优势和力量，人到中年以后往往想的比写的多。什么山头唱什么歌，我有时想，如果现在把以前那些作品重写一遍会怎样。大概会匀称漂亮好多，但是野草地经过修整之后就是花园了，不是一回事。所以要我说自己的创作心态，一言难尽。我不认为年龄的大小能够决定写作质量。保持年轻是不可能的，但保持一个虔诚的文学青年的心态是可以的，那就是相信文学，相信写作，相信下一部作品是你最好的作品。

到了一定的年龄，人不一定就变得成熟，但一个写作者的胸怀和眼界应该变得宽阔。写作与做人一样，脚踏实地更加安全。这有两层意思：首先，你写什么都要先挑逗自己，别先想着挑逗读者或者文学界。其次，心平气和的同时要意气风发，一个作家最害怕的是，他的眼光对社会不够热情，切不可给自己规定一个作家的生活内容。我从来不知道作家的生活应该是什么样的，只是强迫自己胸怀天下、耳听八方。如果街上卖豆腐的和卖茶叶蛋的小贩为什么事吵起来，我一定会听个明白，然后给他们评个理。

周新民：在开始写作《1934年的逃亡》时，您以先锋小说家的姿态登上文坛，由《妻妾成群》开始，您的小说开始回归传统小说的叙事方式，到最近的《蛇为什么会飞》，您开始关注当下社会现实和社会心理。应该说，您的小说创作经历了非常大的变化。回顾您的小说创作历程，您有什么样的体会？

苏童：我的写作非常复杂。二十来岁，我是反叛的，反叛常规的。那时，我认为，按照常规写作是可耻的，从这个意义来说，先锋就是反常规。按照常规写作，历史的事件要有一个线索；人在历史中运动，人物要刻画性格；故事情节要有节奏；小说的叙述是线形的。但是，那时，我的小说全部是碎块，是泼墨式的，这就是我反叛常规后的叙述方法。到了《妻妾成群》之后，我对传统小说方法有了兴趣。做一个永远的先锋作家不是我所追求的。我觉得一个作家的创作道路应该很长很长，我希望我应该与众不同，而且与自己不同。这种心态使我觉得往前走是一种进步，往后走也是一种进步。有时向传统妥协、回归传统也是一种进步，如果往回走，世界又大了，那为什么不往回走呢。在《蛇为什么会飞》中，我开始了新的探索，尝试对现实的立体把握，恨不能长六双眼睛注视，长六张嘴说话。这对我是个新的挑战。一个作家写得得心应手了就应该警惕，对于作家来说，最柔软的圈套是自己的圈套。因此我相信折腾，折腾是革命。

周新民：我们刚才对您的一些重要作品作了一个比较翔实的了解。现在，我想和您谈谈您的小说中，所表现出来的一些比较抽象的问题。这些问题涉及您小说的一些重要话题。首先，我想和您谈谈语言问题。您的小说的语言很好，您让我们感觉到一种富有抒情格调、具有绘画质感的语言。您能谈谈您对文学语言的看法吗？

苏童：我从来不觉得我的语言有什么特别。但是我认为在成为一个作家之前，语言一定要先百炼成钢，要锤炼。我最初的诗歌的写作，对于锤炼语言十分重要，所以我一直建议在写小说之前，写一段时间的诗歌，这对语言有很大帮助。

语言是一个载体，真正好的语言是别人看不出语言痕迹来的，它完全化掉了，就好像是盐溶解在水中一样。这种最好的小说叙述语言，其实是让读者感觉不出语言本身的铺陈，只是觉得它的质地好，很柔顺或者很毛糙，似乎摸得到它的皱褶。

现代小说语言都使用现代汉语写作，只有少数方言作家用方言写作，而有着独特的标签。对于我们这些南方作家来说，用现代汉语写作，是对我们巨大的挑战。因为我们生下来说话的语言和写作的语言是不一样的。但是，在写作时，我们必须克服这种语言上的差别。让人们感觉不到这种语言上的差别的存在。

周新民：在上个世纪 80 年代，您的小说，比如"枫杨树"系列十分注重意象的运用，河水、罂粟、枫杨树等构成了您小说中十分醒目的意象。您后来的小说似乎不再注重小说意象的营造。您能谈谈您的创作上的变化吗？

苏童：在 80 年代，意象的大量使用是我写作的一个习惯，也许来自诗歌。在写作中，塑造人物形象也好，推进情节也好，都注重渲染意象的效果。意象背后潜藏的东西是有主题的，如孤独和逃亡、迷惘和苦闷等等。这是意象涉及的某一种主题。但是后来，我渐渐抛弃这样的一种写作方法。尤其从《妻妾成群》开始，我开始使用传统白描手法，意象在我的小说中存在是越来越弱。以前的小说看不出是什么画，现在的小说看得出是国画，而且是白描的、勾线的，不是水墨的。这几种创作方法，我不觉得哪种更适合我，我的创作的变数还很大，以后还会变，创作还要折腾。

周新民：阅读您的小说，我发现，您的小说大多关注的是社会中的小人物。您能谈谈您对这些小人物的看法吗？

苏童：小说多写小人物，是因为对小人物兴趣所在。判断人物是否是小人物，不能以社会分工标准来判断。其实一个部长一个省长也可能是小人物性格、小人物命运。小人物之所以"小"，是他的存在和命运体与社会变迁结合得特别紧密，而且体现出对强权和外力的弱势。对小人物的关注也是中外古今文学遗产留给我们的，其实不只是权力、财富、地位这些细节造就小人物，对于一个强硬的以文献记载为准则的评判体系来说，未有记载的，都是小人物。那么小说就来记载他们吧。

周新民：我觉得您的小说在人物形象的关注上，除了小人物之外，还有一个形象写得很成功，那就是女性形象。作为一个男作家，您为什么这样关注女性形象？而且您为什么写女性写得这么好？您写女性的着力点是什么？

苏童：虽然男性作家写女性心理上有一点难度，但是，你必须去挑战这个难度。我觉得并不是我写女性写得多么好，而是有些男性作家不负责任，不肯好好地写好一个女人。其实一个好作家，男性写得来，女性一定要写好，像福楼拜《包法利夫人》中的爱玛。包法利夫人就是他。福楼拜这么说，其实是在点出作家与他所创造的人物的关系。就像创作在塑造一个作家，小说人物也在塑造一个作家。

周新民：写了这么多年的小说，您对自己什么方面的作品比较满意？这种喜欢程度和小说的题材有没有关系？

苏童：我只喜欢自己短篇小说，我的中长篇小说，完全满意的没有。我对题材没有特别的偏向。

周新民：在您心目中，有没有一个好小说的艺术标准？它是什么？

苏童：没有一个固定的好的小说的艺术标准。好的小说的标准太多了。比如说长篇小说就有《包法利夫人》《百年孤独》《喧哗与躁动》《我弥留之际》《城堡》

等，这些都是好的小说的艺术标准，我觉得，我还没有一部小说能达到这些小说的标准。

周新民：您关于好小说艺术标准的说法很有意思，您能否以这些作品为例，来谈谈好小说的艺术标准。

苏童：行。我们可以一一分析。《包法利夫人》告诉我们，作为一个作家笔下的人物来说，需要具有足够的耐心、同情心，就可以了，但是福楼拜拥有的比这还多。你写不出来一个堕落的女人让人疼痛的味道来，让人感觉到情感是深渊，深不可测，让人在爱玛死前就对她的前途充满恐惧。这篇小说让人触摸到人类情感生活中几乎所有的肌理，而爱玛的自我沦丧就像人在狂风暴雨中走钢丝，最终就掉下来了。这就是一种写法的好小说。

《百年孤独》的好，不在于它被人夸赞得颠来倒去的叙述手法，在于它是一个关于运用想象力的最佳小说文本。当然它是关于孤独的小说，但伟大的是它让你看见，一个人可以用天天给自己织裹尸布来对抗死亡，一个人可以带着毯子飞上天来抵御孤独。马尔克斯说，孤独的反义词是团结，说得好，我在这里跟着他胡说吧，想象的反义词是真实。也许这部小说就是一个反义词，是飞翔的反义词，飞得美，飞得远，当然是一个好的小说的标准。

《喧哗与躁动》是另一种好小说的艺术标准，心理流和意识流是评论家的赞美语汇，它让我感觉到的是五官享受到文字的狂欢，白痴昆丁和他的妹妹都在五彩缤纷之中，你有各种幻觉。比如在小说中，作者提到了忍冬，我从来不知道什么是忍冬花。但是通过文字，我感受到了它，我的感官享受到了忍冬的气味。

《城堡》大概是所有作家心目中的好小说，它要你全身心地投入。所谓卡夫卡的哲学不是表达出来的，而是天生的，他只会这样写。他的哲学的运用，是他把他的哲学藏在他观察世界的目光中，城堡与人的距离是亘古不变的法令，这法令是卡夫卡颁布的，有谁能够逾越？这样好的小说，它不给你感官的享受，而是给你智慧的享受，这也是好的小说的一种标准。

《我弥留之际》也是好小说的一个标准。它的每一个章节就是一个人物。情节线索非常简单，围绕一个非常简单的情节——替母亲送葬，一路的跋山涉水支撑了一个非常庞大的人性内容。亲情的后面是背叛，温情的后面是冷漠，让你为一部小说所能容下的空间感到惊喜。

周新民：您这一代人在开始文学创作的准备阶段，就适逢改革开放的年代，接触了大量的外国文学影响。塞林格、博尔赫斯、马尔克斯、福克纳、海明威等作家，对中国作家产生过很大的影响，您的创作受过他们的影响吗？

苏童：在这些作家中，塞林格对我的影响很大。他的《麦田的守望者》是我在大学时读的。他不仅为我贡献了青春期看人生的独特角度，他对青春期本身的描写也打动了我，他描写的青春期的人的心路历程和我很像。很难说只是塞林格的文学打动了我，也许是一种关于青春期的精确描述深深打动了我。好多文学作品打动他人，就是从情感上来打动。《麦田的守望者》对于少年心的描写散漫而无所用心，却如闻呼吸之声。除了社会环境不同，《麦田》和《九故事》中少年们的青涩心态、成长情绪、成长困难，都深深打动了我。我在80年代末有一批短篇小说都深受他的影响。我的小说集《少年血》中的一些作品，和他的影响有关。我只是在写作时竭力控制，远离他的阴影。

博尔赫斯，我很喜欢，但在所有喜欢他的中国作家中，我敢说我是没有受他的影响的作家之一，在我的作品中没有他的影子。至于马尔克斯，用想象力统治一切的写作手法，对一大批作家的影响都很大，与其说迷信马尔克斯，不如说是迷信想象力，但恰好想象力是与生俱来的，怎么模仿？你谈到的福克纳，我很喜欢他，他作品的变化很大，每个时期作品的变化都很大，学习福克纳是可行的，学习一种对写作品质的要求，模仿是不行的，因为他无法模仿。大家喜欢的海明威，也是被认为最容易模仿的，许多文学青年都喜欢模仿，但我在警惕他，有意识地避开他，因为你一学海明威，别人就看出来，说你的文字上贴着胸毛。

周新民：您的作品中是否有传统文化的影子？

苏童：我觉得在写作的初期，我读的外国作家的作品比中国作家的作品多，这和我所处的时代相关。那时开放突如其来，我们还来不及接触中国传统文化，西方的作品就先进来了。在我们那一代人，传统文化是隔断的，我现在对传统文化的了解是在后天补课。

周新民：那现代作家呢？您是怎样看待现代文学史上的著名作家？

苏童：关于现代作家，我个人对三个作家的评价很高，他们在中国文学史上是举足轻重的。他们是鲁迅、沈从文、张爱玲。

鲁迅对我们而言，值得学习的是他的姿态和胸襟，他的伟大在于他的精神，他在教育我们为人为文的品格。在我心目中，与创作的影响相比，他更是一座德行的山峰。沈从文的写作别开生面，他对湘西的描述事隔多少年后仍然鲜活生动。不光是文学目的的清洁，他的小说语言在其中也立了功，是真正的清新自然的，最简洁的三四十年代的汉语。在现今作家那里，许多三四十年代的作家在今天看来，小说观和我们有着十分明显的隔阂。尤其在语言方面，许多作家的语言在今天看来，十分别扭，而沈从文却不同，他的语言直到今天还有许多值得我们学习的地方。张爱玲近年来忽然变成了一个时尚的作家，也不知道是好事还是坏事，就我的理解她的好处是最大程度张扬了个人感受对群体世界的抵触，而且是通过汉语文字本身的张力和遣词造句的方法。我不知道怎么形容他们对我写作的启迪，启迪一定是有的，但我所关注的世界与他们的作品距离比较远，没有可以对应的文本来分析或者坦白。

周新民：您是作家中"触电"较早的一位作家，也是"触电"十分成功的一位作家，您的《妻妾成群》改编成电影非常成功。您的小说《米》改编成了电影《大鸿米店》，《妇女生活》正在改编成电影《茉莉花开》。您是怎样看待您的小说被改编成电影这件事？

苏童：电影的写作其实和我的写作没有关系，我是被牵扯着进进出出的。从某种意义来说，电影改写了我的形象，甚至有记者说我很商业。其实，我认为，电影和作家经常发生关系，这是一种非常简单的供求关系，供求双方都不可能为对方改变自己的创作生活。作家永远为文学写作，不是为电影文学写作，这是常识，也许不用多说。

《妻妾成群》被改编成电影，一炮走红，因为这个原因，我被更多的人认识。很多作家的作品被影视改编后，走出了文学小圈子。电影改编，对作家来说，不是好事，也不是坏事，全看你怎样和它保持距离。而且这距离没必要人为造成，去拉长或者缩短。对待改编，大致说来，有两种办法。有的作家为了保持小说的自身的艺术特性，为了自己的小说不受伤害，拒绝改编，这是一种比较好的选择。我觉得我的做法也比较好。把小说托付他人，改成电影，看成是我的小说的一种再生产的形式。改编成电影之后，就和我没关系。我的小说永远是我的，一旦改成电影之后，它就不属于我了，我和电影之间只属于亲戚关系。

周新民：电影和电视的受众面非常广，作家的作品改成电影和电视是否有助于作品的传播？你是否很赞同您的作品的改编？

苏童：我的小说改编成电影，运气比较好，电影的导演如张艺谋、李少红、黄健中等都是非常好的导演。如果要改编成电视，我得选择编剧。

周新民：最后，我想了解一下您创作上的打算。

苏童：我的写作从来没有什么打算。最近我在改动我的一个短篇小说，可能要一段时间。我现在希望，不要把我的小说写坏。这种心态不一定好，但一直是我对创作的一个要求。

我从来不去找小说，而是小说找我。一个作家，写作只是他的生活中的一部分。其余的都是精神世界，这个精神世界很可能就是小说世界，但不一定非得是小说世界。干什么都有干什么的难处，总之，作家的生活是艰辛的，这其中的艰辛只有他们自己能体会。

（载《小说评论》2004 年第 2 期）

苏
童

男，原名童忠贵，1963 年出生于江苏苏州。1980 年考入北京师范大学中文系，1985 年曾在《钟山》任编辑，现为中国作家协会江苏分会驻会专业作家、江苏省作协副主席、北京师范大学驻校作家。

中篇小说《妻妾成群》入选 20 世纪中文小说 100 强，并且被张艺谋改编成电影《大红灯笼高高挂》，获提名第 64 届奥斯卡最佳外语片，蜚声海内外。2015 年，长篇小说《黄雀记》获第九届茅盾文学奖。长篇小说《河岸》获得英仕曼亚洲文学奖和第八届华语文学传媒大奖年度杰出作家奖。

灵魂的守望与救赎
——对话陈应松

周新民：陈老师您好，感谢您接受采访。您能首先跟我谈谈您的文学启蒙教育吗？

陈应松：这真的是一个非常复杂的问题。我最早的时候是学画画的。小时候很喜欢画画，但我作文又很好，在高中的时候开始写诗。高中的时候我的老师他写诗又画画，对我影响非常大，于是我开始写诗。

周新民：在您离开学校走上社会后，有哪些契机促使您走上文学创作的道路？

陈应松：离开学校后，我下放当知青，到了一个水利工地锤石头，因我会画画，就借到指挥部政办。我在那里主要办墙报，写写画画，写的是鼓舞士气的快板诗之类。就这样写了大量的"诗"。

周新民：还有别的什么原因吗？比如说某些偶然性的因素。

陈应松：是的，促使我继续坚持文学创作的机会是一件很偶然的事情。我写了一些诗歌就寄到文化馆，但后来就没有回音了。我又到县城的电厂当"亦工亦农"，相当于现在的打工仔。有一次回小镇，在车上和一位同学遇到，高谈阔论，后面一个中年人听到我们的谈话，问我是不是陈应松，因为我和同学谈话时互呼了名字，并且谈的是文学。我说我是，然后他说他是文化馆的，叫陈善文，他说他们的《革命文艺》发表了我两首诗，是我在电排工地写的，后来寄过去又打了回来，说是查无此人。他就叫我赶快到文化馆去拿。其实我工作的电厂离文化馆很近，不足百米，但因为工作很累，我从来没有进去过，当他跟我说的时候我已经忘了寄的几首诗。然后去拿刊物，看到了自己变成铅字的作品。就这样认识了文化馆的老师，然后认识了县城的很多业余作者，这就继续写诗了。确实很偶然的，文学创作它真的很偶然，当然与你自身素质也很有关系，因为我本来就爱好写作，但因为我认识了文化馆的文学老师，就放弃了画画。到现在我还是非常喜欢画画，仍难割舍，不过一心不能二用。

周新民：除了这个极偶然的因素外，与您生长的地域是不是也有一点关系，因为公安在文学史上是很有名的，出过一个公安派。

陈应松：现在回想起来肯定是有影响的。从较大的地域因素来讲，我的出生地公安，甚至整个荆州，是楚地的中心，这块地方文风深厚，楚文化的博大使你不想受熏陶也不可能。公安又有"公安派"。公安派的"独抒性灵"，跟这块土地也有关系吧。此外这个地方有浓郁的民间文化，对我的文学创作的影响比较大，我的外祖母很能讲故事，我熟悉的乡人都能讲，特别是鬼故事，楚人好巫，在我的家乡尤其如此。从小我感受到的巫鬼气氛，激发了我的想象力，那种记忆是对文学最好的滋养。

周新民：您具体生活的环境，比如您成长的村庄、小镇对您的文学创作也有一些影响吧。

陈应松：我出生于一个非常小的小镇，小镇对我的文学创作有很大的影响。这个小镇里有一大批读书人，读书的氛围很浓厚，可以读到很多小说，当时的很多小说我都能看到，什么《青春之歌》《小城春秋》《红岩》《铁道游击队》《红旗谱》《清江壮歌》等等。我家里很穷，我是一个左撇子，当时有一种游戏叫"打波"，就是打分子钱，我这个左撇子非常准，总是赢钱，赢了钱，我除了买颜料画画，就是买书。小镇的供销社里有卖书的，鲁迅的书全有，那时的书很便宜，都是一两毛一本，我现在还保存着那时买的一套鲁迅的书。鲁迅潜移默化地影响了我，而且对我的影响很深。我起初写的一些散文都是模仿鲁迅的《野草》，现在我小说的语言里面一样看得到鲁迅语言的影子。

周新民：看来影响您的文学道路的因素还是很复杂的。

陈应松：是的。地域的影响只是一种潜在的影响，但是直接的影响有以下几个：一个是高中时老师写诗；第二就是我认识了文化馆的陈老师，我写过一篇文章怀念他,发在《湖北日报》上,他带过我县一大批的作者;第三就是小镇的影响,小镇的文化氛围对我有很大的影响。

周新民: 在您写小说之前,您主要是以诗歌闻名,那时您写过小说吗?

陈应松: 在那写诗的十年中,我也写过几篇小说,但那时写得很差,不多。真正写小说是在武大读书的时候,是 1985 年,从那时就慢慢退出诗坛。1986 年 6 月开始在大刊物上,如《人民文学》和《上海文学》上同时发表了两篇小说《枭》和《火鸟》。

周新民: 您写了十年的诗歌,怎么突然转到小说创作上? 其中变化的原因是……?

陈应松: 还是受到了刺激。当时我们是武汉大学的插班生,一个班里大家都在写小说。他们很瞧不起写诗的,他们认为写小说可以得到大名,有几个人跟我这么说过。但我认为小说不能算作文学,我认为最纯粹的文学是诗歌,小说所表现的生活太芜杂了,它不纯粹。我是酷爱诗歌的。但是他们刺激我,总觉得我不会写小说,好像说我只能写那么几首小诗。当时,一个寝室有四五个人,都在写小说,所以我也就开始写小说了,并且相信我一定比他们写得更好。果然,我发的小说刊物比他们大。

周新民: 还有没有其他方面的因素对您的创作发生影响?

陈应松: 应该说学校的氛围对我转向写小说没有任何影响,主要还是别人的刺激,想自己为自己争口气。我写的第一个中篇《黑艄楼》也发在《上海文学》上,1987 年第 3 期。当时《上海文学》是非常有影响的。

周新民: 您文学作品中经常提到"北纬 30°",在您心目中它有什么特别的意义吗?

陈应松: "北纬 30°"是后来发现的,后来发现我的故乡小镇穿过北纬 30°。我是个神秘主义者,我相信我们荆楚人或多或少都有一种神秘倾向。我发现北纬 30°很有意味,与我追求的东西不谋而合。刚好它是一个非常神秘的地域,所谓北纬 30°神秘文化圈,是从北纬 29°到北纬 31°,那里有很多神秘的东西,我是一个比别人更加相信神秘的神秘主义者。

周新民: 具体而言,您发现北纬 30°有哪些神秘的东西呢?

陈应松: 太多了,像百慕大三角、金字塔、野人,关于这方面的是书我看了很多，也写了一些关于这方面的文章。比方说中国四大佛教圣地就有三个在这个纬度上：普陀山、九华山、峨眉山。再就是名山大川，比如黄山、庐山、峨眉山，包括神农架、珠穆朗玛、拉萨等都在这个纬度。它还是许多大河的入海口，比如：密西西比河、长江、尼罗河、幼发拉底河等，它穿过的河流如印度河、底格里斯河、拉萨河，包括前面说的那些河流又全部是宗教的河流。在我们周围穿过这条纬度的也有很多神秘的现象，如鄱阳湖的老爷庙沉船区，洞庭湖水怪和呼救石，洪湖的水怪。我们公安和松滋有一种吵闹鬼，是一种很小的隐形人，它还会说话。这事在前年松滋的一本刊物上还登了一篇长文：发生在解放初，还没破译的一个奇怪案件。就是发现有人在屋梁上讲话，却见不到人。梁上的腊肉移动，有个武装部长不信，拿手枪打，怎么也没打到。这个吵闹鬼在湖北又叫"宵神"。神农架的神秘现象就更多了。

周新民：北纬 30°算是一种神秘文化的符号，神秘文化在您的小说创作中反复出现，不仅在"神农架系列"小说中有很多神秘景象和事物、事件，在您早期的小说中，神秘文化也大量存在。看来它对您创作的影响很深。

陈应松：确实如此。我的神农架小说中的神秘事情不是我编的，是大量真实的存在。写神农架，你不想神秘都不行，这与我喜欢魔幻现实主义无关。我早期的小说如《将军柱》《火鸟》《枭》《黑藻》《瀆羊》等，这又是与我童年的记忆很有联系。我童年遭遇过许多无法解释的事，巫啊鬼啊，这不能不反映到我的小说中。从一定意义上说，小说就是童年的记忆。我见到过"鬼"，见到过飞碟。在我们那个小镇，人与"鬼"没什么界线，人人都声称见到过"鬼"，且天天发生。我认为，这个"鬼"，与北纬 30°有极大关系。所谓楚人好巫鬼，说不定就是地域自然神秘现象的一种表现。

周新民：从您小说创作的整体来看，您认为有没有什么阶段性的特点？

陈应松：这肯定还是有的，还是很不同的。刚开始，我还是比较喜欢莫言的小说，最喜欢的国内作家是莫言。我有些小说有他的影子，我给莫言讲过，但他说看不出来。还有一些"先锋文学"的小说，不喜欢当时的一些现实主义小说，从来没有喜欢过这类小说。刚开始是写船工生活，因为我在水运公司做过 5 年，像《黑艄楼》《黑藻》之类的东西，但没有得到文坛普遍认可。到后来又写过一些农村题材的，但还是没有什么起色。因为我老是在现代派和现实主义之间徘徊，因为我不喜欢现实主义，但现代派的很多东西我也不喜欢，于是就处于一种非常矛盾、徘徊的状态。那时并没有什么明确的写作目的，是典型的文学的流浪汉。就是你写什么都不被承认，只是在省内得到承认。到了 40 岁以后，就是去神农架，那里的生活给了我很大的触动。我喜欢那个地方，那里有很多朋友。刚开始去的时候也没有什么明确的目的，就是还没有想写什么、怎么写的这种目的，回来以后才慢慢明白了，心里就有个谱了。在过去，我是游走在现实主义和现代主义之间的状态，那么我现在非常明确向现实主义前进半步，向现代主义后退半步。后来在北京我的研讨会上，《小说选刊》的副主编秦万里说，陈应松的成功是向现实主义后退了半步。他这话是对的。可就我本人过去的创作来讲，今天我是向现实主义前进了半步。而结果是在当下流行的现实主义里后退了半步。但是我这种现实主义不是惯常的现实主义，与现实主义是比较松散的、若即若离的关系，谈不上貌合神离，貌不合，神也离得很远。到神农架去彻底改变了我。

周新民：您早期的小说中您最看重哪些作品？为什么看重这些作品？

陈应松：我觉得还是《黑艄楼》和《黑藻》。原因是我喜欢这种表现方式，是比较诗意的，找到了一种语言的感觉，为我后来写小说增加了自信。不以故事的连贯性取胜，主要以情绪、人的感觉为主。从诗歌转向小说，是一个非常痛苦的过程，但是我觉得我的这种转换还是很有意思的，既不像诗也不像小说，但就我来说，这些作品还是很值得怀念的。

周新民：我觉得您早期的小说，如《黑艄楼》起点很高，它直接加入到了 20世纪 80 年代先锋文学的对话中。它没有明显的故事情节，只有对生活事件的心理反映，它注重碎片化的叙述，侧重对个人内心的深入开掘等等，都使它接上了80 年代文学的风头。

陈应松：《上海文学》当时就是先锋文学的一个重要据点，我当时的心态也比较贴近先锋文学，但我没有进入到先锋文学的主要阵营里，这还是与我的功力有关，而且边写诗边写小说，分散了精力，也不刻苦。

周新民：与其他人关注您小说的侧重点有所不同，我觉得您的小说最大特点是注重人的心理世界的表现，对人的心灵的勘探进入了很深的层次。尤其是以"神农架系列"为代表的小说里面隐藏的一种与当下现实完全不同的价值体系，您呈现给我们看的，是一种现实，是一种神农架，是一个自然的农村社会；而隐藏在文字里面的是热衷对终极性价值的追问，对宗教、信仰的思考。

陈应松：应该还是有的。我看了大量关于宗教方面的书，必须思考一些具有永恒意义的东西，比如生和死，灵魂之类。

周新民：您为什么会突然关注宗教的东西呢？

陈应松：我首先关心的是佛教，一直和寺庙也有着联系，收到许多寺庙的内部刊物。我受到佛教文化的影响比较多。我看到这些刊物上许多往生故事，就是死去时的故事，死者们都十分安详，天上还出现一些异兆。皆因死者信佛。我还看到没信仰的人死时会十分痛苦和恐惧，当想信点什么战胜死亡的恐惧时已经晚了。人总要信一点什么。宗教是愚昧的，但是没有宗教是不行的。宗教就是信仰，信仰是没有什么是非的。人的灵魂是需要安慰的。随着年龄的增长，会使人想到很多问题。我相信人总得信一点什么，需要寻求一种灵魂的安宁。当然我信与不信这是另外一回事。我也经常买基督教方面的书。我从来不做什么祷告之类。很难说我信基督教或是什么，但是我还是有一种强烈的愿望，我们要有信仰，你不管信什么。在这个价值观、道德体系、精神世界都处于一种匮乏和迷茫的时代，心灵面临着巨大的不安和惊悸的时代尤其如此。

周新民：您觉得他们与您的文学创作之间有何种联系？

陈应松：有巨大的联系。我为什么要到神农架去呢？并不是领导叫我去的，而是我自己要求去的，但最简单的想法就是城里太嘈杂了，我想寻找清静，我想改变一种生活方式。寻找清静，这个清静里面本身就包含着宗教的因素，是寻找精神存在的方式，倾听自己的方式。

周新民：我突然发现，您的一些小说除了在精神上和宗教有着一些联系外，在故事上也有着宗教故事的痕迹。

陈应松：我的小说里有极强的善恶报应的道德说教和模式，对生命终极意义的追寻。再就是寻找模式，这是"圣经"故事的一种基本模式，就是不停行走中的寻找，寻找水源，寻找母亲，寻找幸福。基督教中关于这个有一个说法，叫"灵程"，灵魂之旅，就是寻找天国的路，佛教叫作往生，去向西方的极乐世界。

周新民：我认为在"神农架系列"里面，有两个二元对立的结构，一是城市和农村，二是农村和自然。更有意思的是城市和农村的二元对立里面，农村的价值是优于城市的；在农村与自然的对立里面，自然又是优于农村的。最终我发现了，城市—农村—自然，它们三者里面，价值是在最终向自然倾斜。我想知道，这种自然到底包括哪些东西呢？为什么您对自然界包括动物有一种痴迷的感情呢？

陈应松：这应该与我们内心所渴望的东西有关。这种自然应该是一种内心的自然，是一种精神向度的东西。它是一种精神存在，它不光是一种大自然。它也是一种符号。说不定它是一个精神的高度，或者是一个精神的坐标，我们的一切必须到那里去。这不是一般的旅游者所想象的那种大自然，它是我，作为一个写作者所想象的大自然。它的世界，也有人，也有树木，也有石头，也有野兽，整个大自然的那种生机勃勃，那种非常陌生的境界，这是真真切切能够慰藉和安抚我们的一个世界。虽然它未必就是精神，但它和精神有关。是有一种信仰在里面，有一种感情在里面。

周新民：很多时候评论家认为，因为您到神农架去体验生活，深入生活，所以您的文学创作与前期相比有了很大变化。对这种评论您有什么态度、看法？

陈应松：我还是不太在意这些评论，有些时候也没有仔细去想，对这些评论，我也只是默认罢了。你问的也是一个很深入的问题。当你得到什么的时候，有时可能是意外的收获。当我写完《世纪末偷想》以后，我发觉我很能写这种思想随笔，有思想的，很精练的，并且是更深一层的东西。过去写诗就是写的这样一些东西，我还真想写一些关于森林啊或动物啊这样一些随笔，写上了瘾，我这就去了神农架。不过去了以后，我发现森林并不是我所想象的森林。大自然是非常残酷的，这是我没有想到的。我第一次到神农架的时候，那真是太美了。高山草甸就像神仙种的，那些箭竹排列得非常漂亮，有规则，就像人工种植的。但也得到了另一种感觉，那就是非常贫瘠。农民那么贫穷，动物那么稀少，当你明白是怎么一回事的时候，你去那儿的初衷就变了。

周新民：了解到真实的神农架后，您会有自己的一些思考。

陈应松：是的。千年的树木都被砍伐了，砍伐了以后就很难再生，就长了这些草甸。而且它这种草盘根错节。即使树籽掉进去，都不能生长——已经没有了生长的空间。我发现自然界的生存法则真的是非常残酷的，我们对大自然的破坏也是非常严重的，不可逆转的。然后我就回来写《豹子最后的舞蹈》。我是怀着义愤，讲最后一只豹子是怎样死亡的。

周新民：看到了神农架的真实境况之后，您对神农架原有的看法完全发生了变化，脑海中诗意的自然被严酷的自然所代替，是这样吧！

陈应松：这种思想上的冲击，使我的想法发生了很大的变化。我也有了许多的反思。我们过去讲的那些山村的农民，那些非常美丽的村庄、村落、村寨啊。我们在少数民族作家的小说中经常接触到这种浪漫主义的山村生活，什么山里妹子多么漂亮啊，山里汉子多么强壮啊，什么村村寨寨欢歌笑语啊！那些很美的民俗啊，说得像诗一样美。其实全是谎话。我过去并不知道，我们这些写作者也是被文学所欺骗。像《五朵金花》《刘三姐》等等，多浪漫的。但事实不是这样，山里的生活非常艰苦，农民穷得不可再穷。那么我思考的问题就是非常实在的，没有什么虚幻的东西，它改变了我生活的态度。那时流行的一些写农村的小说，写农村应该怎么改革，村长怎么带领大家致富啊等等，都是写这样一种东西，至少有一半的东西是虚伪的。从神农架回来以后，我就突然改变了看法。

周新民：您去的时候是带着寻找一种精神寄托、一种想法去的。但是去后突然发现那里带给您的是一种现实的、很强大的冲击力，促使您有了新的看法。因此在您的小说中出现了很多对农村、对神农架地区人的一种生活的贫穷、精神贫穷的关注。是不是也有这样一种想法在里面呢？

陈应松：对神农架我是满怀敬意的，我现在想起来我最大的兴趣还不是贫穷，而是他们那种生存的坚韧度。人在那种地方生存下去是不可想象的。山区在一般的旅游者眼中还是很美，山寨啊，山上有人在那里耕耘播种啊！但是他们就没有想过在那么高的地方，人们是怎么生存的，这是城市人无法想象的。比方说他们的小孩怎么读书啊？假如生病了怎么办啊？要是得了病，他怎么到医院里去？他要走多少天？他怎么下来？怎么把病人背下山？他每天吃什么？他有没有水有没有电？就是他怎么生存，想到这些具体的问题，它就给我造成一种巨大的冲击。人类真是太伟大了。我们说的一些不能生存地方，这些人能够生存下去。我觉得生存的坚韧度是最值得赞美的。回来以后我写的这些小说就是关于他们怎么生存下去的东西。这些与我们的精神生活有关，它是另外一种生存方式。

周新民：您觉得它是怎样一种生存方式呢？在那样一种环境里面他们是靠什么信念生存下去的呢？

陈应松：我认为他什么都不靠，就是靠他的本能，是靠人的韧性生存下去。

甚至说句不好听的，人就跟野兽是一样的。你想啊，野兽它慢慢地脱离平原，从低山到高山，它先是在低山生活的，它被人们追杀以后，慢慢跑到高山，高寒地带。它能生存下去，人也能生存下去，作为人来讲，是非常艰难的。

周新民：在您"神农架系列"小说中，我比较喜欢这么几篇。首先是《松鸦为什么鸣叫》，这是这一系列当中比较早的一篇。小说主人公伯纬背死人，善待死人。对他来说，这是一种本能，也是一种很自发的行为，没有任何外在的目的在里面。但是在现代文明看来，背死人肯定是一种自觉的行为，有某种目的在里面。这一点给我的感受很强烈。

陈应松：我当时的初衷还是想冷静地写一种死亡，以一种幽默的笔调，例如他背死人，跟死人不停地说话。当时还是有宗教的考虑，生与死，例如公路带来的大量死亡。《豹子最后的舞蹈》也是这样。

周新民：在您的"神农架系列"小说里面，频繁地写到死，几乎每一篇都有死亡。我觉得这是很有意味的东西，这是您反反复复地在思考死亡的问题。

陈应松：我觉得生死在宗教中就是一个永恒的话题。死亡在宗教、艺术、哲学上都是永恒的话题，特别是在宗教中。我认为，宗教就是解除人们对于死亡的恐惧。因为基督教说得很明白，它解决的人类的三大问题：罪、忧伤，第三个就是死亡。但我认为死亡是永难解决的，特别是在文学中。

我喜欢写生死，我觉得它可能更有意义一些，这是我从神农架回来以后，刚开始的出发点。还是老话：它从现实后退了半步，它不直接关注到现实的某个问题，什么腐败、贫穷、贪污、改革，它不直接关注这些问题。我觉得那些非常好的小说，那些杰出的小说家，最好的小说就是写死亡的。

周新民：这又有另一个问题了，在您的小说里面，您把死亡问题当一个精神问题来对待，您在追求一个抽象的有意义的东西。但是您把死亡放在一个具体的环境中。最典型的代表就是《狂犬事件》。在《狂犬事件》中的频繁的死亡，一连串的死亡频频袭来。在这里面您在思考死亡的什么意义呢？我想您绝对不是简简单单地写乡村的一个具体生活事件和社会事件。

陈应松：《狂犬事件》我自己非常喜欢。因为在这里面我花了巨大的功夫，这是一般的人无法了解的，也没有看到这个评价。关于像这种用象征的，用一种瘟疫袭来或是什么其他的，比如《鼠疫》啊，还有很多这样的小说，某一个事件所蕴含的道理。包括卡尔维诺的《阿根廷蚂蚁》等等，某一事件所造成的威胁。但是假如我没到神农架去，我就写得像《阿根廷蚂蚁》，没有生活的实感，仅仅是一个象征小说，一个寓言小说，这又有什么意思呢？但是我在里面花了大量的功夫，我写成了一个非常实在的小说，村长、村长的家里人，这里面的所有人，像现实主义小说里面的一样，就是把寓言和现实结合起来了，表达了一种抽象的死亡问题。有了我在神农架得到的这样一些生活，使我能够——有能力考虑到把一部象征的小说写得像真实生活一样真实。这是非常之难的。过去我写过象征小说，但是你要写得非常有生活味道，非常有实感，丰富，真实可信，这是不可能的。但是很多写得有生活实感了，又没有那种寓言色彩，又没有那种象征性了。就写个生活，什么狗咬人啊，没有任何意义。在这方面，我觉得我付出了巨大的努力。你所说的死亡的意义，在这里，我一下子很难说清。

周新民：《牧歌》这部小说，题目看了都很美。读到前面让人感觉这个小说很美，后来突然一个事件，使整个小说发生逆转。《神鹜过境》也是如此，和《牧歌》类似。《神鹜过境》刚开始写丁连根准备把它送到动物保护站去，而后他又把神鹜拿过来把它驯服了，充当抓鹜的工具。这样看来让人感到很意外，很有冲击力，在这个转折里面，您思考了一个什么样的问题呢？

陈应松：《神鹜过境》这部小说是我到神农架之前写的，过去我还是喜欢写些这种东西的。写人类的一种残忍，带有一种寓言性。通过驯服这只鹰，利用它去征服更多的同类，所谓神鹜在他这个地方就是一堆肉了。在另外一些地方是神。神性在这里被一种报复心理给打败了。

周新民：人比动物残忍，《牧歌》这部小说，虽然题目是《牧歌》，但它是一种反牧歌的写法，它表现的是人和动物的冲突。在这种冲突里面，人和动物两败俱伤。其中让我感到非常有意思的一段话就是张打，他是个老猎人，打猎是出了名的。他到老了才发现原来自然界是那么生机勃勃，他认为动物应该也有自己的尊严，也应该有它自己的神性，人和动物的生命应该都一样。人应该敬畏这个动物，敬畏自然，敬畏生命。

陈应松：对，我觉得这个世界应该保持一种平衡，一个没有动物的森林是非常寂寞的，死气沉沉的，对大自然我们还是应该有一种敬畏，它有它自己的平衡方式，人类不应对自然进行过度的干涉和索取。

周新民：在您的小说里，我发现有这样一种观点，您既反对人类对自然贪得无厌的索取，也反对过度的环保主义。我们暂且把前一种叫"人类中心主义"，把后一种叫"自然中心主义"，两种观点您都是反对的。您还是认为，人与自然应该有一种关系，那么您认为人与自然之间应该以一种什么样的尺度共存呢？

陈应松：这个问题我真的还没有想好。我只能这样说，我写的东西，包括人对动物野兽的猎杀，野兽是否应该有它的空间。我的小说里，当然像在《豹子最后的舞蹈》里，我是怀着一种义愤，实际上，我不能说有一般的是非评判，我把这些写出来，把这些残酷的现实，人与自然，动物与自然之间的紧张关系也好啊，把这种真实的状况写出来，我认为是最好的，不做某种偏执的评判。

周新民：您通过对动物、自然界的严酷的描写，表达了对"自然中心主义"的否定。人是不能按照自然的价值尺度来生活的，否则也是人的异化。

陈应松：我自己也是一个环保主义者，但是作为小说家进行创作的时候，就不能把这种思想带进去。大山里的现实是非常残酷的，人与动物之间，动物与动物之间，充满了搏斗，到最后人还是要猎杀动物，否则你没法生存。人要生存的话，必须猎杀动物，你不能说我在大山里耕耘的时候，周围全是豺狼虎豹啊，那多可怕，必须得把它们打死，要生存下来嘛。生存是很不容易的，充满了尔虞我诈，你死我活。你不能说一只老虎放到神农架去，那肯定是要打死它的，没有办法。

因此，我从来不写哪个动物很可爱，你发现没有，从来不写。我们看到许多小说一写到动物，就把它们写得很可爱，憨态可掬，像童话一样，那样我觉得有些不真实。生活本来是一种严酷的现实，你不能说我们的周围山上到处是鸟语花香啊，到处都跑着野兽，这个肯定是不行的。到处都是动物啊，我们和动物友善相处，这肯定是不可能的。浪漫主义的诗人可以这么写，儿童文学家可以这么写，小说家千万不要这样写，这样写是很不负责任的。我尽量写出这种严酷的现实来，自然是非常严酷的。人与动物，动物与动物，人与人，人与自然界，人与整个森林、大山，都是非常严酷和紧张的。我就是写神农架这种严酷的、严峻的生活。不管人也好，动物也好，他们之间的关系也好，充满着猎杀与被猎杀。人猎杀动物，但野兽它也猎杀人类，我的那些小说里也写到这点，比如人被熊咬死，在山里失踪，夏天遇冰雹冻死，在山上耕地摔下来摔死等等。

周新民：我觉得更可怕的一点是，人用一种工具性的尺度对待自然：我要占有自然，利用自然。最终，这样一种价值尺度也被用在了人类社会中。那就是人和人之间，充满了一种利用和被利用的关系、算计与被算计的关系；因此，人和人之间，很难达到一种和谐，寻找到沟通的渠道。最终引发的结局是什么？是血案，我以为《马嘶岭血案》要表达的就是这一点。

陈应松：谢谢你的发现。

周新民：《马嘶岭血案》最大的价值也就体现在这里。知识者和乡村人之间寻找不到沟通的方式。他们遭遇的事件其实事情很简单，问题是达不到沟通。知识者只是说，你不要把我的东西弄坏了，我的东西都很贵重的。但是没想到的是，挑夫想到的是什么呢？你的东西既然很贵重，我抢到手里，一辈子都发了。这里就是一种思想的分歧，没建立一种很好的沟通关系。这种不能沟通的关系，工具性的利用心理，这正是人与自然之间的关系在人类社会中的应用。这点您可能在写作的时候没有明确地意识到。在《马嘶岭血案》里，我读出的是这样一种味道。包括在您其他的许多小说里，都是人和人之间的无法沟通的一种悲剧。《云彩擦过悬崖》传达人和自然之间的和谐的关系。在这篇小说里，我读到人与自然之间互相理解，互相沟通的心态。

陈应松：可以这么说。

周新民：山上的观测员因为成年累月看守山林，看守瞭望塔，他的女儿也被野兽残害了，而不被妻子所理解，最后他们离婚。但是，他对自然还是怀着理解的态度，很有感情，与自然和谐相处。他和人之间也有着非常和谐的关系，过路的人到他那里去落脚，他给他们吃的，和附近村庄的人关系非常好，义务为他们看护庄稼。即使是对和他离婚了的妻子，他也没有半点怨恨心理。单位因为他在山上工作了那么多年，问他有什么要求可以提出来，帮他解决。他提出的要求是帮自己的前妻安排工作。总体上看，这部小说里，体现了一种人与自然，人与社会的和谐关系。我认为您所有的小说，最后要表达的观点，就集中在这里。

陈应松：对，充满了一种和谐的、互相理解的关系。一种"相看两不厌，唯有敬亭山"的状态。这也是一种很有价值的发现。

周新民：请您说得更透一点。

陈应松：一种理想。当然你这样分析是对的。《云彩擦过悬崖》也是我自己比较喜欢的一篇小说。写的时候我充满了感情，特别是在写云彩的时候，有批评者说，在一个中篇小说里，用如此大的篇幅，两三千字去写云彩，是一种失误。但这恰恰是我最喜欢的，饱含感情。那种状态我觉得非常令人感动，这种状态也是我需要争取的，但很难得。守塔人宝良需要与周围自然环境进行多年的搏斗，然后得到自然环境的认可，把自然当作自己的家一样的。

周新民：开始上山时，他老想退缩，想回家，临退休了让他回去，来接他的车到了山下，他突然觉得不愿意回去，这是由于他和自然之间达到了一种非常好的状态。谈完了这些小说，还有一个问题，您是否认为，您的神农架小说和以前的小说是完全没有关系？还是对前期的小说有所超越？

陈应松：肯定是有关系的，一个人的道路多半不会出现断裂。我这次到北京开会，有一个湖南的作家，以前不认识的，在一起吃饭的时候，他说："应松啊，你到神农架去了后可真是脱胎换骨啊。"这个说法我觉得蛮正确，虽然有一些关系，比如说，还是同一个人在写嘛，语言风格方面还是跟以前差别不大。但我现在对生活本身包括对现实体悟更深，关注更贴近了，胸襟更宽阔了。写得也比过去更加凌厉和残酷，这是我自己认为的，不知道你们作为批评家是怎么看的。相比于过去，写的东西有更强的实感，现场感，这是我过去的小说欠缺的。使小说充满现场感，像真的发生一样。但同时又是一个具有象征意义的、虚构的东西。要像生活，但不能完全写的是生活。

周新民：很多人都把您当作底层叙事的主要作家，关于"底层意识"和"底层叙事"，对这个问题我想听听您的看法。

陈应松：有评论说我的《马嘶岭血案》是底层叙事的重要作品，把我当作底层叙事的代表作家之一。不过我对这个不是很关注的，作家自己写自己的东西就完了嘛。说到底层叙事，明年3月，四川文艺出版社将推出一套"底层叙事小说丛书"，加入的是曹征路、刘庆邦、罗伟章和我。而《天涯》的主编李少君也编了一本《底层叙事小说选》，这其中包括有一些短篇。

周新民：收了您哪些小说？

陈应松：像《马嘶岭血案》《太平狗》《母亲》《松鸦为什么鸣叫》等。

周新民：对于很多人都把您当作底层叙事的主要作家，对这种评价您认不认可？

陈应松：我还是认可的，因为我从来都是在写底层的。过去有些作品，虽然也描写了社会底层的生活，但是很不真实，它并没有什么底层叙事。比如说伤痕文学它是底层叙事吗？寻根文学也是底层叙事吗？现实主义冲击波、新写实都可以称得上吗？搞错了，角度不同，底层叙事非常真实地去写底层人的生存状态，写得非常的严酷。像"现实主义冲击波"里面，写到一个村长啊，一个厂长啊，他要改革，遇到了什么问题，这些问题当然也是很尖锐的。底层叙事不这样写，它不管典型化，它就写生活中的一点，它写一个社会问题，它没把它典型化，它就站在底层这个角度，农民、打工仔，或者它不以他们的身份写，它也是非常向下的，向下向下再向下，它是身处在下面，而不是以一种俯视的姿态。而且对这种生活不再作道德和时代意义的评判；它不对改革的得失用简单的两分法标准打分，完全以真实作为基础，没有任何浪漫主义和粉饰的成分。它的源头不是新时期文学，而是左翼文学。

　　周新民：您认为底层叙事，一是一种真实的坚守；二是站在底层人，如农民、打工仔的角度；还有哪些？

　　陈应松：底层叙事的兴起和繁盛是抵挡不住的，在这个浪潮之下，肯定还会有更好的小说出现。因为，我认为它的出现有深层次的原因。我自己是这么想的：一、它可能是对真实写作的一种偏执实践。这就是：小说必须真实地反映我们的生活，哪怕是角落里的生活；二、底层叙事是对我们政治暗流的一种逆反心理的写作活动，它的作品，可能是新世纪小说创作收获的一个意外；三、它是一种强烈的社会思潮，而不仅仅是一种文学表现方法；四、它是当下恶劣的精神活动的一种抵抗、补充和矫正。我们如今的社会，我们的精神虽然遭受到伤害、困境，但还没有到崩溃和绝望的地步，我们灵魂虽然迷失、变态，但还没有到撕裂和疯狂的地步。我们社会的富人越来越多，穷人越来越少，这更加凸显了穷人的悲哀和我们对贫穷与底层的忽略。何况，穷人在如今依然是一个庞大的、触目惊心的群体。我认为，怜悯，仍然是作家的美德之一。在我们的社会变得越来越轻佻，越来越浮华，越来越麻痹，越来越虚伪，越来越忍耐，越来越不以为然，越来越矫揉造作，越来越王顾左右而言他的时候，总会有一些作家，自觉或不自觉地承担着某一部分平衡我们时代精神走向的责任，并且努力弥合和修复我们社会的裂痕，唤醒我们的良知和同情心，难道这有什么错吗？另外，就算作家醉心于底层的苦难，就算是写苦难，我想一个作家写苦难，总比不写苦难好。要我们在这么巨大的贫富差别面前写中产阶层？写底层人的莺歌燕舞？写那种酒馆进、宾馆出，商场进、情场出的生活？我认为我已经写不出来了。

周新民：苦难一直是您文学写作的一个核心问题，除此之外，还有死亡，痛苦。

陈应松：对，因为生存对他们来说，充满了痛苦，轻松的生活不属于劳苦百姓，他们很多人还在为温饱和生存而挣扎着，在贫困山区尤其如此。

周新民：您的作品，如果要贴标签的话，第一个标签是"底层叙事"，第二个是"乡土文学"。

陈应松：我还听说，我的作品被称为打工文学的最重要代表（笑），比如《太平狗》，讲的是一个农民工进城打工的故事。因此被人称为最优秀的打工文学，在《中篇小说选刊》2006 年第 2 期就有这么一篇文章。

周新民：不仅如此，其实您在底层叙事上早就做出了探索。您的长篇小说《失语的村庄》，很有特色。您能不能谈一谈这部长篇小说？

陈应松：这部小说也没有引起太多的关注，但我自己还是很喜欢的。我感觉到这样一种写作方式，我现在是很难进入了。写得那么沉醉，写人的内心，大段大段地描写人的内心，我自己还是花了很多心血的。但是非常遗憾，没有引起什么注意。这部小说还是和后来的作品有很多联系的，写人的贫困、人的内心，还有那种语言的基调，以及我内心想表达的东西，这些都和现在的小说有很大的关系。

周新民：我觉得这部小说在艺术探讨上也是走得比较远的，您觉得呢？

陈应松：是啊。可惜它的命运不好，一共只印了几千册。因为在过去我也没有什么名气，而且又是一个小出版社出的。

周新民：在这部小说里，有一个非常独特的地方，每个人说话都是用自己的内心来说，恰恰小说又名叫《失语的村庄》，您要让村庄说话，怎么说？每个人用自己的内心说，这种视角具有很深远的探索意义。在我们的印象中，农村题材的小说是传统意义上的小说，没有人用这种叙事模式写过，在这一点上，这部小说非常有探讨价值。

陈应松：我在《世纪末偷想》中，有几处写到了"失语"，不知道你有没有注意到，就是对这部小说的回应。失语是一种生理现象，但它也是一种时代疾病。不光是城市人失语，农民更失语，他们没有说话的地方。

周新民：现在还是失语的。

陈应松：对，他们是没有话语权的，最没有话语权的是农民。文学界讨论什么"底层叙事"，说底层叙事，那么底层能不能自己叙事呢？不可能的。他们本身就是处于失语状态，我们说底层叙事，是从知识分子的角度，代替底层来叙事，帮他们叙事。你能让那一群书都没读，生活问题都没有解决的农民去写小说？不可能吧。甭说是写小说发表，就是写一封信给县里，报社，也没人理他们。知识分子是很可笑的，而且迂腐，讨论底层自己写自己，除非是江青，搞小靳庄，人人赛诗，这证明是个闹剧。失语是我们时代一个巨大的精神疾患，在《失语的村庄》后面有个后记，对于这个问题谈到了一些。

周新民：能谈一谈外国文学对您的启迪吗？哪些外国作家是您比较欣赏的，他们对您有没有一些启迪和影响？

陈应松：我欣赏的基本都是外国作家，中国当代文学的小说我不是太喜欢，主要是受外国文学的影响。像我们这一代作家，包括后面的六七十年代的作家，都受过外国文学的影响。我受中国文学的影响真是很少，在现代作家中，除了鲁迅外，其他对我几乎没有影响。我主要是喜欢拉美和法国作家。拉美文学主要喜欢魔幻现实主义，法国文学则是自然主义对我影响最大。

周新民：一般意义上，20 世纪 80 年代以来，中国作家主要是受现代主义文学的影响，您如何来看待现代主义文学。它和自然主义文学的差别在哪里？

陈应松：我现在觉得现代派作家很轻，并不是我狂妄，瞧不起他们，绝对不是这样，而是觉得他们写得很轻。而自然主义写得很重，分量很重，他们写一种坚实的生活。像吉奥诺的"庞神三部曲"，卡里埃尔的《马鄂的雀鹰》以及其他的一些作品，他们会告诉你什么叫真实，什么叫现场感，他们写实写得非常实在。比如卡里埃尔写那种山区生活，四季的景色，是十分沉醉地写的，细得不可再细，那种功夫让人折服。但这种写实又不像法国的另外一批作家，像巴尔扎克写这个房子，就写这个房子有些什么东西，一件一件道来，有些啰唆，甚至索然无味。自然主义不这样写，他们写得很诗意，语言很有味道，很有象征和寓言色彩。比如"秋天紫色的风""放荡下流的乌鸦""在雨燕的鞭子一样的尖叫声中""在这深邃、清澈的天空中，人们的欲望会越走越远"……总的看来，自然主义文学强调的现场感、真实感，以及诗意的语言和有意味的形式对我的文学创作的影响很大。因此我很喜欢左拉、卡里埃尔、吉奥诺等自然主义作家。

周新民：拉美的魔幻现实主义对您的启发主要体现在哪些方面？

陈应松：拉美的魔幻现实主义对我的启发主要是他们的魔幻色彩和寓言性质。第一，那种魔幻色彩正好契合了我对神农架的感情，神农架本来就是一个很魔幻的地方，刚好我喜欢魔幻现实主义；第二，他们的语言也是很有诗意的，所有的魔幻现实主义作家的语言都充满着跳跃性，开阔而富有穿透力，这是我非常喜欢的；第三，他们的故事都是精心选择的，有意味的故事，并且把生活写得非常丰富多彩，令人目不暇接。用一个中性词来形容魔幻现实主义，那就是"芜杂"，非单纯或单薄，芜杂恰恰是生活的本质，写得如此眼花缭乱，深邃难测，充满意外，这是需要本领的。

周新民：您能不能归纳一下您的小说观？

陈应松：小说应该用充满寓言意味的语言来表现具有强烈现场感的、真实的生活，要使小说充满着力量。小说一定要强烈，对现代麻痹的读者要造成强烈的刺激。一定要复杂，不能单薄，要丰厚、丰富、丰满、丰沉，所谓"四丰"。要真实，令人感动，还要让人疼痛！现在写小说跟80年代真的不一样了，现在是一个很难出作家的年代，这个时代不是一个文学的时代。也许，这就是作家和小说的宿命。

周新民：谢谢您的访谈，期待您更优秀的作品面世。

（载《小说评论》2007 年第 5 期）

陈应松

男，祖籍江西余干，1956 年生于湖北公安县。武汉大学中文系毕业。出版有《魂不守舍》《失语的村庄》《别让我感动》《绝命追杀》等多部长篇小说，此外亦有多部小说集、随笔集、诗集等。

小说曾获鲁迅文学奖、中国小说学会大奖、《小说月报》百花奖、《中篇小说选刊》奖、《小说选刊》小说奖、全国环境文学奖、上海中长篇小说大奖、人民文学奖、梁斌文学奖、华文成就奖（加拿大）、湖北文学奖等，曾连续五年进入中国小说学会的"中国小说排行榜"中篇小说十佳。2015 年被授予"湖北文化名家"称号。

思想的独舞者

——对话孔见

周新民：孔见老师，你是海南本土人吗？

孔见：对，我的祖先在九百年前就步苏东坡后尘到海南了，传到我这里就是27代。

周新民：如此说来，你算得上海南本土成长起来的作家了。说起海南文学，人们脑海里马上蹦出叶蔚林、韩少功、蒋子丹这样一些作家。这些作家其实不是海南本土作家，是从外地迁入海南的。在这些外迁作家光环照耀下，海南本土作家的创作往往不为人们所关注。你能不能给我描述一下本土文学历史创作的线索、现状？

孔见：海南建省以前，隶属于广东省，文学创作的活动包括取得的成绩都归入广东文学板块里面去了。实际上那个时候，海南的红色题材的创作，在广东是有一定知名度的。如吴之的长篇小说《破晓之前》和有关红色娘子军的写作。后来，他还写过《红色少年连》等一些带有纪实性的作品。另外，冯麟煌、李廷奋等人的诗歌和伊始、崑崑等人的小说、散文，在七八十年代的广东也有一定的知名度，只是没有全国性的知名度和影响力。海南的文学是到了1988年建省以后，海南成为一个省份以后才真正纳入中国文学的版图。而这个时候，能够进入大众视野的，就是你刚才说的叶蔚林、韩少功、蒋子丹等一些外来的移民作家，他们是带着影响力过来的。所以在很长时间里，人们看到的是他们的身影。我们这些人在本土和外来文化的交融中慢慢成长起来的。就我来说，实际上写作开始得还算比较早，我在 70 年代末，大学时代开始写作，80 年代初开始发表诗歌，但是后来有一段时间我又对哲学感兴趣，转向了，不再去做这些事。

周新民：为什么会从诗歌转向哲学，有什么样的考虑或者机缘在里面？

孔见：当时我对文学的爱好，带着某种功利性。我企图通过文学给自己指明个人生活的方向，能够让我活得更加明白、坚强与从容，搞清楚生命的底细，拨开困惑的迷雾。但是，在文学的阅读和写作中，我得不到这样一种受益。不仅如此，文学的矫情还把我的情感搅得越来越多愁善感，变得比原先更加脆弱，也更加迷惘。所以，在那个时候我对文学渐渐失望。我想要的东西，文学给不了我。我听说，哲学能够使人智慧，所以我就转向对哲学的学习。在广州读本科的时候，我基本上都不上课，整日在图书馆里度过，近乎疯狂地阅读与思考。我的毕业论文后来得到广东哲学界的老前辈、华南师范大学副校长黎克明教授的赏识，他给我写了一封很长的信，高度评价了我的论文《概然世界与人的选择》，让我参加了全国人道主义和人的哲学研讨会，论文也得以节选在《现代哲学》上发表，还入选由中国社会科学院哲学所、《光明日报》、商务印书馆等组织的全国中青年哲学工作者最新成果交流会。于是，我也雄心勃勃地想在哲学方面有些作为，埋头写了一些哲学论文。1988 年海南建省以后，情况就发生变化了。我那时候还是想在黎族苗族自治州首府通什，继续把课题搞下去。但市场经济的浪潮已经把海南岛席卷起来了，我的一些朋友都跑到海口了，他们老是动员我过去。最后，我还是抵不过朋友们的劝说，到了海口来，在一个民办的报社工作，成天跑新闻编稿子，人来人往，嘈杂混乱，时间与思维的连续性被支离破碎，哲学就搞不了，搁浅了。我便开始写了一些随笔、诗歌之类的东西，算是回归文学。

周新民：我明白了。这就是你的随笔、诗歌、小说非常富有哲理的重要原因。

孔见：从很小的时候起，我就有一种很深的纠结和困惑。困惑于人活在世界上到底是什么回事、到底有什么意思，经常跑到人烟稀少的海边沙滩上，默默地站着，一站就站了很久。那时候我还没到十岁。我是一个非常沉寂、甚至是孤寂的小孩，跟人群社会有点儿格格不入，喜欢一个人胡思乱想。写作的兴趣是从个人的孤寂和胡思乱想里生长出来的。我整个人说起来还比较单纯，无论是爱好文学还是爱好哲学，不管是阅读还是写作，都是要搞清楚人生这一个迷津。我写的文学作品有诗歌、散文、随笔、小说，但基本上都是扣着这个主题。

周新民：你当时对哲学著作的学习和研读，感兴趣的主要是哪个板块？是不是关于人文哲学？

孔见：我学哲学的时候雄心勃勃，企图要搞清楚整个世界的奥秘与真相，颠覆某种普遍的世界观。为此，必须要对各门学科都有所了解，所以我在自然科学方面也投入很大的精力。那时候我越过高等数学勉为其难地读了一些自然科学的书，包括物理学、生物学方面的书。这种对自然科学的爱好与关注一直保持到现在。另外，在心理学这块儿，我也兴趣盎然，进行了系统的阅读，企图以物理和心理两种学科来建构自己的知识体系。当然，就哲学来讲，我更关注的是人本主义的一脉。实际上，我大量阅读克尔凯郭尔、尼采、萨特、加缪、海德格尔等人的著作，希望从他们那里找到生活的价值和意义，淘到某种金子，消除我几乎是与生俱来的焦虑。

周新民：很多作家对世界的观照和思考，还没有像你这样形成对人生有非常深入的哲学思考。相比较之下，我觉得你的文学创作有着鲜明的自觉哲学思考。我记得，你曾说过，"我渴望从语言走向存在，听入，而不是说出。"我认为，这段话体现了你的诗歌所包含的哲理思考。也有评论家把你这样的美学诉求归结为"倾听的哲学"，那么你能不能谈一谈你的诗歌中所体现的"倾听的哲学"含义？

孔见：进入现代，特别是后现代之后，人们似乎不再相信自在的真谛，他们认为意义是某种观念的设定与意愿的赋予，语言的建构于是成为意义生成的源头。对我而言，这种赋予与建构，恰恰导致了阻隔和遮蔽，让我们陷入某种自欺欺人的状态里。比起说出，倾听更具有开放性与问询性，它能够让未进入我们视域的东西涌现、开显出来，帮助我们去领悟存在的原委与真意并生活在其中。当代诗歌的写作越来越重视修辞，把语词当积木来玩，强调技术性的东西，是一种手艺活，陶醉于对语词和意象的消费。对此我并不怎么感兴趣，我希望写得更质朴一点，写出生命的深沉与幽明。文学到底是人学，而人学到底是一种心学。

周新民："文学到底是人学，而人学到底是一种心学。"这个观点我很认同。你的文学创作很好地贯彻了这个观点。比如说你的诗歌，我有个感觉，你的诗歌有一种禅宗的味道，有佛教的词语在里面，在审美方式上也和禅宗有很多相近的地方。

孔见：是的，有这个意思。其实我的诗歌体现了自己对人生的一种参悟的企图。这种参悟，不能说是觉悟，只是这样一种取向：努力去参透它，捅破某种习以为常、理所当然的硬壳和阻滞生命流通的事物，就像捅破凝固的冰层，让水焕然涌动起来，水流物生，澄明开达。诗歌于我是一种工具，疏浚河道的工具，而不是目的。我相信，真正被诗意充满的人是不会再写诗的，因为他本身的存在就是诗。

周新民：你的诗歌为什么会有禅宗的特性呢？

孔见：这可能跟我二十多年禅修的经验有关。禅的经验让我获得非常美好的存在感，也成为写作灵感的一种源泉。与通过语言去建构各种意义的造作和游戏不同，禅的目的是打破或者化解人在不知不觉中给自己设定的界限，让心灵解放出来，与万物打成一片，让水溶解在水中，进入一种存在的化境，领受造物的恩泽，获得生命的净化与升华。

周新民：你的诗歌中常常出现木麻黄、"落地生根"、水莲花、枇杷、棕榈、杜鹃、麻雀及各种海南本土的动物、植物，你认为"存在不仅仅是一件物，而且是一个运化着的灵。这就意味着万物皆灵，万物皆在灵中化"。你是怎样形成这种"万物有灵"的诗学理念的？

孔见：是的，我的诗歌里面出现的动物、植物，都是童年生活中的日常事物。70年代以前的海南岛是动植物的王国，人只是生活在它的边缘地带。我们这一代，可以说是与动植物一同生长起来的，与它们之间有一种心照不宣的通感。在诗歌里，我愿意从灵性的层面去表达它存在的形态和姿态，我觉得这种表达能够突破彼此之间的界限，带出内心苍凉、悲悯而又美好的情绪。我这个人的内心实质上有一种很悲伤的情绪，有些朋友觉得我有"妇人之仁"，我自己觉得也是如此。我看不得人与人之间相互恶骂、相互打斗的场面，如果是因为某种利益的关系，我可以退让，给出我的这部分。我觉得人活在这个世界上是一件很不容易的事情，需要彼此的怜惜与照护。我很容易感动流泪，看了一些事情内心感到痛苦，又觉得自己无能为力。这让我觉得自己不够坚强，但我不接受无毒不丈夫的说法。

周新民：可能还是受到既有佛教思想在里面，也有西方现代人文主义哲学的信仰在里面。

孔见：在学习西方人文主义的时候，我真切地感到中世纪的文化里缺少对个体生命的尊重与同情。但在学习中国传统文化时却发现，原始儒家和后来佛家都深具慈悲的情怀，只是在专制社会里，这个部分一直得不到应有的弘扬。帝王治国平天下用的都是法家的理念，儒教只是表面文章。这个国家仍然需要人文精神的教化。

周新民：你平常看不看禅宗、佛教典籍之类的书籍？

孔见：在整个 80 年代到 90 年代初期，我都是西方文化的信徒，所读的书都是从西方引进过来的著作。它们让我完成现代性的启蒙，对自由有深入的理解，对人性有足够的宽容。但人文主义是世俗化的思潮，对人性的理解很有限。进入 20 世纪之后，原先看起来洋溢着乐观精神的人文主义，就演绎成为一种颓丧、绝望的具有否定性的潮流，它没办法给我一种正向的、肯定的人生答案。读了尼采、萨特、加缪等人的著作之后，我对"存在"的焦虑并没有缓解，内心的"疾病"并没有因此而得到治愈，反而加重了迷茫与忧患，让我觉得越来越绝望，身体的状况也越来越糟糕。直到 90 年代，我才慢慢转向东方的领域，学习我们一些古典的作品，读《老子》《庄子》《奥义书》，读《大学》《中庸》《传习录》，当然还有佛教的经典。我觉得自己从此走向了一条回家的路，而且随着阅读的延续，生活变得越来越明朗了，内心的焦虑也渐渐缓解、烟消云散了，身心因此变得更加充盈起来了。

周新民：你在上个世纪 90 年代初期为何转向学习中国古典哲学？你最初是对西方哲学感兴趣啊。

孔见：实际上，上面已经回答了。在《赤贫的精神》再版后记里，也有这样的表述：80 年代，国门敞开，西方思潮鱼贯而入。顺着潮流，我寻访过克尔凯郭尔、陀思妥耶夫斯基、尼采、弗洛伊德、荣格、萨特、海德格尔，还有爱因斯坦、波尔等众多的思想家，他们的话语都曾开启过我的心智，却未能缓解自己内心的焦虑与惶恐。我惊讶地发现，许多备受顶礼的现代主义大师，如波德莱尔、陀思妥耶夫斯基、尼采、卡夫卡，其实都是些病人，而且有的已经病入膏肓，不可救药。他们其实是人类精神的祭品，代表同胞去受难。其价值不在于化解什么问题，而只是将遭遇的问题尖锐化地摆到人面前，让人有同病相怜、抱头痛哭的慰藉感。即便是那些看起来没什么毛病的哲人，他们对人生给出的答案多数是否定性的。一种无家可归的绝望情绪与难以驱逐的荒谬感，弥漫在 20 世纪精神的天空。某个特殊的机缘，让我回归于东方古典智慧的领域，寻访那些宁静而深邃的智者，并从此有了浪子还乡的感觉。

周新民：中国哲学，比如说孔子、老子、庄子，包括禅宗的传统思想，主要是关于人生的思考。西方现代人本主义哲学也关乎人生的思考。为什么西方人本主义哲学把你引向更加焦虑的精神困境中，而阅读中国传统哲学你又觉得你"回家了"，找到了一条更加光明的道路？中国传统哲学和西方人本主义哲学都是关于人生的哲学，你觉得它们的差异在哪里呢？

孔见：我觉得现代西方人本主义哲学，比如说存在主义，它把人的存在基本上叙述为偶然、荒谬的存在，人或彼或此的自由选择，都是一种自我给予的造作，对于别人是没有意义的。在死亡面前人都是绝望的，死亡是一扇打不开的门，人所做的一切到了死亡这一刻就一笔勾销。西方人文主义是对中世纪宗教神学的反叛，带有浓郁的世俗化色彩，缺少高贵的格调，没有给出人性充分开展的可能性空间，特别是超越的可能性。在这个体系里，自由几乎是最高的价值了，但人通过自由去实现和完成什么，却是悬空的。用一句话来说，自由就是自己跟自己玩，过把瘾就死。在很多的情况下，这种自由是荒芜和凄凉的。这种思潮并没有给人安身立命提供一条光明而踏实的前景。我在一篇文章中讲到，现代西方所谓文学大师，不管是尼采也好，陀思妥耶夫斯基也好，还是早一点的克尔凯郭尔也好，还是后来的卡夫卡、萨特、加缪也好，他们给我们描绘的人生都是灰暗的，没有出路，尽管他们的文字写得那么美，但没有一种拨云见日的东西，读多了会让你雪上加霜。当然，海德格尔是一个异数。

如果说西方人文主义指向的是自由，那么东方古典人文主义指向的是自在。不管是中国的道家、儒家，还是印度的佛家，都没有在人的存在之上强加某种异己的存在物，但他们也不主张人用自己的观念构造出某种价值来将自己罩起来，而是强调人应当以一种诚敬的精神去接受生命本来如此的样子，并穷尽它的可能性，即所谓"穷理尽性以至于命"。这种人文主义不仅是一种理念，还结合着一套行履功夫，具有很强的实践性和可操作性，而西方人文主义完全是一种生活的观念体系。我觉得东方的人文思想能提供一种安身立命的方向。

周新民：我觉得看你的小说，比方说《供桌上的瓶子》《狗肉》《征服》《发誓》《河豚》《丁村的酸梅》这些作品，很特别。中国的小说一般都比较注重对社会生活和内心生活的一种照相式的、真实性的描写，我们往往把文学作品当作作家个人的心灵或者社会生活的某种反映，这是中国作家写小说一般都有的总体性的特点。但我觉得你的小说，好像不太刻意去表现这种所谓的社会生活或者内心生活的真实性，而是追求一种抽象意义的表达。你的小说和西方现代派小说有很多共同的特点。我首先想问你的是，你是否对西方现代派小说非常感兴趣？你很喜欢像卡夫卡这类作家的小说？

孔见：我以前比较喜欢卡夫卡的小说，但我最喜欢的小说家是博尔赫斯。博尔赫斯的小说陪伴了我好多年。其对时间、空间和人的命运那种迷幻的表述令我比较着迷。他的小说有一种站在某个高处对人生进行俯瞰，或是隐在深处对命运加以洞察的姿态。他的表述不就事论事，非常有概括性，或者说有玄学的意味，我喜欢这样一种意味深远的概括。我个人的生活也是这样一种态度，我对生活中那种琐琐碎碎、婆婆妈妈的事情不太关心；人与人之间的这种小的恩恩怨怨、牵牵扯扯的事情我都尽可能去省略掉。我想这都是生活的枝蔓，不该在这种地方纠缠，应该去寻找它的根，通过某种具有象征意味的叙述，来达到概括性的理解和表达。所以，我的小说基本上都有寓言的性质，在生活中没有实际的对应关系。例如《河豚》，我只是听说过我们那个地方有人吃了河豚之后死了，死之前，他说他的舌头是麻的。我不认识这个人，他早就死了。我就是想拿这个事件来表达一种人生追求的方向，以及这种方向可能发生的事情，和可能进入的境界，并将它推到极致。然后就有一个叫未全的人物浮现出来。比方说《供桌上的瓶子》，我有一次跟人喝酒，酒不好喝，但酒瓶子非常漂亮，喝完我把酒瓶子拿回来，然后看着酒瓶子就有了一些关于瓶子与装填物之间的联想。这种联想跟自己在生活中的人关联起来，与人怎样去接受自己的生命、面对自己的生活的思考缠绕到一起，最终演绎成一个女人的故事，也是一个瓶子的身世。

周新民：我觉得你的小说像萨特的小说一样，其实就是你的哲理思考的表达。

孔见：可以算作一类，但是，这种小说写不了很多。我后来还有一些选题，由于自己有一些人生选择上的变化，小说创作也就暂时告一个段落。可能将来过了一个阶段我还会再来写，但现阶段是搁下了。

周新民：不知道你有没有想到一个问题，像你这样的一种写法，读者能接受吗？

孔见：我的写作基本上不考虑读者接受的问题。我写小说就是觉得好玩，写了一阵又转向随笔。我的小说主要也是表达一种哲学的思考，但是这种表达必须是拐弯抹角的，必须是含蓄的，我觉得这样一种表达，还不如用随笔更加直接一点。但是就随笔来讲，我对随笔这种问题也是比较挑剔的，因为我看到很多写得很好的随笔，比方说加缪的《西西弗的神话》写得非常好。海德格尔的一些著作，爱因斯坦晚年的一些文章，写得非常棒，非常概括，非常深刻，表达也非常巧妙。因此，随笔我读得比较多，也很喜欢随笔这种文体。

周新民：现代文学史上出了一些随笔大家，例如梁遇春、丰子恺、周作人等。他们的随笔都写得非常好，也有很大的影响。但是，有一个奇怪的现象，当代作家中的随笔大家好像并不多见。

孔见：当代作家里面，像韩少功、张承志等，随笔写得非常好。

周新民：但是，你注意到没有，张承志和韩少功他们，还是以小说闻名的，他们都没有把随笔作为体现自己文学追求的文体。

孔见：对，他们在小说方面的成就的确比较大，不是以随笔立身。当代几乎没有以随笔立身的大家，因为随笔不仅需要横溢的文采，更需要深邃的思想，而这个时代缺少的恰恰是这种东西。当代以叙事文学作为主要的文学形式，一个人的文学成就基本上是以长篇小说来奠定的。身处这样一个时代里面，我们都会觉得理所当然。但是，如果时代改变了，情况会怎样就不好说了。我觉得叙事文学能达到的深度，恐怕是有限度的。小说这样的形式，在中国古典文化的谱系里是一个末流，在明清也还是属于市井文化的范畴。当代的小说，要想承载比市井文学更多的东西，成为更为高尚的精神探索，我觉得是很不容易做到的。这个时代对文学成就的评价，仍然是以作品在多大程度上被读者接受为尺度。因此，讲好一个故事仍然被视为很高的文学诉求，而作家在小说中加入议论往往被视为禁忌。由于思想文化上的肤浅，作者一站起来说话就会露馅。

周新民：的确是这样，文学作品的价值和它能够抵达心灵的深度、广度有关，而不能以读者接受为主要评价尺度。

孔见：把小说特别是长篇小说当成文学的最高形式，实际上是有问题的。在某种程度上，这意味着市井趣味主导着文学，大音希声的东西自然曲高和寡。

周新民：我们长期以来把文学看成社会管理的重要组成部分。因为小说最能直接反映社会生活。而小说中具有最高的艺术成就的文体被认为是长篇小说。因此，我们现在把长篇小说看作最能体现当下文学价值的文体。这种评价不是以文学作品抵达心灵的深度和广度来做评价标准。而随笔和心灵是联系最紧密的文体，它不需要形象，也不需要很多的情节来渲染，能够很直接地表现自己的思想和观点。

孔见：一般而言，随笔都是有思想性的。思想的表达往往需要借助概念，通过逻辑体系来表达的思想，就变得枯燥与坚硬，缺乏人性的况味，难以深入人心。但随笔选择的是一种感性的语言来表达思想，能够将诗意的东西和哲理性的东西结合起来。这样一种表达可以做得很好，也可以做得很差，变异度其实是很大的。

我前一段时间重新看了庄子、老子的文章，这些文章基本上是随笔的形式。庄子虽然有一些故事在里面，但都是为了议论而提供的。这些作品所表达的智慧是特别极致的，我们现在很难看到能够企及这种精神高度的作品，但超过它们长度千万倍以上的东西比比皆是。这个时代文化生产过剩，小说越写越长，电视剧越播越长，是有问题的。我觉得任何事情都有一个经济学的原理，写作也是如此，你必须用最简洁的方式把最丰富的东西表达出来。用一百万、一千万字来表达本来可以用五千言就可以表达的东西，那就说明你的表达有问题。所以，我们这个时代文化的繁荣，在某种程度上是泡沫的繁荣，甚至是垃圾的繁荣，回过头来你会发现，每天都读了很多没有意义、没有意思的东西，大同小异的东西。有的作家一个故事接着一个故事地写，但这些故事所要表达的其实是一种意思，他其实是在重复自己。如果能够做到不重复自己，也不去重复别人，你会发现你可以写的东西并不是很多，也没有必要写很多，去浪费大家的时间。

周新民：应该说随笔是你投入精力比较多的文体，你能不能梳理下，从历史的发展角度来看，你的随笔有哪几个不同的创作阶段？

孔见：我的随笔和写作从 80 年代末开始，那个时候的写作主要是表达自己的困惑，夹带着一种不良的、灰暗的情绪，但是也同时表达从这里面走出来的渴望。那个时候我写的东西并不长，后来再版的东西我都剔掉了。在 90 年代前期我企图去发现一些值得坚守的、我认为有价值的东西，但是，那个时候并不自信。这部分随笔基本上收入了《赤贫的精神》一书。进入 90 年代后期，特别是 2000 年以后，我个人的自信逐渐得到加强，说话的口吻也有了一些变化，这个时候我能够以一种相对肯定的口气去说话。这时期的随笔则主要收入到《我们的不幸谁来承担》一书。

周新民：除了诗歌、小说、随笔这些文体，你还写了一本《韩少功评传》，这个评传我很认真地看了，我觉得写得非常不错。在构思《韩少功评传》的时候，你是否有自己的独特思考？

孔见：这个评传是出版社找上门来的一个活儿。我当时接下来，是因为我对韩少功先生比较熟悉。在一个阶段，我们有一些比较深入的交谈，对他的人和作品都比较熟悉。韩少功的写作是我喜欢的类型。他是一个知性作家，他企图去领悟生活、解读社会，做一个不自欺欺人的明白人；另外，他还是一个有精神指向的作家，有悲悯情怀的人。不管是小说还是其他文体写作，他都企图以文学的方式，诚恳地回应他这一代人遭遇的问题。对此，我觉得有许多可以呼应与展开的讨论，甚至进一步发挥的空间。

周新民：在我看来，《韩少功评传》抓住了改革开放以来中国社会文化的变迁，把韩少功对中国社会问题的思考、对中国文化的思考作为主线去评价他的文学创作。我觉得是这样的写作思路，不是像一般的作家评传主要关注作家的人生经历，关注作家出生、成长、上学、成家、立业包括社会活动等人物经历性表述。我觉得你在《韩少功评传》中抓住了韩少功始终对中国社会、文化问题的前沿性思考来作为写作的支点，非常精准地抓住了韩少功这名作家的特点。

孔见：确实，不管是他的人生阅历，还是他所思考的问题，韩少功跟这个时代的变迁有着很密切的关系，他完整地经历了"文化大革命"，他的家庭有了很多的变故，进入改革开放以后，他也有自己人生的探索和文学的追求。进入90年代之后，韩少功的姿态和同时期的许多作家拉开了距离。那个时候，中国大地上市场化、世俗化的浪潮汹涌澎湃，这样一种环境下很多人都选择了一种随波逐流的方式，从中谋取个人的利益。但是，韩少功始终坚守某种价值立场，保持着一种抵抗的姿态。

周新民：我最佩服韩少功的是，他始终有非常明确的文学理想和文学追求。

孔见：我觉得中国当代作家里面，韩少功是一个特性鲜明的作家。他不仅在文学的感性表达方面形成自己特性，而且企图去破解他所处的时代遭遇的各种各样的问题，不管是社会问题还是人生问题，他都有深入的探问，不轻易苟同普遍化的观念，这是同时代的作家中少有的。其实，当代作家里，语言天赋很好的人，修辞功夫和叙事能力很强的人，能把故事讲得绘声绘色、跌宕起伏、引人入胜的人，真的不少。但是，在通过故事去说事的方面却捉襟见肘，拿不出家伙来，甚至拿不出诚意来。我个人偏重文学的思想性，但这个方面，是当代文学的弱项。如果中国能够多一些有思想、有深度的作家，我很愿意努力去做一个评论家，给他们做注脚。但是，很遗憾。

（载《芳草》2016年第4期）

孔见

　　1960 年 12 月生于海南岛，现为海南省作家协会主席，中国作家协会全国委员会委员，《天涯》杂志社社长，海南大学、海南师范大学兼职教授。主要从事随笔、小说、诗歌创作和哲学研究，兼习书法。作品以思想性见长，有随笔集《卑微者的生存智慧》《赤贫的精神》《我们的不幸谁来承担》，诗集《水的滋味》，评论集《韩少功评传》，小说集《河豚》等行世，并有多篇论文发表，作品收入多种选本。主编的著作有《云起天涯》《蓝色的风》《对一个人的阅读》等。

道技之翼

好的故事本身就是好的形式

——对话王安忆

周新民：王老师，您好！首先我想问一个大家都很关心的问题。您从事文学创作到今天，已经二十多年了。这么多年以来，中国文学已经有了很大的变化，文学风潮迭起，新面孔的作家层出不穷，但很少有人能像您这样一直保持着这么旺盛的创作生命力，在涌动不息的文学潮流里，总占据着惹眼的位置。在您的创作史上，人们历次把您归为知青作家、寻根作家等，称您的作品总是把当时的文学潮流推向一个新的高度。那么，您在写作时，是否自觉地、刻意地与当时的文学潮流保持一致？回首您的创作历程，我们发现您的创作风格、主题、艺术主张变化较大，有评论家认为，从总体上看，这种变化甚至是戏剧性的，您也是这样看待这些年来创作上的变化吗？

王安忆：在创作上我觉得这是比较自然的，没有一点特别例外的。以前一些评论家对我的定位也不是那么准，在我开始写作时说我是"儿童文学"（作家），其实我也只是写了几篇儿童题材的作品，根本算不上儿童文学作家；然后，评论家又说我是知青题材作家，其实我也是极少写知青题材。我觉得我的作品是随着自己的成长而逐渐成熟。如果说有变化那就是逐渐长大，逐渐成熟。我并没有评论家说的那样戏剧性的转变。

全都不是自觉的，也不是清醒的。某个文学潮流把我归纳进去是他们的事，我不能为他们负责，也没办法阻止。这些变化都是非常自然的过程。事实上，一个作家，只要他是一个上进的作家，如果想把作品写好的话，他就必然有所变化。没有大家所期待的那种戏剧性的思想的飞跃。就像一个人的成长，他想长大就必然地一天一种变化，这是一个非常自然的状态。当然批评家想要做题目的时候会把我的这种转变典型化，那也是他们的工作需要。对于我而言，创作是一件非常自然有时甚至乏味的事情，就是坐在那里不断地写啊写。但是写的时候总希望自己写得好，这个要求是一贯的。

周新民：您的早期小说所关心的是对主题的传达，而到了《小鲍庄》《流水三十章》《叔叔的故事》《纪实与虚构》里，您更多地关心的是叙述本身，《小鲍庄》还被评论家们看作80年代中期小说形式革命的典范之作；《叔叔的故事》中叙述方式成为小说叙述的中心，因而它被认为是90年代重要的先锋作品；《纪实与虚构》的板块结构把小说的结构上的探索推向了一个新的高度。这些作品的诞生，体现了您对小说艺术特别是形式上的探索，您能谈谈您的想法吗？

王安忆：《小鲍庄》惹得纷纷扬扬，对其结构生出许多说法。而我当初并非有意识地考虑结构这个问题，只是觉得，《小鲍庄》的故事本身就是这样发生，同时地、缓慢地进行着。如果说有一点成功的话，那便是我终于接近了《小鲍庄》故事本来的形成构造和讲叙方式。我对自己最大的妄想，便是与一切故事建立一种默契，自然而然地，凭着本性地觉察到每一个故事与生俱来的存在形式。什么是多余的，要去掉；什么是有用的，应该存在的。

事实上小说的形式是不能单独谈的，可以说小说本身就是形式。对我来讲小说就是人和人、人和自己、人和世界之间关系的形式，就像《纪实与虚构》。大家都觉得我在形式上很创新，很奇特，其实我根本没有想到去创造什么，实验什么。我考虑的只是人和这个世界是什么关系。我觉得人是处在一个坐标的点上：纵向的历史和横向的社会关系，也就是时间和空间交叉的点上，这种关系本身就很具有形式感。很难想象一个小说家在头脑中首先产生一个故事，然后再考虑用什么样的形式去表现这个故事。当一个故事来到我的头脑里的时候，它本身就带有特定的形式。好的故事本身就是很好的形式。

有的时候觉得无从着手，能够着手的时候我觉得我是一直在寻找一个好故事。好故事很难找，有些事情天生具备这种特征，像我写的《悲恸之地》。这完全是一个真事情，是我从报上剪下来的，背景稍微换了一下。我说不出这个故事到底好在那里。它是一个如此真实的事件，但里面包含着那么一个奇特的世界，这个世界太痛苦了，这里的痛苦已经不是现实的痛苦。好故事有时候说来就来。

周新民："好的故事本身就是好的形式"，您的这个观点中包含了一个十分有意义的话题。长期以来，特别是在新时期以来的文学中，故事，包括故事的讲述方式——情节，一直是被排斥的对象。在人们的印象中，从中国文学传统中继承过来的散文化或诗化，以及从西方文学中借鉴过来的意识流、时空结构、荒诞手法才是文学的最具有革命性意义和最具有革命性价值的东西。您受到称赞的几篇小说，例如《小鲍庄》《叔叔的故事》，被人所称道的地方常常是文学传统及外来文学中所重视的形式因素，而非您所强调的故事。看来，您的故事观和一般意义上的故事观有所不同，谈谈您的故事观吧。

王安忆：我们曾经非常醉心于寻找不凡的故事。那些由于阅历深而拥有丰富经验的作者使我们非常羡慕，并且断定我们之所以没有写出更好的小说，是因为"没有生活"。于是我们便漫山遍野，或者走街串巷地收拾起故事来。我们的历史很长，地方又大，民族众多，风俗各异，且又多灾多难，只要作者努力，是一定能够找出很多很多美妙的故事。然而，在大多数的时候，生活非常吝啬。它给予我们更多的仅是一些妙不可言的片段，面对这些片段，我们有两条道路：让片段独立成章，或者将片段连接起来。让片段独立成章，是一条诗化和散文化的道路，常常受到高度的赞扬。这些赞扬是从对我们传统文化的反叛出发的。他们认为，中国小说的传统是从话本而来，以讲故事为重点，而这一类小说则走向了诗化，是一种高度的进步。我的小说也常常荣幸地被列入这些表扬的名单之中，而我至今才发现是天大的误会。问题在于，中国的文化中究竟有多少小说的传统。纵观中国文学史，小说的地位轻而又轻。直到 20 世纪 20 年代，鲁迅的《中国小说史略》之前，并无一本中国小说史。

在中国文化中，小说的传统极弱，中国的小说其实并没有真正进入文学的殿堂，而是在台阶下面。在"五四"以后，所创作的小说，才具有我们今天所说的小说的传统。

到了高度现代化的美国，才明白了西方现代派的作品，并不是用意识流、结构现实主义等等莫名其妙的手法表现故事，而是那生活本身给了一个时空颠倒、错综交叉、断断续续、重重叠更、无头无尾、莫名其妙的故事。于是，便明白了他人国度里稀奇古怪故事的真实，也明白了自己国度里稀奇古怪故事的虚假。记得马尔克斯在一篇文章中写道，他所写的一切故事全是真实的，没有一点魔幻。其实，拉丁美洲的现实本身就充满奇花异草、奇闻怪事，事情本身就是魔幻而又真实的。一个故事带着它的模式存在了，它的模式与生俱来，并无先后。而最大的困难同时也是成功最重要的秘诀，便在于如何去寻找那故事里唯一的构成方式。好比因纽特人的雕刻，他们不说雕刻，不说塑造，只说将多余的那部分石头去掉。去掉多余的、累赘的，只留下应该有的，本来就有的。什么是本来就有的？这便有了艺术家的劳动和工作。

事情就在"本来"这两个字上。

周新民：看来，您所认为的"故事"观念与一般意义上的故事有很大的区别，在您刚才所说的话中，故事不仅仅是事件的发生发展即我们通常所说的"本事"，它本身还包括讲述故事的方式。同时从您刚才所谈的关于故事的含义的一段话中，我发现，在您的思想意识中，您否定了中国传统小说，例如章回小说是中国现代小说的传统的论断，您认为它本身不具备现代小说的因素，您把中国现代小说的传统放在"五四"小说那里。我们都知道，"五四"小说受外来文化特别是西方文化影响很深。在 20 世纪 80 年代，中国小说又一次深受西方文学的影响。这一时期的小说在许多方面把西方的影响发挥到了极致，例如"感觉"，这一时期的小说特别推崇感觉。但是我发现您的小说《小鲍庄》，包括后来的小说《纪实与虚构》，并没有向"感觉"靠拢，相反它们都具有强大的穿透力与逻辑力量，看来您的故事观是排斥"感觉"而包容逻辑的。您是怎样看待 20 世纪 80 年代小说所推崇的"感觉"？贯穿您的小说中的"逻辑"是现代小说必备的因素吗？

王安忆：我们的文艺创作往往以思想内容的新锐取胜，因缺乏严格的逻辑推理，我们却无法将此新锐思想壮大、深入、发展，检验其真伪高低，使之具备说服力。我们常常讲究"感觉"。"感觉"这个词在近些年越用越甚，在门户开放，西方新旧思潮涌入的这些年里，我们吸收最快最多的其实是与我们最接近的东西，比如"感觉"。我们没有去细想，西方目前追寻东方的神秘主义的感觉，是在他们将科学发展到了一个尽头，第二次陷入茫然的绝境，而到东方来求援。而我们尚在第一次的绝境里，也跟着神秘兮兮地大谈"感觉"。"感觉好"被认为是艺术家的天赋，而再仔细追究，"感觉"究竟是何物，便支支吾吾，不知所云了。当我们讨论起来，也充满了诸如"感觉"这样的含混不清的词，我们总是缺乏思辨的态度，尽管我们有饱满的热情和聪敏的头脑，可也避免不了搁浅的命运。

现代的艺术已放弃了秩序，可是放弃的是旧有的秩序，新的秩序实际上是建立在更严格的逻辑制度之上。那些时空颠倒、荒诞不经的小说与戏剧，他们放弃的只是事物表面的秩序，而要表达内部的或者主观的秩序；失去了事物表面的时间与地点的联络，如没有更严密、合格、高级的逻辑强有力的联络，便无法集合起那些风马牛不相及的片段，不能使其互动和推进。而我们在一些当代的中国荒诞小说或荒诞戏剧里，却扫兴地发现其间无论放弃的还是建设的，都是漫无边际，随心所欲，不知要使其达到什么目的。如请求解释，得到的回答便是"感觉"。这就像是一个没有做好准备就匆匆开幕的舞台，演出着一些编者不懂，观众更不懂的杂乱的篇章。为了摆脱"浅薄"的嫌疑，于是，大家齐声叫好，人人充当革命派。在这样一个时候，使自己冷静下来，寂寞地做一些工作，努力将一切不懂的弄懂，说不清的说清。这已是题外的话了，说到底，还是最前边的那个问题：我们究竟对我们所要背叛的东西了解还是不了解，甚至我们嚷嚷着要挣脱的东西，究竟是不是确实地背负在我们身上，而不是背负在人家身上。

周新民：现在，我想总结一下您的故事观了。您的故事观里，除了"本事"及讲故事的方式外，它应该还包括逻辑因素。但是我认为，您的小说观除了故事的观念外应该还有别的内容。毕竟对于小说来说，仅仅去追寻好的故事，还是不够的。您的小说观中应该还包括其他的因素。我们常说文学是人学，小说和"人"又有什么关系？从这一角度，您如何命名小说？它和现实世界又有什么样的关系？我们就这些问题来谈谈吧。

王安忆：那我对小说的命名是什么呢？我命名它为"心灵世界"，很简单。我为什么叫它"心灵世界"呢？因为我觉得它的产生是一个人的，绝对是一个人的。它不像别的东西，比如电影，联合了很多很多因素，如它这种近代科学的产物，不可避免地要受到社会、大众、市场等的要求。我觉得小说是一个绝对的心灵的世界，当然指的是好的小说，不是指那些差的小说。我是说小说绝对由一个人，一个对立的人他自己创造的，是他一个人的心灵景象。它完全是出于一个人的经验。所以它一定是带有片面性的。这是它的重要特征。它首先一定是一个人的。第二点，也是最重要的一点，它是没有任何功用的。它不是说，最早这世界上没有椅子，人为了坐的需要就发明了椅子，然后在使用过程中，检验它的合理性使其越来越合乎使用的需求。而小说绝对是一个没有功用性的东西，它没有一点实用的价值。

这个心灵世界和我们这个现实世界的关系是什么？我想道理上是可以说得清的。道理上是什么呢？就是材料和建筑的关系。这个写实的世界，即我们现在生活在其中的世界，实际上是为我们这个心灵世界提供材料的，它是材料，它提供一种蓝图也好，砖头也好，结构也好，技术也好，它用它的写实材料来做一个心灵的世界，困难和陷阱都在这里。我们的现实世界是为那个心灵世界提供材料的，这个材料和建筑的关系，我想是确定了。而很重要的一件事情是这个材料世界是一堆杂乱无章的东西，在我们眼睛里不是有序的、有逻辑的，而是凌乱孤立的，是作家自己去组合的，再重新构造一个我所说的心灵世界。

周新民：看来，您的小说十分强调"个人"，对个人的心灵世界的孜孜不倦的描绘成为您的小说的中心主题。怎么去理解您的小说这一中心问题？您的创作跨度这么大，风格变化也较大。例如早期的作品"雯雯"系列流露出比较强烈的个人化的情感，90年代的《长恨歌》叙述了个人与历史间特殊的关系，这些小说对个人的关注都很明显，也很好理解。但是，您的其他作品，如"三恋"、《伤心太平洋》《乌托邦诗篇》，还有《纪实与虚构》，从题材和风格这些表面的东西看，它们和"雯雯"系列差别比较大，它们和"雯雯"系列一样都是围绕着个人来展开的吗？它们又怎样地体现了个人问题？结合您的小说创作实际谈谈这个问题吧。

王安忆：有一点也许大家都没有认真去读，那就是"雯雯"跟我后来的作品有本质的不同，这不同在于"雯雯"是写非常个人化的东西。"雯雯"以后我好像从主观世界定向了客观世界，我去写我眼前的他人的故事。而"三恋"是我走过了一大段客观世界之后又回到主观世界，又开始写极其个人的事情。这个"个人"并不是指我个人。很多人以为"雯雯"就是王安忆，其实不是的，她是一种个人化的情感。"三恋"里又出现了这种个人化的东西。李陀曾说，"三恋"把我中断的东西又开始延续下来了。他说得很准确，但我不喜欢用"中断"这个词。"雯雯"写的是个人化的东西，但它是极浅的"个人"。如果说地有九层的话，"雯雯"是我在第一层的耕作。到了《本次列车终点》《尾声》，我人走开去，好像周游一圈之后又成熟了些。写"三恋"时,我开始挖掘地的第三层了。"三恋"我很重视,它们是我的一种非常好的状态,即始终保持饱满的个人情绪,这是创作最重要的东西。

《纪实与虚构》也是不断地挖掘的结果。实际上人是不能多挖的。照刚才的思路讲下去,如果地分九层的话,挖到第九层之后下面是空的,你就到了一种极其虚无的状态。

周新民:进入 90 年代,您的小说出现了两个非常引人注目的变化。其一,您的小说开始关注个人的日常生活,但是,这里所讲的日常生活肯定和当时盛行的"新写实小说"有着根本的不同。在您的小说里,日常生活意味着一种审美状态,它体现了您的小说的观念的新变化,例如《富萍》,小说对普通人的日常生活做了精细入微的描绘。其二,您的小说开始关注农村,《富萍》《文工团》《开会》《喜宴》等作品将目光投向农村。您这是否在祭奠插队时期的生活?这里折射出了您对小说的怎样的思考?您能谈谈您写这些以农村为题材的作品的想法吗?

王安忆:我不知道今天的读者发生了什么巨变,但我觉得有些东西是恒定的,不会有太大的变化。因为事实上我们看小说,都是想看到日常生活,小说是以和日常生活极其相似的面目表现出来的另一种日常生活。这种日常生活肯定和我们知道的日常生活不同,首先它是理想化的、精神化的,又是比较戏剧化的,但它的面目与日常生活非常相似。人的审美一定要有桥梁,就是和日常生活非常相似,所以我不担心没有读者。

我现在写农村,并不是出于怀旧的目的,也不是祭奠插队时期的日子,而是因为农村的生活方式在我眼里日渐呈现出审美的性质并上升为形式。小说这东西,难就难在它是现实生活的艺术,所以必须在形式中寻找它的审美特质,也就是生活的形式。

在我的近作里,淮北乡土文明是守分寸的、理性的,是隔着一点距离的,它背后是分析和理解的态度。

周新民:在对您的二十余年的创作作了一个纵向的了解后,现在我想换一个横向角度,来讨论一下您的文学创作上的一些问题。20 世纪 40 年代张爱玲以其对上海社会生活及上海人的生存体验的精细入微的描写而赢得广泛的声誉,20世纪末,您的《长恨歌》在对王琦瑶的近半个世纪的命运的叙述中,对上海近半个世纪的社会风情作了精细的描绘，从而获得广泛的赞誉，并一举获得了国内长篇小说的最高奖——茅盾奖。人们认为您和张爱玲同是20世纪非常著名的小说家，并且认为您是张爱玲之后20世纪著名的海派文学的集大成者，您同意这样的评价吗？您能谈谈您和张爱玲之间联系吗？

王安忆：关于这一点，我想说几句。首先我不认为张爱玲是这个阶段最杰出的作家，我对她的评价没高到这种程度。把我和她往一起比，可能因为我们都是写上海生活的。张爱玲与我真正关系不大，别人把我和张爱玲放在一起对照，都是好意，都是捧我嘛，没有一个人是为了贬我才这么说，我不承认好像也挺不识抬举的。但事实上，真正关系不大。我们这一代基本是看着苏俄文学长大的。我们内心里都有一种热的东西，都有一种对大众的关怀的人道主义的东西。我不是说张爱玲没有人道主义，她也有。她就是自我主义者，她就"哗"一下走到虚无去了，她就非常虚无，她对自己以外的东西关心是不多的。她也有对人世的无奈的感叹，但这种都不是热切的关怀。其实从根源上，我跟她真的不是一样的，人家把我跟她对比，——这话我已谈过无数遍了：一个是因为我们都写上海。《长恨歌》就是有一段，写到40年代的上海，就认为我专门在写它，这是个很大的误会，可能跟目前的时尚潮流有关。第二我们都写实，都是写实派的，这使人们认为我们很像。

我和她有很多不一样，事实上我和她世界观不一样，张爱玲是非常虚无的人，所以她必须抓住生活当中的细节，老房子、亲人、日常生活的触动。她知道只有抓住这些才不会使自己坠入虚无，才不会孤独。在生活和虚无中她找到了一个相对平衡的方式。我不一样，我还是往前走，即使前面是虚无，我也要过去看一看。我认为我的情感范围要比张爱玲大一些，我不能在她的作品中得到满足。我与她的经历、感受没有共同之处。

周新民：是的，从深层次的文化观与文学观来看，您和张爱玲的确有很大的不同，把您和张爱玲联系在一起来谈，除了因为你们都在写上海这一共同点外，也许还因为你们都是女性作家吧。谈到女性作家，我们都注意到了，除了张爱玲等现代女性作家的不菲的文学成就外，在新时期二十多年的文学进程中，女性作家的创作也取得了相当大的成就，她们的创作也在一直激起人们的强烈兴趣。您认为作家的创作和作家的性别有关吗？

王安忆：现在文坛上女性作家非常活跃，在写作上女性作家对语言的把握、表现和叙事方式上比男作家做得更好，而且是特别轻松。女作家比男作家写作更勤奋一些，更认真一些。但在写作上，我认为没有具体的性别之分。现在有些评论家的观点是从作家自己的谈创作的文章中得来的，这是要上当的。创作过程是说不清楚的。现在的作家性别意识不是很强，女作家和男作家很像。80年代女作家和作品有一个特点，非常明显，不仅仅是张洁等。而现在两性作家在写作上并没有太大的差别。她们很现实，拼命把形式世界的面目表现出来，尤其是"新写实小说"那一派。两性作家极其相似，他们的作品、理论不是文学很好的理想和表现目标。不过那些评论家把方方也归纳到"新写实"里去，这不正确。我觉得方方比"新写实作家"都要好。对于"新写实小说"，我觉得缺少一种诗意，写作能力很强，语言非常利落。这批作家的差别很大，笼统归为一派不太科学，这同评论家的想法有关。

周新民：您的"三恋"，特别是《岗上的世纪》，常常被评论家们阐释为女性文学的典范之作，您是否认为您是一个持女性主义立场的作家？

王安忆：我不太喜欢从性别角度看问题，这样会带来很多麻烦。其实人性中有些东西好，有些东西坏；有些东西深刻，有些东西浅薄，就这么简单。

《岗上的世纪》我是在描述一幅男女对称平衡、很有装饰感的优美画面。这个世界就是一个男人和一个女人的世界。我要探求的是在这样一种状态下一个男人和一个女人的关系，他们是怎样达到平衡。对于杨绪国和李小琴而言，他们都有可供对方利用的东西：李提供给杨的是女色，杨提供给李的是招工的机会。当他们俩（应该说很不顺利地）有了肉体关系之后，他们就从这种功利目的中解脱出来，获得一种无功无用的快乐，而一旦脱离这种自然状态，他们又会很恨对方，因为这一状态使李和杨背离了自己的初衷——"性"对于李而言本来只是达到招工目的的手段，而对于杨而言仅仅意味着传宗接代。但他们又特别不能摆脱这种快乐。人都是社会的人，都有自己的生存方式，我想寻求的是拥有不同生存方式的男性和女性在获得这种无功无用的人性的快乐时，他们是怎么对待的。尽管当时的很多想法已记不起来了，但这一点我还是很清楚的，即我想寻找一种平衡，两性的平衡。

周新民：虽然您不同意作家的写作同作家的性别有关，但是人们常常以"女性化"来描述女性作家的作品，并把它作为女性作家与男性作家的创作相区别的一个重要特征，您认为男性作家与女性作家的文学作品在风格及形式特征上有这样的差别吗？

王安忆：我不太喜欢大家给予的"女性化"的定义，譬如细腻、清新、纯情、情感丰富等等，我不太喜欢大家所定义的这些女性的特点。但我绝不反感"女性化"。我觉得"女性化"有一个非常好的特点，即"温柔"。最好的男作家也一定具备这种"女性化"的温柔。这个"温柔"我很难表达，它是一种很温暖的情感，绝不同于我们所说的"温存"。我喜欢的几个男作家的作品中都有这种情怀：张炜、张承志，台湾的陈映真等。米兰·昆德拉也有，我最喜欢他早期的作品《玩笑》，里面有一种女性才有的痛苦而温暖的情感。他后期的作品，像《生命中不能承受之轻》这种情怀已经没有了。最好的作家都会具有这种情感，无论男女。所以我觉得最好不要用性别特征去定义它们，这不是性别特征，是人性特征，是人性最好的东西。

周新民：作为一个女性作家，您的许多小说，例如《"文革"轶事》、《流逝》、"三恋"、《长恨歌》、《富萍》、《妹头》、《米尼》等都是以女性作为小说的主人公，这样做，您有什么想法？

王安忆：我喜欢写女性，她有审美的东西，男性也写，但写得很少。

周新民：虽然您认为您不是女性主义者，但是您以您近20年的文学创作实绩向人们证明了新时期以来的文学与女性作家有着不可分割的联系，许多像您一样的女性作家为中国文学的繁荣和发展做出了不可或缺的贡献。作为新时期以来文学的同路人，作为一个女性作家，您能就女性作家与新时期文学谈谈您的看法吗？

王安忆：或是由于社会性的原因，抑或更是由于生理性的原因，女人比男人更善体验自己的心情感受，也更重视自己的心情感受，所以她们个人的意识要比男人们更强，而男人们则更具有集体性的意识。一个失败的男人才会沉溺于爱情，而女人即便成功了，也渴望为爱情做出牺牲。女人比男人更有个人情感的需要，因此便也更有了情感流露的需要。文学的初衷，其实就是情感的流露，于是，女人与文学，在其初衷是天然一致的。而女人比男人更具有个人性，这又与文学的基础结成了联盟。因此，在新时期的文学中，涌现了大量的女性作家。这些女性作家一旦出现总是受到极大的欢迎。她们在描写大时代、大运动、大不幸和大胜利的时候，总是会与自己那一份小小的却重重的情感相联络。她们天生地从自我出发，去观望人生与世界。自我于她们是第一重要的，是创作的第一人物。这人物总是改头换面地登场，万变不离其宗。她们淋漓尽致地表达个人的一切，使作品呈现出鲜明而各不相同的世界观、哲学观、情感与风范。也许这一切在中国表现得尤为特异，因中国的女人比别国的女人更长久地被禁锢在狭小的天地里，而中国的男人又比别国的男人更具有为政为道的人生理想。于是，中国的女人的自我意识越加强烈，而男人们也更强化了集体意识。然而，接下来的问题却是，女性作家赖以发生并发展的自我，应当如何达到真实。我们都知道，唯有真实的才是可贵的，完美的，真理性的。我们大约都读过鲁迅的《幸福的家庭》，尚记得文中的作家是如何描绘他想象的幸福家庭：自由结婚的夫妻，男着洋装，女着中装，一人一册《理想之良人》。餐桌上铺了雪白的布，厨子送上菜——"于是一碗'龙虎斗'摆在桌子中央了，他们两人同时捏起筷子，指着碗沿，笑眯眯的你看我，我看你……"然后说出一串洋文，同时伸下筷子。那贫寒交迫的作家所设计的幸福家庭，纵然很幸福，却谬误得可笑。有些作品中的自我表现，会使我想起这个幸福家庭。

我应当说，在我们新时期文学的初期，女性作家们是下意识地在作品中表达了自我意识，使自我意识在一种没有完全觉醒的状态中登上了文学的舞台，确实带有可贵的真实性。同时也应正视，在这一时期里的自我意识，因是不自觉的状态，所以也缺乏其深刻度，仅只是表面的，问题是发生在觉醒和深入之后。

（载《小说评论》2003 年第 3 期）

王安忆

女，1954年3月生于江苏南京，祖籍福建。当代作家、文学家。1970年赴安徽五河县插队，1972年考入江苏省徐州地区文工团（现徐州市歌舞团），1978年调任上海中国福利会《儿童时代》编辑，1987年调上海市作协从事专业创作，2004年受聘为复旦大学中文系教授。现任上海市作协主席，复旦大学教授。中国作协第四届理事，第五、六届主席团委员，第七、八、九届副主席。全国政协第十、十一、十二届委员。

《谁是未来的中队长》获第二届全国优秀儿童文艺作品二等奖，《本次列车终点》获1981年全国优秀短篇小说奖，《流逝》《小鲍庄》分获1981—1982年、1985—1986年全国优秀中篇小说奖，《长恨歌》获第五届茅盾文学奖、首届花踪世界华文文学奖、第四届上海文学艺术奖，《发廊情话》获第三届鲁迅文学优秀短篇小说奖，《天香》获第四届世界华文长篇小说奖——"红楼梦奖"，《叔叔的故事》获首届上海长中篇小说二等奖，《富萍》获第六届上海长中篇小说二等奖。1992年获第五届庄重文文学奖。2009年获韩国李炳注国际文学大奖。2011年入围曼布克国际文学奖。2013年被授予"法兰西艺术与文学骑士勋章"。2014年获第六届上海文学艺术奖杰出贡献奖。2017年12月，作品《向西，向西，向南》获"2017汪曾祺华语小说奖"中的中篇小说奖。2018年10月，《向西，向西，向南》获得第五届郁达夫小说奖"中篇小说奖"。

写作，就是反模仿

——对话叶兆言

周新民：非常感谢您在百忙中接受我们的采访！我们的提问从《枣树的故事》开始。您有近二十年的小说创作生涯，在这段不短的岁月里，《枣树的故事》应该是您的成名作。许多人似乎都有这样的一个认识，那就是，在您的小说创作历程里，这篇小说很注重叙述方法，因此，它被称为实验小说的代表作。但是，您后来的小说似乎不再注重叙述方式，因此它和后来的小说之间有着非常大的沟壑。人们普遍认为，您以后的小说似乎并没有去注重这个问题，您在创作这篇小说时，是否有着一个非常明确的小说创作主张？它是什么？后来的小说您认为是坚持了这个小说主张，还是放弃了，为什么？

叶兆言：经常有人问我同样的问题，我没有你的这种感受。我倒不觉得《枣树的故事》和我以后的小说有着什么明显的不同之处。我觉得这个小说和我以后的小说有着很一致的地方。在《枣树的故事》中，我用了几种不同的叙事方法，通俗地说，就是有很多变化。变化总是一个作家愿意追求的，小说之所以有趣的一个重要原因，就是因为它能够有变化。《枣树的故事》之后的小说，有很多就是这篇小说某一点的放大。它可以成为我小说的一个标本，长篇小说也好，中篇小说也好，都是这篇小说的某一点或某一个叙事方式的放大，这些小说叙事方式放大之后，就成为某一个中篇小说，或长篇小说。

周新民：我明白您的意思，您是说，从小说的整体艺术精神上讲，您以后的小说与它保持着一致。我同意您的这样概括。那我想进一步问的是，您的《枣树的故事》体现了您怎样的小说艺术精神？

叶兆言：《枣树的故事》体现了这样一个精神，那就是追求小说艺术的多变。而且在这个小说中，多种叙事方式是同时出现的。这在我以后的小说中，都有着非常明显的表现。比如我前年发表的小说《没有玻璃的花房》，我就用了两种叙事语调：主观性语调和客观性语调。我希望用这两种语调来更好地表达我的思想和情绪。电灯的电源，是由两根线组成的，两根线绞合在一起，电灯就亮了。我用两种叙述语调，希望能达到理想的表达效果。对于一个作家来讲，两种语调分别出现在不同的作品中，是常见的；但是，在同一篇小说中，同时运用两种语调还不多见，当然也有。我在《没有玻璃的花房》中，同时运用了第一人称和第三人称，这并非我的独创，但是我希望读者能读到一些和别人不一样的东西。细心的读者在阅读时，应该可以注意到我的努力。

周新民：我明白了您的意思。您是说，《枣树的故事》的每一部分之间都在变化，这种变化预示着您以后的创作一直在寻找变化。我以为，这种变化体现在您的某一部小说之中，同时，也是存在于您的小说创作的历史联系之中的。我想了解在您的小说创作历史里，如何追求小说的艺术变化？

叶兆言：其实我的每一部小说都在寻找变化，只是评论界对我的这一点并不十分注重。例如《花煞》，就是想在小说中体现出汉语小说叙事的变化。

《枣树的故事》预演了我的小说的叙事追求。比如我有一个系列小说《挽歌》，四篇小说都用一个共同的名字，都讲了一个面对死亡的共同故事。在世界上，死亡是人类必须要面对的问题。母题是一样的，但是四个故事的叙事方式是不同的。四个小说讲了不同的死亡，这个系列小说中，按照常规应该是四个中篇，实际上，是三个中篇小说，外加一个短篇小说。我觉得这样更像是一个完整的整体。事实上，在写作时，我是把它当作一个长篇小说来写的，这几篇小说是可以互读的，它们之间有一种互文的关系。

《夜泊秦淮》也是一个系列小说，它同样可以看作一个长篇小说。四个小说都有一个共同的母题，四个小说中对夜泊秦淮的感觉是一致的，对河的感觉是一样的。

《枣树的故事》引起反响的可能是它的"异"，但是，我在写作时，更多的时候，是把它统一起来。我想做的一件事是，把许多不同的东西统一起来，把许多不可能的东西、有异质的东西联合起来，让它们读上去很顺。要尽可能把许多丰富的东西糅合在一起。一个作家总是在尽可能地追求丰富，当然，丰富的同时，一个共同的主题是难免的。这样追求艺术的变化，对于一个写作者来说，要有宽阔的心胸。

周新民：您这样描述了您的小说创作之后，我对您的小说有了一个总体上的印象。现在，我想结合具体的小说来了解您小说创作涉及的一些问题。首先，我想知道，您在写《夜泊秦淮》时，是否有一个主观意图？

叶兆言：写作是一个综合的东西，它不能简单地回答写作是为了什么，我常常无法解释我为什么要写作。在写作之前，我只想倾诉，想表达。我从来就不认为文学仅仅是用来教育人什么的。我认为，文学就是写作者的倾诉，它只是对想听的人起作用，对那些不是读者的人根本就没有用。

周新民：《夜泊秦淮》系列在您的小说创作里程有着重要的意义，同时，在近二十年小说史上，它也十分重要。《夜泊秦淮》按照一般的文学史的归类，是"新历史小说"。我以为与一般意义上的"新历史小说"相比，它显得更加丰富。在这个系列中，您对文学史定规进行了一个比较全面的审视，当然，这种审视更多的是对现代文学史而言的。

叶兆言：是的，这些小说的确体现出我对现代文学史上的文学成果进行了一次比较全面的重新审视。

《追月楼》更直白简单一些，它其实就是一个当代人重新写的《家》，表现了当代人对《家》的重新认识。"家"是20世纪文学的重要母题，巴金的《家》、老舍的《四世同堂》等都是写"家"的代表作。我的这篇小说，其实就是对现代文学上的家族小说的模仿。在模仿中，我对它们作了一个修正。

《状元境》是对鸳鸯蝴蝶派小说的反讽；《十里铺》是对革命家恋爱小说的重写；《半边营》是对张爱玲式的小说的重写，对她小说中的那种绝望的、病态的情绪的重写。有了这样的意识，在写作的时候，我就有可能按照她的小说的样式，特别是按照她的小说人物关系来进行摹写和调侃，写出这些人物的生存状况。

家的叙事是现代小说的重要母题，鸳鸯蝴蝶派的小说是现代文学史上的重要小说流派，革命家恋爱是现代小说的重要情节模式，张爱玲的小说在现代小说史上也有着重要地位，所以我拿它们作为戏仿的对象。在写这些小说的时候，我正在读现代文学研究生，在写硕士论文，通过这些小说来调侃一下现代文学，这是一件很有趣的事情。

周新民：其实，您的小说除了对一些陈规性的东西的戏仿之外，也有一些表现恒定性的主题，您曾说过："好的小说永远是现实生活的一面镜子。好的小说永远试图表现那些永恒的东西。"在您的小说创作中，《挽歌》表现了人类的永恒主题之一——死。您说过，您写死亡是礼赞生命的。我以为，《战火浮生》是否表现了生与死的一种辩证关系。您怎样思考这一问题的？

叶兆言：我觉得死亡是一个简单的问题，根本用不着去分析。我的这几篇小说，简单地看，就是围绕死亡这个主题，不断地变奏。小说把死亡当作写作的原点，通过变奏，表现了死亡的永恒。整个小说表现了一个氛围、意象，它就像北村所说的，原野上飘着一面黑色的旗帜。这是我这个系列要追求的效果。

周新民：在这个系列中《殇逝的英雄》是最重要的小说，它震撼人心地表现了死亡气氛与情调。我想知道的是，您试图怎样表现这个死亡的情调？

叶兆言：《殇逝的英雄》曾是我十分喜欢的小说，这是一部关于父爱的小说。整个小说就是在反复地变奏父亲没有办法弥补丧失儿子的痛苦。这个情感用一篇散文来表达也可以，但是，我的这篇小说，用了三万多字来表现这个情绪。

周新民：您的小说有几个系列十分重要，它包括《夜泊秦淮》《挽歌》系列和以写犯罪主题为主的小说集《古老的话题》。我发现您的小说创作跨度很大。《夜泊秦淮》是历史叙事，《挽歌》表现人类的死亡意识，到了《古老的话题》，您的创作的兴趣转移到了犯罪意识的表达，我想知道，您这样频频转换写作表现的题材与关注点的用意何在？

叶兆言：我认为作家的写作范围最好能够大一些，我这样不断地变换写作关注点，目的只是想扩大我的写作半径。

周新民：作家在创作时，注重创作范围的扩大，这是好事，这是作家创作生命力的表现。也许因为这种原因，我们在研究时，对作家进行归类时，就会遇到一些困难，如果把20世纪90年代的小说家大致地分为新历史小说家和新写实小说家时，就很难把您归为某一个类型。

叶兆言：这两种分法，本身就有一定的局限。作家在创作时，有自己的逻辑。从一定的理论背景出发概括出来的新历史小说、新写实小说，在遇到具体的作家时必定会遇到困难，这很正常。不论是新历史还是新写实，都没法准确地把我给罩住。这种尴尬同样体现在，无论是用先锋小说还是现实主义小说，都无法把我的作品归纳完全。

谈到先锋小说时，人家在问我是不是先锋小说作家；谈到新写实小说时，人家在思索我是不是新写实小说作家。作为作家来说，我希望自己千万不要被某一种理论预设所限定。一个作家要飞得更远点，飞得更高点。尽量地不要作为某一个流行集团中的一员。理想的作家应该是作为单数出现的，他是独一无二的，是一个个人，永远发出自己的声音。在写作时，我总是提醒自己，不要被人家简单地归类了。

周新民：就您的写作所涉及的题材而言，您的创作可以非常明确地看出大致有历史题材和现实题材。对于这两种题材，您有没有偏好？

叶兆言：对题材我没什么偏好。人们常常谈论的新历史小说、新写实小说，我觉得它们其实只是一个东西，写实只不过是一个技法，而历史就是历史。给它们命名为"新历史""新写实"，只不过反映了人们对"新"的崇拜。这种对命名的追求，充分显示了当下人们的浮躁心态，作家大可不必在意。

周新民：您面对这两种题材时，有一种什么想法？

叶兆言：在面对这两种题材时，我有一种游戏感，我是游离于这两种题材间的。对于我而言，历史和现实之间没有区别，历史就是现实，现实就是历史。

周新民：近年，有些作家在关注"文革"，写了一些反思"文革"的作品。您的《没有玻璃的花房》也是表现"文革"时期的生活的，您想借这个作品表现什么样的思想？

叶兆言：我并没有把它定位为"文革"小说，它只是一篇成长小说，描写我们这一代人的成长。它之所以和"文革"有关，只是我们这一代人成长在"文革"之间。

其实每一个作家都有一个梦想，就是要把他自己的成长表现出来。成长是作家们念念不忘的母题。"成长"是《没有玻璃的花房》这篇小说的重要主线。当我把这篇小说的主题定位为成长之后，小说所涉及的现实也好，历史也好，都不重要，这些无非为表现作家要写的成长服务，无非是为了表现成长这个母题。

周新民：小说中的木木是在"文革"这个特殊年代成长起来的，在这样的时代里成长起来的人身上，您发现了什么特殊的东西？

叶兆言：木木身上有着我这一代人的影子，他表现了我们这一代人独特的成长历程。小说用主观和客观的叙述语调交错地叙述木木的成长。我这样写的目的，是要写出外界对他成长的影响。影响个人成长的因素非常斑杂，小说中的木木的成长离开不了各色人等的影响。

在人成长的岁月里，受到各种影响，这很正常。但是，木木成长的特殊性在于，他成长的年代很特殊，这个特殊的成长环境，在小说中是用"没有玻璃的花房"这个象征来表现的。为什么小说叫《没有玻璃的花房》，因为花房是成长的地方，但是，玻璃已被打碎，而我们就成长在这样的恶劣环境中。

周新民：《没有玻璃的花房》是写成长的，您说过在木木的成长中，每个人对他的成长都带来了不同的内容、不同的影响。我想了解一下具体到每一个人对木木的影响。

叶兆言：那很多啦，他恨他的父亲，他父亲给他带来羞辱。我小说中有一笔，写小孩对死亡的恐惧。小说中写到了小孩第一次看到枪毙人这个细节，人家看得很淡，其实那是很重要的，也是我自己的经历。我第一次看到枪毙人，我几天睡不着觉。我对这样的细节记忆犹新，那感觉就跟是世界末日到来一样。我很恐惧，我很害怕，父亲就安慰我，让我睡到他的脚跟头。父亲告诉我别害怕，说他也很恐慌。就这样一句话，他化解了我对死亡的恐惧。

周新民：张晓燕在小说中是个在性上比较乱的女孩，在小说中她对木木的成长有什么样的影响？

叶兆言：在一个男孩的眼里，她是非常美丽的，是非常有活力的，像一朵盛开的花。对这种美丽、狂野，有两种不同的眼光：一种世俗的眼光，是认为她坏，堕落。还有一种目光，是男孩子的目光，这是真实的眼光，可能会想到她坏，她堕落，可是同时又会觉得她是那样的美丽。事实上，张晓燕所处的时间段，是她人生中最为美丽的一段时间。作为女孩，她只有这段最美丽的人生，这是一段灿烂的岁月。我想写的是，任何女性，哪怕人们认为她是最糟糕的女性，也有人生的灿烂和辉煌。因此，我在写的时候，有两种叙事语调，其中之一的叙事语调就是赞美的语调，赞美她的生命的活力，她的美丽对男孩的吸引。还有一种是客观的叙事语调，这体现在张晓燕的性爱上。我们不得不承认，她的人生像鲜花一样地怒放，她在小说中的这一段岁月，仍然是异性的花样年华。

周新民：小说中有一个被张晓燕父亲误杀的青年，叫马大双，这是个有个性的、能独立思考的青年。我想知道，您在小说中这样写，是否有自己的寓意存在？它是否寄寓着您对"文革"的反思？

叶兆言：写这个情节和人物，当然是有寓意的。故事里，"文革"只留给我们一个好的东西——马大双。但是，这个好的东西却被谋杀了。

在小说中，还有一个寓言，那就是小说中的一个私生子，这个私生子到底是木木的还是他父亲的，这并不重要。我想说的是，"文革"改变了一代人，也造就了一代人。私生子就是"文革"的遗产，他是"文革"的生命的体现，他在今天仍然还活着，成为今天生活中一部分。"文革"留下了两个东西：一个是孽子，他在今天还在生气勃勃地活着；另一个是那个被误杀的小伙子。

周新民：最近，您发表的《我们的心多么顽固》让人感受到您创作活力在踊跃，您对小说叙事的探索又到了一个新的阶段。您一改以往的叙事方式，用第一人称叙述的方式来讲故事。

叶兆言：从《我们的心多么顽固》开始，我就充分地发挥叙述的功能，汪洋恣肆地讲"我"的故事。我发现我以往的小说几乎没有用过这种叙述语调。

周新民：您说过《我们的心多么顽固》化解了您心中的兄长情结。我想了解的是，在小说中，您是怎样化解兄长情结的？

叶兆言：这要从我为什么写这样的小说说起。我是独生子，小时候，我非常孤独，我周围的人都有兄弟姐妹，我感到非常孤独。我的成长经验是来源于许多朋友的哥哥。我总是听他们讲和别人打架、下乡等等之类的故事。在我的记忆中，下乡是一件美丽的事，它代表我的未来。我总希望我快快长大，有一天好下乡、当知青。当然，现实生活中，知青下乡并不是一件好事。

周新民：这么说，这篇小说实际上描写的是别人的哥哥给您讲的一个故事。

叶兆言：对。小说有两种角度，一种就是小时候倾听别人哥哥的故事。这是一个角度。还有一个角度就是我在模拟他讲这个故事，模拟他说话的那种神态。虽然他的故事中肯定有假的，因为他是在吹嘘给一个比他小的人听。他卖弄着，他炫耀着，这才是我这篇小说所要表达的，这就是我所讲的兄长情结的放射。因为我小时候特别熟悉这样的东西，所以我在写作的时候，一会儿在扮演倾听者，一会儿又在扮演叙述者。

周新民：这么说您在这个小说里是双重角色？一种角色是倾听者，一种角色是讲述者。

叶兆言：应该说，我所期望的读者，对我所写的"我"有一种认同感。

周新民：我开始不太理解你这篇小说所说的要化解你心目中的兄长情结，但是听您这样一说，我明白了。

叶兆言：现在独生子女很普遍，大家都这样，都习惯了。但，就我来讲，在那时候，我确实感到特别寂寞。我那时候，家里普遍都是有几个孩子。独生子女一点都不好，你被别人欺负了，没人保护你。我有时候被别人欺负了，就特别希望我有一个哥哥，这时我就假想同学强壮的哥哥是我的哥哥。

周新民：除此之外，您还有没有其他含义想要在小说中表达？

叶兆言：当然，也有一些。我熟悉的这一代人，这一代人让我很感动。这些人现在已经五十几岁了，他们在"文革"中革命，然后上山下乡，上大学。现在别人都开始挣大钱了，他们下岗。我想写的就是这一代人。

周新民：但是，我觉得您这个小说与你以前的小说有一种很重要的差别，您以前的小说，在读的时候，从历史意识的角度来讲，有一种虚无感，那么您这个小说里，体现出您一种精神的强调。

叶兆言：不同的人读我的小说有不同的阐释。就我而言，没想这么多。作为一个真正的写作者来说，已经完成的作品对他而言，并不重要，它只不过是写作者身体上的一个部分，它只是我走的一步棋。既然完成了，就失去了意义。对他来说，他想的是下一步棋该怎么走。已经走了，就定性了。写时，可能会有一些想法。写完了以后，就像一个不负责任的父亲一样，孩子生了就生了，管不了什么。

周新民：提到下一步棋，那么，您的下一步棋，是什么？

叶兆言：我很难说。我肯定是始终在想下一步棋，我习惯于对下一步尽量少说，因为写作就是你想写却未必能写。但是，有一点毫无疑问，起码从目前来讲，我还能写下去。

周新民：人们现在对处于经济大潮中的文学创作很担心：在这个年代里写作如何能坚持下去？但是，从《没有玻璃的花房》到《我们的心多么顽固》，这两个小说之间时间间隔很短，在您身上，我感觉到一个作家旺盛的创作生命力，我想了解一下，在这个经济时代里您怎样调适自己的心态，去坚守自己的理想？

叶兆言：搞评论的人和实际写作的人想法不一样。比如说我们这些作家会被问到一些问题：你对下海、对经商有什么看法？对于我来说，这些问题都不存在，因为我没去想这样一些问题。这些问题没有提出来以前，对我来说，它根本不是问题。

谈到创作力，如果创造力真是一种力的话，它有旺盛的时候，必然也有消退的时候。所以，这也是我自己最担忧的一个问题。我想的更多的是这样的一个问题。因为我是知道一个人的创造力不是一成不变的，它会慢慢地消亡。所以，对我来说，关键在于如何珍惜，如何更好地使用。一个时代真正适合于一个作家写作的时间很短。写作就像女人的青春一样，你会感到它很美，觉得它像鲜花一样开得很旺盛，其实这都是假象，它其实很脆弱。从我个人来讲，我有过这样旺盛的时期，在这时，写作对我来说，实在是太容易了。但是我也相信一个人不可能永远年轻。有很多东西都可能成为你的障碍——荣誉，得奖，对金钱、权力的追逐等。各种各样的东西，很多东西可能刺激你写作，但是更可能阻碍你写作。从我个人来讲，我最大的愿望，是保持创作能力。写作很痛苦的一点就在于你得老是和自己过不去。更多的时候，你并不是受这样那样的影响，而是对自己黔驴技穷的挑战。你咽不下这口气，就像海明威《老人与海》中那个固执的老人一样。

周新民：您这一代作家成长在改革开放年代，在您开始写作时，外来文化已成为您写作时的重要文化背景。我想了解一下外国文学对您的影响。

叶兆言：读了很多作品。小时候因为寂寞，在书堆里长大，受到了潜移默化的影响。对于巴尔扎克，佩服他的野心——建立一个自己的文学世界。我读雨果的作品，经常痛哭流涕。对于高尔基，欣赏他的浪漫情结。

周新民：我在您的小说中总能看到一些后现代的思想，如解构一些庞大的东西，历史的虚无意识，等等，不知道在您的内心世界里，您是否受到这些文化思潮的影响？

叶兆言：这个很难说。从我个人来讲，我觉得是没有。也许无意之间看过一些。写作也许是要受到外界的一定影响。但是，写作确实是一种自由。写作是一种反模仿，也就是说，别人这么写了，我就应该那么写。这次这么写了，下次就得那么写。我对我自己都要反模仿，更何况是对别人。模仿分两种：一种是别人都这样做，我也这样；还有另外一种是别人都这样，我应该那样。我的思路是习惯于反过来，希望能和别人不一样。所以，你想我跟自己都不愿意一样，还愿意和别人一样吗？

周新民：80 年代末，您在一篇文章中写到要提倡汉语小说。那么能不能谈谈您的汉语小说观，它主要包括哪些内容？

叶兆言：谈到汉语小说，当然应该有些基本的东西——汉语有固定的传统，有习惯的表达方式，有特定的韵律等。显然它和普通的翻译小说不一样。这中间，如标点符号应该怎么用？语气，还有节奏，应该怎么表现？汉语确实有自己的表达特色，每一种语言都有自己的特色。作为一个作家来说，当代创作应该把汉语的特点表达出来。从文学史来看，汉语本身也是一种历史，它在演变。如现代汉语，20 年代的现代汉语，也就是鲁迅那个时代的汉语，并不好，当然鲁迅的语言很好，鲁迅是佼佼者。但整个 30 年代的现代汉语水准比 20 年代好。我因为研究现代文学，很关注现代汉语，我认为最高的是 40 年代，就是钱锺书、张爱玲的小说，傅雷的翻译等。在现代文学史上，他们这些人把汉语达到一个很高的高度。对于当代写作者，责无旁贷，我们应该比他们做得更好。现在有些观点不对，认为"五四"作家的文笔多么漂亮，这很荒谬。其实，只要用心去比较的话，从现代汉语的角度来看，今天的作家在现代汉语的使用上超过了前辈作家。

周新民：您自己是否有意识去做呢？

叶兆言：那倒不是。我只是在谈一种现实。在 80 年代，一个人的故事比较好，他就可能成为一个作家。但是在 90 年代，如果你的汉语特别差的话，你就很难立足。这本身就是一个很有说服力的例子。汉语的进步其实非常直观的，在 80 年代初，很多作家的文字可以说根本不通。到了 90 年代，如果文字还有很多问题的话，就很难被人认可。这种文字水准的变化，也就是我讲的汉语小说的变化，指汉语小说的整体水平。换一个角度，其实这个汉语小说，是和英语、法语小说相对应的。

周新民：您在文集《殇逝的英雄》谈到你的系列小说，您的小说作品，参照了一些音乐作品，像您的《挽歌》是否参照了音乐作品，它的主题是否有一定的音乐性？

叶兆言：确实有。我就想到《鲍立罗舞曲》那样，它非常简单，就那么几个曲调，总是在简单地演奏着，变来变去，演奏了半个小时。我觉得简单并不意味着说不下去。其实，你只要你能够变化——有变奏和发展——的话，简单的东西也会很有意思。

周新民：欧·亨利说，好的小说要有一个美好的结尾。对于这个论断，我记得，您说过，您不同意。

叶兆言：对，我不同意。

周新民：您说过："好的小说应该是一只充足气的轮胎，带着读者驶向想象的彼岸。"那么，好的小说，您认为有哪些要素？

叶兆言：很难说清楚。起码也是最最简单的，要好看，要有一种意犹未尽的感觉。它不仅仅是有一个可以欣赏的结尾，不是玩一个简单的智力游戏，欺骗一下读者。我觉得一个好的短篇小说，就像一个建在风景区的小亭子，站在这个位置上，能够看到天下最美的风景。所以，一个好的小说，每一个小部分都应该是好的，都是它的整体的一部分。

周新民：具体的要素，有吗？

叶兆言：没什么，达到整体的一个效果就行了。

（载《小说评论》2004 年第 3 期）

叶兆言

男，1957 年生于江苏南京，原籍苏州。1982 年毕业于南京大学中文系，1986 年获南京大学中文系硕士学位。曾历任金陵职业大学教师、江苏文艺出版社编辑、江苏作家协会专业创作员。现为江苏省作协副主席、南京市作协主席。

1980 年开始发表作品，创作总字数约四百万字。作品获全国优秀中篇小说奖、鲁迅文学奖、江苏文学艺术奖、江苏紫金山文学奖、第十届《小说月报》百花奖等诸多奖项。《追月楼》获 1987—1988 年全国优秀中篇小说奖、首届江苏文学艺术奖。1992 年获庄重文文学奖。《马文的战争》2003 年获第十届《小说月报》百花奖；《玫瑰的岁月》获 2010—2011 年度《中篇小说选刊》优秀中篇小说奖；获奖作品还有《悬挂的绿苹果》《艳歌》《绿河》《半边营》《挽歌》《烛光舞会》《关于饕餮的故事梗概》《故事，关于教授》《纪念少女楼兰》《今夜星光灿烂》等。

"小"中自有大乾坤

——对话朱辉

周新民：你大学是学水利专业的，我想知道是在怎样的机缘之下开始走上文学创作道路的？

朱辉：我1981年进入华东水利学院，也就是现在的河海大学农田水利工程专业学习。所学的课程看起来与文学毫无关系，除了高等数学、线性代数和物理学等工科基础课之外，还学了理论力学、材料力学、弹性力学、结构力学、混凝土结构学、钢结构等一系列不那么好学的课程。我的成绩良好，所以才能留校，但是说实话，我大学期间主要精力投到了文学上，学校图书馆那时还是纸质借书证，我用掉了好几本。上世纪80年代是个八面来风的时代，我读过能找到的几乎所有西方经典，还做笔记，做卡片。不久前偶然翻到当年的卡片，落满灰尘，一捆一捆橡皮筋扎着，我恍如隔世。

读，是为了写。我读工科，完全是家庭的原因。我的父亲是中学语文教师。读文科的，命运多舛，所以他不许我考文科，他认为读文科风险大，无前途，弄不好又当中学教师。我必须服从，结果高考差几分，落榜了。然后复读再考，终于考上了。记得复读那一年，我找到河岸下一个隐秘的土窟，天天躲在里面背政治，读英语，面对波光粼粼的河水，心里一片迷茫。奇怪的是，我的高考文科成绩，语文、政治之类，成绩一般，倒是数理化相当不错，物理竟然考了90分，当年100分满分，试卷是很难的，我的这个成绩在华东水利学院当年的入学新生中，名列第二。

但这依然不能让我爱上工科。我大学的室友，个个是学霸，但是他们喜欢在宿舍熄灯后听我讲故事。我四处投稿，直到1984年参加江苏省庆祝建国35周年大学生作文竞赛，我得了奖，这才发表处女作《水杉林畅想曲》。类似的竞赛似乎江苏只搞过一次，当时的评委记得有陈白尘、陈瘦竹先生等，他们在我心中是神一样的人物。

我写作，不是基于利益，而是天性。儿童的天性或许是多向的，无数的枝丫，但总有一枝最粗壮。直到17岁，我都生活在江苏兴化市几个小镇上。因为施耐庵，《水浒传》家喻户晓，《三国演义》我家里就有。夏天的夜晚，全家垫着席子坐在石板桥上纳凉，我父亲会给我和弟弟打着扇，开讲《水浒传》《三国演义》，每天一回。不知为什么，他只在石板桥上才会讲，于是，我不喜欢下雨，因为下雨就无法纳凉了。那座石桥1949年前叫"中正桥"，后来改名"中大桥"，它在我的长篇《白驹》里出现过。桥不小，纳凉的人一堆一堆的，还有人擅长讲狐鬼故事，活灵活现，听得人心惊肉跳。后来我知道了，这些故事既不是他编的，也不是像他宣称的那样是真的，其实是《聊斋志异》里的。我十岁左右就接触到如此伟大的小说，哪怕是以听的方式，真是够幸运。

我的父亲是镇上第一个大学生，他一张芭蕉扇轻送凉风，两个儿子侧耳倾听。我学了工科却成了作家，弟弟成了科学家，不知道父亲可曾想过这里的逻辑。

周新民：你大学毕业后留校任教，后来你又在出版社做编辑，这样的工作经历是否对你的创作产生影响？从90年代至今，你一直笔耕不辍，让你坚持创作的动力是什么？

朱辉：细说起来，上大学之前我还做过工人。高考落榜后，我进了国营纺织厂当工人，纺纱机的保全工。粉尘、噪声、高温，很辛苦。半年后我就请假复习了。留校做老师、做编辑，其实乏善可陈。我供职的出版社是大学出版社，主要出版工科的学术专著和教材。之所以从教学岗位调到出版社，是因为当时觉得出版社跟文字打交道，离文学可以更近一点。事实不是这么回事，是离钱更近了，要抓经济效益。直到2013年我调入江苏省作家协会，从事专业文学创作，这才算是文学专业人员。不过现在我又来编《雨花》杂志，还是个编辑。总之我就是个业余创作的命。

上世纪 80 年代末期，我曾中断创作。除了这几年，我一直在写。漫长的写作，中间困难很多。中断写作时，我已发表了几十万字，断下后再执笔，又算是新人；90 年代后期，我妻子出国读学位，儿子到老家父母那里，我一个人在南京，温馨的家庭生活转眼间消失，心分几处，这个转换也不易；从大学出版社调入作协，看似一下子能专心了，但心无杂念的创作心态并不是想象的那么顺当；现在做了编辑，暂时是没有时间精力写作了。但这个"坎"，我相信也能度过。

从 90 年代开始，我的创作一直很稳定。我说的是创作量和基本质量。出版社的工作是繁杂的，还要操心单位效益，但是我心态稳定。我为稻粱谋，同时也为心灵谋。写作是关乎人心的事情，只要是个人，他就有一颗心，人心需要理解，需要按摩，需要刺激，需要超迈。另一方面，我自己也有一颗心，我愿意或者说喜欢表达，表达的不仅是我想说的内容，还有表达所呈现的方式和技术，这令我欲罢不能，乐此不疲。文学史上耸立着无数的高峰，你很难翻越；图书馆里的书汗牛充栋，多你几本不多，少你几本也不少，这我岂能不知？

但是我还知道，时代正呈加速度发展，电、电子、电视、网络、机器人……这是大师们见所未见的，他们在油灯下所写的"关关雎鸠""寤寐思服"我们还可以写，现今的朝发夕至、卫星定位我们更应该写。"家书抵万金"的时代已一去不返，但搞不清千里之外的聊天者是不是一只狗，又是我们新的困惑。我们显然有新的写作空间。

追求独特，是文学的本能，生命是千姿百态的，人类自诞生以来，已经生活过大概几百亿人，没有两个人完全一样。我，也是独一无二的，写出自己，你就是独特的。写小说，说到底，写的是自己。

文学现今似乎是落伍了，尤其是所谓纯文学。动漫网文是快餐，何其便当也。但是这没关系。口腹之欲我们可以分开来说，很多人吃东西，追求的是"腹之欲"，但总还有人不舍"口之欲"，他们惦念味道。就说写字吧，现在基本都打字了，便捷简单，可毛笔和书法并没有被丢弃，我相信也丢不掉。写作绝不是码字，即使在键盘上噼里啪啦打字，他脑子里，用的还是毛笔。

周新民：现在我们来聊聊你的创作吧。从总体上看，你的小说关注的是小人物的命运与喜怒哀乐，倾向叙写日常生活，热衷于对生活的细致描摹，在某种程度上同"新写实"创作非常类似，但与之不同的是，叙述语言比起冷峻客观更加可感。

朱辉：小说之"小"，就在于它应该立足于"小"。凌空蹈虚的宏大叙事弄不好就违背了小说的本性。历史书写常常只剩下大人物，似乎是他们推动了时代的车轮，但是，在小说家看来，所谓大人物，其实也是普通人，他也"食色，性也"，他也有爱恨情仇，也会因吃醋而冲冠一怒，也会为了博女人一笑而烽火戏诸侯，他当然也会吃坏肚子，甚至也会生脚气。人生八苦，生、老、病、死、爱别离、怨憎会、求不得、五阴炽盛，人人无所遁。小说家其实是小人物，千万别觉得自己了不得，是个大家伙，那是很可笑的。小事情吹吹牛可以，但在写作上，断不可自吹，把自己吹成皮筏子，以为就是普度众生的渡船。

即使是那些大气象的作品，举凡雨果、左拉、托尔斯泰、陀思妥耶夫斯基，他们也还是立足于普通的人。正因为他们写了普通人在宏大的历史背景下的表现，写好了人的喜怒哀乐，表现了人的普遍情怀和独特体验，我们才把目光投向了他们所处的那个时代。《红楼梦》有三层，第一层是家庭生活和男女情感，第二层是家族败落，第三层是一僧一道和青埂峰。最文学的，恐怕还是第一层，宝黛恋爱和家庭关系。人情世故和大家庭里的钩心斗角，这是小说的质地，粗布还是致密的绸缎，一望可知；家族败落或朝代兴亡，那是衣服的款式，若布料不行，款式再高大上，也是假大空，纸糊的；僧道之类，到底对不对，恐怕读书人并不太计较。可惜很多当代作品，一味高屋建瓴，气吞万里的样子，但质地较差，更有趣的是，不少作品，所涉史实压根就是假的，错的，这样的东西只有娱乐意义，或者是用于交换的商品。

周新民：你曾经提到"我向往的小说，其体温在 38 摄氏度左右；或者比正常的体温略低，36 摄氏度——略高或者略低于正常体温，是小说恰当的温度"。为什么会有这样的创作理念，能够具体谈谈吗？

朱辉：我是说过关于小说温度的话。我的意思是，小说是人的文学，所以它应该是人的体温。过热，那是诗歌的权利，小说作为叙事文体，过热是要失真的。冷，《局外人》是真的冷，但那是特殊个体在特殊时代的特例，我宁愿把它看成是叙事策略的故意，或者本来就是哲学书。对了，还有卡夫卡，也冷，还玄。很少有人敢说卡夫卡不好，我也不说，怕人家说我没文化。但我现在人到中年，我说我不再喜欢了，这可以吧？一定的变形、夸张、抽象，有时是小说的必须，但我更喜欢普通的表情，日常的动作和语言，这里面别有洞天，小说家有用武之地。

小说不是物体。它是人写的，写人的，写给人看的。甚至小说本身就该是一个人。所以它应该是人的体温，37摄氏度，略高一点或略低一点，可以给人可亲的刺激，抚摸或揉搓，哪怕是捶击。我不喜欢蛇和鳄鱼，它们冷血；小说可以锐利，但它不应该是钻石刀。哪怕是给人动手术哩，那手术刀也该保存在有温度的消毒箱里，而不应该从冰库里取出，使用。

我就是这么想的，也是这么写的。我在长篇《我的表情》的自序里说："这部书是给一部分人准备的。如果你追求金戈铁马，漫卷红旗，那你不要打开它。它的伴侣应该是一杯茶，一支烟，柔和的台灯笼罩着你。"

周新民：你的中短篇小说大致可以分为两类，一类是书写里下河的风情世俗；一类是描绘都市男女的情感关系。在都市情感的创作中，往往塑造了许多庸常的知识分子形象，他们是教授或者编辑，他们或者离异或者出轨，在现实的欲望诱惑与性交易中矛盾与挣扎，你是如何理解他们的精神状态？你认为当代知识分子面临的最大精神困境是什么？

朱辉：知识分子最大的精神困境，其实也是人的困境，那就是欲望与现实的矛盾。人生八苦的"五阴炽盛"，说的就是人的欲望之火阴燃，无尽烦恼，难以舍弃。万千青丝一刀剪，不容易。

所谓知识分子，通常的理解就是有学问或具备某类专业知识的人，但其实也可以分类的。金圣叹评《水浒传》，把人物定为上上人物、上中人物、中上人物直至下下人物，他分得太细了，也有些刻薄，颇多诛心之论。但知识分子也存在上、中、下三等，这确是现实。其中的中等，就是那些有学问或技能的人，迫于生存压力，形格势禁下，不得不妥协甚至苟且；面对酒、色、财、气，他们难以置身事外，心无尘埃——这就是庸常的知识分子，一个庞大的群体。我在大学生活工作了三十年，我熟悉他们。

现在的教授年轻化了，往往三十多岁就做了教授。年轻则欲望盛，弘一法师不也在年近四十时才五蕴皆空吗？年轻的教授们，气血旺盛，面对的压力更大，诱惑也更多，这是小说的富矿。有论者说，我的小说有一特别处，就是把知识分子当普通人来写。这说到了点子上。在我看来，他们骨子里就是普通人，他们的喜怒哀乐本质上与普通人没有太大区别，没有那么"高级"。职称晋升跟工厂职员升级有多大差别？申报课题或参与招投标，和私营企业争取项目很不一样吗？托尔斯泰说：幸福的家庭都是相似的，不幸的家庭各有各的不幸。其实，他这后半句说的还是某种共性，离婚、寻爱、失望、反目，基本上不会因为事主的身份不同而判若云泥。人性首先是共性，然后才是个性。

人的欲望是历史前进的动力之一。对便捷、舒适和快乐的追求，造就了今日发达的社会，这是不争的事实。但在追求便捷和快乐这个层面之上，还有更高的层面，那就是对未知的执着探究，这种被好奇心驱动的为学之人，一定别有襟抱，更有情怀。我尊敬这样的知识分子，最近的短篇《绝对星等》，就是我的致敬之作。

周新民：除了知识分子，从你的作品中，还能感受你对都市底层小人物的关注，《驴皮记》中的农民工、《阿青和阿白》中的拆迁工与洗头妹、《大案》中的拾荒者、《然后果然》中的代体检员、《回忆录素材》中的出租车司机等，你是如何看待底层人的生活状态和社会处境的？

朱辉：所有的层级，都只在比较中成立。一群人开会，相对于坐在主席台的、位于前排的，那些只带了耳朵来的就是低层级的；通过电视，看着城市土地拍卖会上那些豪掷亿万的巨富，在家里凑着砖头钱的买房者也算是低层。别人一言九鼎，一掷万金，你只是个打酱油的，这样的感觉其实谁都感受过。将心比心，写所谓的"底层"，我没有任何困难。我曾经当过半年工人，时间虽短，但那是实打实地上班。棉纺厂分"前纺"和"后纺"，我在前纺车间，前纺的任务是把棉花纺成粗纱，因为原材料是棉花，就不得不吸入大量粉尘；为了防止棉纱断线，必须保持一定的温度和湿度，车间里闷热难耐。夏天还好，到了冬天，我仗着年轻，省略到了车间再脱衣服的麻烦，每天早晨都是跑步去上班。一条单裤子，寒风刺骨，使劲跑，到了车间就暖和了。短短几个月，我的腿就落下了暗疾，现在还时常疼。疼不光是冻的，也是站的，上了班基本就一直站着。机器只要有油，它就不累，但你停不下来，你累。那些女工，很多是我的中学同学，花样年纪，她们完全不能停，一直巡视机器，随时把断了的纱线接上去。她们下了班，换上亮丽的衣服，走在街上，谁能想到她今天已经走了十几二十公里呢？我知道。那时街上流传一句话，"纺织厂的女工不能要，一夜只睡半夜觉"，她们还要上夜班。

其实各有各的累，各有各的苦。这就是人的处境。但是所谓底层的人，他们所要面对的，更主要的是生存。说到底，是钱。但是我一贯不赞成小说以为某一类人呐喊、呼吁为己任，小说目光所聚，始终应该是人情和人性。困于生存的人，他们的人情和人性看似粗粝，其实也许更为幽暗和丰饶。《驴皮记》中的农民工过年返乡，他想买一件派头的皮夹克，最后被骗；《阿青和阿白》中的一对男女，他们恋爱，他们也需要性爱，作为洗头妹的阿青，哪怕她做过皮肉生意，但这一次，她只是在跟心爱的男友亲热；《大案》中的拾荒者，为了取悦女友，他想弄一只狗养；《然后果然》是一曲彻底的失败者之歌，我很偏爱。主人公失业后难以维持生计，只能凭着一个好身板，以代替别人体检为生——这本来已经够悲摧的了，但是最后，他唯一感到安慰的温馨家庭也出了问题：他的妻子被潜规则了。有朋友说他读了《然后果然》感到不适，有被冒犯的感觉，说我写得太狠了，人家已经掉到水里，你还要把他的头再往下摁。我说这很好啊，有人读过后觉得被冒犯，对作者来说应该视为一种夸赞。

城市自有它的格局，也有它的秩序，自然会有些人处于相对低层或者底层。我不为他们代言，但我目光所及，难以忽略他们。我楼下的一个清洁工，有一个貌美如花的老婆和两个可爱的女儿，但他成天灰头土脸，因为方圆几公里的垃圾箱都由他负责收集清运。他每天工作十几小时，清晨五六点他就出工，晚上十点多，我出去遛狗，经常遇到他还在搬垃圾箱。他早晨动静不小，吭哩吭当的，扰人清梦，但我忍了，换个房间睡。前天他晚上遇到我，突然有话跟我说。他指指围墙角落的一个笼子说，里面有几只他养的小猫，他捡的，他请我遛狗路过时把狗抱起来，因为狗会扑猫。我答应了。你爱狗，人家爱他的猫，这算不上同情心，是同理心。

很多生活困顿的人，身上有许多恶习：粗鲁、刻薄、自私甚至野蛮。有句话叫"可怜之人必有可恨之处"，这话对的。问题是，他们的困顿，他们没有能接受适当的教育，这不完全该由他们负责。作为一个写作者，我当不起解决问题的重任，但是，不忽视他们，摹写他们的人性和人情，这是我的天性。"上等人"有很多恶习，底层人也有可敬可悯处，文学之眼理应能透视，甚至斜视。

周新民：你的《青玉案》《一箭之遥》《一桩与爱情有关的窃案》等小说，都有侦探小说的模式，而长篇小说《天知道》就是一部侦探小说。你为什么喜欢采取侦破小说的叙述模式？

朱辉：热爱故事，着迷于悬念，这是人类的一种习性。从这一点来说，侦探小说永远有它的读者。现实生活中，大量的案例从古至今都是人们口耳相传、津津乐道的话题。即使"谁是凶手"已经揭谜，案件的过程也大可探究，发案的起因更是众说纷纭，莫衷一是。许多案子悬念迭起，处处都是谜题。从阅读心理讲，某个人被杀了，被抢了，被骗了，而我没有，还可以在这里听故事，他难免获得一种庆幸安宁的感觉；作案者因为情或钱，实施了凶案，而我持身守正，没干坏事，这无形中加持了自己的道德形象；更不用说置身于事外、探幽烛微的智力乐趣了。中国文人显然深知其中三昧，作为一个缺少小说理论的国家，自唐宋传奇开始，到明代话本再到清代公案小说，探案小说不绝如缕，显然有其内在逻辑。

在上大学之前，上世纪 70 年代末期，我曾读过几乎所有被译进的外国侦探小说，爱伦·坡、柯南·道尔和他的福尔摩斯、埃勒里·奎因，他的《希腊棺材之谜》和《法国粉末之谜》让我和弟弟近乎疯狂，两人只能约好轮流读，并且不可透露剧情；英国的威廉·柯林斯大概知道的人比较少，不知道怎么的，他的《月亮宝石》出现在我家中，那是"文革"期间，似乎是知青那里传来的，我看得心惊肉跳又欲罢不能，至今我还记得书里一幅阴森的插图，在书的双数页码，一个"双肩崎岖"（其实就是天生肩不平）的女佣举着烛台站在黑暗里，我就此学会了用"崎岖"来形容人体；阿加莎·克里斯蒂是在大学期间的图书馆读到的，她的波洛，波洛的大烟斗和帽子，至今仍以影像方式保存在我家的抽屉里。

我说这些无非是说，有时读什么书，你就成为什么样的人。我至今认为，我如果不当作家，一定可以成为一个好侦探。我的中学同学，江苏公安厅的头号刑侦专家笑着说："你高考考过头了，你考了全国重点大学。"我们那时还是大专。作为真正的专家，他这是在提醒我隔行如隔山哩。好吧，此生不能干刑侦，我写总可以吧？小说家的天赋权利，就是可以写自己从未干过的事。

写"密室小说"，或者"本格推理"，我以为前人已几乎做到极致。他们表现的是"杀人艺术"，是杀人者与探案者的斗智斗法，是智力游戏，说到底，是写作者的左手和右手的较量。这是侦探小说家的兴趣所在，也穷尽了他们的智慧。于是，另一个对文学而言更为重要的使命被他们忽略或者悬置了。好吧，也不算悬置，是他们过早地落实了，他们前置性地落实了罪犯作案的动机，几乎不进行任何掘进和开拓。无非是：情欲，被欺骗或背叛；钱，股票、保险和遗产；家族世仇。基本就是这些了。更多样化的动机和动机深层的东西，被简单化了。除非展示这个案件的发生和侦破绕不开作案动机，侦探小说家完全没有兴趣花费任何智力。

这是一个遗憾，或许这也是正统文学界基本不把侦探小说纳入研究视线的原因——在这里插一句，这大概也是金庸之类武侠小说被摒弃的原因之一。是的，人性的丰富多彩和黑暗幽微，是文学的主要标的，但是，对动机的简单化，却也是传统侦探小说难以避免的不得不然，是无可奈何：他需要把罪犯藏到最后，哪怕他第一页就已出现。他必须藏，罪犯和作家齐心协力，一起在玩隐藏游戏。如此，透露动机的任何线索，都只能成为草蛇灰线和蛛丝马迹。他不能进行任何心理描绘，更遑论心理分析。

这是一种难以逃遁的模式。这是一个引力巨大却又看不见的黑洞，你只要写侦探小说，你就难以摆脱这个模式。但是，为什么不能试一试？真的就没有其他可能了吗？某些犯罪心理，难道不更幽暗，更具社会学和人性意义吗？

于是，我写了《天知道》。主人公祈天是一家医药研究所的保卫科长——这个身份俗套了，侦探小说的罪犯常常监守自盗，但是这没关系，有些俗套其实是小说规律——祈天杀了一个人，放了一把火，他杀掉的是研究所首席艾滋病防治研究专家，烧掉的是这个专家即将成功的艾滋病研究成果。这是案件的侦破结果，铁证如山。他为什么杀人？因为他的家庭，他的妻子出轨了，而且他认为出轨的对象就是这个科研专家。至于为什么要放火，倒不纯粹是为了毁尸灭迹，他真正要毁去的，是艾滋病防治成果。只有杀人放火一起干，他才能把这项成果彻底从地球上抹掉。因为他认为，性病是上天对人类的善意提醒，而艾滋病则是上天的最后警告。如果艾滋病都可以预防和治疗了，那人类将从此肆无忌惮，最终在性泛滥中灭亡。天将降大任于本人，所以他必须出手！这是一个狂人，他的狂，肇始于家庭，又以天下为己任。《天知道》写的就是这么个故事。

因为他是研究所的保卫科长，他可以在破案过程中一直出现；因为他是一个重要人物，他的婚姻和家庭生活自然可以多用笔墨，而不至于写多了就让读者起疑，过快看破谜底。我的障眼法几乎可以一直用到小说最后。我一直认为，小说必须好看，不可以借艺术的名义沉闷和乏味。我相信《天知道》是精彩的，哪怕有人因为它穿了一件侦探小说的外衣而把它归入通俗之列。

周新民：你还创作很多以乡镇生活为叙述对象的小说，诸如《红花地》《七层宝塔》等。在这些小说中，你描绘了乡村的民俗风情，叙述了乡村温情脉脉的生活图景。你的意旨何在？

朱辉：我生在一个教师家庭，从小随着父母的工作调动而迁居，但基本生活在小镇。我的同学中，有吃商品粮的，也有地道农民的孩子，他们放学后和寒暑假（包括当时专门设置的"忙假"）是要帮父母种地的，我熟悉他们。当时跟他们一起玩耍，他们最大方的待友之道，就是带我去他们家的自留地"偷"山芋玉米之类吃。即便如此，我至今搞不清农时，只知道个春种秋收。对农民产生更深入的理解，反倒是长大以后，读了一些书，和儿时的印象映照，有点懂了。他们对土地的眷念和珍视，在我买房拿到土地证那一刻，在我身上复活了。

乡村社会总体来说是温情的，但是，也不尽然。乡村自有它的独特的人际关系，血缘、宗亲、利益等都是纽带；乡村也有它特殊的治理结构，除了法律、公理，还有特殊的伦理。人与人之间有温情，也有争斗，村与村之间更是如此。因为专业要求，我读过"水利史"，因为争水灌溉和排涝，无数以命相搏的大规模械斗一直存在于中国的历史和现实。

我们之所以认为乡村是温情的，其实是因为它存在于远方。它是故乡，我们身居城市，离它几百里甚至更远，现实的纷扰和烦恼逼迫我们朝故乡眺望，于是目光立即温柔了；乡村的远更是时间上的远，它存在于我们的童年少年，甚至存在于历史书中，身处波澜壮阔、烦恼无尽的当代生活，隔着几百上千年的距离看过去，我们就看到了桃花源。

有一次我与一个作家朋友一起外出，看到城中村正在拆迁，一所颇有古风的老房子正被拆掉，老木雕花窗压在碎砖瓦下，朋友顿足叹息。他的惋惜我理解，但是我想问他：叫你住在这里，你愿意吗？这话有点冒犯，于是我自己坦白：我可是不愿意住在这里的。一味地怀古持旧，看似政治正确，但有时是迂阔：你住着水电完备、装了新风系统的房子里，要人家住在没有抽水马桶的老房子里给你来参观，发思古之幽情，这不仅是迂阔，简直自私。我一直有个想法，那就是，如果我们只知道保护古迹而不建设，那么，百年千年万年之后，我们的后代还能看到我们这个时代的古迹吗？现在我们看到的古迹，在当时建设时，哪个不是新建筑呢？

上面这段话有随感而发的成分，经不起抬杠，但大致是我真实的想法。文人们大抵有一些天然的"政治正确"，似乎是不言自明的，但其实似是而非。对故乡的情感也是如此。我从不质疑故乡的意义，那里的人情、饮食、景物、气候等等，眷念是可以理解的。但故乡存在的前提是离开。你离开了，故乡就此成立。对事实上已大变其样、大异其趣的故乡，你不回去，故乡就一直在那里；你回去了，故乡就消失了，原汁原味的故乡、被你美化了的故乡就只存在于记忆之中了。另一方面，回到故乡，有没有带着所谓衣锦还乡的心理呢？假如你混得灰头土脸，甚至拖了一屁股债，你不"近乡情怯"才怪。呵呵。因为故乡业已跟我们的少儿时光绑定，我们常常把对自己少年时光的怀念跟故乡本身混淆。

但故乡的意义又是重大的，它是一个作家的精神底色，思想的起点，也是疲惫身心的栖息地——哪怕只是在想象中栖息一下。故乡是作家的精神按摩椅。所以我写了《红花地》，那是我的桃花源。《七层宝塔》发表后，多有批评家说好，说宝塔是象征：村子竖起来（城镇化），宝塔倒下去了。感谢他们的褒奖。这篇小说源于两年前一次"深扎"活动，我们参观了新农村建设的样板房。楼房很漂亮，与城市其他房子并无区别，也有很大的市民广场。但是我注意到，广场上的居民有一些明显的特征，说白了就是农民的特征，穿着、谈吐、动作，他们还是农民。当时我心中一凛，觉得可以写个东西了，这就是发表于《钟山》的《七层宝塔》。我在小说中流露了我的一些思考，简单地说，我对传统伦理被打破后的村镇治理，心存纠结。但我又是乐观的，我不愿意用礼崩乐坏、世风日下之类词汇来概括这种变化，因为我相信法制终会浸润人心，成为新结构的骨架，类似于机器的齿轮和传动装置，而传统伦理可以成为润滑剂。这种乐观流露在小说结尾，是自然流露，并非我刻意主导的结果。《小说选刊》在刊登这篇小说时，责编李昌鹏在"责编稿签"里说到，"救人一命胜造七级浮屠"。他说的是小说最后，那个粗鲁不讲理的阿虎，在主人公唐老爹深夜被气出心脏病时，还是伸出了援手。李昌鹏看出宝塔倒掉了，但人心最深处，浮屠还是会立起来。

中国传统伦理和乡绅治理等问题，一言难尽。施政如烹小鲜，我们是在边上谈论的人，可以建言，但有理由保持乐观。

周新民：《白驹》是有独特色彩的一部小说。小说中的小镇依然保持它日常的模样，虽然战争中几方势力在小镇轮番上演，这是小说的独特性之一。小说选取一个胆小懦弱的烧饼铺学徒和一匹战马白驹来切入，日常化的生活冲淡了战争的严肃与残酷，这也是小说很有特色的一个方面。你创作这部小说的目的是什么？

朱辉：《白驹》只有十几万字，是小长篇。我写作一直是慢的，这部小说我写了近两年。刚写万把字时，车窗被小偷砸破，电脑被偷，只能重写。

《白驹》仍然保持了我坚守的风格和角度，我的笔墨所聚，仍然是小人物。时局板荡，人如疾风之草，所以说"宁为盛世狗，不做乱世人"。战争中的百姓恐惧而悲苦，常常一夕数惊。我的祖辈常常跟我说起"跑反"，半夜里枪炮响起，成年人挑起箩筐就跑，里面是他们的家当和孩子。不过我也注意到别样的景象，我的爷爷奶奶是开饭店的，他们靠这个生意养活了十一口人，而且他们生儿育女，买地造屋，生意在战争期间也一直做着。我的父亲生于1939年，他和他的几个弟弟妹妹，都是抗战时出生的。显然，战时的生活仍在继续，凶险的战争，并未能毁灭一切。这是我写《白驹》的起点。调查和访谈并不难做，跟老人聊天本就是我的喜好。有一套十几本的《兴化抗战史料文丛》，给了我很大的帮助。我明白了，战争虽有它宏大的格局，但这种格局里除了颠沛流离，除了城头变幻大王旗，也有它内在的坚固的细微肌理。譬如，我知道了几任身份各异的镇长，不管他们属"国""共"或是"伪"，他们都要收税，收钱或者人工，人工是按"一个烟囱一个丁"。这简便易行，还很形象。我的眼前，逐渐呈现了战争状态下的百姓生活的另一面。

《白驹》虽以第三人称写作，但它是我的家族史。另一个作品，短篇《暗红与枯白》，也是我的家族史，是"前传"，《白驹》是正传。这两个作品是我的家族和血脉对我的馈赠。

江苏确有个白驹镇。小说名《白驹》，是因为主角可以认为是一匹白马。它是日本人的战马，从日本船运到中国，日本人驱使着它的铁蹄。在小说中它被惊吓而逃逸，跑到了白驹镇，被烧饼店捡到，店主壮着胆子用这匹马拉磨，磨面粉，它又成了生产工具，给烧饼店带来了短暂的繁荣和财富；这样的日子当然长久不了，很快，日本人和伪军、新四军等各种力量都介入了对白马的争夺；最后马被解放军得到，它随着攻占南京的大军进入了石头城。所以《白驹》是战争小说，也是战争中民间日常生活的画卷，又是一匹战马的传奇。白驹是一个镇，也是一匹马，这当然可以理解为一个象征。那匹白马是母的，战火纷飞中它依然有它的本能，它发情了，跑掉，不知从哪里交配带了种回来——当然是中国本土的马或者驴子，它生下了一头骡子，没有繁殖力的似驴非马的东西。我蛮喜欢这样的结局。

战争的残酷是不言自明的。战争史上，杀敌一千自损八百，沙尘滚滚，血流成河，我们不光要看到成千上万那些数字，更该看到，每个个体，那是活生生的人，都是人生父母养的人。抵抗外敌是反对战争，不轻启战端也是反对战争。在现在这个时代如果战争爆发，水和电、网络立即不通，没有空调或许你能忍受，但银行里的钱也许你就看不见了，消失于电子流了。所以我对合格的外交家十分尊重。有批评家评价说《白驹》温柔敦厚，也有人说它突破了业已形成的同类题材的阅读经验，打乱了我们对战争叙述的惯有想象，我期待的是它能经得起时间的淘洗。也确实有人在十几年后著文给予了肯定，我希望《白驹》真的当得起。

周新民：你先后创作了四部长篇小说《我的表情》（2012 年再版《再爱》）、《牛角梳》《白驹》《天知道》，2009 年《天知道》出版后，就一直没有发表长篇小说，而中短篇小说的数量比较多。毫无疑问，今天的作家们更愿意在长篇小说创作上证明自己的创作实力。你认为同中短篇小说相比，长篇小说创作难度在哪里？你后期还会进行长篇小说创作吗？

朱辉：实际上我中篇小说也不多，大约十篇。我写得较多的是短篇。倒不是因为我按外国的文学划分标准，不承认有中篇小说这个东西。不是的。我写小说，并无明确的规划，我按照自己的内心节奏，更坦率地说，是顺从自己的时间和思想资源。长篇小说区别于短篇小说的首先是：长篇小说需要更多的时间和体力，它更费事。作为一个写得很慢的人，中年以后我的工作压力很大，时间和精力阻止我翻这座山。

短篇小说令我着迷。它体量小，但它提出了真正的艺术几乎所有的要求，它不允许出现任何短板。我不相信一个短篇写不好的人（不是没写过短篇的人），能写出真正的好长篇小说。当然，一个好的短篇小说家，未必就能写好长篇小说，因为长篇小说自有它特别的要求，除了体量和格局，还有气象和野心。开阔绵长的空间和时间，你要用好，这不容易。

我对中国的县城特别感兴趣。郡县制在中国存在了两千多年，到现在，县一级依然是中国政治经济生活的重要单元。它是中国的缩影，又直接与土地相接。这里包含了中国典型的各种关系和丰富的生产生活要素，容纳了中国人的多彩多姿的情感。写好了县城，大概就写好了中国。我现在担任《雨花》主编，可供自己支配的时间比在大学时更少，不过如果要写下一个长篇，我将写一个县城。

我知道，蒲松龄只写短篇，有一部《醒世姻缘传》据说是他写的，但证据不足；鲁迅也只写过中短篇；曹雪芹只有一部《红楼梦》留下来。他们都很伟大。作家各有各的命。

周新民：你觉得同其他作家相比，你的文学创作有哪些特点？

朱辉：我喜欢接地气、有人情味、技术考究的小说。自《诗经》的时代以来，人的基本情感，喜怒哀乐，依然如故；时代在变化，生活也在变化，这些情感也不断变换了面目出现，我为此着迷。人类发展至今，我们站在当下再往远处看，信仰、生存、欲望，诸如此类，纠结繁杂，我们把自己陷入了困境。我坚持认为，小说不能太粗，不能大言炎炎、牛皮哄哄，人情、人性和人的命运，应该是小说最本分的主题。

我的小说聚焦于小人物，力图于方寸间尺水兴波，探幽烛微。面对人们常常习焉不察的日常生活，我着力于平淡生活内在的戏剧性和冲突，我专注于故事的转折和人心的裂隙，由此探究人性的幽微，这有点类似于点穴。

有曲折和闪转腾挪的细腻，小说永远不嫌弃；怕的是琐碎和无趣。做到细腻、有趣乃至有意义，这是小说观，也是能力。往小处写，未必不形成大气象。前几天一个批评家朋友说，我的小说属于慢热却终究可以留下来的东西。我感谢他的这种意见。

（载《芳草》2017 年第 6 期）

朱
辉

男，一级作家，教授。1985 年毕业于河海大学，留校工作，现为江苏省作协专业作家，《雨花》杂志主编。为江苏省有突出贡献的中青年专家，享受国务院特殊津贴专家。大学期间开始发表作品，主要作品有长篇小说《牛角梳》《我的表情》《天知道》《白驹》，小说集《红口白牙》《我离你一箭之遥》《视线有多长》《然后果然》等。有多部作品被《新华文摘》《小说选刊》等选刊转载，多部作品被选入小说排行榜、年度选本及其他选本。

长篇小说《我的表情》《白驹》被收入"阅读中国——新中国成立以来优秀长篇小说 500 部数字文库"。曾多次获得"紫金山文学奖""汪曾祺精短小说奖"等文学奖项。

写一段就复活一段
——对话侯马

周新民：首先，我很好奇的一个问题是，你走上诗歌创作道路的原因有哪些？有些作家走上文学创作道路的动因非常明确，比如明确的功利因素。但是对你而言，在一种比较顺利的生活和工作环境下，你从事诗歌创作的动因是什么？

侯马：我走上诗歌创作道路主要有两个因素，这两个因素相辅相成，无所谓先后。我觉得或许有一种我无法印证的可能，是不是有一种人他真的就是有文学天赋、就是那么敏感。这种人从童年的时候就对生活有很多发现，而且是那种独特的发现，有很好的记忆力，能把非常多的情绪、细节给记下来。当然可能每个人都有这样的天赋，但因为有些人并没有因此走向文学之路，所以很难印证这一点。通过这么多年的写作，我发现自己或许真的在这方面有一种天赋和遗传，似乎小时候所有的思考和经历，经过这么多年的文学训练，我能把它们变成作品呈现出来。我觉得这里面有一种宿命的感觉，有一种使命，这个因素让我不得不成为一个作家。

还有一个因素我觉得特别重要，就是我看到了一种创新的可能，我看到了某种写出不一样东西的可能性。这也构成了一种挑战——开创一种新的文学形式或新的文学局面。我一开始创作就是怀有这样一种情怀。我们小时候都读过那么多文学作品，阅读始终在塑造我们、熏陶我们、改变我们。但是，在诗歌写作上面，我觉得还是有一种不满足，以前读的诗无论怎样地打动我，我自己都很想写出一种相对全新的诗歌，有这样一种内在的动力促使自己去提笔。当然不是说一下子就能写出自己心目中的东西，但是总觉得心里有一个东西，而且是变化的，特别是在诗歌的品质和开拓性方面，我感受到一种新的诗意、和这个时代有关的诗意，这种感觉跟我以前的感觉相比有变化，我就想把这些东西表达出来。

我觉得可能就是这两个因素吧。

周新民：你刚才说到遗传的问题，认为诗歌创作有点儿创造的天性在里面，你们家里有这样的一种文学创作传统和氛围吗？

侯马：我妈的记忆力十分惊人，我举个有点儿滑稽的例子，但也确实让人吃惊：她几乎记得住每顿饭吃了什么东西。可能她没办法一下子一顿饭一顿饭地列出来，但是我只要能说出某个事件来，比方我说："妈，三十年前你第一次到大学看我的时候，那天在食堂吃的什么？"我妈一定能说出来，特别有意思。当然还有其他一些事情也证明了她的这种记忆力。再一个就是我发现我儿子也是，他不会刻意去炫耀对某些事情的细腻感受，但是当我谈到的时候，他往往能够非常清晰地记得。所以我说我自己可能在很小的时候，就洞悉了很多人性的秘密，看透了很多人情世故。特别小的时候就有这样的一种感受，我分得清楚哪些人比较好、哪些人比较糟糕。

周新民：你最终走上诗歌创作道路，还和你的大学生活有关吧？

侯马：对，因为那时候考大学就是一个坎儿，迈过去就行，不会更多地去选择城市和学校，更不会去选择专业，我觉得在那个时候，这种现象比较普遍。我来自山西的"侯马市"，但实际上它是一个县，一个县级市。我那时还比较封闭，虽然我父亲也是大学生，但是我最后到底要上哪个学校、学什么专业也不是特别明确。大概根据自己的分数，尽量选择有点儿名气的重点大学，最后上了北京师范大学中文系，学的就是文学。并且我们北师大85级，有一大群诗歌爱好者。

周新民：好像你们寝室的诗歌创作氛围很浓。

侯马：是，特别有意思。我们一个宿舍里面，大一、大二是伊沙、徐江和我三人住在一个寝室，西西楼305。到大学三、四年级，我跟徐江、宋晓贤三个是同一个寝室，西南楼312。同年级的还有桑克、钟品等等很多其他写诗的同学，诗歌氛围就不言而喻了。我们这代人大致是这样的经历：小时候熟记唐诗宋词，一读就完全陷进去了；上大学后开始接触到西方现代派的诗歌，然后是朦胧诗、台湾现代诗歌。我们上大学的时候，中国现代主义的诗歌创作也迎来了一个高潮。可以明确地说，如果不是命运让我碰上伊沙、徐江这两个人，我可能也不会走上诗歌创作之路。

周新民：在那个氛围里，是不是对过去的诗歌、对"朦胧诗"有一种"pass"掉的心态？

侯马：我觉得，起码对我来说并不完全是，因为那个时候我对北岛他们的创作十分佩服，自己也觉得远远达不到那样的一个高度，但也有一种不服气。若说我想一提笔就"pass"他，绝对没有那样的念头。但是我心里已经很清楚自己想写什么，比方说偶尔发现韩东的诗，就感觉跟他更近。同时，又读了那么多现代派大师的作品，我就觉得好像无论大家怎么写，都没有达到那样一个更出神入化的文学境地。因此，如何用中国的语言、中国的素材和我们当代的这种精神架构，写出那样一种作品，慢慢就变成我心中的一个目标。

周新民：我早年也对诗歌有些兴趣，我比你年龄更小一些，我是1972年的，我开始接触到诗歌的时候，是从《诗歌报月刊》开始的。《诗歌报月刊》（那个时候应该还叫《诗歌报》）刊出的第三代诗人的诗歌大展吸引了我。你早期的诗歌创作起点很高，而且你的诗歌，包括后来创作的这些作品，始终有非常清晰的主题，就是对人的命运和精神的关注。我觉得在你的诗歌里，有一点是一直贯彻的，那就是对人的关注和理解。比如《李红的吻》《麻雀、尊严和自由》等等，在这些诗歌里，能够非常清晰地感受到这样一种主题。

侯马：对人的这种关注，仍然是最本质的。对于最本质的事物，认识起来也有一个细致的、个体化的过程。可能我最早关注的是人的整体命运，起码是人的意识的觉醒，最后再回到时代、金钱、性等。当然时代、金钱、性这些东西在一定程度上肯定是一种进步，但要是往深里挖掘的话，它们对人的那种异化和对人的压迫，可能跟政治上的压迫也没有什么太本质的区别。包括今天的网络信息，给人带来一种便利，但仔细考虑，它对人的异化也是同样的道理。所以我觉得自己可能会越写越清晰，那就是在任何时候怎么捍卫人，怎么发现人、挖掘人。"人"这个概念，特别是每一个个体面临各种抗争和侵蚀的时候，我只能在作品中做出这种反应、守住这份价值，慢慢地就成为一种自觉的追求，大概是有这样一个过程。

周新民：你的诗歌所坚守的价值取向应该和你当时的阅读有关系吧？你们上大学的时候应该也接触到非常多的西方现代文学和现代哲学。

侯马：我的诗歌创作价值取向跟我的经历和阅读都有关系。上学时有一个阶段我能明显感受到马克思主义、存在主义、佛学这三种思潮对我的世界观、文学创作观所产生的影响。有一阵子我追求纯诗，后来发现实际上我从未放弃"文以载道"的传统。所以批判性始终是我的一个特点。写的过程也是一个自我剖析、自我教育的过程，也是认识我的人生和我所处时代的过程。我觉得最大的问题就是现代性的问题，这一点我们远远没有解决完。

周新民：我发现一个现象，工作之后很多人会离文学越来越远。你一直在公安系统工作，我想知道你是怎么样保持诗心的？这个问题好像很幼稚，但我很想和你探讨一下。

侯马：因为我可能没想过要用文学来改变命运，当然我说这个话绝不意味着我比别人高明，也绝不意味着我轻视那些用文学改变命运的人。我觉得这就是个人的一个选择，非常正常，但是若说这是不是就跟文学的本质和创作的使命挂钩，我觉得这个完全不必要。可能创作带来的那种最深沉的价值感和那种存在感，是无法取代的，比很多所谓幸福的体验、物质的满足感肯定更强烈。比如社会身份的变化通常带来某种世俗的愉悦，或者获得别人的羡慕，但是我们知道文学它从本质上最反对等级，那种彻底的平等感给你带来的那份精神自由，就是所谓世俗的成功所无法取代的。更不要说我还有一个非常好的文学朋友圈，他们都是认文学价值不认人的，你创作的每一点，他们会看到，会得到他们的认可或者得到一个文学标准的认可，那种内在的动力很强烈。

周新民：那对你来说，写诗主要是为了获得一种精神上的满足？

侯马：精神探险，精神折磨，精神享受。写诗也是在帮助我认识自己、发现自己，这是一个艰难历程。我真的感觉有些生活你经历过却不代表你真正经历过，你写出来了才代表存在了、经历了。你若没写出来，那么到底经历没经历，好像空得很。你甚至都不知道是不是存在于你记忆当中，很多记忆都是在书写当中被发现的，你都不知道你还记得这件事，你写的时候才发现你记得它，你写一段就复活一段，最后你就真正实现了一个生命历程，它也就存在了。这指的是过去，那么你未来又会做一个什么样的人？实际上，我有时候觉得诗歌就是一部忏悔录，有时候人家说我比较宽容，因为我觉得我自己都这样还怎么去严苛别人。你自己知道自己内心有多少罪恶、多少羞愧，这也是一个求真的过程，一个向上的过程，那就是你未来生命的方向。因为我们欠文学太多了，文学给我们的更多，我们对文学就是欠，一个字——欠。

周新民：我觉得文学总是让我感到动情，特别是文学意义上的人生体验方式和精神探索方式，这与从事什么职业没关系。我也接触到一些人，他们认为文学创作和他的职业之间有某种撕裂感，我觉得恐怕是因为他们还没有对文学产生这种深刻的、本质化的认识。

侯马：对，我非常赞同你的观点，别把文学看得那么窄，你把文学看那么窄，就好像跟你的工作有冲突，或者有格格不入的地方，其实文学深不可测，而且无所不包、无所不容。实际上你的职业也好，经历也好，都是帮助你深化对文学的认识，文学就是人学。比方说我，大家就老问我，你这个职业怎么能从事文学创作呢？那我想他最起码把文学界定在一种与我的职业不相容的范围了，所以他才会觉得不相容。但我的职业可能就让我起码克服了一个问题，那就是让我认识到文学也不是那么纯主观的，大家可能会觉得，对比其他学科，文学是更主观的，但我这个职业就告诉我客观是如何强大，客观是如何影响着主观。因为凡事都是一分为二，有原告就一定有被告，原告说 A，被告通常说 B，不管到底是 A 还是 B，我们对社会的认识起码多了一个方面、多了一个参照。

周新民：这个理解非常通透，如果一个人说自己的社会职务、社会身份和文学之间的关系就是折磨的话，那只能说他对文学认识得不够深刻。实际上，我发现在你的诗歌里面也有很多和你工作内容相关的因素，比如说《清明悼念一桩杀人案的受害者》《但是只有嫌犯目睹全程》《强奸犯》，读这些诗歌就感觉像审问犯人一样，理智、冷静、节制，读完之后，又感受到诗人笔下的关爱和悲伤。这是不是就是和你的工作性质相关？

侯马：题材带来一个切入点，进而再去思考这些问题。比方说我写《清明悼念一桩杀人案的受害者》，这首诗写作的一个基础是我的一个小长诗《抗震手记》。《抗震手记》我从 2008 年"5·12"连续写了三年。其中我有这样一个反省，就是既往，中国人通常只为自己的亲人哭泣、为爹妈的去世呼天抢地，但是他人的死亡，特别是没有亲缘关系的，更别说陌生人了，是不会痛心的，不会哭泣。

周新民：这和我们传统文化强调血缘有很大关系。

侯马：跟血缘有关系，跟私有的观念也有关系，跟公共观念的建立也有关系，但"5·12"汶川大地震当中有一个深刻的变化，很多人为同胞的去世而动情悲恸。当然，这可能和电视媒体的全程直播有关，观众们目睹了呈现在自己面前的一场灾难。过去也有灾难，但你不知道，媒体不报道，或者报道的手段有限，可能就是一篇文章。也可能是因为人自己生活富裕了以后，比较关心人类，这样一来就唤起了人们同情、悲悯、缅怀。我在完成《抗震手记》的过程中，认识到这样的问题，我就觉得我们作为一个民族，这么广泛地大范围地为陌生人而哭泣，为陌生人而悲伤，好像之前没有过。这个可能要做很严格的历史考证，但是我感觉在我的人生经验当中没有过。我觉得这就是文明的一种进步，这是一个民族成熟度的体现。我也反思我自己，是不是应该把这样的感情真正地落在、倾注到对陌生人命运的关切上来，具体的陌生人而不是家国那样大概念。过去清明的时候都是怀念自己的祖先，而且清明这个传统在越来越淡化的情况下，国家通过假期这个顺应民意的制度设计复活了。国家开展了公祭活动，缅怀烈士，培育一种公众情感。由此，在清明的时候，我想到了可能没有人祭奠的死者，包括那些冤死的孤魂，所以就写了《清明悼念一桩杀人案的受害者》这首诗。

正义公平怎么实现？就是要把一颗对待亲人的心辐射到每一个陌生人。所以我就想起自己其实也有那份激愤，比如大多写这个案子时，都把死者当作是受害者，可杀人犯也是受害者，杀人犯是什么受害者呢？他首先是观念的受害者，他有非常狭隘的婚姻观念，是非常偏激的婚姻观念的受害者。同时，他也是城乡二元对立的受害者，他又是城市发展带来的移民潮所导致的家庭破裂的受害者。总而言之，我就觉得一份悲悯、一份责任感油然而生。这与工作有关，与我的经历有关，更与思考有关。案子是真实的，但思考和表达才能形成我们共有的黏合的精神财富。

周新民：我在阅读你的诗歌的时候，感觉你的诗歌一直在写人——人的命运、人的弱点、人的悲悯，归纳起来，可以说是"人的生存与存在"。但我觉得你在创作诗歌的时候，又有一种非常理性的审视和拷问的口吻在里面。关于这一点，我觉得这也是诗歌发生到现在，和传统诗歌相比，当下的诗歌创作已经不再属于是抒情不抒情的问题了，而是一种思考、一种审视。这意味着诗歌被纳入到理性的范畴。

侯马：对对对，这也可看作一种抒情，但是是一种很冷峻的抒情。其实你看，大家常说李白醉酒诗百篇，我觉得写现代诗是不能醉酒的。你首先得冷静，冷静才能深邃，现在人的精神结构非常深奥复杂，你没有一个非常清晰的辨认怎么能够去关照别人、影响别人。今天的读者和写作者对那种混沌一团、一泻千里的抒情方式实际上已经麻木了，实际上是在排斥。如果你提供了一个精致、深邃、复杂，但又清晰的文本，大家会佩服你。

周新民：对，我觉得你的阅读量肯定很大，这些会扩大你认知的边界。你对文学的理解和很多人相比，更接近文学的本质的思考。

侯马：我觉得这可能就是一个人的精神架构或者知识谱系，这是十分重要的。我大学学的中文，但我后来从事的这个职业要求我必须得学法律，程序、秩序、规则以及政治生活的部分就涌进我的知识谱系中来了。并且，后来我自己发现一个现代人不懂经济是很有问题的，因为本质上社会活动是一个经济活动，文学现象很多也是经济现象，而经济问题当中有大量的人性问题，所以研究经济也非常有必要。这样一来，你的观点才不会那么主观。我觉得大量的作品实际上往那一摆，你一看就知道，这个作者的知识谱系有没有问题，比方说你一看就能明确地知道他不懂城市生活，或者你一看就知道他并不了解中国乡村。这些很容易看出来，但是更深的东西我们能不能看出来？比方说有没有宇宙观、有没有历史观，不是一下子能看出来的，但是懂行的人当然能看出来。我们不是专业人士，未必能看那么准，但我们能觉察到哪不对头，哪不舒服。

周新民：你这样说，我对你很多作品产生的知识背景就了解了。比如我现在看到的很多诗，就是一种很蛮横的情感态度和很偏激的价值立场，对不对？那些作者作为一个现代人，我觉得他们人虽生活在当代中国，但脑子还停留在古代社会。

侯马：我非常赞同，我觉得一个诗人精神上要很高级。我不是说他的地位很高，或者是事业很成功，诗人可能就是一个普通的劳动者，但是他的精神我觉得应该是非常高远的。一个诗人若达不到这样一个精神深度，那起码我只能说他的社会成就不会很大。当然他可以写诗、陶冶情操、丰富生活，这都非常好。

周新民：我觉得你的诗歌里面这种理性的分析不仅仅是表面上的，也是内在的理性，是不是和你之后继续学习法律有很大关系？

侯马：我最近写了一个《"英离"愁绪》，英国举行了"脱欧公投"，公投这个事情我们也不要说它好还是不好，因为你从不同的立场会得出不同的分析。有人就说英国一旦脱欧，欧洲就削弱了，这样一来，有利于我们竞争。但还有人看得深，比方说英国脱欧了，欧洲力量削弱了，那么美国会腾出更多的伎俩和力量来跟中国竞争，又好像对中国不利。我觉得这都是一种政治分析。作为一个诗人，所有的因素都是你思考的因素，就是到底他这个欧洲的文化背景是什么，到底欧洲人的心理是什么？老牌欧洲国家和新的欧盟国家，融入欧洲比较深的和那些正想融合的，到底有怎样的社会心理？我觉得大部分诗人可能也不关注这个，也不会从这个角度想。我比较感兴趣这方面的问题，而且我也思考，因为我自己认为欧洲共同体的理念其实就是一个大同的理念，起码是在人类发展的这个阶段，它是有追求在里面的，实际上它是一种追求和平、减少战争的政治结构。就这点来说，欧洲共同体肯定很有价值，但价值实现起来哪有那么容易，就像大家也会觉得共产主义非常遥远。但是说这么多，全都得回到个体的体验上，否则就变成了一个政治论文。最终还是要靠生命的体验来呈现，文学就是文学。

周新民：结合你刚才谈的这个问题，再把你现在的一些诗歌和以往的诗歌放在一起，我发现你的诗歌创作和你的很多思考都是相融合的，你注重的是个体的情绪和意志表达。我觉得在你的诗歌里面，像《国家》《一代人的集体无意识》《留学》《小柿子》这些诗歌，包括你刚才说的《"英离"愁绪》，这些思考实际上都有着非常浓厚的历史意识，你在用作品对历史、社会进行观照，那么这就涉及一个问题，你怎样去处理文学的审美和历史、社会的关系？你认为诗歌应该怎样在审美范畴上表现历史？

侯马：其实对于这个问题，《红楼梦》可以算个典型，它带给你一种幻灭感，但同时具有让你更加欲罢不能的文学魅力在里面。我给自己设定了一个历史观，就是人类是进步的，文学要捍卫且有助于这个进步。我要是没有那么大的抱负的话，我起码觉得文学应该有助于中国人现代化的进程。所以我持一种进步态度，就是你怎么把这种文学的复杂性跟那种进步的渴求结合在一起，还要写出它们之间的冲突和矛盾，所以我觉得这实际上也是一个处理的过程。某种意义上说，完全旗手型的写作也具有意义，我总觉得有一种价值需要去捍卫，当然我也深知，个体是渺小的，我深知这种渺小性，也深知这种渺小的不可替代性。

周新民：我觉得你看得十分透彻，比如刚刚谈到的问题，比如你的诗歌观念。你提到过一种反抒情的观点，你说诗人可以是无须完全具体抒情的，因为诗歌本身就有诗人的主观的意愿和价值观，那么在你的探索过程中，反抒情的途径或者是具体抒情的方式有哪些？

侯马：我当年写过一篇文章，叫《抒情导致一首诗歌的失败》。诗歌都是用来抒情的，因为抒情是诗的本质属性，不是为了抒情就不可能写诗。一首成功的作品，必须是浓烈情感的一次爆发，你自己都不感动的事情是不可能打动别人的，这点毫无疑问。在我的创作中，对这点也是心知肚明。看上去不管文本多么冷静，背后的情感都是非常浓烈、真挚、深沉的。问题在于你抒情的方式，高级的读者需要高级的抒情方式，低级的读者需要低级的抒情方式。就看你给谁写作，"口号式"的东西没有生命力，打动不了文学修养高的人。文学需要有创新性，需要反其道而行之。当假大空成为潮流，尤其要有一份清醒和理性，如果四处都是冷冰冰的，恐怕我们要点亮更多的篝火了。最打动人的是更冷峻的面孔，葬礼上最悲伤的脸是平静的脸，趴在地上号啕的人，不见得是最悲伤的。情感也极其丰富多样，讽刺、幽默、荒诞、甚至有一种淡而又淡的抒情，都是抒情的方式，都有真挚而深邃的感情。

周新民：到了新世纪以来，你的诗歌创作有很大的一个特点，就是集中创作了包括《他手记》《进藏手记》《梦手记》等在内的七部长诗，为什么在新世纪以来，就开始对长诗投入这么大、这么多的精力？

侯马：因为也写了很多年了，很多年以后还是有一种强烈的突破自身写作局限性的渴望，期望写出更让自己满意的作品，会有这样的一个抱负。因为写了这么多年也积累了很多创作的经验，创作长诗原来想都没想过，就觉得不应该去碰长诗，也没考虑要写一部长诗。但是大概在2004年之前，我在写《他手记》之前，有一个在我的创作生涯中算是比较长的停顿期，我至少有一两年没写东西。从1988年开始创作以来，从来没有过这么长的时期，反正就是这样停住了。这样一来就积累了更多，也思考了更多，想突破的愿望也更强烈。我觉得最主要的就是我发现了我的一个思维特点，我是一个一刻也不停止思考的人，我平常不管干什么，都总是在想问题。每当出现一个小的因素也好，符号也好，我都会去辨析一下，这东西是怎么回事，这东西怎么去思考它、把握它，甚至怎么去表达它。

这么一来，我脑子里有很多的这种思考，那么我突然一下就意识到，我为什么不把这些思考记下来呢？我觉得可能就是在多年的思考当中，就发现了这样一种将片段、碎片、切片构成一个整体的这种创作途径，所以一下子就感觉找到了入口，找到了一个爆发点，所以就持续不断地写了三年。

那三年里我写了东西也不拿出来发表，也几乎不跟朋友们交流，以创作的专注去掉浮躁和焦虑，保持一种比较沉静的心理。那时差不多每周末都放在创作上面，写一段话很简单，但要思考很久。我觉得最重要的一点是你永远不要想怎么去表达。比如现在很多人在写所谓的"截句"，就是没题目，然后写四行，也是一种诗歌创作方式。我觉得写"截句"很好，因为更自由，更适合微信表达，也更简洁，这个肯定能够丰富人们的创作形式，也更便捷。但是，任何一个作者，我觉得你只要想着怎么写出精彩的截句，你一定会完蛋，就判你死刑了。

实际上，这是一种生活的提炼和精神的凝练，因为如果我们把精力放在完成这种漂亮的句子上，玩出那种警句似的东西，完成那种巧妙的比喻，其实就走向一种新的形式主义。所以我写《他手记》的时候，我从来不去思考，当然写完以后可能会做一些修改，做一些简洁化、清晰化的处理，所以看上去很短，其实思考酝酿的时间很长。就那么薄薄的一个册子，我写了将近三年，算是一次总的爆发。我写完这个，觉得意犹未尽，所以又写了《梦手记》。因为梦能把回忆里的东西打捞一空，是真实的东西，也可能还有一部分，就是生活中没有发生，但是在你的情感中真实存在，心理上真实存在的，这些都是梦的领域，所以我很快就开始在《梦手记》后又作了一个长诗。那个时候特别关注人权观念，当时还没有写进宪法，那么到底我们对它是什么样的一种态度，是我们的政治态度还是什么，有没有这样一个普遍的标准呢？我觉得可能应该思考，我们生活当中，这样多的人权现象，是不是值得研究，所以我又写了先开始叫《人权诗章》，后来因为那几年在网上打不出来"人权"两字，你一打，出现的是"*"号，就改名字叫《诗章》，最后我给统一了，还叫《手记》，因为与文明有关，就叫《镜片手记》。《镜片手记》肯定是非常值得重视的一部作品。

周新民：你觉得相比较于你的其他作品而言，《镜片手记》有哪些方面值得我们重视？

侯马：《镜片手记》就是"家乡话和普通话的一次对话"，当形成了一个公共社会、进入现代社会以后，普通话会成为一种身份的标识、成为思想感情交流的载体，实际上它会成为一种律法。我们这代人写《镜片手记》这样的作品的价值，在于"文革"的时代背景。在中国整个现代化进程中，没有哪个时期能比"文革"更全面地呈现法制被践踏、人权得不到保障的整体形态了。我是"文革"年龄最小的亲历者，我与那些年龄大的、通过事后总结形成思想观念的人再去反思的，是不一样的。80年代我们国家从非常封闭的形态走向开放的形态，思潮的碰撞、改革的冲击非常地剧烈，这样一个特殊的历史事件，人权的观念怎么得到辨析、得到确立，有一个非常清晰的脉络，我们写这个就是历史的责任了。题目叫"镜片"，就是指"文革"从文化开始，首当其冲打击知识分子，知识分子被符号化了，就是一个"戴眼镜的人"。这个民族怎么给知识分子恢复他的本来面貌，恢复他的尊严，这个诗表达的就是一种价值立场。还有一点也很重要，我从小在山西的小县城里面度过童年，这个地方比北京落后十年，当时我特别鲜明地感到，在"文革"结束后，我们那个地方在很多领域仍然是极左的社会形态，尤其是1977年、1978年，社会动荡，一夜之间全校的玻璃都被砸碎了，我印象深刻。所有这些历史的冲撞，都会浓缩在这样的诗篇里。我觉得《镜片手记》是较早的系统性研究中国人的生存状况、思考人权观念的作品，而且是用文学的形式来探讨的一首长诗。

周新民：你看中国新诗发展了这么多年，中国新诗从"五四"以来的成就，大多数体现在这种短章上面，长诗还很少。读了你的这七部长诗之后，我就在思考一个问题。中国新诗传统以抒情短章为主，十几二十行、三十行就很长了，但是你的这几部长诗都很长。你是不是有意地想去做一些深入探索和思考？

侯马：现在再看里约奥运会开幕式，处处表现人的这种情怀，跟我们那个非常整齐、大一统的那种模式形成一个对比。当然我觉得其实好多事情有我常说的复杂性，我们的奥运我在《七月手记》里就写到了，老谋子说，把外国人吓死了，他认为这是一个民族自豪，我们很多国民也非常赞美这届奥运，但是在知识界是有很多尖锐的批判声音，认为它体现了一种比较专制的文化、一种农民文化，所以这本身就构成一个冲突。在国外又是一个反响，很多西方人士对这个奥运的开幕式赞不绝口，当然咱们没有细致地去分析西方人的具体情况，可能西方人也并不了解中国的社会背景。比方说，他可能认为我们这种整齐划一，是在每个个体都充分自由发展的基础之上构成的。我的意思就是这种复杂性是有历史特点的，所以你如果给它表现出来，呈现了，它是有价值的。我觉得什么事情都不会白白发生，比方说，当时我写到了假唱问题，对还是错，你不知道，不是说对和错不知道，而是你不知道当时这个结果能不能避免。我觉得今天我们不会做这样的决策，起码是在国家层面就很难。我觉得这些带有民族性的东西，这种带有时代进步特点的，本身就是转型期特有的冲突，所以这种揭示，我觉得都是有意义的，不轻易去下结论。但是，深刻的诚信，包括刘翔的行为，到底是真是假，很有意思。所以我现在回忆起来，起码当时是做了一些比较忠实于自己思考的一种呈现。《地震手记》也是，我觉得在中华民族的思想史上，地震真是值得重视的一个经历，更不要说在现代应急体制方面做的变化。以前有时候一说到什么灾难，死几十万人，大家好像义愤填膺，其实你要放在当时的历史背景下去看，在当时，很多事情，首先是难以避免的，历史进步是有代价的，没有这样的应急反应能力，你就必然要承担这样灾难性的后果。在汶川之后，国家整个应急体制才建立起来，这就是一个过程。还有一个就是生命的观念，大家对生命的理解是不一样的，不是说过去命不值钱，这个要看到。

周新民：中国的诗歌发展，从"五四"到现在，线索总体上比较清晰。朦胧诗之后，也就是后朦胧诗时代，诗歌创作有了更多表现方式，它一定是要继续往前走，就是如你所说的诗歌的创作追求的是一种创新。口语化的倾向，应该是近20年来中国诗歌发展的一个重要成就。诗人已经放下了代言人、圣人的身份和价值立场，回归到自己的内心，回到自我对世界、对人生、对他人的一种看法，回到我对自己的认知里面。我觉得进入新世纪以后，你的诗歌创作也有这种明显的口语化倾向，比如在《他手记》之后，这种贴近日常生活的口语叙事诗歌创作便成为常态，《一代人的集体无意识》《在精神病院》《国家》等诗歌，都在简洁的看似平常的口语叙事中传达了你的认识。我们知道90年代以后，口语写作成为热潮，诗人与作品层出不穷，你为什么吸收口语入诗？口语又给你的创作提供了什么新的可能性？

侯马：我觉得好像我们这代人从出生到开始写作，所做的一切准备就是为了写口语诗的。我一开始对堆砌的修辞，对所谓史诗这种庞然大物就有一种逆反，有一种反感，有一种怀疑。我可以非常清晰地回忆起来，我最早一接触到这些作品时那种怀疑的心境，就是一种不接受。自己写时也有这样的感受。当学徒的时候就发现，我诗歌创作的习作期非常短，但准备期比较长，所以处女作几乎就是代表作，而且成熟得很快，或者说就是迅速走上了现代诗的道路。我自己在习作期，包括在开始写作以后，都有一个鲜明的体会，就是当你觉得你写不好的时候，你会刻意地去放一些技巧在里面、放一些词汇在里面，如果你真是觉得很高级、一气呵成的时候，你完全不会考虑这些因素。所以就是说，把知识作为一种垄断和炫耀，或者是作为一种蒙蔽别人、蒙蔽自己的办法，是不诚实的态度。我可能对词汇上的堆砌、烦琐，有一种抵触。但是，我对思维上的一种玄妙，对这种所谓的智性很迷恋，有刻意的追求，时间长了就觉得其实你想追求的东西，也还是需要一些更鲜明的形象，更直接的一种因素在里面。你以为就是造一个意境，其实未必，还是更多地回到具体的人、具体的场景、具体的命运、鲜活的生活，这样才能落地。这些思考和实践之后，我就更能感觉到口语的有效性了。

周新民：我认为从口语诗这里开始，中国诗歌就迎来了一个新的发展阶段。我们以往对诗歌的认识基本就是在意象、技巧、语言这些层面。我们做诗歌分析的时候，一定抓住这三个层面或者三个要素。但是，口语诗里意象比较简单，比较单一明了，一点不繁复，手法也没有那么多所谓的象征、暗喻、借喻，语言很明显的比较口头化。这样一来，诗歌的内在张力，恐怕就成了诗歌所要依仗的东西。

侯马：诗歌最重要的是精神向度。诗人思考的深度、精神结构，才是最重要的。如果你真的通透了以后，或者说你走得足够远以后，几乎是俯首可得。对于精神向度的问题，我觉得现代主义诗歌其实已经走得很远了。比如里尔克《秋日》里讲的孤独者，博尔赫斯的《老虎》《父亲的庭院》营造出的那样一种文学氛围，包括我们大家都奉为圭臬的《坛子轶事》，实际已经抵达了文学的本质，他们都是用那样一些意象来呈现的。但是，现在无论怎么写、无论你想用什么意象来取代，实际上都变成了一种模仿。真正的创作在于能不能用现代生活、用中国人当下的真实生活来表现。这需要一个口语诗的作者去发现，要想把这种精神深度真实化，那肯定是一种真实体验的挖掘。到没到那个精神深度、有没有复杂性深邃性，我觉得可能所谓诗人的内功就在这儿了。文学本身就是一种象征，人类有一种去表达自己的本能，表达的东西既是客观的反映，又同时包含了一种价值判断的巨大象征。口语诗看上去写的是一种现实生活，实际上经常也可以当作寓言来读，也是一种象征。它的高级之处在于，同时作为一种文本和一种象征存在着。假如它没有这种象征意义在里面，它也要独立存在。

过去我们对文学作品的要求是，如果它不能很清晰地象征什么东西，它就失败了。现在口语诗，不管你象征得多么高级，你本身也要实实在在，是"仁者见仁，智者见智"的事情，多高级的读者就能读出多么深的含义来，普通人可以把它当成笑话来读，有阐释能力的人就会越读越深。我最近写的《饺子》，短短四行，在有些人看来，是一个简单到不能再简单的事儿了，但是有人却读得惊心动魄，更多的人读出了它其中非常巨大的象征，觉得非常有现实意义，甚至有人认为对未来也有现代启示的含义。

周新民：你在口语诗的探索过程中，有没有从中国古典诗歌，包括中国现代诗歌里面，寻找到了一种有益的借鉴？

侯马：那肯定有，而且肯定很多。我觉得诗词一定是一种修养，一定是一种底色，你要是没有这个修养和底色，缺乏这个中国精神就有很大的问题。作为语言修养也好，作为精神架构也好，这肯定非常重要。但不限于对具体的一个什么技巧的借鉴。我以前谈过，现代诗歌的作者，需要懂中国的古典诗词，唐诗宋词中包含永恒的中国精神和中国气派；也需要了解西方现代诗歌大师的作品；要对中国新诗的来龙去脉，从白话诗到朦胧诗，特别是当代诗人的作品了若指掌。许多诗歌作者，对同时代的作品不闻不问，这不是专业的态度。不了解当代诗歌的疆域，哪里谈得上开拓。学习古今中外的诗歌作品，只是一个入门的基础。作为现代诗歌的作者，还需要在探索中长久磨炼自己。

周新民：我觉得你的很多诗歌虽然是口语诗，但内在张力很强，比如《国家》讲的是一个小女孩参加国庆游行的事，《法律至上》是一首关于官场小事的诗歌，但它们都有一个宏大的标题，对准的焦点或者对象却很小，这种解构的方式就形成了一种张力。我认为这是口语诗发展到今天，业已成熟的一个重要标记。追求内在诗歌的内在张力，是你的诗歌美学趣味吗？

侯马：是的。比如《秋菊打官司》作为小说，是比较及时地反映了中国当代农村现实的好小说，张艺谋改编拍摄的电影《秋菊打官司》，也是非常杰出的一个电影。这个电影被我的导师朱苏力偶然发现，朱苏力在《法律及其本土资源》里面已经写到了，他是在家做家务的时候，偶然一抬头从电视里看到这部电影。

他对这个电影的梳理就完全是一个法律思考、哲学思考、法律社会学的思考，这里面本身张力就太大了。故事本身就是张力，我们要依法办事，但秋菊只是要一个说法，最后严格追究了法律责任以后，破坏了那个乡村原有的社会和谐，但是好像不进步也不行。这种复杂性，诗歌表现得更有张力。当然长篇小说表现的空间很大，但是大家阅读需要时间，读者受到的冲击也未必比诗歌带来的冲击更大。这么短的一个诗歌，如果是一个成功作品的话，给人的阅读体验经常是启示性的。它就像一个公式一样，一旦掌握了这个公式，你就可以面对世界的很多问题。所以在这么短的文字里面，你要怎么把这个时代浓缩进去，把这个矛盾冲突给写进去，是很有挑战性的。

周新民：早期中国新诗其实就叫白话诗，黄遵宪倡导"我手写我口"，是不是可以看作中国口语诗歌最早的诗学倡导？但在后来的发展过程中，中国新诗在很长一段时间里面被异化。第一个被异化的方式是面对西方现代诗的压力而发生了异化，我们拼命地去学习现代诗歌。第二种异化方式就是我们过分强调诗歌的工具性。在这两种异化力量的支配之下，很多年以来，中国的新诗一直走得磕磕绊绊。当然，我们说这最近十年二十年，从根本上来讲，诗歌有很大的进步。但是也有一个判断，就是在中国的新文学中，在小说、散文、诗歌、戏剧这些文体里面，诗歌被认为是最不成功的文类。这种看法就和诗歌面对的问题有关，早期的诗歌大家都不满意，我们今天来看在现代诗里面，有多少诗歌我们认为是满意的呢？很少，其实很多当代诗歌我们也不满意。有批评家认为，诗歌的口语化泛滥是值得警惕的倾向。你认为怎么样把握口语诗的创作？如何把握好口语诗的尺度？

侯马：我觉得整个所谓文坛或者说批评界，对诗歌的这种理解是非常不全面、不准确的。小说、诗歌、音乐、戏剧、电影，到底哪个东西更成熟，进步更快？以我的观点，可能诗歌成就是最大的。而且如果你追踪诗歌微博微信现场，你会发现口语诗经典很多，耳熟能详，脍炙人口。

周新民：既然谈到诗歌的成就，你认为主要体现在哪些方面？从你的阅读、写作等方面来谈谈吧。

侯马：最近伊沙编了一本书叫《当代诗经》，他这个书是五年《新诗典》的精华，《新诗典》每年出一本，每本也有 365 首，他从这五个 365 首当中选出了

305 首，我的诗入选两首。整本《当代诗经》里，全部的生命力量和诗学追求都是非常高级的，我认为这三百多首作品，每一首都值得我佩服。大部分诗歌都能做到写前人未写，或者是这个领域这个题材过去根本就没有涉及过；或者说是这个题材大家都这么写，经常写，但是没人这么写过；或者是这个表现手法和这种精神领域，根本就没有涉及。我看小说也好电影也好，从来没有这样的感受，全是陈词滥调，没什么意外，这三百多首诗让你觉得到处都是意外，到处都是新的增长点，所以这就是成就。这个成就非常大，其中对精神深度的挖掘、对过去没有过的一种精神深度或者精神领域的挖掘、表现手法的这种自由性，在整个中国人的精神生活和现实生活中，从来没有被这么大面积地这么多点地呈现过，真的太有意思了。

周新民：诗歌成就的评价，的确面临着两极化现象。有些批评家认为诗歌创作成就很大，有些批评家认为诗歌创作成就低。但是，我个人认为，诗歌这近二十年成绩还是很大的。但是，你认为对诗歌的评价为何会产生这种两极化现象？

侯马：我觉得是这样，比如就刚才说到口语和口水，我非常赞同口语诗，也非常赞同口水诗。我觉得我们这个民族不要自轻自贱。当然，也要有专业的追求，我们要学会尊敬，我们要看到伟大，你跟大师生活在一个时代，你跟伟大的作品生活在一个时代，你看不到是你自己的问题。同时我们自己对自己不要自轻自贱，很多人一边学会了用口语表达，很自由，一边认为，我这不是诗，你为什么那么自轻自贱？总归是一种表达和呈现，总比你不写要强。你写跟不写就有了本质的区别，已经完全是两个人了，你怎么会认为你写的不是诗？更多人是看到别人那样写，认为自己也能写，认为别人的不是诗。其实要有一个全面的个人解放，和一个全面的整体的文明进步，才会有更高的高峰。

周新民：实际上这二十年的诗歌之所以不被人了解，和诗歌的传播有很大关系。从 1985 年前后开始，席慕蓉、汪国真占据了中国诗歌传播的主阵地，在一定程度上影响了读者对诗歌的认知。

侯马：真的，就是如此。

周新民：我有一个非常深刻的感受，是中国新诗教育的失败。你可以回忆一下，你在小学、初中、高中所读的新诗是什么？课本里面的新诗是什么？

侯马：其实我觉得整个社会，已经受到诗歌很大的滋养和回报，因为现在的诗歌写作是相对自由的，大家谩骂也好，或者说是不赞同也好，其实是已经读到了大量的这种更新了的诗歌、口语化的诗歌。还有就是，其实中国诗人的数量是非常庞大的，只是你不去接触，觉得好像谁还关心诗歌啊，你去接触了之后会发现怎么这么多诗人，而且这么多好诗人，你会发现太多人写诗，太多人热爱诗歌了。

（载《芳草》2017 年第 3 期）

侯马

男，原名衡晓帆，1967年生于山西侯马市。1985至1989年就读于北京师范大学中文系，文学学士。1996至1999年就读于北京大学法律系，法学硕士。1980年开始现代诗写作。

出版个人诗集有：《哀歌·金别针》（1994年，与徐江合著）、《顺便吻一下》（1999年）、《精神病院的花园》（年代诗丛，2003年）、《他手记》（2008年获中国新诗榜年度最佳个人诗集）、《他手记》（增编版，2013年获中国桂冠诗集奖，入围花地文学榜）、《大地的脚踝》（2014年入围花地文学榜，2015年获腾讯书院文学奖）、《侯马诗选》（2015年获中国公安诗歌贡献奖）。

曾获《十月》新锐人物奖，《诗选刊》中国先锋诗歌奖，汉诗榜（首届）年度最佳诗人，《人民文学》《南方文坛》"年度青年作家"称号，首届"天问诗人奖"，第二届《诗参考》"十年诗歌成就奖"，桂中水城文学沙龙第三届年度大奖，《新诗典》第四届年度大奖"李白诗歌奖"金奖，第四届"葵"现代诗成就大奖，第六届长安诗歌节现代诗成就大奖。

现居北京。

第四辑

文心之诉

以"回望"之名前行
——对话曹军庆

周新民：你在高中时是一名理科生，考上大学后却进了中文系。是什么样的机缘让你和文学结缘？

曹军庆：我最初是一名理科生，然后莫名其妙地进入孝感学院，变成了文科生。那时候我对在中文系念书有些不如意，觉得不快乐。也因为当时年龄比较小，既来之则安之，就产生了"找书看"的朦胧意识。我们图书馆是一个木制的旧楼房，我现在还记得很清楚，有个图书管理员刘老师，是我们学校中文系一位外国文学教授的夫人。我去借书，但是内心并不知道借什么类型的书。也是冥冥之中自有天意，刘老师顺手把别人还的一本书递给了我。那是一本《海涅诗选》，德国浪漫主义诗歌代表作。我在现场翻了一会儿，里面的一幅油画插图猛地击中了我，让我得以虔诚地把这本书拿回去看。那是以大自然为背景的一幅画，一个男孩的头枕在一个半裸的女孩的腿上。这一看就一下子陷在里面了，欲罢不能。

海涅的诗对青少年有着巨大的吸引力与杀伤力，一旦阅读之后，你就出不来了。迄今我还对其中的几句诗记忆犹新，"我白天想着你，夜晚在做梦，梦中也想着你。"大意如此，诗歌居然可以这样写，这对我来说十分震撼。《海涅诗选》下面有很多注释，关于希腊神话和西方文学的起源，包括希腊的悲喜剧与《荷马史诗》，我就顺着注释阅读。坦率地说，我的阅读路径是由着"注释"指引的，这种阅读最开始是一种无师自通的行为，一路往下走，好比刘姥姥进大观园，就这样读了下来。现在回过头看，那个阶段对我来讲的确至关重要。

周新民：广泛阅读是走进文学殿堂的必由之路。你还记得你在大学期间读过哪些书籍？它们给了你什么样的影响？

曹军庆：那是一个如饥似渴的年代，阅读毫无目的，单纯就是因为快乐。由《海涅诗选》开始，我搜罗图书馆里所能找到的所有诗歌来读，一直读到莎士比亚的十四行诗。又从莎士比亚这里开始阅读戏剧作品，古今中外凡是在图书馆能找到的戏剧我都会找来看。再然后是小说，说到小说那就太多了。回想起来比较奇怪，我的阅读兴趣居然是由文体划分的。当我迷恋上一种文体的时候，就会穷追不舍。然后跳转到另一种文体，再次沉迷。诗歌、戏剧、小说，它们是不同的大门，次第向我打开。

周新民：这应该就算是正式迈进文学的大门了，那么中间又有什么样的契机使你从读者变成作者，完成量变到质变的飞跃？

曹军庆：那时候我沉浸在文学的世界中，以两三天一本书的速度疯狂阅读。毫不夸张地说，我是当时去图书馆去得最勤的学生，一借就是一堆书。而且我还在不停地摘抄，自己觉得写得好的句子就会抄录在本子上。即便是罗曼·罗兰的大部头作品《约翰·克利斯朵夫》，我也只花几天看完，而且抄录很多。我是专科，学制三年，是 1978 年到 1981 年。那个时期整个时代和文学背景似乎也是一样的。都在吸纳，时时都有新东西。文学艺术适逢大解放，西方很多文学观念进入中国。很多人在写诗，文学成了年轻人自我表达最为有效的方式。我内心的一些东西突然被打开，先前我没有意识到的深埋在心底的渴望苏醒了。于是我也希望，或者说企图成为一个诗人，像很多同龄人一样，我也开始写诗。

最初写诗写得很狂热，甚至规定自己一天必须要写一首诗。如果这一天没写出来，就会沮丧，觉得自己是在虚度光阴。我并不是一个成功的诗人，因为我身上不太有"诗意"，甚至我就是个比较枯燥的人。后来我才明白，诗人都是很特别的人，并不是每一个人都可以做诗人。尽管我自己当初的诗歌写作基本上是无效写作，但我从不曾对那段经历后悔。无意间我可能是在对语言进行强制性训练。每天强迫自己写一首诗，如此跟自己过不去，类似于强迫症一样地自我制约和挤压，实际上不过是在反复锤炼语言和寻找"意象"。所以，这样看来，我应该是在为未来的写作做准备。那时候有很多中国的少年——放在大的时代背景下——

都想成为一个诗人。成为诗人可能是当时很多年轻人的共同梦想，但是这个梦想在我毕业之后破灭了。

周新民：为什么说梦想破灭，是没有继续写诗了吗？那你毕业之后又开始从事何种工作？不再写诗的缘由又是什么？

曹军庆：我毕业之后在安陆一个乡村中学当老师，闲暇之余依然坚持写诗，但是当时呕心沥血所写的很多诗歌无法发表。然后我就开始阅读刊物上的诗歌，模仿刊物上的流行写作，开始写一些所谓的乡土诗歌。这种靠近流行写作写出来的作品陆续得以发表，当年的很多知名文学期刊都发表过我的诗歌，那是1986年前后。如果照这个模式发展下去，我有可能成为一个虽然能够大量发表诗歌作品但却极其平庸的诗人。某一天我意识到了这个问题，我突然对自己不满意，那些以发表为目的的流行写作没有我自己的东西，看上去就像是苍白的假花。很多乡土诗歌包括我自己当时发表的那些类似作品就像是山涧里面的小溪，那么清浅细流。但是生活不仅仅是小溪。我已经从学校里出来了，我就在生活当中。文字欺骗不了我，生活就像洪水过后的大江大河。它里面有各种各样的枯枝败叶，有浑浊的水、湍急的漩流，甚至还有坍塌的房屋，飘浮着被连根拔起的树木或者各类惨遭厄运的尸体。这样的生活我没有表达出来。在1988年左右吧，我中止了短暂的诗歌写作，开始转向小说。当然那是非常困难的开始，我并没有做好准备。但是我模糊地认为，在某种程度上小说可能更能够表达我对生活的看法。

周新民：你觉得小说和诗歌之间的差别在哪里？或者说你认为小说和诗歌这两种文体所指涉的对象有何不同？从诗歌转向小说的主要原因是诗歌不能表现你对生活某些方面的认识，但小说可以。那么这段时期你的小说代表作是哪篇？

曹军庆：那时候我和生活迎面相撞，生活向我露出它真实的嘴脸。尽管美好并未绝迹，但是仍然有其狰狞的一面。就像我对写作没有做好准备一样，事实上我对生活也没有做好准备。因此生活中那些丑恶阴暗的东西，那些我所看到和听到的东西，它们以文学方式之外的某种面目震撼了我。我觉得这样一种纷至沓来的东西太过复杂，无法通过诗歌来表达。当时不再是阅读驱动我，而是生活本身在驱动我。我想这才是我由诗歌转到小说的一个最为重要的理由，归纳起来大约可以说是"表达的焦虑"。我有了很强烈的写作动机和创作欲望：那就是希望能够揭示生活的真相。所谓生活的真实，是当初最使我纠结的一个事情。我总觉得生活是有"背面"的，我有篇小说甚至题目就叫《背面》。生活一定不是我们表面上看到的那个样子，它一定还有另一个我们所看不到的背面。我写作的目的就是要把那另一个我们通常所看不到、目力所不及的背面翻出来，翻出生活的里子给人看。我那个时候的写作大量集中在乡村写作这样一个层面，描绘乡土的种种世情。集中写到人性中的恐惧、乡村的仇视和绝望，那些简单的情感，以及充满暴力意味的各种图景。

至于代表作，好像不由我说了算。我压根就不知道我在不同时期都有哪些代表作品。而且因为时间久远，有好些我也记不清楚了。但那个时候我创作的反映农村生活题材的小说主要是以"烟灯村"作为故事背景，很多评论家都注意到了这一点。乡土写作是很多中国作家的基础性写作，也是我的写作起点。我把我对于中国乡土的想象大都放在烟灯村里。烟灯村是我最初虚构的一个乡村舞台，它是一个框架，也是一个缩影。我相信我是一个现实主义作家，但是我害怕那种虚假的或虚伪的现实主义。而那种虚假、虚伪的现实主义，我们确实看到太多了。

周新民：任何观点都不会平白无故地产生，必定有所依据。那么你产生这种观点的土壤是什么？这种观点又对你的写作有何影响？

曹军庆：当然是我读到过这样的一些作品。那些我称之为虚假（或虚伪）现实主义的作品要么是在粉饰生活，要么是在歪曲生活。生活不是那种样子。许多写作的想象"母本"也不是生活，而是某些现成的关于这类题材的文学作品。因此才会滋生大量的类型化写作、大量的同质化写作。前面说过，我那时的文学理想，就是要揭示真相。但是现在我不再那样想了，对文学而言现实很可能是没有真相的。生活事实上是由各种假象构成的，它是一个复杂的多面体。所谓盲人摸象既是对写作者的暗讽，也是对写作者的真实处境的揭示。想要一劳永逸地发现生活的真谛，找到生活真相，将是一种徒劳和不可能。那样的话也不是写作。作家在暗夜里，他不一定要把隐匿在暗夜里的所有事物都描绘出来，事实上那也是不可能的。但是作家可以寻找，他的任务是把他所找到看到的东西说出来。那些东西有可能并不是真相，但却可能是通往或接近真相的路径。

周新民：这是比较早的一个阶段。我还注意到你曾经在你的创作谈中多次提到关于你奶奶的故事，这绝不是偶然的讲述。那么你奶奶和你的文学创作之路到底有何关联？

曹军庆：是的，如果把时间往前推，就会更清晰明了。我最近刚好写了一个忘恩负义者的故事，实际上是想借这个中篇小说向我奶奶致敬。我奶奶是一个三寸金莲、包着小脚的旧式女人，也是一个抽烟的女人。我曾经在某篇创作谈中提到过这个故事。我奶奶代表着旧时代，在她身上有很多现代女性所不具有的特点，她还有另一个特点，那就是她会讲故事。

我奶奶是个很有想象力的女人，她讲的故事极具原创性。奶奶的故事永远只有一个主题，即善恶有报。但她却有能力把这同一个主题讲得缤纷多彩、摇曳生姿，就像同一个面目却有无穷无尽的表情。在她的那些故事里有两个绝对主角：一个叫王恩，一个叫付义。当我成人之后蓦然回首才明白，我奶奶是在讲"忘恩负义"的故事。她把这个词语拆分成了两个人，而这两人一直都在。他们出现在不同的故事里，在不停地作恶，最后的结局却又总是"恶有恶报"。奶奶的故事在重复，在循环。我在奶奶重复循环的讲述中慢慢明白，奶奶为我讲过无数个故事，但事实上却又只讲了一个故事。这就是我奶奶的能力和她讲述的方式。现在回过头来想，我对文学的偏执与热爱，可能跟我奶奶有着某种神秘的联系。我奶奶不是说书艺人，却又很像是说书艺人。她无形中在我童年时埋下了文学的种子，但是当时我并不知道。

后来我考到孝感学院，又跌跌撞撞地误入文学。首先是莫名其妙地被招进中文系，然后在去图书馆借书时莫名其妙地被刘老师递给我一本《海涅诗选》，这样的细节环环相扣，构成一个紧密的链条，成为我进入文学的通道。我回过头来看好像就是这样，文学需要回望姿态，你永远是在回忆，所有的事情转瞬即逝。时间就是这样一种概念，当我们意识到什么的时候，它事实上正在远离我们。而写作恰好是要留住。

周新民：你小说的故事背景始终在不停变换，大致经历了以"烟灯村"为代表的乡土小说到以"幸福县"为代表的县城叙事的转变，那么这种文学疆域的变迁是否和你的个人经历有着某种联系？

曹军庆：就我个人而言，我始终有一种"漂泊感"，"故乡在哪里"时时会困扰我。我老家在广水花山镇，我爷爷做过屠夫。当年花山镇的小半个镇子的猪肉都是我们家屠宰铺供应的，当然那是一个很小很小的镇子。但是在我三岁的时候，因为建水库的原因我们举家移民到了郝店镇，花山的整个镇子葬身水底。来到郝店的缘由是我母亲的堂兄在那儿做村支部书记。移民后，三岁的我开始感受到自己家和原住民的区别。村子里的村民之间可以有矛盾，但是一旦和我母亲发生矛盾，他们就会联合起来，同仇敌忾。他们的口头禅是"我们祖祖辈辈都住在这里，谁还不知道谁啊"，而我们则是"新屋的人"。新屋的人和祖祖辈辈住在这里的人是不一样的。我们被这个村庄隔开、剥离。生活也在那个时候赋予了我某种东西——同龄人所没有的敏感。我不仅发现了母亲的无助，也清楚自己的孤立。夏天我们乡村那些四五岁的男孩都会光着身子跑来跑去，我也很想和他们一样扒光衣服自由地奔跑，但是母亲不允许。所以我只能穿着衣服站在角落里远远地羡慕，默默地注视他们。

这种"漂泊感"在我从孝感学院毕业、被分配到安陆后并没有得到改变。迄今为止，我已在安陆工作和生活了三十余年，但是依然能感觉到我是一个异乡人。漂泊让人孤独，写作在某种程度上也是一件很孤独的事情。回望过去，似乎我在不同的时期会有不同的故乡。我在安陆的时候，广水郝店镇是我的故乡。当我在郝店的时候，事实上花山镇才是我的故乡。2012 年我到武汉来，我从武汉回望的故乡毫无疑问是安陆。但是我刚到安陆的时候，我曾经在写某一篇文章时用到了一个比喻，那时我说，"我来到这儿就好像在这座城市上面打下了一块补丁。"这种东西和文学有关，回过头来梳理我的写作历程，仿佛也印证了这一点。

周新民：我对你的"县城叙事"很感兴趣，你把安陆作为县级市的标本意义，叙述起来如鱼得水，声色俱佳，让人情不自禁想起苏童对于香椿树街、莫言对于高密的自如抒写。可以聊一聊选择"县城叙事"作为书写重心的始末吗？

曹军庆：我在安陆的时候刚开始写作，无论是写诗歌还是小说，实际上都是在写"烟灯村"的故事。烟灯村在我老家附近。以前我从老家到郝店镇上，总要路过一个名叫烟灯湾的地方。烟灯湾有几条恶狗，特别厉害，每次从那儿走它们都在狂吠。我非常害怕，就绕道而行，所以烟灯湾给我留下了深刻的印象。我在最初写乡土小说的时候，突发奇想把烟灯村作为乡村人物的表演舞台。这便是我在前面所说的"回望"，我在安陆回望烟灯村。2012 年我到武汉，回望到的则是安陆县城。

我当时有一个想法，觉得县城是一个很重要的、值得作家去关注和反复讲述的场域。中国是一个很独特的社会，内地的很多县城彼此相似。它包含着城市元素，也有乡村元素。由各种人际关系和各种秩序构成的县城既可以向上，也可以向下。向上可以跟省城甚至跟北京勾连；向下又可以和乡镇、村庄相接。在每一种关系的后面，很可能还存在着另外的关系。同样的道理，在每一种秩序的后面，也存在着另外的秩序。所以不光有真实的县城，还有和这真实的县城相对应的影子县城。真实的县城和影子县城互为倒影，虚实相间。我在县城里生活了三十多年，因此我就想，我能不能把我所生活的那个县城当作中国县城的一个标本呢？我能不能把这个标本写清楚呢？这是一种写作理想，如果像解剖生物一样能把一个县城写清楚了，那实际上是一件很了不起的事情。

那时候我就处在这样的写作冲动里，《云端之上》是个例子。我记得很清楚，当时每个周末我要回安陆的家，星期一要到武汉来上班。当我开着车从二桥过来的时候，在雾霾天里看到武汉的高楼大厦，它们隐蔽在朦朦胧胧的雾霾当中，直插云霄，蔚为壮观。我情不自禁地想到了天上的街市，武汉那么像是云中之城。我就突然想写一篇这样的小说，就是《云端之上》。这个小说的现实生活是安陆县城，云中之城则是武汉。我想，正是我从安陆到武汉间的无数次往返，让我找到了某种观察的缝隙。在这缝隙里，我看到了这一边，也看到了另一边。

周新民：你提到了文学写作中一个"回望"的姿态，我也发现你的很多作品都是在安陆写成的，就是还没到武汉之前的那段写作高峰期。而从你的作品目录中可以看到，从 1990 年到 1999 年有将近十年的时间创作近乎是一片空白。为何会出现这种情形？

曹军庆：很多人都问到了这个问题，当时我对写作有些失望。老实说我是一个悲观主义者，所谓悲观既是对文学，也是对人生。那好像也是普遍都很悲观的一个时期。很多人离开了文学，很多人下海经商。县城也是如此。我也到了一家小公司，其实并不是经商，而是在那里混日子，自我放逐。但是我的内心从不曾真正离开文学。混日子的同时我依然在坚持阅读和思考，有时候我甚至会觉得阅读比写作更快乐。前面说过文学是一件很孤独的事情，同时它也是一件很漫长的事情，有点像马拉松。或者换一种说法，文学只是你个人的选择，是你生命形态当中的一种生活方式。如果你选择了文学，就可能会一直写下去，直到它变成你生命中的一部分。我喜欢阅读和写作，并不期待它能带给我多大的成就和荣耀，仅仅是为我的内心而写。思考也好，积累也好，总会有一个节点。到了 1999 年，在新世纪之初我又重新开始写作。当时写了一篇小说叫《什么时候去武汉》。我的文学影响很庞杂，我喜欢过很多不同类型风格迥异的作家。博尔赫斯、爱伦·坡、卡夫卡这些现代派的文学巨匠曾经对我产生过影响。但是那些传统作家如巴尔扎克、陀思妥耶夫斯基，包括列夫·托尔斯泰等也给过我滋养。

周新民：你对巴尔扎克这些作家的偏爱，可能与你内心深处想要揭示生活真相的写作观念不无关系，但是写法和情感上又受到很多先锋作家的影响。精神上可以继承现实主义对生活的一种关注与剖析，在写作手法上又可以借鉴先锋作家的一些技法，包括情感态度等。

曹军庆：是的，我一直坚称自己是一名现实主义作家。但在技术层面，我从不拒绝先锋文学在技法上所能提供的帮助。现实主义是我的写作立场和最基本的文学精神、文学姿态，但先锋文学给予我技术支持。传统的现实主义是可以进行改造的。我希望现实主义和先锋写作能有一个融合，一种精神上的融合和技术上的融合。日本文学给过我们一些有益的启示。像谷崎润一郎、安部公房这样的作家，他们既深受西方文学的影响，又深深植根于日本本土的传统文化，从而创造出了他们自己独特的文学。

重新开始写作的时候，我对短篇小说情有独钟。就当时我的阅读来看，我把我所能看到的短篇小说大体上分为四类：一类是比较传统比较经典的写法；一类是笔记体的写法；还有一类是纯粹比较先锋的写法；以及名作家创作长篇和中篇之外的边角余墨。因此我想，我能不能写出跟这四类写法不一样的短篇小说呢？我要写出第五类短篇小说。要有先锋性，也要与现实构成对应关系。说到底就是我的小说要及物。我担心我的写作一旦追求所谓的先锋性，会不会一下子就是悬浮着的，一下子就不及物了。我有意识去规避这种东西。我在县城生活，有很多写作资源。县城里发生过并正在发生许多匪夷所思的故事，我知道那些故事，并以我的方式去讲述那些故事。

周新民：你的小说虽然有先锋文学的余影，但是又和其有着本质的不同。可以说你在先锋性和及物性上还是融入了很多自己的思考和探索，能不能谈一下你对先锋文学的看法或体会？

曹军庆：余影这种说法非常有意思，会不会还有另外的说法我不知道。我注意到这样一种现象，上世纪 80 年代先锋文学在中国横空出世的时候，在那几位人们耳熟能详的先锋文学主将之外，还有另外一些旁观者，或者说另外一些在场者。他们深受先锋文学的影响，可是在当时，他们要么还没有开始写作，要么他们的写作还极不成熟。随着时光流逝，曾经的先锋文学大潮渐渐衰落，而那些之前的在场者，那些之前不为人知的边缘写作者，他们仍然在默默地延续先锋写作。他们是一个群体，他们的写作再不是张扬地传承文学的先锋血脉。但是他们的先锋与之前的先锋已经有了某种不言自明的差异性。因为积累，因为变化，因为后发的沉淀与喷涌。曾经极其迷恋技术和语词的先锋性，越来越融入了现实性。先锋的文学翅膀承载的是现实。毕竟文学还是要与生活连接在一起，要切入当下。

刚来武汉时，我在东湖边租房子住，每天早晚都会到东湖去散步。散步的时候多了，我开始想要不要为东湖虚构一些故事。想的时候多了，我便给自己拟定了一个写作计划，就想写一本《东湖故事集》。这本故事集的第一个小说是《落雁岛》。接下来我又写了《林楚雄今天死在马鞍山》和《老鼠尾》。当然我还会写其他一些故事，都与东湖有关，或者说都是东湖里的故事。对我来说，这是一次新鲜的尝试。关于东湖也有一些诗文，而我试图为它写点故事。那些诗文都是真实的咏叹，而我为它写的所有故事都来自虚构。这不仅是尝试，更是冒险。记得在写落雁岛的时候，我曾无数次地去往那里，我在那个地方待过很长时间。我就停留在那个地方，一直想着这个封闭的孤岛将会发生什么，有什么人将会来到这里，来到这里又将会干些什么。这样的虚构是非现实的东西，但又与现实非常接近，或者说就是现实本身。我试着为东湖提供另一种叙事。故事的内核和人物关系，既与东湖有关，又与东湖无关。它是现实，也可以说是现实的某种映象。

周新民：除了中短篇小说外，后来你还写了一些长篇小说。可以聊一聊这些长篇小说吗？而且我发现你的写作轨迹和其他作家不太一样，你是经过很长时间的中短篇写作准备后才开始写长篇的。但现在的一个现象是：很多作家从一开始既不写中篇，也不写短篇，就直接写长篇。所以我想请你谈谈中短篇小说和长篇小说在文体上的特点？可以结合具体作品聊一聊，这其实是个很有意思的话题。

曹军庆：我目前出版了两部长篇，一部是《影子大厦》，另一部是《魔气》。《魔气》是我出版的第一部长篇小说，其实写的也是"烟灯村"的故事。我在那个阶段突然有种想法，就是希望对烟灯村的故事作一个总结。所谓总结性的表达，大概就是这个意思吧。我所熟悉的那些人以及他们在乡村里几十年的生活，包括他们的爱，他们所经受的苦难，以及他们的生死。《影子大厦》写的是县城，它与我那些县城叙事的中短篇小说一脉相承。

说到中短篇小说和长篇小说的差别，其实短篇小说和中篇小说之间也存在着较大差异。短篇小说是小说中最迷人的一种文体，充满诗意并且讲究技术。有点像闪电，一闪而过，不可复制，有某种神秘的东西在里面。我去年写了一个短篇小说《向影子射击》，有评论家提到她是另一个"为奴隶的母亲"。我当时写这个小说的时候，就是感觉到脑子里有一道闪电。短篇小说有一个很小的篇幅，却又极具爆发力。中篇小说的容量或者空间更大一些。国外只有短篇小说，没有中篇小说的说法，但在中国文学中，中篇小说却是一种十分发达的文体。相对而言，它能够更集中地表达生活，更丰富地塑造人物。很多作家对中篇小说都能得心应手地进行操作，我自己也越来越热爱这种文体。

至于长篇小说，我觉得还是需要有一个长期的积累。中短篇小说写作其实可以视作是长篇小说写作之前的训练，有过这种训练和没有这种训练是不一样的。如果说没有长期积累，突然开始写长篇，很可能会事倍功半，除非你是天才。当然并不否认有这样的天才，但毕竟是少数。所以我觉得对大多数作家来讲，写作长篇小说可能还是需要一个积累的过程，这个积累既是技术层面的积累、文学修养的积累，也是生活的积累，同时更是形而上的思想上的积累。一个小说，无论是长篇还是中短篇，很重要的一个东西就是你对生活的归纳和提炼，以及你对生活形而上的思考与探索。作品品质的高低，在很大程度上跟作家思想的高度紧密不可分。

（载《芳草》2017 年第 5 期）

○ 曹军庆

　　男，1962 年生于湖北广水，1981 年毕业于孝感学院（今湖北工程学院）中文系。曾任安陆市伏水高中教师，现为湖北省安陆市作协主席，中国作家协会会员，《长江文艺·好小说选刊》副主编，湖北省作家协会理事，湖北省作家协会第六、七届签约作家，鲁迅文学院第 13 届高研班学员。

　　1986 年开始发表作品，共创作约三百万字。曾在《长江文艺》《青年文学》上发表诗作 60 多首。80 年代末转向小说、散文写作。著有长篇小说《代价》，中短篇小说集《雨水》，中篇小说《在雨夜里漫游》《隐身日记》等，短篇小说《请你去钓鱼》《弥留之际》等。作品曾获得《文学港》杂志"储吉旺文学奖"、第六届湖北文学奖、屈原文艺奖等。

作家是看见鸟儿就追山的孩子
—— 对话冉正万

周新民：据我所知，你最初是学地质的。毕业后你开始在地质队工作。你现在还能回想起来，地质队的生活对你的文学创作有哪些影响吗？

冉正万：长期孤独的野外生活对写作既有害也有利，有害的是生活太单调，接触的人太少，不容易观察到复杂的人性。有利的是不怕苦不怕麻烦，当年的辛苦变成了甜蜜的回忆。自然山水自然形成，不以人的意志为转移，撇开人的生存因素，其实没有好坏之分。人是自然之子，人与人之间如果没有利益之争，同样没有好坏之分。正像苏东坡所说，"眼前见天下无一个不好人"。这是搞地质工作那么多年给我最大的启示。这段生活让我写了《到千田去》《苍老的指甲和宵遁的猫》《纸房》等小说。其他一些作品虽然没有专门写地质生活，但都穿插着那段生活带给我的经验。比如《天眼》中的地理环境，《洗骨记》中的一半情节。

周新民：既然你的专业是地质，一开始也在地质队工作，为何走上了文学创作的道路呢？

冉正万：主要原因是一直喜欢文学。当时跑野外，两个人一组，我就带着书在农民家里读，全是味同嚼蜡的世界名著，没有灯就点蜡烛。我一直爱好文学，一直看，感觉文学很神圣。以前我对自己写作要求很低，三十岁能在刊物上发一个短篇，我这辈子就可以了，就满足了。发第一个短篇是1996年，那一年我二十九岁。说到味同嚼蜡，是因为当时年轻，不懂这些著作的丰富和意味。

周新民：你原来有这样的经历。你的有些小说，像《高脚女人及其他》《绍振国的隐性生活》《树上的眼睛》这些作品，我在想这里面是不是有你的生活经历或者生活影子在里面？

冉正万：当然有。第一个小说里的人物，是我非常熟悉的一个人。我们在一个矿区工作三年，他的性格，地质队的人和事，和小说里写的一样。只是他最后的归宿改了。他原本是一个搞地质测量的工程师，完全是自学成才，完全知识分子化，其实他后面还有很多很深的东西，人的那种孤独感，还有人的那种隔离感，在他身上非常明显。以前没想过这些问题，现在回过头去想，隔离是很可怕的，他长期在地质队工作，长期一个人在野外。他是四川人，假期回到家，在家里做什么都不行，完全融不到一起，格格不入。哪怕洗个手，肥皂怎么个放法都要吵架，老婆嫌他放的地方不好拿，他说她不讲道理。在地质队工作时想回家，那时候三年才有一个假期，干了三年了回去待几天却又想回来。慢慢地，与家人的隔阂越来越大。最后退休了，没地方可去，回家去住了两个月，又回到单位上来，像个单身汉一样，郁郁寡欢的老单身汉。那是1995年。时间越长，越可以看清楚，孤独和隔离对一个人的生活甚至性格都会产生影响。写高脚女人，也是在跑野外的时候，碰到过那个女人，算是一面之缘。她背着苞谷秆从山坡上下来，一下就感觉到她这种粗犷的生活状态是多么悲凉，但她自己没有意识到。那地方的人，全部都是这个样子，麻木、慈悲、勤劳。

周新民：小说还是和你的生活联系很紧密的。

冉正万：血肉相连。

周新民：你现在能不能想起来，你写第一个短篇的时候是一种什么样的心情？

冉正万：我写的第一个短篇叫《苍老的指甲和宵遁的猫》。发在1998年第6期《山花》小说栏目最后一条，当时标题叫《绍振国的隐性生活》。那时候我还在地质队，绍振国这个名字当时是无意起的，几年后才知道绍振国是一个很优秀的作家，在此向他道歉，向他鞠躬。2017年出版小说集特地改成了《苍老的指甲和宵遁的猫》。

当时只不过觉得绍振国这个人物很好玩，但怎么写不知道。我把好玩的几个点写出来，给别人看，别人说不行，太简单了。我就去丰富它，反复改，改了一个星期。发表后毕飞宇读了，说很不错，推荐给了李敬泽。两年后《奔命》在《人民文学》发了个头条，和毕飞宇的推荐是有因果关系的。

周新民：让你对文学如此痴迷的原因有哪些？

冉正万：主要还是阅读。我上初中、高中的时候书籍和报刊很少。报纸要公社干部才有，生产队的人新婚时找来糊墙壁，要很好的交情才能找到。我老家是木房子，报纸拿来把整个房间糊上，暖和，当时还很洋气。能够看到墙上的报纸都感觉很了不起，是那么神圣。我天生对文字有种亲近感。慢慢就买杂志，买书，读多了，自然产生创作的冲动。

周新民：我觉得在你早期的小说创作中，总是出现一个叫"冉姓坝"的地方，比如《奔命》。

冉正万："冉姓坝"这个地名是我虚构的。我老家姓冉的人很少。老家旁边有一个付家坝，也没有姓付的人。我感觉它是一个文化符号，它为什么叫付家坝，到现在我都不知道。我姓冉，取名冉姓坝，写起来方便一点，其实没有这个地方。当然虽说没有那个地方，我写的时候，想的就是那个地方。地名没有，实际上是我熟得不能再熟老家后坝和湾以头、龙洞坎三个地方。曾经是三个生产队，后来是三年村民组。

周新民：你的小说常常用一种现代眼光去打量冉姓坝，发现了乡村的愚昧和落后。你能具体说说哪些西方作家对你影响比较大？

冉正万：很多著名作家，比如卡夫卡、马尔克斯、富恩斯特，包括拉美一些作家、俄罗斯作家，对我的创作都产生了重要影响。布尔加科夫的《大师与玛格丽特》，意大利作家罗多利的《鲜花》，加缪的《局外人》，这些作家对我影响都很大。当然远不止这些，如果开书单，可以开出上千本。

周新民：能否具体谈谈？

冉正万：以前的小说是大多只有三维空间，历史背景，故事情节，加上作家的思想。卡夫卡打破了小说的边界，小说在他这里变成了多维空间，他对细节的迷恋让情节裹足不前但又无比深刻。马尔克斯的丰富性让人叹服，他的句子像毛毛虫，行进时有很多条腿，每条细腿弹出去都有故事，他的句子把人的主要神经和神经末梢都触碰到了。他们给我最大的启示，是小说可以放开写，但你对世界要有充分的认识，要比常人多一双眼睛去观察，要经常换一个脑袋去思考。除了感受敏锐，还要读得多。马尔克斯能大段大段背诵他喜欢的小说，不是下苦功夫，是真喜欢。我年轻时缺少这一课。有一段时间我特别喜欢契诃夫,特别是他的《草原》,广袤的草原在孩子眼里如此丰富,如此壮丽。现在常读的是《静静的顿河》,肖洛霍夫确实是大师,他把宏大的战场和家庭琐事写得一样好,那么长的篇幅,读起来一点也不感觉冗长。写长篇小说,他值得我学习的东西实在太多。

周新民:中国当代作家长期以来主要的文学滋养是现实主义。你在阅读西方作家的作品时,最强烈的感觉是什么?最大的体会是什么?

冉正万:我有一种感觉,中国作家的很多现实主义的小说,离现实好像反而有点远。现实变化很快,你今天写出来是现实,明天就不是现实了。所谓现实,是表面的热闹,没找到切开现实的办法。或者说,不是作家们找不到,是文学环境不允许。在这样的尴尬当中,我希望能够找到一种直接表达的方式。我发现了卡夫卡。卡夫卡不是直接描写现实,但是反而感觉到他离现实很近。比如《城堡》,他写的是测量员的琐事,却让人感受到专制和官僚机构的可怕。原因是卡夫卡的作品细节很真实。细节的真实打通了虚构和现实的界线。例如《变形记》,室内的陈设、挂在墙上的照片,父母和妹妹的言谈举止,全都经得起推敲,无一不真实。卡夫卡启发了我,小说的细节一定要真实。

周新民:你的小说总体上来说,有一个寓言性的框架在里面。我觉得很像卡夫卡的小说。卡夫卡的小说总体框架上也许是超越了现实,但是,在具体生活场景中的生活细节非常真实。卡夫卡小说的这个特点,在你小说中也有很鲜明的表现。

冉正万:对对,是这样。你说的寓言性的框架,我是不自觉去这样做的。《纯生活》《青草出发的地方》《树上的眼睛》《高脚女人》等等小说,都不是直接去写现实生活,而是通过把人放在特殊的背景里,让读者感受到生活有那么多不能承受之重。我认为,如果不这样写的话,就没办法把我对生活的理解表现出来。其实,这不是最好的办法。

周新民:你为何这样认为?

冉正万:卡夫卡都用过了,我应该超越他才行。但是没办法,我现在还超越不了。我只能这样写。我现在一直在期待,期望有所突破。虽然是站在巨人的肩膀上,我想还得有突破才行。我容易被细节控制,对细节爱不释手。过分的热爱会伤及其他,会让思想飘浮。现在觉得这是玩物丧志。离开了细节,我无处着手。

这跟我自己的人生经历和性格有关。

我小时候生活条件比较差，那时家庭成分也不好，生活困难。物质困难不是最主要的，主要是精神老受到打击，小小年纪就备受摧残。我舅舅在上面被批斗，我还得在下面高呼口号。那时感觉自己完全被一个东西捆住，也不知道怎么办。当然，还有身边其他匪夷所思的事，我感觉到很恐慌。到了地质队工作后，总觉得地质生活很艰苦，现在回过头来看，对我来说物质上的艰苦不算什么。最艰苦的是内心的压抑，感觉心无所住，没有找到稳靠的地方安放灵魂。严格来说，现在也没完全找到。但是现在好了很多，淡定多了，知道自己是谁了。这跟我读佛经、听高僧讲经有一定的关系。

周新民：你怎么会去读佛经呢？

冉正万：刚开始，听别人说佛经好，于是有机会就读一读，但根本读不懂，和没读过一个样。去逛寺庙时，书柜里的经书免费结缘，拿回家也当回事。有一天带了一本到广州，翻开《佛说阿弥陀经浅释》，是宣化上人在美国讲经时的一部讲稿。他已经往生了。书是上海佛学书局出版的，有很多字我不认识，我认真查过字典。但是折腾了半天感觉就像没读过一样。过了十多年我再次翻开《佛说阿弥陀经浅释》，看到查字典记上去的笔记，才知道原来自己读过。宣化上人说佛是业尽情空，业障没有了，情感也空了。凡夫则是重情迷，尽着到情爱上。当时想，人不是情感的动物吗？这有什么问题。现在才知道，他讲的是万法皆空，同体大悲，佛断除了一切烦恼，但他知道世间的种种烦恼。再回过头来看，哦，原来他说的是这个情况。生活阅历丰富之后，慢慢感觉到佛法看上去很深，其实很浅。以为很浅，其实很深、很博大。有些语言很简单，意思却无边的丰富。一位讲经的法师也感叹，佛法太大了。有时还得听他们讲，我在网上听他们讲经，那些高僧大德讲经，讲得非常好。慢慢听，慢慢去理解，慢慢有了一些心得。佛法是究竟法，这是它与其他经典最大的不同，也是最伟大之处。

周新民：你早期的一个长篇小说叫《纸房》，是什么时候写的？

冉正万：《纸房》是我的第一部长篇，改了十八次。开始写成中篇，四万多字，感觉不行，慢慢写。那也是写地质队的生活。我是站在农民的角度去写开采黄金、开矿，在云南、贵州、广西三省交界的地方，现在都还有人在开，漫山遍野。那个金矿跟别的矿不一样，把腐质层剥开就可以了，如果种玉米的话，把玉米地掀开，就用那个泥土来炼，不是用石头。用泥土来炼对环境破坏就更大了。石头里面也有黄金，但当时的工艺弄不出来，只能把泥土里的弄出来。用的是生化方法，用剧毒的化学药品，它的毒性相当于砒霜，它们的区别是分子不同，一个是氰化钠，一个是氰化砷。有几百家公司在炼。把氰化钠放在水里面，对含金的泥土进行浸泡。毒水不长别的东西，只长厌氧细菌，这个细菌就不喜欢氧气，有氧就会死亡。这种厌氧细菌能把土里的金粒子一个一个衔出来，然后再用椰子壳烧的炭吸附吃饱了金离子的细菌，这种炭有很多孔隙，细菌留在椰子壳炭里面，再把这个炭拿去煅烧，黄金就流出来了。这样一个提取黄金的方法，生态代价很大，使石头完全裸露了。只有美国的公司将炼过的泥土重新回填，栽草栽树，中国的公司没一家管这个，矿渣乱堆乱倒。倒在沟谷里，涨洪水时很容易发生泥石流。

周新民：《纸房》是你花费了很大精力的长篇。你想通过这个小说表达什么呢？

冉正万：当时构思了三个方面的东西。第一个是想表达环境的消失，然后是人性的消失，还有一个是神性的消失。以前这些东西，比如一棵大树，在我们心目中是神，随着这种黄金的开采，神性没有了，村庄变成了一个很苍凉、很狰狞的地方。环境消失掉了，就不再安人心了，人与人之间，以前是农民，大家都是种地的，互相没有深仇大恨，但为了争这个金矿，再也不认人，人性中美好的东西也随之消失。最后神也不认了，神性也消失了。

野蛮开采对环境、水源、土质的破坏本来就大，最糟糕的是他们从没想过去恢复。自然环境被破坏后，人的心性就会起变化，自然环境和人的内心是相辅相成的。比如说，有一块玉米地，里面含了多少黄金不知道，以前种庄稼没事，收成多少大家知道，现在一下就不知道了，因为土壤的深度和黄金的含量无法预知。这时候能把人的贪婪之心激发出来了。于是竞争就开始了，不要命去争斗。当他们把土壤挖起来炼黄金，露出基岩，人心就会狰狞起来，他不会再爱这块没有黄金的石头地。中国几千年的传统，在农村保存得还算好的。为了黄金，地皮一揭开，把人性的恶都揭开了。我们内心原有的恶，以前是通过传统文化把它压制住，一旦没有了管制，就会死灰复燃并且被放大，内心的恶兴风作浪，人就会不顾一切。但是对农民来说，开采黄金只是一时的利益，最终对于他们没什么好处，这是一个很现实的问题。我关注的不是自然环境，而是人心被破坏后，人与人之间的关系就变得不如以前，以前是血肉相连，现在是互相争斗，为了看不见的利益使阴招、大打出手。这个利益说不清楚多大，因为蒙在地下，所以竞争起来更是让人发狂。到了最后，村子里的小庙、古树都被挖掉了，因为小庙和古树下也有黄金。人到这时更不怕了，感觉没什么可怕的了。以前一个农民在村子里面走，走到土地庙旁边他不敢乱说话。哪怕刚刚在骂娘，来到这个地方也要把火气压下来，在这里不能乱说话，要小心谨慎。怕土地神、怕所有的菩萨，他不知道这些神的职务是什么，管哪一块，反正不能乱说。当小庙没有了，有神性的古树也没有了，他就敢乱说乱来了。所以神性消失的时候，反过来对我们人心也是一种撕裂。当时我就想把这些东西表达出来。里面写了一个老人，为人送丧时，他都要去哭丧，我们那里有这个风俗，他的职业就是为别人哭丧。从盘古开天地开始哭，直到今生今世，很漫长的人类史，这对人是一种教化。由于黄金的开采，村子里无法住人，全都搬到镇上，便再也没人请他哭丧了，他失业。其他人也一样难受，他们搬到城镇后，无法一下子适应，既不是农民也不是城市居民。有人变成了罪犯，有人变成疯子。这都是环境、人性、神性变化带来的恶果。

周新民：我觉得这篇小说在思考一个非常重要的问题，就是在信息化时代，人们信仰的崩塌，这给人的精神生活带来的是一场灾难，是吧？我觉得这个小说写得非常好。你后来还写了一部小说《洗骨记》，我觉得和《纸房》有很多相似的地方。

冉正万：写《洗骨记》是因为我结识了一位支教的志愿者。志愿者有很多类型，在报纸上看到他们的名字时，没把他们当凡人，总觉得他们比普通人略胜一筹。接触过后才发现，贴上任何社会标签都无法改变一个事实：事事皆人所为，并且是凡人所为。同样的事，有人做了，有人想想而已。做或不做，并不能区别一个人的伟大与猥琐。当时有一个人为了迎接奥运会在北京召开，决定从东跑到西，从南跑到北，以此支持奥运。我当时很敬佩他，同时也疑惑不解，你不跑难道奥运会就不召开了？我被他的坚持和毅力感动。几年后才知道并不是这样。他尽情去跑，是因为在单位上不如意，他是单位的出纳，被领导冤枉了，但这个冤枉他也说不清楚，没有办法出气，他的情绪找不到出口，于他，只有不停地奔跑才能减缓心头压力。他开跑后引起了当地部门的重视，于是托媒体附会一堆正面的东西，喊着一堆高调的口号。他在奔跑期间，当地电视台派了个记者跟着，一跟就是两年。这个记者一肚子气，觉得他是装的，他反过来觉得记者什么都不懂。他在戈壁滩奔跑时，和记者玩猫捉老鼠的游戏，他故意不让记者知道他跑到了哪里，记者也故意不理他。他们之间的故事很有意思。《洗骨记》的主人公也是一个志愿者。我当时要做的，就是把他还原成一个普通人，有情有义，面对困境同样无可奈何。我跟他一起去过乡下，去他支助的学校和农村。他最用心的一家子确实让人唏嘘。一家子中的中年人都去世了，剩下老奶奶带着五个孙女。夫妻俩生了五个女儿总想要一个儿子，但再也躲不过了，男的被乡政府弄去结扎，动完手术回到家，觉得扎断处不过是堵住了来源，后半截应该还有那个东西。到家第一时间和老婆做那事，把最后那点东西放进老婆肚子，结果做结扎手术的伤口发炎了，两个月后就死了。他死后老婆一个人撑这个家，扛木头到镇上去卖，活活累死了。我去的时候老太太七十多岁了，还栽秧，还耕田。贵州绝大多数山区种单季稻，四五月份栽秧，正是雨季。老人走独木桥去插秧，一下就滚到河里去了，洪水把她卷走，下游一个人看见了，一把把她提了起来。老太太和我说起来还笑，我也笑，但更想哭。旁边有一家人更穷，生病了买不起药，一拖再拖，实在受不了了，叫孩子借别人的药罐来用。乡下都用中草药，便宜，可再便宜他也买不起。借来药罐子，渗上清水，空罐子煮一下，有点药味，就此当药。小孩去还药罐时，不小心在路上摔坏了，这对他来说，是天大的事情。这是贵州和广西交界的地方，自然风光非常好，现在已经是有边界的风景区，我们当时穿过的那个水上森林，现在去要买门票了。

那里聚居着瑶族和布依族，他们特别喜欢打猎，喜欢自由自在的生活。这些人在我们看来，很贫穷，很苦，但当地的男人过得很自在，并不觉得难受。每天在山上干活一定要带着猎枪，他们允许带枪。枪不长，射程也不远，看见天上有鸟飞过，他扛着枪就去追，追到晚上回来，可能什么都没有追到手，但这就是他的幸福生活。体力活主要是女人在干。那个地方男人喝酒，女人就很高兴。尤其她男人在街上喝，喝醉了，她感觉她男人有本事，人缘好别人才喜欢请他喝酒。有一个男的喝醉了，蹲在路边，女人还给他打着伞，有人路过，她就把伞撑得高高的，让你们看，我男人最有本事啦。他们这种幸福感是我们体验不到的，这是一种很诗意的幸福感。生活是多面性的。

周新民：我觉得你的《洗骨记》和前面一些小说，有二元对立的结构，像城市和乡村，你的小说怎么会长期出现这么一种结构呢？

冉正万：《洗骨记》是故意这样做，但今后再也不会这样做了。当时主要是想把它写丰富一点，单线去写，这个故事就太简单了。我在想，单线去发展时，旁边还得有一个人观察他，希望能把小说写得丰富一些。但是这种结构只能尝试一次两次，老这样写不行。

周新民：为什么呢？

冉正万：它是刻意的，不自然。有做作的成分在里面。

周新民：你的意思是应该通过生活来描绘，冲突也好，不必要通过外在的形式来表现，这种结构穿透不了生活，不要通过外在的东西去表现生活。

冉正万：现在技术的东西要尽量避免。以前是没办法，以为那个好。现在有更多的想法后感觉这个不好。现在我再来看生活，跟以前不一样，比如说我现在正准备写的长篇，我会把这个东西当作一个整体来看，每个角度都应该能够进得去，都能到达那个中心，整个来看是一个混沌的一团，不是从 A 点到 B 点，整个的历史或人文都要当作一个整体来看，故事结构可以打乱，但总体上要让它清晰。

周新民：你说的整体的把握和我说的你早期的寓言性已经有这个苗头了，你早期小说的二元结构，像城市—乡村、现代—传统，置放到总体性寓言的框架中去了。

冉正万：不是二元对立，是多元了。生活是方方面面的。

周新民：请具体谈谈，你后期的小说怎样避免二元对立结构的。

冉正万：现在构思就不一样，花的时间多了，一定把那个人想好，片段和细节都要作好准备才能开始写。我写《银鱼来》就是这样，我准备了很长时间，做了几百张卡片。有时候是一句话，有时是与银鱼有关的词语。睡觉时想到这句话，我都要把它记下来，专门在印刷厂要了一堆小卡片，写好放到一个筐子里。有时候看到书上别人说的一句话，感觉好也把它记下来。写作时倒用不着去看，写作还是根据提纲、事先的想法。写不下去时才找一张来看一看，翻一翻，有时就能打开自己的思路。写得很顺时会很警惕，要放下来，找张卡片看一看。不能这么顺着写下去。

周新民：我觉得《银鱼来》很有突破性，在这个作品里面思考的问题就像刚才说的，要更加复杂。乡村百年历史，乡村的民间社会，还有宗族的纷争等等，都值得关注。尤其值得从多元的、多维的角度去打量，我觉得这是《银鱼来》很重要的一个突破。你能不能谈谈这样写的动力是什么？

冉正万：刚开始想得很简单，人逃不过大历史的命运，在大历史面前，个人没办法逃避。我们在乡村生活，也逃脱不了乡村。但个人的命运本身是可以改变的，每个人遇到事的时候可以选择走哪一条路，当然选择跟自己的个性有关，跟天命有关，这样一来，事情就变得很复杂。有时候你看他选择得很有道理、很符合社会需求。但是，比人生长远的是生命，比生命长远的是智慧。智慧是一面镜子，完全可以照见你的选择是基于一时，还是基于一世。基于一世是高人，基于智慧是圣人。从大智慧的镜子里看，什么都看清楚了。人原来是这么一个状态，这么一些东西。把同样一个人放到另外一个环境里，他的故事肯定不一样。只有大修行者才可跳出三界外。我感觉文化环境、大环境，对人的影响非常大，常人无法超越。但人在小事情上是完全可以自己掌握自己的，掌握好了就能超越大的东西，就能出得来。

周新民：很多人对《银鱼来》评价非常高，说它超过了《白鹿原》。

冉正万：不可能吧，这不可能，这个说法让我吃惊。人家是大师，我算什么呀。肯定要向他致敬。陈老小说的整体把握比我强多了。我只是在某些方面写得比较自由，就像人在乡间行走，走到哪里算哪里，就像那句老话，走到哪里黑就在那里歇，有时冒冒失失，有时小心翼翼，一会儿自信满满，一会儿沮丧透顶。《白鹿原》的结构很完整、内容很丰满，我在这方面的缺陷很明显，特别是杨玉环这个人物，她的故事结束得太早了，范若昌在土改时期的遭遇也没写透，这牵涉太深的政治问题，不敢写。要把人和事写透，作者必须用复眼去观察，用大智慧去观照。最初面对这个文本，自己也是懵的，哪有什么复眼，连双眼都没有，只有一只浑浊的独眼，看着一些老故事发呆。过了两年，独眼终于变成双眼，知道这些故事是有意义的。又过了一阵，终于动笔写了下来，双眼变成复眼，可生米已经煮成熟饭。这才知道有很多很多遗憾。现在再去改，也没这个动力。这些遗憾希望在下一部作品中弥补。但有时候，你弥补了这个方面，又失去了另一些东西。这个小说，我主要是对里面的人物感兴趣。

比如范若昌，我就想到我外公，主人公孙国帮想到的同样是外公。两个都不是亲外公，范若昌写的是我亲外公的大哥，是那个地方的地主，我没见过他，他解放后就去世了，吓死的。我亲外公死得更早，病死的，他去世后，外婆带着我母亲改嫁，这个后外公卖盐卖布，比一般农民强，是个非常能吃苦的人。按照辈分我都叫他们外公。孙国帮还有我祖父的影子，把老家的土特产挑到贵阳去买，用一生的勤劳换来一顶地主帽子。听母亲老是讲他们，慢慢形成了印象，加上对本地老人的了解，还有很多传说，就把他们都放进去了。我去感受他们的命运，他们过得怎么样，对社会变化他们心里怎么想，我去揣测他们。

周新民：你的小说里面有非常浓厚的贵州地域色彩。自然风光、民情风俗，在你小说中呈现得非常明显。

冉正万：我知道的其实也不多，但我在贵州写小说，如果跟中原大地、跟北方作家一样，那是不行的，贵州的东西一定得有。有些所谓的民俗，在当地其实是很简单的东西，是生活的一部分。我们现在有一个问题，我们发展旅游，把它单纯提出来，这个东西反而变味了。这些东西是他们自然而然的生活状态，这样才有意思，也才有生命力。只要有心，这些东西慢慢知道得就多了。有些研究民俗的，比如出版社的朋友知道的民俗故事都会推荐给我，有些东西确实很好。我在刚写完的长篇里，有我母亲讲给我听的故事，我感觉这个情节真不错。母亲说以前的人，在阳雀，也就是杜鹃鸟开叫之前，采几片茶叶把它制好，保存好，老人临终时，把这个茶叶放进他嘴里，这样他的口不干，到了奈何桥就不会喝孟婆汤。不喝孟婆汤他就很清醒，在投胎转世时就不会把牛头、狗头什么的戴在自己头上，他就能够选择，选择重新投胎变人。这个说法很精彩。母亲讲这个故事时都八十岁了，那天她坐下来就讲了，我以前从没听说过。人在什么时候都不能糊涂，一定得清醒。最后我回头想，这个阳雀的叫声是"黎贵阳"，凄凉又动听，白天夜晚都叫。我老家是茶叶产地，有种茶叶叫雀舌，像鸟的舌头一样。我把它改了一个说法，阳雀叫之前采的茶叶才叫雀舌。当人老了，他就要注意了，每年阳雀叫之前都要给自己准备几片茶叶，把它放好。但是，还不一定能放到嘴里去，临终时还得有人在身边，还得有人守候，过了临终那个阶段再放进去就不行了，所以即便作好一切准备，有人的茶叶就是放不进嘴里去。每个人死去时都不一样，一样生百样死，这就是命运。这虽然是很小的一个传说，一个说法，但牵涉很多东西在里面。既有生死观，也有命运感。

周新民：我觉得地域色彩是你们贵州作家很鲜明的一个特色。

冉正万：我在跑野外时，非常不喜欢贵州山水，一出门就爬山，我在野外工作，有时一天要走四十公里，天亮就爬山，爬上爬下很烦，对山水一点兴趣都没有。当我不搞地质回到城里，我才感觉到贵州的山水是最好的山水，我以前全在风景区走，只知道烦和累。现在看到哪里都好。小时候看见山很高，现在感觉这山不高啊，现在它们给我的惊喜完全不一样。现在老家一座不起眼的山，在我眼里都很神圣。写作时，即使跟故事没关系，笔都忍不住要歪到那里写一写，仿佛它是一个人，等着我把它写到我的故事里去。

以前我真是怕山，我跑野外时的山没有路，在林子里拱来拱去。有距离感后就不一样了，感觉太好了。现在我对贵州越来越喜欢，随便走到哪里，只要山上有树就好。我老家的森林恢复得很好，人在村子里消失了，没人烧没人砍了。树林越来越宽，森林覆盖率越来越高。这是让人感到安慰的事。贵州是特别适合植物生长的地方，你可以不管它，不用撒种，不用栽，它自然就能生长，三五年就能成林。今年清明节回去，看到小时候见过的几个院子，现在全是粗大的柏树，完全看不出以前有人家。人留下的痕迹还有竹林，那种竹子不会野生，是人栽种的，它们就要快被森林排挤掉了。看见竹林，哦，原来这里有过一家人。这些人消失在茫茫人海，他们曾经的家像原始森林一样。这其实没过去多久，才二十多年。

周新民：你对贵州的山山水水、自然风光、风土民情关注比较多。但是，欧阳黔森和赵朝龙对历史文化的东西关注得更多一点。

冉正万：我其实写过一个长篇《万两黄金》，在《十月》发的。我感觉我关注的历史是小历史，或者说，我们都关注历史，但我关注的是历史里的小人物，他们关注的是大人物。我感觉大人物离我太远了，我就关注大历史中的小人物是怎么回事。人物虽然小，但在历史中都一样，都要去经历。

周新民：去年出版的《天眼》和以前的作品相比较，包括和《银鱼来》相比较，已经有变化了吗？

冉正万：肯定每一个小说都要有变化。我尽量不去写重复的东西。但变化中，其实自己都注意不到有重复的东西，即便用心避免，总是难免会有重复。写《天眼》时，有几个点，我很感兴趣。第一是环境，我去过，以前那里人回家真是要带梯子的。那个寨子里的人真是一个带刀侍卫的后人，我没想到深山里还有这样的故事。半山悬崖上有一股清水，从山洞里流出来，现在有人在那里养娃娃鱼。娃娃鱼育苗的时候一定要在很干净、很清澈的水里养。娃娃鱼大了就好养了，在家里的盆子里都能养。开始我想写成当下养娃娃鱼的故事，写了一阵完全不能进入，觉得不行，然后回过头来重新构思。我在十七八年前就听说过一个事，那个地方太穷，也太偏僻，解放后不知道地主是什么，上面说各村都要有地主，他们完全不懂，那就选一个吧。还以为地主是个好事，说这个人为人好，为人不错，他还很谦虚，说你们实在要选我我就当。后来发现越来越不对，但也没办法更改过来了。

周新民：这就是"历史的荒谬"。

冉正万：我读《桐梓县志》，1956年"除四害"出了一个"除四害"能手，有照片，他的枪比人还高，他专打麻雀。在当时打麻雀不稀奇，全国人民都打，关键是他打了以后，他用麻雀的羽毛做了一床被子。我感觉到这个人太有想象力了，跟一般打麻雀的人不一样。

周新民：我读了《天眼》之后，想问问，你为什么取这样一个名字？

冉正万：小说写好后，标题一直都不满意，现在也不算满意。这个标题是田瑛取的，他从广州专门过来谈这个小说，我去机场接他。在车上的时候，他说我想了半天，就叫《天眼》吧，我一直想用"天眼"写个小说，我现在把它送给你，于是就用了这个。此前我们想了十多个标题，都不满意。

周新民：荒诞也好，人性的善良也好，人性的恶也好，超越人世间来看的话，不过都是如此而已。这是我读《天眼》的感受。

冉正万：对，是这样的。更大的空间来看，你这些故事也算不了什么。你只不过是在经历和经受。

周新民：历史不存在荒谬不荒谬了，就个人的经历而言，放进历史就成了小事。

冉正万：对，这样看就没什么荒谬了，它很正常。

周新民：人的善良和纯朴有时和历史产生一种误会。我读《天眼》读出来的是这个意思。

冉正万：你这样读我感觉很准确。

周新民：你心目中肯定有一个好小说的标准。

冉正万：好小说要好读，同时要让人感觉它很深邃，还要很广博。精彩的故事后面是要有所指的，但又不能太直白。最好是放在任何时代，任何国家的读者面前都不过时，比如《堂吉诃德》《红楼梦》《呼啸山庄》《草原》，他们写透了人情社会，它们问世都已很久，现在读仍然会与小说中的人物有共鸣，仍然让人手不释卷。这才是伟大的小说。

周新民：好读和深邃很难统一起来。

冉正万：确实难。

周新民：你有没有尝试去解决好读和深邃之间的关系？

冉正万：我自己没找到方法，但别人找到了。比如说卡达莱，他的《亡军的将领》和《谁带回了杜伦迪娜》这两个小说很好读，掩卷后觉得这些作品都很深邃。卡达莱的小说这几年我读了好几本，《雨鼓》《三孔桥》《耻辱龛》《接班人》《错宴》《石头城纪事》。还有索尔仁尼琴的《癌症楼》，这个小说一开始读就感觉沉重，但里面有很多好玩的东西，有很多有味道的东西，他把生活写得很有味。治疗癌症需要一种毒药，那对于有癌症的人来说它就不是毒。生活中需要一点小小的毒药，这句话写得非常好。

周新民：你自己想怎么样去解决这个问题？

冉正万：刚才提到的阳雀这个故事，我已经写得很充分，但我不能过分用力，还是得以自己的人物为主。这些东西没写之前很重要，写下之后就不是最重要的。不能因为这些东西而得意，以为这个东西有多好，回头看其实并没那么重要。就像做菜一样，任何一种菜都不过是这一桌菜里的一种原材料，光用它不行，最终成席是要所有的东西都丰富在一起，一样都不能少。细节、情节、结构、语言都重要。做菜时上好的材料重要，很少有人说盐重要。盐重要吗？当然重要。与小说有关的因素一样都不能少，语言、句子长短，都很重要。单独来看又都不重要。所以每一个方面都要做好才行。

（载《芳草》2017 年第 4 期）

冉正万

贵州遵义人,从事过地质工作,曾任《山花》杂志副主编,现为《南风》主编。出版过长篇小说《银鱼来》《天眼》《洗骨记》,中短篇小说集《苍老的指甲和宵遁的猫》《跑着生活》《树洞里的国王》《有人醒在我梦中》等。

《银鱼来》获第六届贵州省政府文艺奖一等奖。《奔命》获贵州省首届政府文艺奖二等奖。《长篇小说选刊》《小说选刊》及某些年选本选载过其长、中、短篇小说。

我从没有借着胆子粗暴地对待过生活

——对话剑男

周新民：你的家乡位于湘鄂赣三省交界处，少年时期你接触文学作品的机会并不多，你的诗人之梦什么时候萌发的？

剑男：我的家乡在湘鄂赣三省交界的湖北省通城县一个叫李家湾的小村，三四十户人家。虽然叫李家湾，但没有一户姓李的。我1973年开始上学，那个时代，农村人送孩子去读书，首要目的是识字，不当文盲。我从小是个左撇子，上学后写字也用左手，字都是反着写的，从反面看，没有一个错误的，笔画结构都很正确，老师开玩笑说这孩子以后可以去刻章。老师把这件事告诉我父母，本意是希望我能改用右手写字，可我父母说认得几个字就够了，随便我用哪只手。所以我今天还是用左手写字。我之所以从这里说起，是想说我们那时候的孩子从小是没有什么梦想的，更别谈什么文学梦。

当然，一定要说梦想的话，也不是没有。我们那儿乡下都有一个观念，孩子长大学一门手艺比种田要好。所以，当我开始对所谓未来有想法的时候，我希望读完小学去学木工活。因为我觉得在我们乡下的各种手艺活中，木工活最有创造性。我没当过一天木匠，但至今我都觉得我在做木工活方面有天赋，1997年我写过一篇叫《匠人》的小说，发表在《长江文艺》上，写一个老木匠和一个小木匠的故事，就是为了完成我心中的这个梦想。

我没有当成木匠要感谢邓小平先生。我1978年小学毕业，因为1977年恢复了高考，我们县一中 1978 年就开始面向农村招生，这样我小学毕业就得以考进我们县一中读书。那时也确实接触到一些包括诗歌在内的文学作品，但谈不上有与文学相关的任何梦想，全部精力几乎都放在学业上，按当时我们老师的说法，这关系到以后穿草鞋和穿皮鞋的问题。考上中专、大学，有一个好前程意味着穿皮鞋，回农村就意味着穿草鞋。

周新民：你大概是在上世纪 80 年代中期进入大学校园的，那个时候华中师范大学包括武汉校园文学之风很盛。你能简单谈谈那个时候大学校园文学创作、文学活动情况吗？

剑男：我是 1984 年考上大学的，上的是华中师范大学中文系。那确实是一个黄金时代，不仅是文学的，也是政治、经济和文化艺术的。在进大学之前，我从没有写过诗歌，来到大学后，因为当时校园里浓郁的诗歌氛围，我也开始附庸风雅，尝试写一些分行的文字。我想我的诗人梦就是那时萌发的。我甚至可以说出比较准确的时间——大二秋天的一个早晨。在通往食堂途中，我看到很多人在我们学校西区学生宿舍五栋前围观一面墙，走近一看，居然是整整一面墙的诗歌。那时我对诗歌其实是没有什么感觉的，但大家对这面诗歌墙持续反复的围观激起了我的好奇心。所谓"好奇害死猫"，我这一好奇，居然莫名其妙地觉得自己也有这种分行的能力，于是我就开始偷偷摸摸地学着写一些分行的东西。

那时武汉的高校，包括我们学校、武汉大学、湖北大学、中南财大、中南民大、华中科大等高校都有着自己的文学社或诗社，每一个文学社或诗社都有着一大帮热爱诗歌的年轻人。武汉高校有两个著名的诗歌活动——武汉大学的"樱花诗赛"和我们学校的"一二·九诗歌大赛"。各高校的诗歌爱好者都是通过诸如此类的活动聚集在一起的。李少君曾在一篇文章中回忆过当时武汉高校校园诗人交流的情境，他说 1987 年，他和黄斌、洪烛、陈勇等武大七位学生创立珞珈诗派，"和华中师大的张执浩、剑男、魏天无，湖北大学的沉河、张良明（川上），中南财大的程道光等相互呼应，造成武汉高校诗歌的一时盛况"。这确实是当时武汉高校校园诗人相互交流的一个真实写照。

周新民："孤独"是早期诗歌中出现频率很高的一个词。无论是不悔之年"一个人的灵魂在风中疾驰"，而立之时独自"乘明月醉卧他乡"，还是在不惑的年纪里"敲遍一条长街，问张怀民的下落"。"孤独"的情感体验源自哪里？有何指涉？

剑男：孤独是一个人的常态。起码在我看来是这样的。我从来不觉得这个世界是一个令人欢愉的世界，人的本质是孤独的。写作就是个人抵抗孤独的一种方式。但我从没有刻意去表达这种孤独感，我诗歌中的孤独几乎都是一种人在异乡的精神状态。不仅早期，到现在，我仍然无法摆脱孤独对我的尾随。去年我还写过一首叫《狗尾巴草》的诗歌，说"它的风度是它孤独中的自我教育／在荒地，卑贱、无人顾／但仍然向天空竖起欢快的尾巴"。我为什么说孤独是一种自我教育？因为我就是在孤独中长大的，在我的骨子里，我无法摆脱这个东西。

在我的记忆中，从1972年开始，我父亲几乎每年都会生病住院，或者是因为肝炎或者是因为胃溃疡。因为当时的医药水平有限，这两种病一直相互加重，治胃病的药对肝有毒副作用，治肝病的药对胃有毒副作用，治肝伤胃，治胃伤肝，所以很多年，我父亲就这样循环地因这两种病住院治疗。后来，听一个江湖郎中的建议，先治胃病。吃了一段时间中药，胃病确实得到很大的缓解，但由于用药剂量过大，中药的毒副作用又伤到神经。所以在我初二那年，父亲又患上精神病，被送到邻县崇阳的一个精神病院住院治疗。精神病容易反复，连续多年，父亲又不断在精神医院住院。我考上大学那年，父亲精神病基本好转，但治疗精神病的药物带来更大毒副作用，不久父亲的肝病又犯了，并且直接被诊断为肝癌，直至1987年冬天离开人世。在农村，家中有这样一个病人，什么样的境况是可想而知的。到现在，我都害怕回忆那段时间的生活。当世态的炎凉、人情的冷暖一次又一次地来到你的生活当中，人的那种孤独无助的状态。

可以说这种生活经历一直影响着我，直至现在。比如外表木讷、孤僻、冷漠，害怕过于热闹的场面；珍惜一切友情，但隔得远远的，生怕因为太近使友情受到伤害等等。我写"一个人的灵魂在风中疾驰"，独自"乘明月醉卧他乡"，"敲遍一条长街，问张怀民的下落"。很多时候确实表达的都是这样一种挥之不去的孤独感。不过，我一直认为我写的不是人离群状态下的孤独，而是人在人群中不群的孤独。

周新民：近几年的诗，诸如"人生有所寄又能怎样／千里大别山也不过有着人世一样的孤独""生命不过是寄居／秋色寄居枝头／鸟雀寄居于浮云／人寄居在大地／万物寄居于彼此／如风吹过风"，能明显感觉出对人生的领悟更趋透彻、豁达；去年刊载于《人民文学》的《半边猪》，体悟到你与世界、各种挣扎及分裂状态的和解。请谈谈近几年你创作心态以及创作观念的转变？

剑男：呵呵，我最怕谈人生和创作观念之类的问题。硬着头皮谈吧。前面说过我是上个世纪 80 年代后期开始诗歌写作的，基本情况是，上个世纪 90 年代写得比较多，2000 年到 2010 年基本上是一个半隐蔽状态（但还在坚持的，包括我自己比较满意的《想起唐玄奘》《在临湘监狱》《山雨欲来》《胆结石》等都是那时候写的），2011 年后又写得多一点。我不是那种有才华的人，写作对我来说，就是在笨拙中坚持。

评论家魏天无给我写过一个 2 万余字的评论，他把我的写作分为三个阶段。他说从大学开始到 2002 年我出版第一本诗集《散页与断章》止，是我写作的第一个阶段。这一阶段我的诗歌是比较唯美的，整个的美学风貌是比较空灵、玄幻、晦涩。第二个阶段大概是从 2002 年到 2007 年前后，是我写作的一个过渡阶段，诗歌以写城市生活的居多，基本上是调侃、嘲讽，甚至是批判或者鞭挞，几乎看不到对城市的赞美，反讽性比较强。2008 年到现在是第三个阶段，从城市回到故乡，希望像福克纳曾经建立的"约克纳帕塔法系列"一样写一个"幕阜山系列"，带有很深的生命体验。如果从创作心态和创作观念的变化来谈，我觉得这两者是共生的。这种变化跟我第二阶段的写作密切相关。

大学毕业后一直在城市工作，所以从 2002 年开始，我希望自己也能够写写自己置身其中的这座城市，但在对这座城市的断断续续书写过程中，我发现我自己其实是很难融入这座城市的，我忽视了城市的社会和乡村的社会结构的差异性。无论是乡村世界还是城市社会，它都是需要有人、有人与人之间的交流而形成的社会文化去支撑的。我虽然在武汉，但我和武汉并没有深入的交流和了解，甚至是这座城市生活的一个陌生者。不仅在武汉，其他城市也是如此。我去过中国的很多城市，我觉得最值得待的是上海和深圳，这两个地方的人素质最高。但真实情况是，你到那个地方稍微住久一点，也不习惯。深圳我还好一点，在上海我是完全不能习惯。尽管那里文明程度高，但人和人之间总觉得有什么东西在隔着。你和他交往，虽然他显示了那种作为现代人的素质，但在跟他交往过程中，你会觉得里面更多的是那种冷冰冰的东西，感觉不到它里面的温度和热情。这是一个城市最可怕的地方，它可以彬彬有礼去接待你、招待你，但是你没办法跟它有一个更深的交流。农村就完全不一样，在农村，一个陌生人家里，你路过，到人家门前歇一会儿、讨个水喝，到中午他还会留你吃饭，你要坐下来闲聊一会儿，大家都能扯到一起去，十里八村，说来都沾亲带故的。所以说这个是城市没办法比拟的，人和人之间没有隔膜，它有人情味。而城市，我一直觉是比较冷漠的，是没有人情味的。所以，我在2008年前后就把笔触更多地转向了故乡，这可能也是我有较多诗歌写到人生漂泊无寄的原因。

《半边猪》是一首偶得之作，大家都认为这首诗体现了我与世界、与各种挣扎及分裂状态的和解，在我潜意识里可能有这个意思吧，我只是通过这样一个画面表达我对自己当下生活处境的欣然接受和认同。马步升老师说这首诗中的"被撕裂"展现的是"一种现代人必须面对的生命状态"，我非常认同，人生有时候确实是充满着撕裂感。

周新民：你似乎对残缺、病痛很关注，比如《牙齿之歌》《两只鞋子》《独立》等篇章。这种关注对你来说意味着什么？

剑男：以前有很多朋友，比如诗人黄斌等都注意到我诗歌中对屈辱的书写，你现在又注意到我对残缺、病痛的关注，这和大家说我写《半边猪》表现人的撕裂状态一样，都不是刻意的。《两只鞋子》《独立》都是写独腿人生状态，一实一虚，我想表现的其实是人在生活中的失重和艰难。关于残疾，我还写过一首小叙事诗《老丁》，写的也是一个腿部有残疾的人，我在诗中借老丁的口说，——其实谁又不是一拐一瘸地在这个世上讨生活呢？——这可能是我写这类诗歌的动机。包括写病痛也是如此，我写《胆结石》说"我从没有粗暴地对待过我的身体／也没有借着胆子粗暴地对待过生活"，写《牙齿之歌》说"这一生太多让人疼痛的事情／已经不再让我感到痛苦／但我担心再也不能咬紧牙关／担心胃在饥饿，仅有的食物却／塞在牙缝，人世有大悲伤／我却不能一字一句清晰地说出"，其实都有借题发挥的意思。

我们常说诗歌具有强烈的自我个性和神秘特征，我想它们仍然建立在每个人的经验基础之上，它既不是经验的重现和还原，也不是经验的剪辑和拼凑，但它一定是在对经验深刻体认之后的一种重建。或者说，诗人的经验也可以从现实中游离出来，通过词语的组合重新形成一种新的关系和形式。肉体上的残缺、病痛不一定每个人都经历过，但精神上、心灵上的残缺和病痛每个人或多或少都会有经历，而这种残疾和病痛往往来自我们周边的事物以及社会现实的投影。写作很多时候都是来自精神和肉体的双重压迫，逼使我们不得不一吐为快，我的这种关注如果意味着什么的话，我想更多的应该是对自我生命处境的深深同情。

周新民：我的学生注意到，在你的诗歌中，几乎没有读到书写爱情的篇章字句。为什么会这样？虽然我们交往不是特别多，但在有限的接触之中，我明明觉得你是一位重感情的人。生活和诗歌之中这种巨大的反差如何理解？

剑男：如果我说绝大多数的爱情诗歌都来自痛苦的、不完美的或者失败的爱情，所以我几乎没有写爱情的诗歌，你相信吗？你这个问题是个陷阱，相当于问"你考试作弊是不是从来没被发现过"，无论回答是和否，答案都指向同一个事实。

好在我不是什么明星名人，即使有隐私也没有值得八卦的，我实话实说吧。我写不好爱情诗，没有什么难言之隐，主要是因为我这个人生性木讷，不善于表达感情。——生活中的我也是这样的，重感情但不会表达，总是给人一种冷冰冰的感觉。我其实是写过一些爱情诗歌的，比如《当夏天来临》中我写"我是多么想和她在一起／像两只甜蜜的蚂蚁／乘着一片清凉的树叶／沿着故乡长长的南江河慢慢地航行"；《除了爱》中写"我一生屈辱的泪水都滴在／这些灰白的纸张上，就像一个／积劳成疾的书生在半夜咳出的鲜血／我把这朵最艳丽的梅花送给我的亲人／我读书、写作，除了爱／我不再与命运作无谓的谜藏"；《我喜欢你斜阳中的剪影》中我写"因为这虚妄的慕恋／我可以谈起浮生／／说时光没有浪掷，虚度／说秘密的爱啊／是朝晖也是夕阳，是黄昏也是黎明"，我自认为这些还是算得上爱情诗的。

生活和诗歌中这种反差我想主要是我公开发表的爱情诗歌少之又少的缘故。我坚信每一个诗人都会写爱情诗，也一定写有爱情诗。当然，我的爱情诗歌写得不怎么样也是一个原因，因为写得一般，所以不能给人留下深刻印象。

周新民：湖北的诗歌以乡土诗歌创作最为著名，在诗歌中，你是如何书写你的家乡的？从诗歌创作伊始到现在，你的乡土抒情诗也发生了变化，《山雨欲来》与早期90年代的诗歌《运草车》《七月十五日夜》相比就有很大的差别。我想知道其间你经历了哪些思考？

剑男：我确实一直在写我的家乡，包括刚开始写诗歌的时候。如果要说我对乡土的书写有什么变化的话，那就是上个世纪90年代是一种泛乡土意义的书写，唯美、忧郁、抒情，像你提到的《运草车》《七月二十五日夜》一样。而近十年来，我更注重的与故乡关系的一种重建，在书写中更加注重人的尺度的存在。

《山雨欲来》可能正好出现在这样一个时间节点上。比如我近期的很多诗歌都写到幕阜山，出现了很多具体的人、山川及植物的名字，有人问是否有什么深意。其实我从来没有想到要在诗歌写作中刻意安放什么东西。我只是在写作中慢慢地发现，我所描写的故乡一山一水、一草一木对我而言，都是一种人的尺度的存在。故乡每一座山、每一条河、每一株植物都是不一样的，甚至同一座山、同一条河流、同一株植物在不同的时间、不同的地点也是不一样的，它们更加具体地连接着我的故乡亲人们艰辛的生活和摇摆不定的命运。因此，在诗歌写作中，我会越来越细致地去区分它们。

其实我家乡很多事物的名称，包括很多植物，学名是什么我都不知道，还需要我再去查。比如有一首诗歌写到猫叶，猫叶的学名叫什么我至今都不清楚。猫叶这种植物我小的时候经常吃，茎上长着可以划伤手的刺，叶子是淡绿色的，像心形。小的时候，我们经常把它摘下来，揉一揉卷起来吃，酸甜酸甜的，可以填饱肚子。很多这样的植物，现在我也叫不出名字。为什么把这些植物写得这么细，实际上也有我的生活经验在里面，所以不由自主就把它写细了。

现在很多书写故乡的诗歌和以前的乡土诗已经有很大的不同，我曾试着去做一个比较和区分，但我一直没有思考清楚，我想在这个乡村经济相对萧条、大量农民工随着商品经济的发展不断涌向城市的今天，作为一个曾经生长在乡村、如今生活在城市的写作者，大家考虑更多的是如何重建我与故乡的关系。

周新民：你 2008 年前后把笔触转向幕阜山，仅仅是因为对城市书写的隔膜吗？

剑男：我在那时开始把笔触伸向故乡幕阜山，现在想来，也不是仅仅是因为对城市书写的隔膜。可能还跟一个人的年龄有关吧。2008 年，我已年过四十，人到了四十岁之后会变得怀旧，也就是我们说的乡愁。我记得德国的哲学家，和荷尔德林同时代的，也算是一个短命的天才诗人，叫诺瓦利斯，他谈过一个观点，他说哲学就是一种永远的乡愁，不安是人存在的常态。这种不安就是你离开了故乡之后在异乡的不安，所以人总是会不断地往回走，寻找回归故乡的路，而当你回到故乡之后，过于安定的生活又会带来新的不安。所以，对于一个写作者来说，他一直都在离开故乡的路上，同时又在返回故乡的途中。我开始关注我的故乡可能也和这个有关系。在这之前我写过一首诗歌，谈到人生的残局在中年也已经形成了，没有输赢，看不到结果。过早地看到这么一个残局的时候，人的内心就会不断地往回走。

　　一个人的写作之所以会不断回到自己的故乡，或者说一个人的故乡之所以值得回归，我想可能是因为一个人对世界的最初认识，都是在他童年的时候，童年世界很少受功利性的东西影响，童年的孩子看待世界是非常干净的，包括情感的建立、对世界的判断和认知都是最干净的。对故乡的回归实际上是对童真的回归，它能让我们借以打量这个充满功名利禄较量的世界。人在年轻的时候对故乡这个概念的感觉可能还不强烈，但只要到了四十岁，在经历了现实的种种磨难和挫折后，人的内心就会慢慢往回走。这些年我的母亲年纪大了，她一个人在老家，我有时候一个月回去两次，只要她身体不好我就回去。我觉得回到故乡一个人待着的时候会比较安静，内心变得平静，不像待在武汉这个地方，让人焦躁不安，总感到一种繁重的工作压力。但在故乡会非常舒服，什么事也没有，可以一个人坐在门口发呆，我有时候甚至觉得发呆是人生最高的境界，因为发呆的时候人的头脑是空的，把什么都放下了，完完全全一个真空状态，外面下着雨或者刮着风，但身心是轻的。所以，我的写作也随之往回走。

　　对我来说，故乡就是安放内心的一个自在的地方。如果说要把诗歌里的故乡还原到现实中的故乡，也是不可能的，它只是一种美好的记忆。这种记忆也只是我在最初的那种没有功利关系的状态下建立的认识。就像陶渊明诗中写的"复得返自然"，这个"返自然"到底"返"在哪里？很多人认为不做官的回到田园就是"返自然"。我觉得很多人对陶渊明这个"复得返自然"都理解错了，应该是返回到生命的本真状态。"一去三十年"，《中国历代文学作品选》里面说这个三十年应该是十三年，是写错了，说陶渊明29岁当官，距写作这首诗的时间是十三年。可是为什么诗中的"方宅十余亩，草屋八九间"写得这么精确，而把"十三年"误成"三十年"呢？我觉得这个不是错误，三十年前就是他还没有出来做官还在乡村生活的时候。那个时候陶渊明还是个十多岁的少年，没有受到世俗社会功利化的影响，还处于一个人生命的本真状态。对于我来说，我对故乡的返回也是渴望回到这样一个状态。

周新民：有一段时间我感觉你写的东西很激愤，比方说《在临湘监狱》，但现在好像不一样了，起码在诗歌中你的个人情绪变得平静多了，你觉得是不是这样的？或者说你自己是否意识到？

剑男：我有一段时间的写作，不仅很激愤，同时调子也很灰暗，我自己的确能从里面看到明显的情绪化。有时候诗中的一些情绪确实就是我内心情绪的一个传达，当然，这是我所处的生活环境给我造成的心理影响在诗歌里面的一个折射。包括你说的《在临湘监狱》。有时候我真的觉得人生就是一个牢笼，所以我就问哪里不是监狱，说所有的地方都是监狱。但现在我平和了，这种平和也不是说情绪的消解，而是慢慢开始能坦然接受它了。所以这几年我写了很多我认为比较消极的东西，且这个消极对我来说没有半点矫情或者虚伪的成分，我真的是这样看的。包括我在《有生之年》中说，"有生之年，灰烬中的火焰归于平静／心中有猛虎，但要倦卧在温顺的羊群之间／像马车拆下轮辐／守夜人睡在月亮的臂弯／大地辽阔，却没有多余的道路可供选择／曾经有过的青春、理想、诗歌和爱情／以及如今捉襟见肘的思想／都要认下，包括承认／沙漏里剩下不多的沙子还在漏／承认半生的较量，已经输给了这不堪的人间"，我真的觉得"半生的较量，已经输给了这不堪的人间"，已经没有跟这个社会、跟自己人生去较量的意义。

这种情绪给我写作带来的另一个变化，就是你说的有时候连诗歌也写得很平静，没什么激情。有时候我觉得这样的诗歌令自己很失望，有时候又觉得我平静地把这些东西写下来还有点意思。比如我有一首短诗《晚霞》，说落日下的两座村庄就像"上帝天平上摆放着的两件对等的物什"，那首诗歌别人不怎么看好，我自己还是比较喜欢的，我觉得我在诗歌中把我想要表达的两个村庄很写意地描绘了出来。以前我确实很激愤，说得不好听一点，有一段时间我甚至对生活充满了仇恨——人的内心世界都有一些这样的东西——觉得生活中有太多身不由己，有太多外在的东西加在身上。我甚至在一篇文章中激愤地说，"人活着就是为把生命的牢底坐穿"。但现在，我真的觉得很多东西已经慢慢变得不重要了，与其和它较量，不如反过来去坦然地面对它。

周新民：相比较以前的诗歌，《左细花传》《巢》《师大南门》《最后一次和母亲谈话》等叙事性特征更为明显。事实上，抒情才被看作诗歌最为基本的表现方式。你运用叙事的表达方式的意图是什么?

剑男:我很欣赏宇文所安的一句话——诗歌是由各种各样的偏见构成的。谈到诗歌的抒情和叙事问题,我也表达一下我的偏见,我一直认为纯粹的抒情带有盲目性,真正的抒情都是由叙事带动的,叙事才是抒情的坚实基础,具体到一首诗歌中,不过是叙事成分的轻与重、显和隐的问题。抒情虽然被看作诗歌最基本的表现方式,但仅仅是表现方式的一种。现存的世界各民族最古老的文学基本上都是叙事诗(当然,它们同时也是抒情的),包括中国文学的两大源头《诗经》和《楚辞》,比如我从不觉得楚辞《离骚》是一首纯粹的抒情诗,诗歌推动情感发展的是屈原政治上失意被贬、被流放的经历,里面仍然有着比较清晰的叙事。

你所说的《左细花传》《巢》《最近一次和母亲谈话》确实有非常明显的叙事特征,但写成这样不是我事先预设的。写作总是希望寻找到一种完美、简约的表现形式,这可能就是我国古代文论、诗话所说的"文无定法""文成法立"吧。我运用这种表达方式没有任何意图。有人说,诗歌需要恢复古老的叙事传统,我也不觉得这个和恢复传统有关,叙事一直在那里被传承,它在什么样的诗歌中存在,这是一种不能被预设的选择。但《师大南门》我觉得还是抒情特点明显一些,庞杂中更多表现的是我对时代变迁中商业与文化合流的一种情绪。

《巢》发表后,有人说这涉及的不是诗歌,而是小说解决的问题。我在这里也作一个小小的辩护,我觉得任何一种文学体裁都是不应该划定泾渭分明的边界的。20世纪初期废名就有跨文体的写作,难道他的小说跨诗歌、散文的文体是僭越而不是对现代小说艺术的表现领域的拓展?文学不是政治学,文学样式尊崇的就是无政府主义,谈论一种文学样式表现手法的合法性是毫无意义的,叙事不一定就是小说的专利,正如抒情一定不是诗歌的专利一样。

周新民:关注生态也应该是你诗歌创作的一大特色。你是如何看待这一特征的?

剑男:这个问题有点像从前面乡土诗里派生出来的一个问题。这也是我第一次听说关注生态也是我诗歌写作的一大特色。我想你说的是我诗歌中对自然,包括山川河流、花草树木及栖息其间的一切生命的关注。如果这就是关注生态,我想也算是吧。但对我来说,我觉得我的这种关注是一种大环境使然。因为自上个世纪90年代以来,生态的不断恶化在乡村是一个非常明显的事实,加上我本来就出生在乡村，而且一直和故乡保持着非常密切的来往，所以对乡村过去美好生态的怀念和对今日乡村生态遭到破坏的惋惜就自然而然地出现在我的写作中。也就是说我的这种关注是自发的，不是自觉的，是一种无意的关注。我只是希望通过对故乡自然生态的描绘来指认一座村庄以及生存于其间的我的乡亲们的命运。

同时，我的这种关注也是很狭隘的，主要集中在我的家乡幕阜山一带，并没有站在一个什么高度上。比如我写《山花烂漫的春天》："在幕阜山／爱桃花的人不一定爱梨花／爱野百合的人不一定爱杜鹃／爱洋槐的人／也不一定爱紫桐、红继／只有蝴蝶和蜜蜂爱它们全部／只有养蜂人／如春天的独夫／靠在蜂箱旁掉下巴、合不拢嘴"；写《上河》："阳光是逆着河水照过来的／照着挖沙的船，日益裸露的河滩，以及／河滩上零星的荒草，说是河／其实是众多的水荡子，因此远远看上去／就像一面打碎的镜子散落一地／不再有浩荡的生活／不再有可以奔赴的远大前程／上河反而变得安静了，并开始／映照出天空、山峰以及它身边的事物"，我只是关注其中很细小的一部分。为什么我说养蜂人是"春天的独夫"，说上河"像一面打碎的镜子散落一地"，除了写花、写河流，我其实还希望大家能从中看到乡村的荒凉，看到我家乡亲人们在命运面前的退守和无力感。

周新民：从你的诗歌里，我还是读出了中国古典诗歌的一些神韵。你对中国古代诗歌有什么样的看法？你是否有意识地去吸收中国古典诗歌的有益营养？

剑男：问题越来越大了，我先表明我的一个态度吧。我不是一个薄古厚今的人，相反，我对古代诗歌的喜爱要远远超过现代诗歌。古代诗歌里面我喜欢建安诗歌、乐府诗、陶渊明的文人五言诗、唐代诗歌和宋代的诗词，不太喜欢楚辞、汉赋。我不从事古代诗歌研究，我的这种好恶纯粹出于个人阅读兴趣。至于喜欢的理由，唐宋诗词就不用说了，其他的呢，我喜欢曹操诗歌的风云之气，乐府诗叙事的鲜活，陶渊明诗歌的自然冲淡。不喜欢楚辞和汉赋的理由是，楚辞阴郁之气太重且辞藻有点过于华丽，而汉赋真正是"繁华损枝""膏腴害骨"。

至于古代诗歌的营养问题，我想每一个用汉语写作的人都是不可能把古代诗歌撇在一边的，对一个诗歌写作者更不可能。不管我们是否有意识，它一直都在向我们输送营养，这是不可剥离的基因。也就是说，只要在阅读，我们的潜意识里都会受到影响——包括反向的影响。但从诗歌写作和阅读的关系来说，这个吸收很有意思，你不断地阅读，你在感到它对你影响的同时也会不断地去抵抗这个东西。比如说我特别喜欢杜牧，喜欢他诗歌中叙事、议论、抒情的浑然一体，尤其是他诗歌中的议论——虽然议论的运用在诗歌写作中充满了冒险性——他总是运用得恰到好处。尤其是他的长诗《杜秋娘》，其中对人生幻灭无常的感慨，让人觉得特别有深度。我在一段时间里的诗歌写作上就不知不觉地喜欢夹杂议论，但当我意识到这种潜在的影响时，我就开始抵制议论在诗歌中的出现，我对议论的抵制就是杜牧对我的一种反向影响。

周新民：哪些外国诗人影响到了你的诗歌创作？能具体谈谈他们如何影响到你的诗歌创作的吗？

剑男：我们这一代人的诗歌写作或多或少都会受到过外国诗歌的影响，我们开始诗歌写作的时候，正是朦胧诗开始式微、第三代诗歌开始兴起的时候，也是西方各种文艺思潮和西方现代派文学涌向中国的时候，我们在写作的同时几乎也在如饥似渴地阅读西方现代派诗歌。如果要说哪些外国诗人影响到了我的诗歌创作，我觉得在我开始诗歌写作时，欧美象征主义诗歌对我产生的影响最大。这种影响主要是象征主义诗歌中象征、联想、暗示的运用，使我看到诗歌的表现手法在传统的现实主义和浪漫主义之外别有洞天。其次是理论，比如波德莱尔的"外界事物与人的内心世界息息相通、互相感应契合，诗人可以用物象来暗示内心的微妙世界"，兰波的"赋予抽象观念以具体可感知的形象"，都给我的诗歌写作以很大的启发。读得最多的是叶芝、里尔克、庞德等的作品。当然，这种影响基本上都是表现技巧上的影响，或者说主要是修辞上的影响。

这其中对我有着持续影响的是里尔克，这种持续影响不是早期的表现技巧，而是观念上的。这个观念就是里尔克说的"文学首先是一种经验"。它使我的诗歌写作从一种唯美的、凌空高蹈的抒情转到对经验的重视和关注。里尔克说："诗并不像大众所想象，徒是情感（这是我们很早就有了的）而是经验。"有人认为里尔克的"情感"之说是和"经验"对立的，这种理解是狭隘的，里尔克的诗歌从没有将情感和经验对立起来。我后来把里尔克这句话作了一个发挥，说诗歌是一种经验，以及在此基础上展开的联想和想象。我对里尔克这句话的理解也许是狭隘的，但它使我认识到诗歌情感抒发最坚实的基础在什么地方。

在这之后，我也一直在读外国诗人的诗歌，比如希尼、科尔沃特、阿米亥、米沃什等等，但好像谈不上对我的诗歌写作有什么特别的影响。一个诗人的写作对另一个诗人的影响是一个复杂的问题，也许有，看多了潜移默化嘛，但和欧美象征主义诗歌对我早期写作的影响相比，我不觉得他们直接影响到了我的诗歌写作。

（载《芳草》2018 年第 4 期）

剑男

　　本名卢雄飞，湖北通城人，20世纪80年代末开始文学创作。发表有诗歌、小说、散文及评论，有诗歌获奖、入选各种选集和中学语文实验教材，著有《激愤人生》《散页与断章》《剑男诗选》等。现为华中师范大学文学院副教授，华中师范大学诗歌研究中心副主任，《语文教学与研究》杂志主编。

第五辑

致敬之章

走出"影响的焦虑"

——对话刘向东

周新民：你父亲刘章先生是一个非常著名、很有影响力的诗人。按照时下的说法，你是一名不折不扣的"文二代"。我很想知道，你对文学的爱好乃至你的文学创作，是否受到你父亲的影响？

刘向东：要说"文二代"这三个字，对我来说真的感兴趣，因为我确实有这方面的志向。"富二代"很多，将军的后代们成为将军的机会也不少，而"文二代"真正成长起来的却很少，在我的视野中，只有为数不多的那么几位。我有这方面的愿望，要是没有这种愿望，可能我早就改行了，不一定非得这么守着，我有过别的机会，但是呢，想了想还是留在作家协会，妄图成为职业写手。要说我父亲他老人家对我的影响，肯定有，但不是太大。你比如说，对我来说很幸运的是，我小时候就能见到书，我父亲有一碗橱书，有几百本吧。在乡下已经很不简单了，但他不让看，他锁着。后来他在外面工作，我就开始摇晃那碗橱的木门，直到把木门的榫卯摇晃松了，用力一拉，两扇门和门框之间形成一个夹角，找根棍子从上面拨拉书，让书从下边顺着门出溜出来，看完了再从上面门缝把它塞回去，猛然用力把门关上。就那样，偷着看。溜出来什么书看什么书，无从选择。最早弄出来的都是薄的，厚的它不出来，其中就有李季等诗人的诗集和《李白诗选》等。这一点首先归功于我父亲。我还要感谢老人家的是，他不让看，偷着看书才上瘾。如果他逼迫我看，可能就看不下去了。

那时我看到的诗集基本上属于中国传统诗歌。这样的阅读经历，直接影响了我的知识结构。如果像普希金、莱蒙托夫等诗人的诗集那时能拨拉出来，我的阅读视野也许会开阔些，我可能不是现在这个样子。

至于我父亲诗歌对我的影响就有限。我开始写诗，不是跟着父亲学，是因为我当兵去了。首长觉得老鼠的儿子应该会打洞，他爹会写诗他儿子也该会写，就鼓励我写，父亲也不反对。上世纪80年代末，我写了一些兵歌，因为我父亲并不熟悉军队生活，也帮不了多大忙，投稿时也没打过他的旗号。幸运的是，一些不像样子的东西，刊登在了像《诗刊》《解放军文艺》那样有影响力的刊物上。

等到读的书稍微多了一些，就发现一个现象。在我父亲他们那一代诗人里面，有许多是可以模仿的，我写的一些兵歌就是模仿的。但是，我父亲的诗比较特别，难以模仿。我说老爹对儿子的影响比较小，这也是一个原因。我父亲和他们那一代诗人有些不一样，他的语言与众不同，有自己独到的口吻，他立足于古典的和民歌的有机结合，我学不来，所以他对我直接的影响并不是太大。但是影响终归是有的，比如他对艺术的某些见解，在几十年当中耳濡目染，有影响。

周新民：你能不能谈谈，这种影响具体地表现在哪些方面？

刘向东：说起来话长，概括地说吧，一是对艺术的孜孜以求，二是为人生的写作态度，还有，就是阅读，持续地阅读。从具体的写作方法上说，是从具体生活中来，经过抽象再抽象，达成新的具体，在写作过程中与生活拉开距离……

周新民：布鲁姆曾提出了"影响的焦虑"这一重要概念。布鲁姆认为，每一个诗人，每一个作家，都面临上一辈诗人、作家的阴影，都想超越上一辈的成就，总想摆脱他们的影响。他把诗人、作家要摆脱上一辈的这种心理状态，称之为"影响的焦虑"。对你来说，我觉得这种"焦虑"应该是更加明显。因为你父亲本身就是一名诗人。父亲的形象在你生活中不仅仅是一个符号，更是一个具体的，活生生的父亲、诗人的形象。我想知道，你在写作的过程中，有没有想到这样的问题："我"父亲是这样写的，他是这么创作的；"我"作为年轻一代的写作者，"我"有"我"的人生阅历、阅读的传统、汲取知识新的渠道，"我"要超越父亲的诗歌成就。

刘向东：超越是难的，时势造英雄，不是想超越就能超越的。但我承认，有与父亲形成差异的想法。说起来我的"焦虑"并不大，我首先学会了"吸纳百家"。很多作家、诗人受某一个人的影响，或者某一个流派的影响，就一生难以摆脱他们。而我实际上在该读书的时候没怎么读到多少书。直到目前为止，我一直在补课。在阅读过程中，我们都有这样的一个体验，有很多大师级的诗人，我们面对他的作品的时候，看不出他是大师，感觉不到他的诗歌有多好。如果这位诗人是外国的，我就认为是翻译的问题。怎么办呢？在现有条件下，我的外语不行，我能做到的事情，就是把某位诗人的所有翻译版本都找到，看看他究竟为什么成为大师。

要承认我自觉不自觉地受我父亲包括他们那一代诗人的一些影响，影响我的主要是思维和语言。回头看并没错，不那么走就走不过来，但实事求是地说，"受害"的成分比"获益"的成分大。直到目前为止，我知道我自己没有成功地解决语言问题。我想不想超越父亲？也想。比如说，我父亲写了一生"乡土"，那么到我的后期写作当中，当我再写"乡土"的时候，我的感受和他是不一样的，我需要确立一个新的身份来重新建立与乡土的关系。而我父亲不是，他是直接地带着淳朴的感情来书写土地，歌唱式的居多一些，而到我这儿，可能"挽歌"更多一些。

周新民：对，老一代诗人尤其是你父亲那一代诗人，对土地的歌颂成分偏多，他们的诗歌属于比较典型的"颂歌"吧。而年轻一代诗人，则更多的是吟唱传统的衰败，"挽歌"成分要多一些。

刘向东：像我父亲吧，如果谁说他是"乡土诗人"，他很高兴，他觉得自己就是"乡土诗人"。而在我这儿呢，想法不太一样，我觉得，从本质上说，我们不是"乡土诗人"，我们不过是在写土地和生命。还有一点就是，对抒情对象的把握方式不同。比如说，我们老家有燕山，我父亲写了一辈子山，都是随手抓一块儿来写。而我妄图从整体上来学会把握燕山。写山是很难的，好像写海是第一难的，剩下的就是写山。我写了一首长诗《燕山》，断断续续写了差不多二十年了，妄图实现对燕山的更宏观、更整体的把握，可惜到现在也没写好。还有一点，就是我觉得稍微有一点点当代诗学的自觉。我读的书比我父亲更广泛些，尽管有时不深入。在中国古典文学那一块儿，他比我深入得多得多，太深入了，出神入化，我做不到。但是，我涉猎的面儿比他广一些。

而我妄图从原来那种语言禁锢当中冲出来，尽管我有时候也舍不得放弃那种朴素的、乡土的、本色的东西，又想加大自我表达的自由度。因为我觉得我父亲他们受束缚太多了。另外一个就是从思想解放的角度来说，我们晚辈可能比前辈稍开放一些，至少对于现实社会的批判，可能更放得开一些，但也不彻底。

周新民：作为时代的见证者和讲述者，是那一代作家的基本特点。而在我看来，"60后"作家更多的是时代的体验者和倾诉者。这种差别是历史造就的。仔细算起来你有三十多年的写作历史。你回忆一下，你的创作道路，大概能够划分为几个不同的历史时期？每一个时期有什么样的特点？

刘向东：我开蒙很晚，从十八九岁开始写到三十岁以前吧，基本是"照猫画虎"。

周新民："临摹式"的写作是每一位写作者的必由之路。

刘向东：除了"临摹式"的写作之外，还有一种写作方式，就是完全凭直觉或某种需要。在我最初写诗的时候，流行这样的写作方式。比如说你当兵你就要写军人，你在工厂，就要写写工厂。因为有那类报刊，不断地找你。我在石家庄钢铁厂当宣传部长的时候，《诗刊》的主编就找我，说你写写工厂吧，写工厂的诗太少了。

到了三十多岁，到大学读书以后，怎么说呢，忽悠一下就到了五十来岁了。在这一个时期，我读了一些书，想了一些问题。我的创作状态，也从一个不自觉的状态，到了一个半自觉的状态，这个很不好。有些人很幸运，或者说很聪明，开悟快，从不自觉的状态直接进入了自觉的写作状态，如果从不自觉的状态进入到半自觉的状态的话，大体上就成了"半瓶子醋"。

周新民：每个作家的创作状态是和他的人生历程紧密联系在一起的。这种历史情境是无法超越的。对于一个作家来说，在他经历的每一个"历史情境"中，他是否"真实"地表达出他对"历史"的理解，最为重要。

刘向东：实际上，我在四十五岁左右，意识到了这一点，当时我努力地要让自己沉下来、静下来，读书想问题，我甚至主动把行政工作都放下来，到创作室当专业作家。当了五六年专业作家，这期间大体上就做了一件事儿。我想我既然爱诗，既然想要成为一个"文二代"，那好，那对我热爱的诗就应该有更多的了解、更深的理解。有时候我吹牛，说在那段时间里基本上是昼夜不停，号称把那些中外的是汉字的诗读完了，有的还不止一遍，当时做了有两百万字的笔记吧。这些笔记有我的观点、想法，有凭诗性直觉的，也有进行文本分析的，还有就是在我的阅读过程中杂读杂记，阅读过程中看见别人的看法，觉得有意义，随手也把它记录下来，总共有两百万字。这两年我在断断续续整理。原来我没有想让它成书，后来我想，这东西对我有用，可能别人也用得着，于是就有了要出版的念头。我希望做与众不同的两个选本，一个是中国的选本，一个是外国的选本，加上必要的解读。中国诗歌选本选了很多优秀诗歌，包括刘醒龙多次提到的一首诗，叫《一碗油盐饭》。

周新民：《一碗油盐饭》对刘醒龙先生的创作有重要的启发意义，他在和我的对话中曾做了具体的讲述。

刘向东：醒龙在其长篇小说《天行者》里用过，在他的随笔和理论文章中也提到了这首诗："前天我放学回家／锅里有一碗油盐饭／昨天，我放学回家／锅里没有了油盐饭／今天，我放学回家／炒了一碗油盐饭／放在妈妈坟前！"

表面上看，它的文本意义不是太大，但是，它对醒龙这样出色的、有担当的作家来说，冲击却很大。我从一个小侧面来分析它，除了朴素美，我还借助它来分析诗的形式，就是为什么这些文字一分行，人们就把它当诗来读。而当把它来当诗读的时候，和我们读小说、散文的感受就不一样。这其中奥妙是什么，我做了些探讨。

周新民：这个例子有意思。前段时间，我在《中国诗歌》杂志上看到你在第一届武汉诗歌节上的一个讲座，你说你有一个小发现，再说来听听？

刘向东：前段时间，我在北大遇到西川兄，问他近来忙什么，他说正在写一篇文章，叫《唐诗的读法》，我就跟他说到我的那个小发现，也算新诗的另一种读法吧。我在阅读中注意到一个有趣现象，古体诗、现代新诗尽管在表达方式上有所不同，但作为诗歌的本质则是基本相同、相通的，新诗是可以"返祖"的。你看啊，舒婷在《双桅船》中写道："雾打湿了我的双翼，可风却不容我再迟疑。"这两句新诗是可以改造成五言的："雾湿双桅翼，风催一叶舟。"也可以改造成七言："雾虽湿翼双桅重，风正催舟一叶轻。"冰心先生有一首小诗："黄昏了／湖波欲睡了／走不尽的长廊啊！"稍一排列组合也可成五言、七言，大意是"湖水倦黄昏，长廊行不尽"，或者是"湖波欲睡黄昏至，不尽长廊缓缓行"；卞之琳先生的《断章》我们都熟悉：

你站在桥上看风景

看风景的人在桥上看你

明月装饰了你的窗子

你装饰了别人的梦

这样的诗可以转换成古体诗词吗？我试了一下，改成律绝比较困难，试着改成古绝大概是：

桥上你看人，

楼上人看你。

明月照古今，

众生皆梦里。

周新民：确实是一个新发现。这个发现其实揭示了一个重要问题，诗歌是一个相对稳定的文体，古今变化不大，诗的语言和表达方式也许不是诗歌最为重要的要素。诗人对生活的发现，才是一首诗歌决定性的因素。

刘向东：西川兄也说是新发现，有些诗歌现象我一直在琢磨，越琢磨越觉得有意思，和教科书上写的不一样。我觉得古典诗歌与现代新诗并未断裂，诗意是一脉相承的，发生变化的是语境，而去掉古体诗词的诗的外壳之后，新诗从形式和结构上来说更难了，几乎每首诗都得重新开始。

琢磨来，琢磨去，转眼就到了五十岁以后了，我这几年写得也不多，读得多一些，有时我觉得阅读比写作更重要，也更本质。我也写一点，力求接近诗的文本，力求以自己的方式加入传统，有一点儿文化自觉，找到能够更自我的、自在的一种方式。有两个追求我基本实现了：一是把诗当诗写了；二是文字比以前更干净了，至少现在在写作当中认识到了重要的一点，就是对于那种"可有可无"的东西，"可无"的一定不能有，表面上"可有"的也不必有。

周新民：期待看到你新近几年的创作成果。

刘向东：我掐一下时间吧，我看在什么时候、什么时机出版更合适，本来我想今年下半年出，因为编一本书并不难嘛，现在出版容易，非常快，但是我还是想再给自己留点儿时间，再沉一沉。诗这个东西非常怪，有时候一个词，甚至一个词素、一个词根，对整首诗都在发生作用，甚至一个标点、一个飞白对整首诗都在发生作用，真不是马马虎虎的事儿。

周新民：读你以往的诗歌的时候，我就有个很明显的感觉，就是你的诗写得很特别。

刘向东：很轻快，是吗？

周新民：是特别，不是轻快。就是特别，这个特别是什么意思呢，就是既不像刚才我们说到的老一代诗人，他们的多数诗歌，"直抒胸臆"的东西更多一点，也不像后来青年诗人的诗歌，意象密度那么大。80 年代末期以后，很多诗人在思想探索上走得很远，但是"面目可憎"。我觉得你的诗歌就是首先给人以亲切的感觉。当然，这种亲切的同时也带给我一些思考，就是你的诗歌不像一般的"60后"年代诗人的作品，不太像这一代诗人的写法。

刘向东：显得比他们老旧。

周新民：不是老，也不是旧。我觉得用代际的共性来厘定一位诗人的具体创作，往往是很危险的。虽然代际描述也很管用，基本上能描述不同代际作家的根本性特征。比如说"60后"的诗歌，和"50后"的诗歌相比，它肯定有很多特别的地方，再和年轻一代的诗人的诗歌相比，代际性差异也很清晰。我感觉到，你在探究你自己区别于"50后"和区别于"60后"的代际特征。你在努力地寻找一种怎样的自我？

刘向东：这个一时还说不太清楚，但是想法还是有，就是你看呀，一、在我身上你能看到传统。

周新民：对，这个很明显。

刘向东：我觉得这个东西是重要的，就是我刚才说到的以自己的方式加入传统，包括东西两大传统。我觉得这是现在在有些孩子身上难以看到的东西，那是一种遗憾。二、你在我身上，或多或少你也能看到探索，这个是有吧？

周新民：对，这个肯定是有的。

刘向东：但是这些东西怎么能够把它天衣无缝地、完美地体现出来呢？有时候也很难做到，但是我有我的一些想法。比如说，很多人写诗，在那里讲意象，其实说白了，对他们来说不过是"意＋象"。而在我这儿不是，我的意象是"意"和"象"的反复相乘的结果，所以有的读者不一定能读懂，他读不懂他就不停地说不怎么样，但是那不妨碍我自己去探索。有意思的是，对我的诗，孩子们、年轻人喜欢的不多，一些中老年的读者和学者倒还喜欢，有些诗，或某一首，能把他读哭了。武汉大学哲学系有一位博导陈望衡先生，我并不熟悉他。他拿到我当年的诗集，他就给我写了一个有一两万字的评论，发在《诗探索》上，说那个诗集里的诗歌"风清骨峻，篇体光华"。

非常感谢陈先生。近来有几位诗人跟我说，"原来啊，我真不把你的诗看在眼里，我后来仔细琢磨琢磨，那里面真有东西，这得慢慢地看，得静下心来慢慢地体会"。我反对现在某些所谓的"口语诗"，让人一目了然，那肯定是写诗的方法之一，但诗如果都那样写的话，我想就是新诗现在不被看好的一个重要的原因，一览无余，许多基本是个人生活的小型纪事。但我也有过很坏的毛病，我过去犯的毛病是，有时候学某个年代在一首诗的最后拔高，这个在我四五十岁之后少见了。现在我在努力沉浸，下沉，你要沉浸得深的话，诗的张力就大些。我还有一个思考。在我想来，诗没结尾，只有结句，就是说结句之后，其实诗还在走。但是，我又喜欢直接，甚至直白，这种东西弄不好就让人诟病，如果真要弄好了，是有境界的。

周新民：你的思考很深入。我想知道，你为什么想到用这种相对直白的语言去表达思想情感？

刘向东：其实这也来自阅读，因为读诗书，真正地作用于我生命的好作品，就是我所理解那样的，表面上是那么直白，完了又那么让人回味，"呱唧"一下子就作用于你的生命，是那样的。当然比如说奥登，那也是一种大诗人，比如说艾略特，那也是一种大诗人。我也反复地在研究，但是我觉得其间被某种操作的东西还更多。在我的理解当中，诗更倾向于靠诗性直觉。在我看来，那种更直接的东西，反而是不可多得的好诗，语言一定是表面直白的、浅显的，但是它用意、用情很深。

周新民：我认同你的观点。实际上，流传下来的古典诗歌，我们耳熟能详的，也是这种语言上很直白的诗歌。

刘向东：也有例外，你比如说李商隐和王维，比如说昌耀，都不算直白，很优秀。我们欣赏李白，那李白直白到了什么程度？他是个天才，大天才！但是，事实上更多人更欣赏杜甫。杜甫诗歌的格律完美无缺，很多时候是完美无缺的，但是表面上也没那么深奥。

在世界范围内，比如说在日本，欣赏中国古典诗人，日本人更欣赏白居易，因为白居易的诗很有意思，除了那些经典篇章，有的东西在我们现在看来是"顺口溜"，但是人家有那么几首经典不得了，那是境界。其实不光写诗，我看写文章也一样，你说有些人在那儿探索了一生，绕来绕去把自己绕住了，你像汪曾祺和孙犁这样的作家，那有多少人折服。

周新民：他俩的语言看似都很简单。

刘向东：是，看似简单，其实不简单，那是澄明。他们的人生和语言都到了澄明的境界。就像水，浅了容易搅浑，越深越澄明。

周新民：你刚才讲的很多观点我是很认同的，我在想一个问题，那你觉得你这种直白的语言怎么样地去比较好地把握住复杂而又微妙的情感？

刘向东：这就是难度。我也在思考这一问题。法国诗人雅克·普列维尔有一首写公园的诗歌，语言很直白，但是意蕴却很深远：

一千年一万年，
也难以，
诉说尽，
这永恒的一瞬。
你吻了我，
我吻了你。
在冬日朦胧的清晨，
清晨在蒙苏利公园，
公园在巴黎，
巴黎在地球上，
巴黎是地上一座城，
地球是天上一颗星。

周新民：这首诗相当了不起！语言虽然很直白，但是很有内涵。这首诗把空间的广阔和时间的一瞬有机地黏合在一起了。这种空间上的张力、时间上的张力通过巧妙的视角表现出来了，但是语言绝对是简单的、直白的。每一句话都是那么直白，句式那样简单，但是，这些直白的语言和简单的句式组合在一起，却爆发出来巨大的情感张力。

　　刘向东：了不得啊，太了不得了，一个诗人一辈子有这一首足矣！天底下同一主题的诗也只能有这一首，别人再玩就是抄，或者就是变戏法、变花样。可是，作为一个职业的写作者来说，他又希望写的更多，有更多的作品能达到一个境界，这也是一个不争的事实，那么就会出现另外一些诗人，比如捷克的赫鲁伯的《拿破仑》：

孩子们，波拿巴·拿破仑
是什么时候
出生的？教师问道。

一千年以前，孩子们说。
一百年以前，孩子们说。
没有人知道。

孩子们，波拿巴·拿破仑
这一生
做了些什么？教师问道。

他赢得了一场战争，孩子们说
他输了一场战争，孩子们说。
没有人知道。

我们的卖肉人曾经有一只狗，
弗兰克说，
它的名字叫拿破仑，
卖肉人经常打它，

那只狗
一年前
死于饥饿。

此刻所有的孩子都感到悲哀
为拿破仑。

　　他这样写，把一个重大的历史题材拿来给消解掉了，消解掉了以后却产生了非常大的震撼力。可是这样的诗人呢，他不完全都是这样的诗，他有很多诗都是用近似散文的语言，直接去指向事物本质。对此，我用我的这种直白的语言就很难做到。当然也有另一种可能性，当然也是天才，比如说艾青，无论如何在现代新诗史上，到目前为止，在我看来他还是最佳诗人，他的语言在走钢丝，看似白水，如果把一句一句拆开，每一句都是白水，可是放在一起是有机的，就是他的整体把握能力相当强，完了以后每一句你都熟悉，你都感觉你懂，但是当它有机地组合在一起，一首诗意充沛的诗产生了，你就不一定敢说你懂了。这就是好诗的境界。

　　周新民：我明白你的意思，你的诗歌在语言上追求直白、简洁、明了、透明。这是一种探索，而且是很重要一个探索。因为像你刚才提到中外诗歌史上能够给人留下深刻印象的诗歌，大都语言非常直白、质朴。我发现你的诗歌语言里还有一些方言，还有一些像小孩说的一些话。这些方言、童言在我们看来是很难入诗的，因为我们对诗歌语言的要求是非常高的，有一句话就是"诗歌到语言为止"。

　　刘向东：我没想那么多。一个写作者总有自己的语言。比如孙犁，他说他的语言主要来自他的母亲和妻子。我的语言主要来自老家话吧。还有，一个作者总有自己大体的创作方向，他有他所熟悉的要表达的那块儿领域。反过头来，又想尽可能少地重复自己，包括选材、立意、遣词造句和结构方式，都想尽可能地少重复自己，所以就导致了各种各样的、形形色色的方式出现。

　　周新民：你没有很自觉地去追求或推敲语言？

　　刘向东：倒也不是。日本诗人古川俊太郎曾经说，推敲沉默，没有抵达语言的途径，推敲语言，抵达这样的沉默。在我看来，诗是倾向于沉默的艺术，无声胜有声。可是又不能不说，怎么办？我以为有时候语言实际上是现成的，老百姓现成的语言，比我们在那里费劲巴力的更精彩、更本质、更简洁，有时候就拿来用了。但是，可能有些遗憾就是，我没有像那些好的写作者那样实现非常有机的把握，可能放在某些地方显得突兀，或者顾此失彼衔接得不好，断气儿，这种情况有。我自己能意识到，真想脱胎换骨。

周新民：通过你给我提供的一些诗歌，包括我在网上了解、看到的一些诗歌，我觉得你的诗歌有两个最大母题，一个是黄土地，一个是母亲。

刘向东：是的，土地嘛，刚才我已经谈到它了，它本来就是一个大的母题，对于写作者来说，我觉得它不光是我的一个母题。

我知道这个世界上有五色土，但是，我对别的土地不熟悉。正当我开始学习写作的时候，我在哪儿呢？我在黄土高原，我最初认识土地的时候认识的就是黄土地，那是生活的馈赠，所以我的诗歌里就老出现黄土地。但那些诗现在也基本上都废掉了。当时那么写，那种感觉是很真实的，现在看，也应该是真实的，但是写完了之后，从文本意义上能不能确立，能不能更真实？这就不好说了。

至于写母亲，有那么一段，写过一点，写过三五首，就写了三五首。其实母亲也是一个母题，重大母题，就因为我当年写过一首《母亲的灯》，人们认为比较好。较真的话，那首诗不是没有问题，现在看来那首诗的后半部分和前面是游离的。那首诗最后一节是幻化，并且拔高，现在看来把最后一节砍掉才好，既然那样了，就这么留着吧，不能动。那首诗影响比较大，很多选本都选它。写母亲，看似这个母题很容易，其实也难，把全世界写母亲的诗搜罗一遍，好的也就那么多。写母亲看似门槛很低，反正谁都有母亲，都可以写一写，但真正写得好的，比如说像捷克的塞弗尔特，写那个《妈妈的镜子》，他有一本诗集就叫《妈妈》，那是他获得诺贝尔文学奖的重要原因，写得非常好。我呢，我写的是一首半截儿诗，没写好，但是当时倒是抓住了母亲的灯的意象，还提炼了有效的细节，其中有这样一节，写孩子们抢着吹灯，妈妈说：

好孩子，别抢
吹了，妈再点上

点上，吹了

吹了，点上……

周新民：这首诗歌语言非常朴素，却蕴含了深沉的母爱，的确不错。

刘向东：这首诗是什么时候写的呢，是我参加诗刊社第十一届青春诗会，是那个时候写的，那一期青春诗会是 1993 年。《诗刊》以"青山不老"为题发了一组，是头题，传播得比较广，好多选本都选它。

周新民：从作品的数量来看，你的诗歌中处理历史题材的诗歌数量更多。在处理历史题材上，你有什么体会？

刘向东：这也是大的写作传统。我们都知道"诗言志"。"诗言志"是"志之所之"，这与什么志向之类没多大关系，与《三国志》那个"志"有关系，所以我的"诗言志"，从某种程度上来说就是在"诗言史"，像闻一多先生说的，是记忆，是记录，也是怀抱。

周新民：通过我们的谈话，我对你的诗歌创作有了新认识、新看法。你是一个比较注重处理传统文学和外来文学影响的诗人。我既看到了传统对于你的影响，也看到了你广泛吸收外来文学滋养的努力。一个不了解你的人，如果仅从诗歌创作的题材出来，很可能会误认为你更多地面向传统。我注意到，在你的诗歌创作的历史之中，其实外来文学、外国文学有着一个非常重要的影响。

刘向东：拿当下来说，外来的，尤其是欧美的诗歌，对我的影响要比当代的中国诗歌大得多得多。但是，我在写作当中又不能老是借助它。比如说处理题材，不熟悉的东西我不会碰，我还是要处理我熟悉的生活里有的东西，这是肯定的。但是在处理的时候我也不会刻意地说，我看到人家那个好拿来我用，我还是按照我自己的方式。但是，外来文学对我的影响，是潜移默化的。

周新民：你展开谈谈欧美诗歌对你诗歌创作的影响，好吗？

刘向东：这个说来话又长了，还是举个小例子吧。比如说美国诗人弗罗斯特，深深地令我折服。在我看来，美国最大的诗人就是弗罗斯特，大过狄金森，大过惠特曼。惠特曼写大爱、大自由，名声比弗罗斯特大，一方面是他写得也好，另一方面，是他更符合美国的文化价值观，不断往外输出。可是，像弗罗斯特这样的一个诗人，他表面上就是一个乡土诗人，但是在美国没有乡土诗人的概念，不像咱们越分越细。弗罗斯特有很多杰作，其中一首叫《牧场》：我去清理牧场的水泉，／我只是把落叶撩干净。／（可能要等泉水澄清）／不用太久的——你跟我来。／／我还要到母牛身边／把小牛犊抱来。它太小，／母牛舐一下都要跌倒，／不用太久的——你跟我来。

周新民：的确是一首非常好的诗歌！

刘向东：又是一首看似特别简单的诗。如此朴素的东西，在我看来却非常高级。我们一起来看看这首诗歌。首先你看，这里边"虚"和"实"处理多好。诗人用了大量的"实"的东西，包括牧场、水泉、落叶、母牛、牛犊，这都是"实"的。这些写实性的描写背后有一些虚的，一般人读不出来，比如说"你"。"你"是谁？我常常把他读成我自己。铺排实在的物背后，隐藏着虚写的"你"。当你念出这些实在的"物"的时候，虚写的"你"始终隐藏在背后。诗人处理虚实的关系的手段的确很高明。这首诗歌还有一个打动人的地方——诗人内心的细腻程度，让你惊叹！我要去清理牧场的水泉，我要把那落叶撩干净，他还忘不了，用括号括一下说"或许要等到泉水澄清"，这里边这种爱呀，更细腻，更深沉。这样的诗人，才是我特别喜欢的诗人，他不一定是声名特别显赫。

还有像西班牙的一个诗人叫费尔南多，写《牧羊人》的，为什么我非常关注呢？因为我也写过类似题材的诗歌。我打小放过羊，多次写牧羊，弄不成，但是我从费尔南多的《牧羊人》里面找到了感觉，为什么我弄不成，就是因为我写牧羊，我仅仅是在写牧羊，人家是在放牧思想。又比如写《黑马》的美国诗人布罗茨基，对我的影响是直接的。还有卡瓦菲斯，这样一个诗人，生前一点儿名气没有，就发过五首诗。至少有三个获得诺贝尔文学奖的诗人，在领奖的时候提到他，说在这个世界上还有比他们写得好的，那就是卡瓦菲斯。这样我才注意到他。我于是找来卡瓦菲斯的诗歌。他的诗歌真是写得太好了。他的所有作品都是在处理历史。但是，你读他的诗歌的时候，你就会发现，他的诗歌里常常有落实到某年某月的叙述，或者记载了有名有姓的人物。但是，无论这些时间还是那些人物，其实有的是虚拟的，是他杜撰的。他这样处理历史的方式，给了我很大启示。有时候我们趴在某个事件上，我们有时候"妄图"再现，有时候"妄图"呈现。但是，卡瓦菲斯很有意思，他有时候杜撰一个，他不过在叙述，但他叙述的本身就是诗篇，让你感觉即便是他杜撰的，也比某些历史事件更真实。类似这样的诗我从全世界诗里边选了一百多个人,三百多首诗,我正在解读它们。这些东西不好泛泛地谈,你只有面对具体作品细读,完了以后再闭上眼,再想到这个人,把他还原到历史的大背景当中去,才有可能通过分析获得心得,向他们学习,从而不再焦虑。

（载《芳草》2016 年第 6 期）

刘
向
东

　　1961 年 5 月 5 日出生于河北兴隆，当代诗人，一级作家，《诗选刊》主编、中国诗歌学会副会长。主要著作有诗文集《母亲的灯》《落叶·飞鸟》《顺着风》《白纸黑字》《指纹》《惦念》《大山庄》《动物印象》《诗与思》和塞尔维亚文版诗集《刘向东的诗篇》等 22 部。作品先后入选《中华人民共和国 50 年文学精华·诗歌卷》《中学生语文教材》《中学教师用书》等两百多个国内选本，有英文、法文、德文、日文、波兰文、捷克文选本传播。先后获得冰心散文奖、河北文艺振兴奖等文学奖 40 余项。

向汪曾祺致敬

——对话苏北

周新民：你长期在金融一线工作，业余写作，你是我访谈的众多作家中唯一一位业余作家。你的文学创作之路和那些专业作家相比较，定有许多独特之处。首先我想知道，是什么样的机缘让你对文学创作产生兴趣。

苏北：文学创作其实没有业余和专业之分。许多作家都是寄托在一定的工作岗位上的。至于我的文学创作，我学习写作，确实起步较晚。在高中之前吧，我就与文学没有缘，一点儿文学的爱好都没有。我小时候也没看过文学书，也没有受过什么外祖母的熏陶。我在高中一年级的时候数理化还是不错的。高考的时候我是报的理科班，我考上高中尖子班的时候是以十七名考进去的，因为只有一个尖子班。因此相当于全校十七名。后来在尖子班成绩就往下掉，掉到三十多名。第一次高考没考上，差二十几分吧，这个对自己是一个比较大的刺激。当时同班的小伙伴们都走掉了，他们有考上西安交大、上海交大、安徽大学、合肥工业大学，还有考到武汉测绘学院（现在和武汉大学并起来的），全国到处都有吧。我印象最深的，是他们第一次放暑假回来的时候，穿着各个学校的汗衫，在我们一个废的公园的草地上踢球。我呢，背着个书包补习。他们在踢球，而我在学校里面补习准备第二年高考。第一年我语文考得比较差，而物理考八十几分，语文考到五十几分，反正没有及格。在没有补习之前，我还到我父亲任职的那个公社里面去当了一个学期的代课老师。学校说你哪一门差就带哪一门，我觉得语文比较差，就带了语文。带初中一年级的语文。反正每个老师都有一个备课的教辅，我就照着那本教辅讲，反正胡乱一通乱讲，孩子们小，也好糊弄。记得还真有几个孩子喜欢我的。主要可能我比较平和，人也风趣些，孩子们好亲近。

一学期结束，我又回到县里补习，参加第二年的高考。高考的时候我语文还真考得不错，语文考了80多分。相当于良好。但是，化学又没能考好，化学只考了30几分。后来回来之后我就准备补习第三年再考，这个时候人就比较有压力了。正好这时银行在高考落榜生中招人，招那种高考差几分的。我便去报了名，后来就到银行系统工作了。经过一个短期的培训，我便被分配到一个小镇——来安县半塔镇营业所工作。

到这个半塔镇上工作的时候，我就开始爱好上文学了。准确地说，爱好上文学，是从高考复习的一本安徽教育出版社出版的《中国现代散文选》开始。这本散文选收录了刘白羽、冰心、朱自清、秦牧等作家的散文，我高考时，就将这些作家的散文背诵，或者读熟。

周新民：我们常说文学能起到慰藉心灵的作用。在高考失利的这样一个特殊情境之中，文学让你找到一个情绪宣泄的渠道。沉溺其中，你既找到精神安慰，也找到了精神寄托。不过，对于一位以往很少接触文学的人来讲，突然接触到这么多喜欢的文学作品，你有何阅读感受呢？

苏北：我主要的一个感觉"美"。说明那时候我已经建立了较好的审美系统。冰心的《小桔灯》、朱自清的《绿》、刘白羽的《长江三日》等作品，意境、词汇都很美。阅读这些作品的时候，仿佛外面世界有一种东西在吸引着你。那种东西不是庸俗的生活。是一点儿梦想，一点儿朦朦胧胧的幻象，在吸引着你。现在看来，文学实际上给人这么一种力量。怎么说呢？打个比方：为什么一个作家，到老了，到八九十岁了还在那里写，一直写到死掉了？主要就是文学使人的"心"变得年轻。比如，我五十多岁了，而自己并不能感觉到，觉得自己还是三十多的样子。"心"是三十多的，只是身体变得五十多了。——其实后来我也后悔过，文学就是一条不归路，永远写不完，要一直写到死去。这就是文学的力量。还有就是这么多年我在经济单位工作，但总体上来讲，我还很天真，也就是说我还很单纯，也很有正义感。这个估计都是文学的力量。文学的这种力量让我痴迷于文学。这么多年来的坚守，让我对文学备怀感恩！

周新民：如此看来，文学不仅让你在那样一个人生特殊的阶段找到了精神力量，也成为你此后人生的重要支柱。上个世纪80年代文学开始步入繁荣期，也是一个大量向西方文学学习的历史时期，在你开始阅读文学的重要阶段，也一定接触过西方文学作品。你能够回忆起当时你接受到外国文学作品的情形吗？

苏北：我进入银行系统工作之后，先在滁州接受了三个月的培训。当时，我一个中学同学在滁州师专中文系学习。我就到他宿舍去玩，他的床上有一本《外国文学名著选读》。同学把这本书送给我了，他还让我在他的书架上挑了《世界文学名著导读》。这两本书是我开始接受外国文学的发端。我还在滁州新华书店买了几十本外国文学名著。有的就在滁州看了，有的就带回我后来工作的小镇半塔。我大概前后看了有四十几本18世纪的世界名著。但是当时有一个什么问题呢，一个就是讲外国人的名字太长了，看着看着就看混了；第二个呢，那些翻译家虽然都很优秀，但是呢，他们那种翻译的句式和我们现在的这种写作的句式完全是不一样的（欧化的）。那时我们年轻有力气，平时还喜欢练功。在单位院子里的梧桐树上，吊上吊环，没事就在上面翻。同时还练功，还练习鲤鱼打挺。于是我就把一根练功的功带，钉在椅子把上。看书时往腰上一扎，必须看到50页才能站起来。因为一个晚上50页，十个晚上就是500页，一本世界名著大约也就500页的样子。这样十天就可以拿下一本。就这样用硬功夫去读，在年轻时硬啃了一些书。现在想来，读不读世界名著，还是有差异的。世界名著不是学习写作经验，而是培养一个人的情怀。一个人要有心向远方的理想。否则日子久了，就会流于"俗"，为小利益、小眼光所困扰，所束缚。一个只读文学杂志的人，他的创作，或者说，他的人生境界是不会太开阔的。这是我的一点个人经验。

我呢，就是读了一点世界名著，给了我那么一点儿幻象和梦想。为什么路遥的《人生》和《平凡的世界》会给那么多青年带来那么大的影响？青年在里面不是找文学，是找自己，从一个乡下人怎么样进入城里面来，或者是怎么样改变自己的命运中找自己吧。我那时实际上也是这样，脑子里面充满了幻象，或者说有点儿梦想吧。

我记得有个同我一起招进银行的同学。他在培训班上同我住一个大宿舍，他是那种白面长身的青年，他身上有反骨，那种力量非常迷人。没有课或者是早晚，他就在走廊上或者阳台上，大声地说："圣母玛利亚！圣母玛利亚！"我说玛利亚是谁呀？后来他老跟我讲聂赫留朵夫，就是《复活》里面的主人公。我觉得他很神奇。后来实际上他并没有写作，但是他对我产生了影响。我就觉得他还能知道这么多陌生人的名字，而且这些人与他的生活没有什么相干吧？实际上我大约到1986年就不怎么读世界名著了。从1981年开始，大概就三四年的时间。但那是我青春年华最好的时候。我后来就转到读中国文学了。

周新民：你曾如此沉迷于外国文学名著，为了阅读外国文学作品，你还下了那么大的气力。你为何在1981年就停止了外国文学作品的阅读呢？20世纪80年代初期正是中国文学界大量译介外国文学的黄金时期，你的阅读兴趣为何从外国文学转移到中国文学作品的阅读上了呢？

苏北：先是我的一个作家朋友，那时他正风头强劲，有一天他到我这儿来玩，他对我说，中国没有文学，只有一部《红楼梦》。他的话吓我一跳。他走后，我就到书店买了一套《红楼梦》，可是真的看起来，也还是看不下去。但是我觉得他的话是有道理的，于是我又跑到街上，又买了一套，我将这一套拆成册页，那时我正上电大，于是我就在课堂上一页一页去抄。这样抄来抄去，我熟悉了，有感情了，就放不下了。一直到今天，我对《红楼梦》仍然喜欢得不得了，可以说是个"红迷"。

之后就是突然一下子发现了汪曾祺。发现汪曾祺的原因不是因为汪曾祺多么好，而是觉得汪曾祺这个人写得简单，好模仿。我见到他的语言，就觉得特别亲切，觉得这个人肯定是我们家乡附近的。那时并不知道他是高邮人。后来知道他和我们是一个语系的。他的家乡是高邮，我的家乡是天长，一个在高邮湖东岸，一个在高邮湖的西岸。我们共饮一个高邮湖的水。——虽然他十九岁就离开家乡了。

周新民：你发现汪曾祺之后，就不怎么读外国文学作品了。我认为，其主要原因是外国文学作品在语言表达方式、叙事方式上与中国文学不同。相比较而言，汪曾祺的文学作品在语言和叙事手法上，显得更加简洁。

苏北：后来也读过许多世界名著，只是不那么集中了。世界名著中也有较简洁的。比如海明威，比如西班牙有一个作家阿左林，他曾影响过汪曾祺，这是一个极其简洁的作家，他写过一本《塞万提斯的未婚妻》，那真是一本极好的小说，真诚、真实。塞林格的《麦田的守望者》，俄罗斯伊萨克·巴别尔的《骑兵军》，还有卡佛的小说，等等，都比较简洁，这可能与翻译风格的变化也有一定的关系。

但汪曾祺式的简洁，是中国的。记得黄裳先生曾说过汪曾祺，他说："汪曾祺是用写诗的方法写小说，他的一切都是诗。"这句话很有意思，又非常中肯。汪曾祺的小说、散文，都比较"空灵"，比较注重意境。这是外国文学所没有的。这完全是中国人的唐诗宋词式的情绪，而且有汉字的一种特别的美在里面。

像汪曾祺这样的作家往往是以少胜多，是白描。这里还要提一个作家，就是钟阿城。他的《棋王》《树王》《孩子王》，当时一出来，就产生了很大的反响。这三篇小说是非常中国式的，但是里面的精神又是全新的。

周新民："五四"以来，中国文学最重要的任务是把文学当作中国现代性追求的一种方式，文学创作往往受到某种先验观念的制约，也自觉不自觉地成为某种观念的传声筒。相比较而言，汪曾祺是一个独特的存在。汪曾祺的文学追求突出的一点是，他不是看重某种先验的观点，而是追求文学的审美特性。为此，他把文学语言提高到一个非常重要的高度。他曾说过："写小说就是写语言。"

苏北：我学习他们的写作方法，主要在锤炼语言上，其实那时我最大的苦恼是没有生活，或者说不能发现生活中的小说的因子。就在语言上做文章。我的朋友钱玉亮就批评我语言上疙疙瘩瘩的。就是写前一句话，后一句话和前面的不连。"离间"得太远。"离间"本来是一种方式，用好了会有很好的效果。但是太离谱了，就显得太干巴了。其实我这是在训练。我记得我受汪曾祺和阿城的影响，曾写过一篇小说叫《老人与小东西》，我就写我小时候钓鱼的经历，写一个老头和一个小孩两个人钓鱼，在池塘边的一点儿冲突，写了只有3000字。当时就用复写纸复写了四份，先后寄给南京的《青春》、四川的《青年文学》、上海的《萌芽》和北京的《丑小鸭》。反正那个时候人们称之为"四小名旦"吧。过了不久，这些稿子纷纷地又寄了回来，我见到这些刊物的信封，《萌芽》的，《青春》的，里面厚厚的，我就知道又寄回来了。里面夹一张退稿信，那个时候还退稿子。后来等了很久，就收到《丑小鸭》的一个信封，一点点儿薄，好像什么东西也没有。我就知道有好事了。我撕开来一看，里面写着这篇小说留用，要我提供一张照片和简历，准备第10期给发。当时真的高兴得不得了。我就从滁州坐汽车跑回天长，向文友王明义、钱玉亮他们汇报。果然1986年的第10期就发出来了，还有一个编辑评点。这就等于说我发了第一篇小说了。

周新民：最初你是以写小说开始走上文学创作之路的？你觉得你的小说里面

你最满意的是哪几篇？你觉得它们最大的特点是什么？

苏北：我的小说都还满意。主要是真诚。要说几篇，大致有中篇《秋雨一场接一场》，发在《上海文学》上的，《小说月报》也转过。后来刘醒龙兄在《芳草》上给我发了《恋爱》和《洗澡》。

我从来就是讲以少胜多。对我的这些小说，我没有悲哀过。你别看有的人写了几百万字，他的很多小说都是编的。他写的那些事情并没感动过自己，也不会感动读者。我虽然没有什么才华，写得也不多，但是我这个东西我相信它有生命力。我为什么相信它有生命力呢？我的这些细节是可靠的，是绝对可靠的。原来汪曾祺先生说过，他说："我从来不写自己不了解的生活。对自己不知道的，从来不以意为之。"莫言原来还讲过，他说他刚开始创作时，写过一个以大海为题材的故事，他那时根本没见过大海。他就查字典，找海里生物，海螺啊，鱼啊，虾啊，把这些词用进去，他就想象大海的样子。当然这是莫言早期的创作。

我的小说肯定是有些特点的。怎么说呢？我肯定不是以故事取胜的。我多是以情绪和感觉为主。第二个呢，我想，我的小说主要是写人的，里面并没有什么重大事件，也没有什么重大的冲突，我就那种淡淡的让你感觉到好像有什么东西好像又没有什么东西。你看我的两个短篇《洗澡》《恋爱》，就写那个孩子的感觉，写孩子成长过程中的一种忧伤啊，心理上的一些小波动啊。我觉得文学不是通过一种多么大的力量来拨动人心的，而是通过那种虫子在草叶上轻轻一落、一起飞这种细小的颤动，来颤动人的内心。还有就是语言要干净。我认为小说要有细节的力量。一切的一切，在于细节的力量。

周新民：这说明你的小说还是重情绪，重细节，不重视故事。这些特点和汪曾祺的小说很相似。

苏北：不重视故事，我也没有那个故事，我有故事也把它虚化了，实际上我是受到汪曾祺、沈从文和废名的影响。

周新民：从地域上来讲，你和汪曾祺都是高邮地区的人，你们作品里面肯定带有高邮地区的文化共性。

苏北："里下河作家群"中著名作家有汪曾祺和毕飞宇等。每个作家，他们当然风格各异。归纳他们的共性，我想，一个是他们写作带有很大的地域性，地域特点明显。第二是"里下河作家群"的作家们的艺术感觉都比较好。他们的小说、散文，包括其他文学种类，多不是以故事取胜，绝大部分是以文学感觉方面取胜。当然这个不是绝对的。因为这一群人，都或多或少、有意无意地受到过汪曾祺的影响。

　　说到汪曾祺的影响，可以讲是广泛而持久的。因为他上世纪80年代写了《受戒》和《大淖记事》之后，确实让人眼前一亮。小说还可以这样写？我现在手头还有上世纪80年代初的《人民文学》和《小说月报》。我前不久翻了翻，当时在头条发的都是何士光、古华，有的时候《人民文学》一年有两个头条是何士光的，除了《乡场上》，还有什么《种包谷的老人》等。但是呢，我在里面也翻到了几篇汪曾祺的小说，都是摆在三、四条的位置，都是在后面。文学就是这么残酷，三十年过去了，汪曾祺原来的这个《受戒》《大淖记事》，在书店里汪曾祺的作品的各种选本中都在，许多80、90，甚至00后，都知道汪曾祺的名字，知道他的小说《受戒》和《大淖记事》。汪曾祺就等于走进了现当代文学史中去了。文学就是这么一个奇怪的东西，但受过汪曾祺影响的这些人，其影响再往上追，这些人其实也受到过沈从文的影响。沈从文的作品量比汪曾祺要大得多。到1988年沈从文有一个文集，是四川文艺印的。我们可以看到他的《湘行散记》《湘西》，小说《边城》《柏子》《三三》《萧萧》，这些都能看得到了。沈从文的小说让人着迷。他所写的那些少男少女的纯洁，很迷人。汪曾祺后来在创作谈中说过，为什么写了《受戒》和《大淖记事》，《受戒》里面的小英子，《大淖记事》里面的巧云，这两个人物是怎么来的。他说在写的时候是没有感觉到的，但回头一想，是受到沈从文的三三、萧萧和翠翠的推动。为什么受到她们的推动呢？因为沈从文那时要编文集，汪先生就把沈先生所有作品都读了一遍，他是为沈从文做事，为他的老师做事。读完之后实际上他并没有想到其所读的作品会为他写《受戒》和《大淖记事》产生推动。中间放了有年吧，实际上是沉淀到心里去了，后来这个《受戒》和《大淖记事》就在他心里活了，他写的时候两个少女在他心中，但是他并没有觉得是受沈先生的影响。过后想想，大致是受了沈先生的这些少女形象的推动。这个心里面孕育的过程就是这么一个神奇的力量，所以我的一些小说，里面也写到很多少女，虽然着墨不多，有点恍恍惚惚的，但是这些形象是活的。有的时候一个着墨很少，篇幅并不多的形象，读者反容易记住。

　　记得汪先生曾在《人民日报》《大地》副刊写过一篇散文《吴大和尚和七拳

半》，写到一个卖草炉烧的吴大和尚，娶了一个年轻的老婆，这个吴大和尚经常深夜打老婆，原因是他的小媳妇"偷人"，终于有一天这个小媳妇跟人跑了。曹禺看到后非常感动，就给汪曾祺写信讲："我久久不能忘记这个小媳妇的形象。"这也是着墨不多，形象深刻的一个事例。

周新民：你最初发表的作品基本上是小说，你的小说也很有特点，也有很好的社会反响。你后来为何停止了小说创作，主要写散文了呢？

苏北：小说创作停了好多年，主要是感到没什么东西可写，也有可能与我到北京工作几年有关。在北京当记者，主要跑经济、金融，文学便越来越远了。刘醒龙原来对我说过大致这样的话：他更愿意写听来的故事，因为听来的更好发挥想象；而看到的，反局限了自己的想象力。而我却相反，我写的东西都是有根据的，我没有看到、感受到的，我无法下笔。在北京工作五年，主要做编辑和经济采访，那个时候离文学稍微远了点，但心中并没有丢掉文学，偶尔还在我们报纸的副刊上写一点，再后来我调到副刊部当主任，又开始写。我集中精力写散文大约是2000年，一个是我在报纸上开了专栏，必须写。刚开始多给省里的《新安晚报》《安徽商报》写，写了有几百篇，也给上海的《新民晚报》写。但是呢，我的散文不是专门给报纸写的。我的朋友许春樵说过，苏北虽然给报纸写散文，但他不是报纸散文。我自己知道的，我不是报纸散文，我是有风格追求的散文作家。这一点我自己非常清楚。再后来，写得多了，《文汇报》《羊城晚报》《今晚报》，全国许多著名报纸都写。同时，刊物也写得多了，《散文》《美文》《大家》也写得多了。原来以为《散文》这样的杂志是专门给孙犁、刘白羽啊这样的人开设的，没想到后来我也能写。这是过去做梦都做不到的。人的胆子就是慢慢变大的。《散文海外版》和《散文选刊》也开始选我的散文，这样在全国算是散开了，时间长了，你再说你不是散文家就有点矫情了。《散文海外版》还给我做过几次小辑，一次都是好几篇，影响很大的。它过去的主编甘以雯对我非常好，有一次还叫我到澳门参加澳门笔会，去了很多名家，张守仁、王充闾、韩小惠、郭文斌、徐怀谦，还有港澳台的作家们，等等。这样散文算是写出来，好像人家都知道有一个叫苏北的写散文。小说没有写出来，反而把散文写出来了。

周新民：你在北京的五年，因为是职业的原因，小说创作再也没有深入下去。因为和汪曾祺的接触，倒是在散文创作的道路上越走越远。这应该看作你文学创作道路上非常重要的一个转折。

苏北：我觉得写小说，靠编故事，我没有这个能力。写那种感觉、情绪是一阵一阵的，我给《芳草》写过两个短篇：《洗澡》《恋爱》。刚开始我只写一个《恋爱》，醒龙讲，《芳草》刚创刊，一个一万字的短篇力量不够。你再写一个，我为你发个小辑。后来我又写了一个《洗澡》，醒龙看了，说这个也不错，就发个小辑吧。年底的《小说月报》就将两篇全都转了。这两个小说后来还获了《小说月报》第十三届"百花奖入围作品"。

周新民：像《洗澡》《恋爱》这种小说，文体特点介于小说和散文之间，你觉得这散文和小说两种文体之间的差别在哪里？

苏北：别人说我的散文写得很怪。我鲁院有个同学，他看了我的散文，他说："苏北，我一看您的散文，就感觉跟别人的不一样，您写得好怪。"我说："第一，我是以写小说的方法写散文；第二，这是一个小说家的散文，当然这里面我很少抒情。"当然，还有一个将镜头推得远远的方式。这是一种文学的方式。文学的方式不是将镜头拉近，就是将镜头推远。反正眼跟前的是不行的，这样才能更具文学性。打个不恰当的比喻，这样才有一种隔岸观火的感觉。

我的散文似乎还有一个特点，就是通俗明白。有人以为通俗明白简单。其实它并不简单，这是一种训练过的简单。上海有评论家包括杨扬、王宏图，他们认为我是低姿态写作。是的，我同意这个说法。作为一个写作者，态度要诚恳，文字要诚实。这是基本的。你不要耍花腔，你一浅薄，读者就会揪住你的尾巴，别以为读者是傻瓜。

周新民：我觉得你抓住了文学创作的核心问题——"陌生化"。从根上讲，一个作家的文学创作水准如何，就看他陌生化的能力如何，要看他如何在芸芸众生熟悉的生活中，找到"陌生化"的路径。

苏北：对，陌生化，变形、夸张，抓其一点不及其余。不要面面俱到，局部夸张放大。这些都是基本方法。特别是你要看过加西亚·马尔克斯的小说，就会更有感受。我比较喜欢马尔克斯的两本书，一本是《百年孤独》，一本是《霍乱时期的爱情》，这两本书我都比较熟悉。他能把生活弄得那么神奇，你说在现实生活中找一块材料专门来写小说，那太巧了。不大可能有。真的写起来，你要把生活中的那么多的碎片组合起来。你读完之后，好像真感觉到有这样的生活，其实不大可能有，为什么我们相信？因为生活的可能性太多了。

周新民：的确如此，作家是要围绕"生活的可能性"来做文章。其实，我认为，所谓的"陌生化"就是要作家去充分发挥文学的想象力，找出种种"生活的可能性"。

苏北：对，你能把零碎的生活连接起来，成了一个整块的东西。就好像一棵树，这棵树不是地上长的树，完全是你虚构的。但你种下去之后，它血脉流通，就活了。你嫁接了生活，它活了，结果子。结桃子，结李子。所以在生活中，你能把这种神奇的，有文学意蕴的东西，把它们揉结在一起变成活的，这是一个非常了不起的事。

周新民：作为一名散文家，我觉得你最大的成就是以汪曾祺作为写作对象，创作了大量的优秀散文。你作为一个散文家，对汪曾祺的观察是带有一种情感的色彩的。也有很多学者写汪曾祺，不过，学者的研究有一种理性的思维，你在写汪曾祺的时候，或在研究汪曾祺的时候把握的是一种怎样的尺度和分寸？

苏北：哎呀，这个事情说来真是好玩，因为写汪曾祺的文章，最早汪曾祺在世的时候，我写过《关于汪曾祺的几个片段》，发在我们自己的《中国城乡金融报》上，我就拿着报纸给先生看了。汪曾祺去世后，报道也很多，回忆文章也很多。我就将《有关汪曾祺的几个片段》接着写，写了一万多字，给云南《大家》杂志，配了几张照片，就发出来了。这个刊物给苗振亚老师看到，他说："这个写得很好啊，有地方转载了吗？"我说："没有。"他觉得这个写得好，因为他这个人非常耿直，非常正派，他不会糊弄别人的。

人走了之后，你才会发现，汪先生对年轻人太好了。你想，我们与他非亲非故，一打电话就去，一敲门就去，我们又没有文学成就，只是汪先生觉得这两个小青年，人还比较干净，也比较纯粹。反正就是热爱文学的青年吧。

人是一旦失去了东西，才倍感珍惜。所以，汪先生走了，对他的感情就慢慢升温。后来我就又写了一点。写了之后，我就给一些比较好的报纸去发，这样越发越多。后来实际上汪先生产生这么大的社会力量，他的影响力肯定和许多现代作家是齐名的，像朱自清啊，郁达夫啊，张爱玲啊。所以他去世后，这种推动力量，姑且称之"汪迷"的推动力量吧，我是其中之一吧。因为我可能把全国的重要报纸都写遍了，就是关于汪曾祺的。

这样写了有近十年吧，陆陆续续的。写了大概有七八万字。有一次在北京，与我的好友顾建平聊天,我说,建平,我散文写了这么多年,也有点影响吧,你给出一本散文集。建平说,散文不好卖,你写了那么多汪曾祺的文章,都是东一篇西一篇的,你得有计划去写,人家出的是专著,你把它归归类,好好编辑一下,说着,他就找出一张纸,给我列提纲,编目录。建平的建议给了我很大的启发,回来我就把自己所写的文章进行梳理,梳理之后一看,发现自己写了六七万字,后来我又接着写,包括写《读〈受戒〉》《读〈大淖记事〉》。这些都是我有计划地去写了。这样写了有十万字。一次聚会,赵焰建议我给上海的一家出版社,发过去,很快就定下来了。这样就出版了写汪曾祺的第一本书,叫《一汪情深——回忆汪曾祺先生》。呵呵,这个书名,也是顾建平兄给起的。

这个书出来之后,影响就很好,许多人都知道有一个汪曾祺的粉丝叫苏北,有许多书评之类的东西,反正是弄得风生水起的。

又过了几年,在汪先生逝世十五周年之际,安徽文艺出版社决定重印,我又写了有四万字,将书名定为《忆·读汪曾祺》。这个书的影响是相当大的,还专门在北京中国现代文学馆开了一个"纪念汪曾祺先生逝世十五周年暨苏北新著《忆·读汪曾祺》研讨会",许多学者、专家参加了会议,这个研讨会十分成功,大家畅所欲言,非常尽兴。

周新民:在《忆·读汪曾祺》一书中,"忆"的部分主要是你与他的交往,就是我们常说的记人散文;"读"的部分,就是读文本。你觉得你读汪曾祺和其他人读汪曾祺,主要差别在哪里?你是"怎么"读的?你主要读什么?

苏北:这个我特别受汪先生的影响,他曾说,"评论家为什么总是写那种死板的文章,看看李健吾他们的评论写得多么好,当代评论家怎么就写不出来了呢?"他就写信给朱德熙(他的西南联大同学、语言学家)讲:"你们写的那些文章我看不下去,为什么李健吾他们写的那些文章那么有趣呢!"我的这些文字,既不是评论家的文字,因为我不搞评论,我写不出这样的文字,又不是理论研究。我只是一个作家的阅读笔记,或者是阅读感受。我自己总结为"一个作家对另一个作家的深情注视"。汪先生原来也说过:"我宁愿看一个作家写另一个作家,也不想看一个评论家写一个作家。"因为一个评论家写一个作家,他往往将其条分缕析地进行分析,一分析就弄得很干,而作家写作家,往往是写细节,写感觉,写阅读的这种感受,总体上一句话就是感性的,更容易读,更美,更容易让人接受。

周新民：《忆·读汪曾祺》系列散文，是很好的文化随笔，但不是文艺评论。

苏北：不属于文艺批评，应该归为散文随笔。我刚才讲了，是"一个人对另一个人的深情注视"，这里面的文字，更像是一种注视，文本里面带有更多的个性阅读的成分。这种分析往往对小说家很有用。实际上，一个文学青年，想要写小说，看这种东西，更有效。它是个通道，它比理论更有用，它是纯感性的。我对这本《忆·读汪曾祺》，还是有点信心的。也许哪一天，我离开了这个世界，也许过了若干年之后，人家翻看了这本书会重印，这是什么原因呢？因为这里面的文字是个性化的，不是随随便便要做就能做出来的。

周新民：《忆·读汪曾祺》系列纯粹是一个作家对另一个作家情绪上的一种感受，而不是对汪曾祺这个作家和他所创作的文学作品的理论归纳。

苏北：对。是情绪上的感受。这样一本书，它完全是无心插柳的结果。它是我创作的副产品。如今副产品成主产品了。人家都知道苏北是写汪曾祺的，原来我是汪曾祺的痴迷者，追求者，现在我又似乎成了汪曾祺的研究者。当然我这个研究，完全是私人化的，不带学术性的。

（载《芳草》2016 年第 5 期）

（苏
北）

　　学名陈立新（1962—），著名散文家，多年致力于汪曾祺研究，安徽天长人，毕业于北京大学。先后在《人民文学》《上海文学》《十月》《大家》《散文》《文汇报》和香港《大公报》、台湾《联合报》等发表作品一百五十多万字。作品入选多种选本。著有小说集《秘密花园》、散文集《城市的气味》《植点青绿在心田：苏北海外散文71篇》、随笔集《书犹如此》、回忆性著述《一汪情深：回忆汪曾祺先生》《忆·读汪曾祺》等。曾获第三届汪曾祺文学奖金奖、《小说月报》第12届百花奖入围作品等多种奖项。鲁迅文学院第26届高研班学员。中国作家协会会员。

第六辑

和合之美

我崇尚朴素喜爱自然

——对话叶弥

周新民：作为一个女作家，你是 29 岁才开始写作，是什么样的机缘，让你在恋爱、结婚、生子之后，走上写作道路的呢?

叶弥：实际上，我很小就开始写作了。因为母亲爱好文学的缘故，我四年级开始接触古典名著和当时风行的小说，陆续看了《红楼梦》《水浒》《西游记》《普希金文集》《海涅诗集》《金光大道》《艳阳天》等。我第一篇正式的文字是四年级写的，一首七绝诗，看长篇小说《海岛女民兵》有感。当然我不懂平仄，我人生中的第一首诗也就是一首打油诗。我那时候住在外公家里，我妈来看我，我就把这首诗郑重地送给她看，但是我的舅舅一口咬定我是抄来的，他没有任何证据，我妈还是相信了他，把我的诗扔了。前不久，我忍不住为这件事去责问我妈，我妈说，你舅舅说的呀。我舅舅是个木工，从小顽劣，一共上过三年学，从一年级上到三年级，花了六年时间。中国有句老话说，"旁观者清"，旁观的人总是比当事者更有发言权。

我发表的第一篇小说登在《苏州日报》上，是十九岁吧。我对写作从无忠诚之心，我很快就厌烦了写作，然后早早地嫁人生子。儿子六岁时，我是二十九岁，我这才突然发现自己是奔三的人，却一事无成。因为对未来的恐惧，我重新拿起笔开始写作。

先是写了两个短篇小说，《我们的秩序》和《我那失控的回忆》在《雨花》上发表。

紧接着写了中篇小说《成长如蜕》，是当时《雨花》主编姜琍敏老师给我转去的。在发表前，《钟山》当时的主编徐兆淮老师让我起个笔名，我原名叫周洁。徐老师说，全中国叫周洁的太多了。我就一个人在家里查字典，暗自说，翻到哪一页，就在哪一页找个字吧。随意一翻，看见这一页中有一个"弥"字，很喜欢，又把周改成我母亲的姓，因为觉得"叶"比较文艺，这就成了叶弥。

《钟山》给我发了头条，但当时我不知道什么叫头条。有一次我在路上碰到一位朋友，她对我说，你的《成长如蜕》发了头条。这是我第一次知道有"头条"这回事。我看书，从来不喜欢从第一页看起，一般是从中间往前或往后看，看的时候也是乱翻一气，看完了再把整个小说的故事完整地拼装起来。所以我从不认为第一页是重要的。我对此的认识是，不管你认为什么是重要的，什么是不重要的，不要作茧自缚。所谓的心灵自由，我们不必舍近求远，只需从自身的每一件小事做起。就是这样的小事，我想一生中也做不了多少。

周新民：你对文学的兴趣，应该与你的成长经历有些关联。你在一次访谈中提到童年随父母下放到苏北农村的经历，你说到"朴素"的重要性，你能谈谈为什么吗？这对你的生活和创作有什么影响呢？

叶弥：我一家下放时，父母把我的户口留在了苏州。1969年秋天，我父母和弟弟坐着船从苏州南门的码头出发时，我父亲突然在船上向送行的市领导发难，他要把我一起带到苏北乡下。当时来送行的一位姓华的市委副书记果断地用他的车，把我从外公家里接上船。我就是这样到苏北的。我总是和我父亲开玩笑，讲他不应该这么做。这样我也就不会在那个穷得吃不饱饭的地方待了八年。我母亲是带薪下放，我吃穿不愁，家里也有不少文学名著供我阅读，但在苏北乡下待久了，我不可避免地成了一个苏北丫头，头发染上了虱子，光着脚丫走路，一口脏话，会打架，会爬树爬房子。有一回，跟着小伙伴们一起去看一位陌生的县城女客，县城对我们来说，就是城里了，每逢有县城来人，全村老小都会涌去看城里人。看热闹的当口，有小女伴对我说，听她妈妈说，我也是城里人，是从苏州城里来的。我忽然就记起了苏州，想起曾经在大街小巷里的游逛，火车站、寺庙、商店……

话说回来，没有了那八年的生活，也许我不会写作，也许写作了也与现在不同。我喜欢笔下有农村的场景出现。我十四岁从苏北回苏州生活，十分想念苏北的小伙伴。有一次我在路上见到一位小姑娘，她长得挺像我的一位苏北小伙伴，我就跟在她后面走，跟了好长时间。我与苏州城市格格不入。我认为城市里的人远不如乡下人朴素实在。乡下也有弱肉强食，也有各式心计阴谋，但是乡里的好与坏都像水一样从容流淌，不像城里那么紧张和表面化，城里的意志是固态的。从容就有了朴素的空间。我不喜欢紧张，紧张的东西没有美感。我从小读到的中国古典小说，《红楼梦》《水浒》《西游记》……即使写紧张的事情，也是不露紧张的痕迹，不会声嘶力竭，不会直截了当。这个就是东方小说的美，从容的美。朴素是很难得的，朴素是做减法。我现在写小说，力求朴素的意境。我认为我大多数的小说都没有达到朴素的境界。以前在苏北乡下时，我家除了书，也没什么好东西，但是不知道怎么地，就觉得那段生活很充实。小时候经常一个人光了脚，在太阳底下或者月亮底下乱逛，从不觉得自己缺少什么。这种感觉就是朴素的。

周新民：你的许多小说语言非常古典雅致，这与你的故乡苏州这座城市非常相似，从你的小说中也能看出，你受苏吴文化影响较深，你能谈谈苏州和苏文化对你的创作有哪些影响吗？

叶弥：我六岁到苏北，十四岁才回苏州。回苏州以后一直不喜欢苏州人和苏州这个地方，后来甚至极端地认为苏州是一个消磨意志的地方，是一个只适合老年人待的城市。为此我又返回苏北，找了初中的苏北男同学结婚、生子。我自认为已经完成对苏州的背叛，但是我过了四十岁，重新开始审视苏州这个城市时，我发现我以前的认识是片面和表面的，在若干个年代，包括改革开放时期，苏州都站在时代的最前面，引领时代风尚，这不是偶然的现象。我只看到了这个城市的缺点，譬如沾沾自喜和津津乐道，我没有看到这个城市一直具有的变革精神和宽广胸怀。

我不知道我的小说是不是受吴文化影响，要说有，可能是一个地方的人天生带着一个地方的烙印吧。我四年级开始看书，到三十岁还没有看过真正的"吴文化"小说。后来看了陆文夫老师的小说，陆老师人称"陆苏州"，我觉得很喜欢他小说中的人物。大家都知道，《红楼梦》开卷就写了苏州的阊门，《红楼梦》里就有吴文化的气息，陆老师的小说师承这种气息。再后来我认识了周瘦鹃的女儿周全，在"周家花园"里，听她讲她父亲，讲她父亲在"文革"中的投井自杀，讲她父亲与同时代的一些苏州文人是怎么生活的。当年陆文夫在他们中间年纪最小，大家把钱放在一起，他管账，跟着他们吃喝玩乐。陆文夫的《美食家》里，有那段生活的影子。周瘦鹃是一位传统文人，当主编、写作、翻译、园艺，每样都做得很好，张爱玲的第一篇小说是周瘦鹃发现并刊登在自己的刊物上。他的"周家花园"，周恩来、叶剑英、陈毅多次来过。2003 年 8 月，在我父亲倡议和牵线搭桥下，香港周氏宗亲会和九江人民政府修葺了周敦颐墓园，鲁迅三兄弟和周瘦鹃作为周氏子嗣，照片一起挂进了濂溪祠堂。鲁迅有一阵子骂周瘦鹃骂得挺凶，两个人可能都想不到会挂在一起吧？虽说是一个祖宗，都是周敦颐的后代，但鲁迅是绍兴人，周瘦鹃是苏州人，性情不太一样：鲁迅激进、偏执、疾恶如仇；周瘦鹃忍让、温和、能进能退。鲁迅以悲壮形象面世，但生前的名声已如烈火烹油；周瘦鹃一生只求太平，却以惨烈至极的方式结束了自己的生命。人远去，园还在，他种的紫罗兰年年如常，花开花落。每年春天，我都会惦记他种的紫罗兰。

苏州人的"吃喝玩乐"含义挺深，包括审美、情趣、仁义、道德，它是一个大的体系。并不是像我年轻时那么认为的玩物丧志。

苏州这个城市出现过许多了不起的文人，"明四家"唐伯虎、沈周、文徵明、仇英，还有冯梦龙、范仲淹、金圣叹……吴文化的精髓不仅仅是表面的语言精致或行动的雅致，它代表着追求幸福和自由的精神。从这个层面看，我从小阅读的普希金的作品、海涅和雪莱的诗歌、《红楼梦》《水浒传》……它们都是一脉相承的。

周新民：你有许多小说很像自传，讲述了许多独居女性的生活，像《香炉山》《桃花渡》等。这些作品是否和你本人的生活有某些关系呢？你创作的灵感一般来源于什么？

叶弥：我的小说确实会让人产生自传的感觉，其实这是一个误解。首先我不是独居，我过着三口之家的小生活。我从幼年起经常寄住在别人家里，到一年级时才正式回到自己家里，所以我与父母亲不亲昵，我所有的事都不会告诉他们，我怀着儿子的时候，我妈见我腹部大了起来，才知道我结婚了。我结婚也不告诉家里人，把户口簿悄悄地拿出来，开了结婚证明了事。到《成长如蜕》发表的时候，我妈才惊讶地对我说："原来你也会写小说……"她年轻时就是一个疯狂的文学爱好者，她没想到她的身边就有人会写小说。因为以上这些缘故，我特别喜欢自己的小家庭生活。但同时我也认为，中国女性被家庭消耗很多力量，付出的比男性更多，所以我愿意我笔下的女性更有力量和独立性，这样她们就独居了。我不知道独居的女性是否更有力量，但是独居的女性确实会少了可以免去的世俗上的事务。

我所写的，取自于生活的皮毛，它成为小说的一刹那，就是一块脸盆大的地方成了有水的井。作家大都如此，小说的题材取自于生活的皮毛或思想的皮毛，灵感就是直觉，我们在选择某种题材时，依赖于我们的直觉，也就是灵感。我属于那种兴趣广泛、灵感泛滥的作家。我永远不愁缺少灵感，我愁的是灵感无法深入到思想层面，因为我只爱灵感带来的欢愉，不爱开掘思想带来的痛苦。就像人们喜欢恋爱的甜蜜，不喜欢结婚的烦恼。这里补充一句：我真正写成小说的灵感，只占灵感的很小比例。

周新民：你的小说中有很多古典文化的运用，例如唐雨林的侠者形象、古典园林秀园、《混沌年代》中的棋王、佛教文化中的寺庙等等，这些古典元素穿插于小说之中，让人有一种穿越回去的感觉，你是否对中国传统的古典文化有着深厚的兴趣和了解？在现代小说创作中运用这些古典文化所带来的独特审美，你是怎样看待的？

叶弥：现在，文学和影视都在回归中国传统文化，古典因素被大量使用。古典因素一直存在于我们的生活，尤其在苏州，园林和寺庙到处可见。任何行为都无法消除中国人对风花雪月的爱慕，对采菊东篱的向往。古典因素不仅是一种美学，同时还是一剂治疗焦虑和紧张的良药。文学艺术大量地使用它，是时代的必然，也是写作者本身的需要。但是我们不能仅仅靠古典因素治疗现代病，时间无法倒退，我们必须有发现现代生活美的眼睛，这样才能真正抵抗现代生活带来的种种弊端。

关于侠，苏州自古多剑客。我一直想写一个苏州古代的剑客。苏州自古多侠客，孙武、专诸、要离……春秋战国时期，苏州是当时铸剑技术最发达的地方，有干将莫邪夫妇。秦时有项羽带领八千子弟兵在吴中起义。《史记·项羽本纪》中记载"遂举吴中兵。使人收下县，得精兵八千人"。明末天启六年三月，苏州市民群起反抗魏忠贤阉党专权，有张溥《五人墓碑记》记之。顺治十八年，苏州有市民"抗粮哭庙"事件，金圣叹死于此事。

苏州这地方吴侬软语，产生了"百戏之祖"的昆曲，但同时这个地方也是血性之地，我母亲世代苏州人，我祖籍无锡，都在吴地范围内。吴人一方面追求风花雪月，一方面崇尚金戈铁马，这种矛盾的对立统一，给文学作品带来的特点是显而易见的。

周新民：你的小说中频繁出现宗教，不论是《天堂里的一座桥》《耶稣的圣光》《独自升起》中的基督教，还是《桃花渡》《亲人》等作品中的佛教，都有许多关于宗教的叙述，苏州自古"尚文""尚佛"，你对佛教文化的叙述我能理解，那么对于基督教，你是基于什么原因去书写的呢？我还注意到，你在小说中多次提到坐落于小岛上的寺庙，这种带有出世、隐居的空间安排，是由于你自身对佛教文化的独特理解，还是有其他想要表达的东西在里面呢？

叶弥：对于宗教的描绘，无非是人的因素。我母亲信佛，一个月吃十天素。我公婆是虔诚基督教徒，我写《现在》的时候，特意去他们家住了半个月，这半个月中，每天关门时，我就见到门后的十字架。我公公能讲述全部的"圣经"故事，他是一个传道者，是他那个县的基督教长老之一。他七十多岁时，还骑着助动车在乡里四处传教。他管理的小教堂，就在家边上，我在参观时，对这个小教堂由衷惊叹，墙上写着收支账目，从凳子到讲经台，一切都干净整洁，好像是得到了某种净化。我小时候在苏北，亲眼见到一位当地农民，因为信基督教而被批判，他不停地反抗批判者，他就是要戴上他的草帽，批判他的人不停地把他的帽子摘下扔到地上，他频频弯腰捡起戴到头上。帽子对他来说，不仅是一个装饰品，还是一项神圣的权利。这个关于帽子的含义，后来被我放到了中篇小说《文家的帽子》里面。他是我见过的最有反抗精神的人，我对此印象很深。我想他心中有上帝，才会如此坚强。

我曾经写过一个中篇小说《耶稣的圣光》，里面写到了基督教，我写的时候，年纪还轻，轻嘲浅讽，现在看来是不合适的。轻嘲浅讽给我带来写作上莫大的欢快，这种欢快总是诱惑我，使我不得深入小说的内部。

我很早就对宗教感兴趣，但我了解到的、我写到的都是皮毛。了解宗教便于了解自己，也会从中得到成长的营养。好的宗教确实给人安静的力量，九年前我搬到远离城市中心的地方居住，儿子在外地读书，丈夫在外地工作，我一个人住在一个从不开路灯的小区，小区里连我只有两家人，小区外面的路没有路灯，一到下午三点以后，就听不到人声了。因为没有路灯，我仿佛回到了童年在苏北的日子，夜里在土路上漫无目的地游走，路上的月光比灯光美多了，各种虫鸣，甚至能听见草在有意地动。走着走着，你会觉得自己的身体消失了，只有简单的意识存在，只有两条腿在动，那时候，你觉得自己就是一棵行走的草，你会觉得，人的自大，真是毫无意义的负担。你这样走着，就知道，万物平等，无喜无嗔。

因为靠近太湖，刮台风的日子里，仿佛屋子都在摇。我第一次碰上台风是在半夜里，我在睡梦中被狂风吹醒，起来开了灯，从城里带来的四只小猫都来敲门，原来它们和我一样，也害怕如此狂暴的大风大雨。开了门，它们都围着我，正好我枕边放着一部佛经，我就拿出来，既念给我听，也念给它们听。念上没几句，我的心，就神奇地安静了。

我写的很多内容，我都会遗忘。有些小说，写了以后，除了题目还记得，内容会忘得一干二净。小岛上的寺庙？我肯定是写过的，如果我多次提到，说明我有这方面的美学倾向。

如果真如你所说，我在小说中多次写到小岛上的寺庙，那么也许我有更深层的因素。我仔细地想一想，会想起一些往事。我第一次接触到宗教内容的是一个词：尼姑。说来话长，我全家下放到盐城阜宁县的乡下后，我母亲入乡随俗，很快投入到当地的主流的派系斗争中，并最终与对手打个平手。老人家多年以后，与我在苏州的小巷子里散步，回想当年，忍不住地说："与天斗，与地斗，与人斗，其乐无穷。"我即刻对她说："请你收回这句话。"老人家反应很快，重新说道："与天斗，与地斗，其乐无穷。"当时，她最主要的对手是当地最有权势的女人，人称"马师娘"，马师傅在县城工作，马师娘的家是长途车的车站，她售票，每次有汽车来停靠，她就拿一把大钥匙从外面打开车门，让人上下车。马家有三位如花似玉的女儿和两位俊俏的儿子。大女儿非但美，还有才，非但有才，还会折腾。恢复高考的第二年，她就把户口迁到了内蒙古，以内蒙古人民的身份考上了大学。毕业后到了省城南京，当上了省城一个权力部门的领导，副厅级干部，去年无端跳楼自杀了。噩耗传来，我除了震惊还是震惊。她曾经认真地对我说："你怎么不去当尼姑？"这是我第一次与宗教这么近。她那时候快二十岁了，我十岁出头。我对她的能干很羡慕，她能把四乡八邻都召集到小学校的操场上，点上煤油灯，跳芭蕾舞给大家看。没有任何人教她跳舞，但她就是有那么大的信心和热情跳。她跳舞的影子在煤油灯下晃来晃去，让我记忆犹新。可惜她的人生功亏一篑，从楼上跳下自杀，她该有多少无法放下的东西？一死百了，再也没人追究她的死因了。我的人生平淡无奇，喜欢许多东西，包括宗教，却是叶公好龙。

周新民：你的小说中有许多女性形象的转变，例如《猛虎》中女强男弱，再例如《幸存记》中男性被女性所包养，这类男女角色的转变有异于传统意义上的男女关系，对于男性与女性的关系，你是怎么看待的？

叶弥：现代男性与女性的关系，早已不再是传统上的约定俗成。特别在江浙沪这些发达地区，在这些引领时代风尚的地方，女性与男性至少是并驾齐驱的。在家庭中，女性握有更多的权力，也更有发言权，女性担负着塑造事物的责任。在社会上，女性也敢于呼风唤雨。要说妇女能顶半边天，要说妇女解放，江浙沪一带就是典范。但妇女的问题是，因为实则上还是一个男权社会，女性的张扬有时候是属于反抗范畴，是急需要挣脱桎梏。但妇女最终的解放是解放自己的内心，只有解放了内心，才能达到平静和平衡。我写男女角色的转变，也是属于反抗范畴。但平等的男女关系，不在于所谓的形式转变，而在于女性是否能最大限度地发挥自己在家庭和社会上的作用，男性不是用于反抗的，而是互相弥补不足，共同承担责任。当然我不反对女性在受到男性压迫时，发出的呼声和反抗。

周新民：你是一个热爱大自然的人，你不光自己种瓜种豆，还养了许多小动物，这种田园生活，让你的文字也充满了诗意，同时，在你的小说中，也出现了许多植物的意象表达，例如桃树、苹果树、枇杷树等等，在选取这些意象时，有什么特别的讲究吗？这些意象具有哪些特殊的意义吗？你想借助这些意象表达什么想法吗？

叶弥：坦诚地讲，我热爱动植物胜过热爱人类。世上的一切生物都有原罪，只在程度上有所不同。但人类最大的错误，也是与别类生物的区别在于无止境的贪婪。我觉得所有的草木都是美好的，因为它们的原罪少，不管写哪种植物，信手拈来，就是意象，这不是我的能力，这是造物主的功劳。

人类确实了不起，这也是造物主的功劳，不是人类沾沾自喜的理由。

我十年前开始收留一些流浪和被遗弃的动物，对动物的了解胜过对人间的了解。动物有喜怒哀乐，有它们的生存游戏规则。在很长一段时间内，我从它们身上学习，它们的内心有人类身上渐少的从容和淡定，有忠诚和感恩，有顽强，甚至有智慧。与它们相处，我得到愉悦，也有无法抹去的伤痛。四年前，我在离我家不远的路边，看到一条瘦弱的狗，趴在路边一动不动，它瘦得就是一堆骨头，而且是一堆脏污的骨头。我回家拿了食物去看它，把食物放在它旁边的灌木丛里，我转了一圈再走到灌木丛边时，我看到一条狗尾在灌木丛上高高扬起，快活地甩着。我走近了，看到果然是它，它有了一小堆食物，浑身焕发出奇特的精神。第二天，我把熬制的一大碗鸡油拌了米饭和骨头给它吃了，我再去看它时，它居然和狗朋友在一起玩耍了。在动物界，年老病弱的，都没有朋友玩的。我看见它与刚结交的朋友们厮闹玩耍，我忍不住热泪盈眶。从此它每天都在老地方等我，我也每天在早上五点半去给它喂食，因为它不愿意跟我回家，我对它一直提心吊胆。有一天下着倾盆大雨，我又病着，没有给它送食物，第二天一早，我到老地方找它时，不见它的踪影，我在路边的灌木丛里找到了它的尸体，它身上带着毒镖。它应该是拼死跑回了老地方躲起来，才没有让捉狗的人找到。

这种事情发生得很多，更惨的事情也有。有时候我觉得无法承受，但还是承受了下来。我过的是田园生活，但是我在田园之中伤痕累累，比在城市中还甚。

所幸人在进步。前几年，这个小镇上的公交车上还没有人给老年人让座，现在情况完全不同了。乡下人使用的语言也在变化，变得文明和温柔。我去年收留了一条惨遭车祸的小流浪狗，它在我住的镇子上被车撞了，我看到它时，一位当地女士正在施行救援。听她说，是一位行走路上的男士，把受伤的小狗从路中间设法放置到路旁，使小狗免于被碾死在路中间。这个就是人的文明，这在几年前是不可想象的。进步是明显的，但这里的富人大部分为富不仁，官员很多不为老百姓做事，这两大阶层要具备对社会的基本责任心，中国社会才会有良性循环。

植物看似没有那么多的苦难，它们好像也不可能进化到有大脑盛放喜怒哀乐。它们的死亡不会引起我们人类的伤感，它们平静地生老病死，默默地奉献。它们开花结果时，它们迎风飘扬时，它们静如磐石时……无一例外地会引起人类的歌颂。我说过了，这是造物主的功劳，人类只管欣赏。

周新民：你的小说中有几个虚构的地名频繁出现，如吴郭城、花码头镇等，许多故事都发生在这几个地方，你曾在《拈花桥》开头说道："屈指算来，我在花码头镇住了两年了。我已知道，这里不是桃花源。"那么它们对你而言，仅仅是一个空间背景，还是具有更加特殊的意义呢？

叶弥：我十几年前开始对吴地文化产生兴趣，然后为了便于在小说中容纳我所认识到的吴地文化，我虚构了一座吴郭城，并在这城市边配置了花码头镇、香炉山、拈花桥等等，这是我的小说地理。我觉得每个作家都有自己的小说地理，不管这个小说地理是虚构和非虚构，总是小说家的经验所在，里面容纳小说家所讲述的人和事，大到政治和文化，小到花鸟鱼虫。我不过是更清晰地使用了"小说地理"这个概念，但也更"着相"了，且不管这种方法有多少局限，清晰地划分归纳小说地理，让我有更多的耐心去挖掘某一种文化。

周新民：你谈到过女人天生适合写小说，因为女人是复杂的，也具有幻想力，能具体谈谈吗？

叶弥：男人和女人都复杂，都有幻想力，其程度因人而异。写小说容易，写出好小说难，这个无关乎幻想力。有了幻想力还得有执行力，有了执行力还得有正确的判断。大多数时候，世界难以捉摸，我们都在盲人摸象，对于真理有不倦的追求，对于文学有科学一样的探索精神，才是小说之道。

（载《芳草》2018 年第 1 期）

叶
弥

女，1964年出生，苏州人，祖籍无锡，现居苏州。1994年开始小说创作。获第六届"鲁迅文学奖"短篇小说奖。著有长篇小说《美哉少年》《风流图卷》。出版有中短篇小说集《成长如蜕》《粉红手册》《钱币的正反两面》《天鹅绒》《去吧，变成紫色》《桃花渡》《恨枇杷》《市民们》等。部分作品译至英、美、法、日本、俄罗斯、德、韩等国。

来自天籁的声音
——对话龙仁青

周新民：作家走上创作道路，都各有种种原因，请问龙仁青老师，有哪些原因促使你走上文学创作道路？

龙仁青：你的这个问题让我想起我在青海海南藏族自治州民族师范学校上学的时候，与我有师生之谊的端智嘉先生。他在我的生活中的出现，的确是影响我走上文学创作之路的最大缘由。那是在上世纪80年代中期，当时已经在藏族母语文坛声名鹊起的端智嘉先生忽然到我校任教。那时候，恰是改革开放的盛世时代，我国的文坛就像是百花遇到了阳光雨露一般，到处盛开和洋溢着文学之花的多彩和芬芳。那时候，端智嘉先生已经在许多的文学刊物上发表了自己的作品，还出版了自己的文学作品集。他的作品有原创，也有翻译。当时，他并没有给我所在的那个班授课，所以我总是逃课跑到他授课的班级去听课，因此也受到了学校的一些责罚。但至今想来，那是我在此生做出的一件最有益的事情，是冥冥之中的某种意志对我这个懵懂少年的一种指引。端智嘉先生是一位非常优秀的藏族作家，为藏族母语创作做出了巨大的贡献，有人称其为"藏族的鲁迅"。那时候，他是我和我们同学共同的偶像，正是由于受他的影响，在那段时间，我的同学中出现了许多文学爱好者，其中有许多人至今坚持文学创作，并取得了一些成绩。比如藏族导演万玛才旦先生，他的电影作品在国际上屡获大奖，而他的电影处女作，则是专门到先生的家乡青海尖扎取的景。这部电影获得大奖后，有记者采访问及选景的问题，他说他之所以在尖扎拍这部电影，是为了向把自己带到了文学艺术之路上的先生表达敬意。我后来翻译出版了端智嘉先生的小说作品集，我个人也认为，这是对他的一种报答或者一个汇报吧。至今活跃在藏族文坛上的德本加、扎巴、阿宁·扎西东主也是我的同班同学，当时，我们都是端智嘉先生的追随者。这三位后来先后获得了"骏马奖"。德本加先生一直在青海牧区基层从事教学工作，他创作的长篇小说《寂静的草原》是安多藏地的首部藏文长篇小说，扎巴先生如今是中央民大藏族现当代文学的博士生导师，扎西东主先生是有着"藏族的《人民文学》"之誉的藏文文学期刊《章恰尔》的常务副主编。端智嘉先生英年早逝，在他 32 岁，正当文学创造的盛产期时离开了人世，为藏族文坛留下了一个巨大的遗憾。我们依然走在他曾经挚爱的这条文学之路上，希望他在天之灵有知，看到我们取得的这些小小的成绩。

除此之外，我的父亲也是我走上文学创作道路的重要原因。我父亲在当地算是一个知识分子，他非常看重阅读，收藏了包括四大名著在内的许多书籍，还为我们订阅了许多报纸杂志，我家是我出生长大的那个小牧村里唯一订阅报纸杂志的，记得有《中国少年报》《青年文学》《连环画报》《辽宁青年》等，还有一份《飞碟探索》。我后来离开我出生的小牧村，到当时的公社小学去上学，那时候，我父亲也刚好成为公社农机站的临时聘用工人，有一间宿舍属于他，我便住在他的宿舍里，看了他收藏的《吕梁英雄传》《侍卫官杂记》等书。我在写一篇有关家乡的小文时，忽然意识到，我的父亲也是影响我走上文学创作道路的关键人物。我在之前的采访中，几乎没有提及这些，今天，向你提及这些，也表达一下我对很早就离开了我们的父亲的深深怀念和感恩之情。

周新民：你出生于青海湖畔铁卜加草原，谈谈你的童年和故乡青海吧。作家的故乡和童年生活对作家创作的影响也很大。

龙仁青：我正要谈及我的故乡，你就问到了这个问题，心有灵犀啊！我一直觉得我的故乡非同一般，虽然它偏远，小得只有七八户人家，但它并没有因此少了它的丰饶和厚重。我的故乡叫铁卜加，也是青海湖西岸一片草原的名字，有关这个地名的含义，大致有两种说法。据藏文史书《热贡族谱》记载，迭部（甘肃省甘南藏族自治州下辖县）地方的一名男子曾入赘到青海湖西岸的铁卜加地方，人们便将此男子以他的故乡"迭部"称之，他的子女和后裔形成的家族亦被后人称为迭部仓——意即迭部家的人。"迭部"一词，以环青海湖安多藏语发音，音近"铁卜"，这一发音逐渐转为"铁卜加"，地名由此形成。另一种说法则在民间广为流传：旧时，铁卜加一带经常有丝绸出土，而这种丝绸上有一种图案，就像是用人的拇指按上去的指印，而"铁卜加"则是"一百个大拇指的指印"之意。我对后一种说法深以为然，因为铁卜加的位置，恰好是古代南丝绸之路青海道的必经之地，也属于都兰吐蕃古墓葬群的边缘地带，我国古代少数民族政权吐谷浑王朝的核心地带也是在这里，历史久远。我很小的时候，就经常见到挂在茇茇草上随风飘摇的古代丝绸，这种丝绸被当地人称为"若辛"，意即裹尸布，不让我们小孩们动它，更不允许把它拿回家，认为会沾染上晦气。如此，每每在放羊的路上看到在风中飘摇的"若辛"，我们就像是看见了妖冶的鬼魅正在跳着引诱人们堕入不幸的舞蹈一样，心生恐惧，远远躲开。

离我出生的小牧村大概一公里左右，有一座古城遗址，是我们小时候最爱去玩儿的地方。这座古城在历史上有明确记载，叫伏俟城，是一个与我国许多重大历史事件有着交集的地方，是吐谷浑王朝的都城。

家乡的伏俟城，还是古丝绸之路上重要的枢纽和要冲。历史上，沿着河西走廊延伸的丝绸之路河西道在不断受到诸多地方割据政权的阻隔时，吐谷浑王朝却乘势开辟了青海道，并着力经营，使这条古道成为当时国际贸易的中心路线。

我就出生在这样一片草原，这样的一个小牧村，我想，在我身上自然而然地赋予上了它所拥有的丰饶和厚重，抑或说，它在文化上的丰饶和厚重，启迪了我的慧识，让我很早就与文字发生了关系。

故乡有着深厚浓郁的历史，随处可以看到历史留下的踪影：那些在茇茇草尖上随风飘摇的古丝绸，那些在古城遗址中俯首皆是的青色瓦砾等等。有一次，我和几个半大小孩在一起玩耍的时候，甚至还捡到了一只古代兵士的头盔，记得我们把它放在一个制高点上，用放牛羊用的尔日加（抛石器）瞄准，击打它，最后我们在其中一个小孩的带领下，口中高喊着"冲啊！"（从当时的黑白战争片中学来），每人怀抱一块大石头，冲上前去，几下就把它砸了个粉碎。后来我上了学，懵懂中了解到一些故乡的过往，所有这些，便成为我的一种好奇，有了好奇，就需要探究，而最初的探究便从阅读开始。记得我父亲曾经给我一本厚厚的《青海历史纪要》，我一遍遍地翻阅这本书，特别是这本书中有关茶马互市、绢马交易及伏俟城的记载，经常在脑子里遥想着故乡曾经的样子。因此，正如你所说，影响我最初与文学发生联系的就是我故乡的这些点点滴滴。

周新民：原来你的家乡有如此深厚悠久的历史文化传统，这对你的文学创作势必是有很大影响的。我还了解到，你曾先后从事广播、电视、报纸等媒体的新闻翻译（汉藏文）、记者、编辑、导演、制片等工作，你认为这种经历对你的创作有什么影响吗？

龙仁青：此前我一直在媒体工作。这个工作，让我可以比较深入地去感受和体察许多事情，比之普通人，记者这样的一个特殊身份，给我提供了走近一些人和事的更多可能性。单单从这一层面说，它对我的写作是有帮助的。我也发现，由记者而成为伟大的作家，这样的例子在世界文坛和我国文坛都不胜枚举。比如《老人与海》的海明威，比如《百年孤独》的加西亚·马尔克斯，还有比如我非常喜欢的美国籍犹太人作家艾·辛格等等，我也知道，在我国，作家孙犁、郭小川、金庸、张恨水等，也都有新闻记者的工作经历。记者工作，抑或说新闻工作，比之其他的工作，有着接触到社会各阶层各种生活的便利，所以，在获得素材、获得故事源这一点上，新闻工作对一个作家的成长是有着诸多的好处的。但是，媒体的工作很庞杂、琐碎，比如影视作品的摄制，是由团队共同完成的，独立的一个人不可能承担影视工作中的每一项工作，而写作恰好是"单打独斗"，这种完全不同的工作方式，塑造着不同的人格，也影响着一个人的视野、思想等，应该说，媒体工作可能有着一种宽泛的广度，而写作，需要一种向下的深度。最好的状态，可能便是这两者之间的完美结合吧——这又要求一个人要有足够的勤奋。

周新民：就你个人来说，你掌握着汉、藏两种语言和文字，这也是少数民族作家的一个特色和优势。那么，能否谈谈汉语写作和藏语写作两者间有何异同？你认为能够进行双语写作的作家是否会比单纯地掌握一门语言的作家拥有对语言更加敏锐的感知力？

龙仁青：不同的语种，代表着各自不同的文化背景，因此，用不同的语种写作，自然也各自不同。从五四运动开始的汉语白话写作如今已经非常成熟，使得汉语在以方言写作呈现地域文化特色上面，达到了相当的高度，这一点在贾平凹、金宇澄等作家的作品中就得到了充分的体现。而藏语写作，则可能更要注意行文的规范化——尽管也有许多母语作家在他们的作品中尝试着方言表达，但行文的规范化和安多、卫藏和康巴之间相互学习和彼此融通，才有可能完成不带地域观念的真正意义上的母语写作。藏文的学习，强调诗律学和辞藻学的传承，这也是藏文十明文化中极其重要的两门学科。几乎所有藏语母语作家，都得到了这些学科的滋养，从而使他们的作品呈现出了一种贯通古今的审美取向，那就是讲求作品语言在诗律和辞藻学方面的美学特点。

每一个语言都代表了一种文化，而不同的文化则是一个个不同的世界。掌握不同的语言，则像是掌握了一把可以在不同的世界自由穿梭，打开另一扇世界之门的钥匙。我甚至在一次访谈中开玩笑说，由于掌握了汉藏两种语言，我拥有了一种穿墙破壁的能力，让我在汉藏两种不同的文化间自由行走，如入无人之境，欣赏不同的烟火和风景。我也相信，语言是可以彼此滋润的，如果一个作家可以用两种语言文字写作，那么他就可以用一种文字的美好去滋润另一种文字。这一点，不用我多言，从五四时期，许多有过留洋经历，掌握着两种语言文字的作家作品中便可见一斑。

周新民：谈到你小说中的一些具体内容，我发现，你的作品里处处体现出一种人与自然和谐相处的情境，比如《光荣的草原》中人与动植物的心灵相通、《情歌手》中太阳与人的互动，这就使得大自然不再是简单的叙事背景，而是与人物的生命体验紧紧交融在一起。这种"万物有灵"的"神性思维"叙述方式是你的独创还是受到民族、宗教抑或是现代流派的某种启发？

龙仁青：许多批评家都提及我的小说中的这种"神性思维"，在他们提出这种观念之后，我才回头去阅读或回忆我的小说中的一些情景，我好像是恍然发现了我自己，发现我在不经意之间，在作品中用到了这样一种思维，这样一种叙事手法。这样一说，其实也就承认了我并没有受到任何文学流派的影响，因为我在小说中写下那样的语言的时候，我根本没有意识到它与某种文学流派有关。承认了这一点，那么是不是也就承认了另一种可能，那就是受到了民族、宗教的影响？

"万物有灵"是藏族民间普遍存在的一种认知世界的方式。记得小时候，在春夏季节，草原上多彩的野花竞相开放，一时间赤橙黄绿，就像是有人把彩虹打碎在了碧绿的草地上一样。出于孩童天生的好奇，总是要去采摘那些野花，大人们便会阻止我们，他们说，那是大地的头发，"如果有人也像你一样拔了你的头发，你不疼吗？"于是，我们便不再去采摘野花。这似乎只是一种习俗，但它的确与民族、宗教有关。或许，我这样的"神性思维"，就来自我曾经生活的地方，那里的点点滴滴。

评论家段怀清先生曾经为我写过一篇评论，题目是《当孤独成为一种审美》。小时候作为一个小牧童，的确体验过太多的孤独。在荒芜阔大的草原上，一个人放牧着牛羊的时候，与牛羊说话，与野花、鸟雀、蚂蚁说话，似乎也是自然而然的事。说穿了其实便是自言自语。自言自语，应该是每一个牧人的习惯吧，或许可以说是每一个孤独的牧人的一种疾病。我的作品，便是在不经意之中，暴露了我也患有这种疾病。

周新民：毫无疑问，"神性思维"成为你创作的一种很重要的思维模式。你生活在藏地，我想了解下你和宗教的遭遇。宗教是否对你的人生或是文学创作产生影响？

龙仁青：我出生于上世纪 60 年代中期，出生的地方的确是名副其实的"天高皇帝远"，但这并没有阻挡住那个年代的风吹到那里。记得我在四五岁的时候，我的父亲被从家里拉出去，在当时我们叫作仓库的一座平房前接受批斗，说他是保皇派。我至今记得当我看到父亲站在大家面前，他的头被几个人深深按下去的样子时的惊恐不安，那也是我第一次听到我的心跳撞击在我的耳膜上发出的咚咚声。我也记得，与保皇派相对应的，还有一个词，叫"八一八"，这些都是当时红卫兵的名字，这些词以汉语的发音势不可当地到达了我的故乡，把一群人分成了势不两立的两个部分，藏族牧民们并不明白这两个词的实际含义，但他们根深蒂固地记住了这些词汇的汉语发音。多年以后，我考上了县城的中学，我乘坐长途客车离开我的家乡到县城去上学，途中要路过一个叫"一五一"的地方。这个地方的命名，是因为这里离西宁的距离是 151 公里。我至今记得，在我乘坐的长途客车上，有一个年老的藏族牧民，他记不住他要去的地方的名字，但他依然记着那个红卫兵派别的名字，于是他告诉长途客车司机，他要去"八一八"！可见这个名字是那样顽固地盘踞在他的脑际！当时，客车司机即刻知道了牧民要去的地方，我至今记得他开着玩笑给牧人解释的情景。

我也记得我第一次见到唐卡的情景。那是我大概在上小学三年级的时候。一个牧户家偷偷藏在家里的佛教用品被人发现了，被没收后，展览在公社供销社前面的土台子上让大家观看，以此来批判这个牧户的顽固不化和死不改悔。我是在学校组织下和同学们一起去观看的，当我看到其中一幅唐卡时，那艳丽的色彩立刻震撼到了我。我记得当时是冬天，家乡的大地只剩下苍茫的灰黄色，而那幅唐卡却鲜亮无比，好像是一片灼灼燃烧着的彩虹，整个大地因为它的存在而显得汗颜，我的眼睛被那幅唐卡点燃了，我看到那幅唐卡上的女神那样妖娆多姿，在这灰黄色的冬天里坦然而一览无余地仰卧在那里，有一种招摇的样子，她让这个冬天显得灰头土脸，抬不起头来。

在你问我有没有宗教信仰的时候，我不厌其烦地说起这些往事，是想告诉你，在我的孩童时代，其实我并没有经历过宗教的仪式、活动什么的，而就在我慢慢长大，要离开我的故乡去县城上学的时候，适逢改革开放，宗教信仰政策全面开放，我的故乡几乎在一夜之间便发生了改变，小小的寺庙里重新有了僧侣，经幡飘摇在所有高一点的山头上，家家户户的房后都有了煨桑台，每一个老人都手持佛珠，那样稔熟地诵颂着佛经。我相信，我的故乡一直就氤氲在一片藏传佛教文化的氛围之中，只是在那些特殊年代，故乡从外在的形式上收敛了自己虔诚的样子，内心里却深深地掩藏着自己的信仰，那信仰便是一堆干柴，单等着一把火的点燃，一旦点燃，便会猎猎燃烧。而如今，它正在熊熊燃烧。每每回到故乡，看到这些，我就会想起第一次看到唐卡的情景，那幅唐卡曾经在瞬间让一个冬天灰飞烟灭。

我曾经说，赞美故乡，应当是文学的义务之一。我会一点点地写下我在故乡的这些过往。

周新民：我注意到你的小说经常运用"孩童视角"，比如《奥运消息》借小次洛的目光铺展开隐藏在背后的历史事件——奥运会，《遥远的大红枣》利用扎洛限知的所见所闻推测了可能存在于父辈中的爱恨情仇，这种视角使得某些重大的主题得以消隐，这是否是你的有意为之？

龙仁青：我写儿童生活的小说比较多，我曾经在几篇小说里塑造了一个叫次仁的小牧童，我甚至设想过以这样一个人物去写一系列儿童题材小说，《奥运消息》便是我设想中的这个系列小说中的一篇。这些小说中的次仁这一人物身上，有许多我自己孩提时代的影子。写这些小说的时候，我让自己的思绪回到我的童年时代，让这个叫次仁的小牧童在我的脑际活起来，让他指挥着我敲键盘的手，写下那些与我的童年有关的文字。我没有刻意运用"孩童视角"，也没有要去消隐重大题材的意思。我有时候也在想，我之所以能够这样去写小说，是因为我在某种程度上还保留了一些儿童思维，是一种不成熟的表现。

周新民：你的小说叙事节奏追求"慢"，如《牧人次洋的夏天》等。你在访谈录中也提到你个人的生活节奏也追求"慢"。你说你不会像其他作家那样每天一如坐禅、修行一般地面对写作，而是会选择去行走。能否谈谈这种追求"慢"的写作方式和生活方式于你而言意味着什么？

龙仁青：说一件事情吧。记得大概是北京奥运会不久，我去了一趟北京，鸟巢是自然要去看的。当我买了门票，守候在门外等着进去参观的时候，在我面前攒动的人头以及从这些人头上空飘浮而来的嘈杂的人声忽然让我感到了慌张不安。他们用各自的方言大声地说着什么，看上去心不在焉又焦虑不安。他们似乎对参观鸟巢之事毫不在意，但又是那样的急躁，甚至有些慌乱。我知道，这并不是我有所谓密集恐惧症，在我还是个牧童的时候，我经常蹲守在蚁巢前，看着忙乱的蚂蚁们在蚁巢里进进出出，一看就是很长时间。那时候，我喜欢忽然搬起静卧在草原上的一块石头，往往，石头下便会是一个蚂蚁的大家族，就在石头被搬离的瞬间，所有蚂蚁便开始行动，把它们忽然被裸露在光天化日之下的蚁卵迅速搬到安全的地方，它们看似忙乱，毫无章法，但就在很短的时间里，它们就完成了搬走蚁卵的工作，不大一会儿，就看不见一个蚁卵了。有一次，我的这一行为被我母亲发现，那一天，她狠狠揍了我一顿，她说，如果有人忽然拆了咱们的家，你不伤心吗？从此，我再也不去搬掉那些静卧在草原上的石头，但我依然迷恋地蹲守在蚁巢前，看它们的协同合作，看它们勤劳地忙乱。之所以说这件事情，一是，想证明我并没有密集恐惧症；二是，我从同样的忙乱里看到了不一样，我从蚂蚁身上看到的是一种从容不迫，而从人群身上，看到了一种浮躁不安。我是想说，我看到了快与慢的辩证法，其实，快与慢，并不是时间意义上的那种速度，而是一种心态，从容地面对，就是一种慢，浮躁地处置，就是快吧。只要从容了，不论是在现实中还是在文学里，四处都会是精彩的风景。

周新民：你说得很对，"慢"是一种人生态度。我发现，你早期的小说作品如《小青驴驮金子》等大都描写的是单纯的草原上的藏民族生活，和煦温暖中带着淡淡的忧伤，那是在工业时代来临下对草原原初的传统遭到破坏的担忧与无奈。而近期的小说创作如《巴桑寺的 C 大调》《咖啡与酸奶》《看书》和《鸟巢》等则开始有意识地将藏民族生活地域环境的描写从草原牧场向城镇都市转移，在探讨藏民族传统的民族文化心理的同时，亦开始探究在当代城镇化与都市化的进程中新藏民更具有时代感与当下都市感的文化心理。这种写作上的"转型"与时代同步的快速发展之间有什么必然的联系？

龙仁青：这个问题可能涉及什么是现实主义的问题吧。记得曾经与 70 后作家徐则臣有过一次对谈，他是我的小说《一双泥靴的婚礼》的责任编辑。在与他对谈时，他特别提到了这篇小说，他认为这篇小说有一种怀旧的叙事口吻，也就是您所说的那种对业已失去的东西抱有一种不甘的心态。则臣认为，这种对田园牧歌似的以往的过度渲染，是对现实生活的一种疏离。我承认他的说法，也一直在思索这个问题，那就是，如何使作品直面现实，不去有意遮蔽现实中的真实存在，不去营造出一种虚幻的现实。我是一个摄影爱好者，也经常到草原牧场去采风、摄影，每每面对自然山水，为了追求画面的唯美，就会有意躲开一些东西，比如空中横七竖八的电线、地上的水泥或者钢铁的电线杆，以及一些现代化的建筑等等。问题是，这些东西的存在已经是一种现实，它们之所以存在，是因为当今牧民的生活已经离不开它们了，各种家用电器已经是牧民们最日常的需要。因此，就草原牧场来说，它们已经与自然山水浑然一体，共同构成了现代化畜牧业的一种情状。加上我国城镇化建设的大踏步发展，城市与乡村、牧场的差距正在逐渐缩小，一个具有这个时代特色的新的草原牧场已经呈现在我们面前。作为一个写作者，就要去描写我们所看到的火热与挣扎、欢乐与痛苦。从这个意义上说，我并没有转移我要描写的地域环境，我的笔触依然在描摹我所熟悉的草原牧场。正如你所说，我只是看到了这片地域与这个时代的必然联系。

周新民：你曾经说过："就创作而言，我始终感谢生活对我的特别赐赠，不论是草原还是城市，生活以它的丰富性和不断的变化，昭示我真诚面对生活，并写好自己的东西。我越来越欣喜地看到我的写作可能会展示出的一种可能性，这种可能性，不会受到我的族属的影响，我也不会站在任何一种族属的观念上去看待问题。"我对这种超越族属观念进行文学创作的可能性很感兴趣，能不能就此点展开更详细的阐释？

龙仁青：我在青海生活、写作。说起我的故乡青海，它的地理位置和地域文化特色却显得有些模棱两可，令人尴尬——在人们的印象里，它是边疆，但从中国地图去看，它几乎处在中心的位置；在人们的印象里，它是少数民族地区，但它是一个省，而不是自治区。

青海是黄土高原与青藏高原的过渡带，是农耕文明与游牧文化的交界地，是外流区域与内流区域、季风区与非季风区的分界线，这里因此民族众多，文化多元，它几乎囊括了与它接壤的所有地区的文化特色，也因为恰恰是这个原因，过多的特色却让它显得毫无特色。就拿它的省会城市西宁来说，这座城市生活着 35 个民族的人群，早在汉代时，这里已经开始了大规模的农耕生产，这里曾经是一座叫作青唐城的吐蕃政权的所在地，藏族先民唃厮啰的后裔们依然生活在这里，这里也聚集着众多的穆斯林，他们居住在城东区的东关大街一带，几乎占了这座城市的四分之一，这里还有土族、撒拉族等青海独有民族。但是，西宁至今没有一座地标性的建筑——建筑作为用外在形象呈现一个地区特色文化的存在，西宁却没有任何鲜明的文化去用建筑来体现。这种地理位置和地域文化上的尴尬，也体现在青海作家以及他们的作品之中——在青海周边的西藏、宁夏、新疆等自治区，以及甘肃、陕西等省份，几乎都有自己相对单一而又特色显著的文化，比如西藏的藏文化、宁夏的伊斯兰文化、甘肃与陕西的农耕文化等，这种显著的民族地域文化的滋养，让这些地区拥有了从各自文化中成长起来的作家，而这些作家的身上，在他们的作品中，明显沾染着他们各自的文化色彩，比如，陈忠实、贾平凹、扎西达娃、次仁罗布、石舒清、李进祥等，他们和他们的作品就这样带着各自民族地域文化给他们的滋养，在中国文坛上树起了他们自己的形象。而青海的作家，却很尴尬，他们面对的是一个庞大的多元文化体系。

其实，青海的文化特色应当就是多元，这就要求青海的写作者们要博学，要站在一个高度上，以一种客观、理解、包容、欣赏的眼光去看待自己身边的任何一种文化，剔除偏执和文化中心主义立场，融会贯通，兼容并蓄，去描写包罗万象、丰富多彩的青海文学。

周新民：继阿来的《尘埃落定》获得第五届茅盾文学奖之后，一批努力探索小说艺术的藏族作家奋力笔耕，次仁罗布的短篇小说《放生羊》获鲁迅文学奖，江洋才让的《康巴方式》和四川作家尹向东描写康定草原的小说异军突起，在以汉语写作为主的当代文坛中绽放出一片又一片的硕果。你如何看待这一现象？

龙仁青：比起藏族作家的汉语写作，我似乎更关注或者说在意藏族作家们的母语写作。这可能与我刚刚开始进入文学写作的时候，便是用藏文写作有关。面对这个问题，我忽然发现，你罗列的这些作家恰好涵盖了藏族三大方言区，抑或说藏族三大文化区，从这一点去看，藏族作家的异军突起，也体现在不同区域作家们的共同努力上。近年来，康巴地区的作家们很活跃，他们以他们大量的作品以及作品所体现出来的上乘的质量，造就出了一个"康巴作家群"。这一现象已经引起整个文坛以及评论界的关注。其实，在藏地，在三大方言区的卫藏和安多，一批有着本土地域特色的创作队伍也在成长壮大。以西藏为例，近年来，西藏的母语写作异军突起——再次借用一下这个成语——创作成果丰硕，就我所知，近两年来，西藏母语作家创作的长篇小说就不下十部，其中多部长篇小说一经出版，就引起了藏族母语文坛以及读者的强烈反响。而以青海为主的安多，却涌现出了一批汉藏双语写作的作家，这些作家不仅在写作上取得了令人瞩目的成绩，比如梅卓的长篇小说与诗歌创作，以及万玛才旦、拉先加的短篇小说创作等，他们的汉藏、藏汉翻译方面更是成就斐然。就我所知，2013 年以来，青海民族文学翻译协会就组织翻译了不少于 20 部的母语作家作品，并完成了由中国作家协会主持的中国少数民族文学翻译工程"汉译民"项目约 800 万字的现当代文学作品的翻译工作。

周新民：你是迄今为止我访谈的第一位藏地作家。我想请你谈谈你眼中的藏族作家的写作。

龙仁青：那我就谈谈现当代藏族母语作家们的写作吧。藏族母语作家，因为缺少发表、推广、介绍的渠道，他们往往不为人知。虽然如此，他们和他们的作品所折射出的光芒依然耀眼夺目。新世纪初，在藏族母语文坛涌现出一个诗歌写作群体，他们自称是"第三代诗人"，这个群体比较庞大，涉及安多、卫藏和康巴地区，其中的代表人物有嘎代才让、嘉布青·德卓、日·岗林、赤·桑华、达·赞布、马克·尖参等，他们有着明确的诗歌主张，他们的书写从藏族传统诗歌的母体中离析而出，在西方诗歌和当代汉语诗歌创作的影响下，在形式和意义上进行探寻、开拓和展延。他们的诗歌不再是对群体意识的强调，而是在个人体验的前提下凸显个性，有着张扬自我、回归内心的个体意识的追求。在他们身上，体现了向上、有为、探索等精神，他们是值得关注的一群诗人。我曾经参与过藏族女诗人诗选的翻译。藏族女性，在藏民族特殊的文化语境中，有着特殊的地位，在旧时代，她们很少有受教育的权利，因此，在这个时代她们站立在文学写作的前沿，以诗歌的名义发声，她们同样是值得关注的群体。这个群体，有华毛、梅朵吉、德吉卓玛、白玛措等女诗人。

我在这里也谈谈我对藏族母语文学作品阅读的一点感受吧。我说过，端智嘉先生被誉为"藏族的鲁迅"，但他写作的年代开始于中国改革开放初期，如果这一说法成立，那么，在某种程度上，藏族现当代文学与开始于五四运动时期的中国现当代文学相比，发展滞后了几十年。这样的一个巨大的时间断层，表现在具体的文学创作和文学作品上，一是显露出藏族母语文学的创作手法还过于单一、作品内涵也尚待开掘等问题，但这也使得藏族母语创作有了一个比之汉语文学更为开阔的挖潜空间，比之"五四"时期的汉语现当代文学，在发展速度和丰富性上也更快更好，许多藏族母语作家的创作，完全可以与同时代汉语作家比肩，甚至有所超越。近年来，英国、法国、日本、意大利等国家直接从藏语原文翻译出版了大量藏族母语作家的作品，比如万玛才旦、拉先加、次仁顿珠等作家的作品。大部分作品一经出版就引起当地文学评论界的高度重视，许多评论家还特地撰写了批评文章发表在一些具有影响力的批评刊物上，日本、法国等还专门邀请藏族母语作家前往该国举办作品研讨会和作家对谈，读者踊跃参加，气氛热烈，这些具体事例，也证明了藏族现当代母语创作所体现出的力量。

藏族现当代文学在整个中国文学中的独特之处，应该是异质性，这种异质性体现在比之汉地的文学更加浓郁的"中国元素"上，许多汉地作家的小说，如果把其中的地名、人名置换成西方或国外的任何一个地方都是成立的，这恰好是因为"中国元素"的缺席。而藏族作家的作品，立足于青藏高原上浓郁的藏文化背景之上，作品所呈现的地域文化、塑造的人物都有着不可置换的特质，以一种异域风情和民族特色，体现了藏族文学的"中国精神"。

周新民：听说你正在准备一部长篇小说的写作，为什么突然从短篇转入长篇？可以大概谈谈这部小说的构思和设想吗？或者是对于自己未来的写作有什么更长远的规划？

龙仁青：说来惭愧，写作至今，还没有完成一部长篇小说。所以也不是突然从短篇创作转入了长篇小说，而是一直有这样一个愿望，也不是说，从此就停止短篇小说的写作了。这部长篇小说，是我在故乡走访时的一个偶得，是一个我非常喜欢的故事，这个故事从年代上跨过了青海民国初期的洋人传教、青海民族地区和平解放、马步芳投诚部队参加抗美援朝、"文革"、改革开放等历史事件，从民族上几乎包容了青海主要民族，是一个基于多元文化之上的故事。我想尽我的能力，完成我的第一部长篇。

对于今后的写作，我想我会顺其自然，当然，我说顺其自然，并没有随它去的意思，顺其自然，更多的意思是努力去做，不看成果。这就是我的文学写作规划吧。

（载《芳草》2018 年第 2 期）

龙仁青

　　小说家、翻译家。中国作协会员、青海省作协副主席、青海省《格萨尔》工作专家委员会委员、青海省民族文学翻译协会副会长兼秘书长。1990年开始文学创作及翻译。先后在《人民文学》《中国作家》《民族文学》《芳草》《章恰尔》等汉藏文报刊发表原创、翻译作品，多次入选《小说选刊》《小说月报》《中华文学选刊》《中国短篇小说年选》《中国短篇小说年度佳作》《中国短篇小说经典》等。创作出版有"龙仁青藏地文典"（三卷本）等；翻译出版有《当代藏族母语作家代表作选译》《火焰与词语》及《格萨尔》史诗部本《敦氏预言授记》等。作品曾获中国汉语文学"女评委"大奖等，入围第五届鲁迅文学奖终评。

写作是为了唤醒温暖与悲悯

——对话次仁罗布

周新民：次仁罗布先生，您好！记得在拉萨会面时，我就对您的创作很有兴趣。由于时间关系，那次我们没有深入交流。首先，我想知道，您是如何走上文学创作的道路？

次仁罗布：感谢周新民教授对我的这次访谈。可能每个人跟文学的缘起，会有万千的差别。从我个人来讲，我上中学的时候正好是上世纪的 70 年代末期，那时没有什么娱乐，闲暇时间就喜欢偷偷地读一些《三国演义》的绘画本，有些是没有封皮，缺了页码的。之后，从亲戚家借到了《敌后武工队》《林海雪原》等，这些就是我跟文学作品的第一次接触。当时，读这些小说就像看电影一样，在我脑子里映现出了许多个画面。上中学时在西藏实行的是双语教学，我们既学藏语，也要学汉语。记得小学五年级时我们还在学汉语拼音。从这点也可以证明那时我的汉语水平有多糟糕。但是这种阅读，确实让我比同龄人多掌握了很多的词汇，以至写出来的作文经常得到汉语老师的表扬。

真正让我走上文学创作的道路，却是在 2005 年。在这之前，我在西藏大学读藏文文学专业时，19 世纪英国浪漫主义诗人雪莱、拜伦、济慈等人的作品，对我触动很大。他们的诗歌富有音乐感，想象瑰丽奇特，对爱情的独特体验和感悟，让我产生了共鸣，促使我萌生了写诗的冲动。从那时起我就试着写了一些诗，可那是一种模仿，是一种对精神的慰藉的寻找，不能算是文学创作。

大学毕业参加工作，偶尔也会写一些短的藏汉文诗歌、小说，那纯粹就是一种情感的倾诉和宣泄，对于小说创作什么都不懂，单纯地就是在写一个故事。所以，我说 2005 年起才是我文学创作的开始。这里要说明一点的是，2004 年西藏作家协会派我到北京，参加鲁迅文学院第四届少数民族高研班。那次的学习，我受益良多。不仅学到了小说创作的基础知识，也懂得了文学创作的意义和作者的责任与使命。2005 年年底，我从《西藏日报》社被调到了西藏自治区文联，从事《西藏文学》的编辑工作，从那时起我走上了文学创作的道路，并把它当成了自己的事业。

　　周新民：您正式发表的第一篇作品名叫什么？主要内容是什么？

　　次仁罗布：在文学期刊上发表的第一篇作品是诗歌《颂夜》，那是 1986 年《西藏文学》第 5 期上表的。当时我临近大学毕业，个人情感和个人前途都是未知的，所以在那种状态下学着济慈的《夜莺颂》，写下了这首诗。当时试图通过对夜的赞颂，将自己感情上的很多不确定性和担忧及希望表达出去。现在读起来有点"少年不识愁滋味，为赋新词强说愁"的意味。

　　周新民：您创作初期的作品，比如《罗孜的船夫》《朝圣者》《秋夜》等，着重于对自己族人生命的理解和体验，描写普通的藏族人在社会发展变迁中世俗的愿望和悲伤。作品带有温和、善良、悲悯的感情色彩。这种风格应该和您的创作主张相联系。您刚从事文学创作的那段时间里，是否希望通过自己的叙述，能为生活困顿的同胞们寻求到心灵的慰藉，获得生活的希望？

　　次仁罗布：1986 年，我大学毕业被分配到了西藏昌都地区，在昌都县中学教了两年的藏文。假期里每次回拉萨，要坐好几天的车子。有时由于道路塌方、大雪封山等，必须绕道成都，再坐飞机回拉萨。这些经历，使我有幸走过了很多的藏地，一路看到了很多的朝圣者，不同地域藏地的朝圣者是有些微差别的，这些印象给了我很深的触动。比如，从昌都到成都，一路要经过很多的康巴地区，江达、德格、炉霍、道孚、甘孜，这一路民风彪悍、豪爽。很多时候都是在广袤的草原和丛山中行进，一路看到的是牧民和牛。那边的建筑又跟拉萨的截然不一样，还能看到破损的碉楼。要是从昌都顺着八宿、然乌、林芝走又是另外一番景色。这一路山清水秀，湖泊碧绿，仿佛到了江南小镇一般。从昌都出行，经类乌齐、丁青、那曲、羊八井，更多的是在空茫的草原上飞奔。小说《朝圣者》就写的是昌都经林芝去拉萨朝佛的几个康巴人的故事。《传说在延续》讲的就是康巴地区一个退学的小孩，突然被认定为转世活佛，在山洞里闭关禅定，最后能预知前世来生，他给同学"我"讲述几世前我俩作为兄弟的故事。《秋夜》讲的就是林芝波密一个小镇里一个男人的故事。我写出的这几篇作品，都是自己那时目睹过的事情，过了几年之后它们依然挥之不去，于是就用文字叙写了下来。

在创作时，自己没有考虑过给他们什么希望或未来，只是用细节呈现现代文明进入西藏偏远山村后，给他们带来的冲击和他们生存状况发生的变化，包括物质和精神的。在这就以《秋夜》为例吧，最初坐车经过那个小镇的时候，在那里经营商店、饭馆和修车店的都是从内地来的。当地藏族人还是以传统的耕种和养牲畜来度日。只是短短的几年之后，很多当地人也开始开餐馆、商店，跑运输，人们的思想观念发生了深刻的变化。以往只要是经商的，大伙都认为是搞些"歪门邪道、坑蒙拐骗"的，但很短的时间这种观念给得到了纠正。就如小说里的主人公次塔，他因为贫穷，媳妇跟着跑车的司机走了。后来他到农场当伐木工，辛苦攒钱。几年后，他用积攒的钱在镇子里开商店、酒馆，成为致富能手，还娶了个离异的女人做老婆。为了获得更大的收益，次塔离开镇子到拉萨去做生意，好几年都很少回家。他的妻子只能在小镇里苦苦等待。现代文明对西藏的冲击不光光是改变了观念，同时对传统的价值观、生活方式、环境都带来了巨大的冲击。那时，我对小说的认识很肤浅，认为讲好一个故事，就是篇好的小说。在创作过程中更多的精力投入到了小说细节的铺陈上，精神层面的思考还是很欠缺的。

要是小说中含有悲悯或善良这些元素的话，可能是我受到传统藏族文学的影响，我在不经意间把这种固有的情怀，融入进了自己的文字当中。

周新民：说到传统藏族文学，您认为有哪些弥足珍贵的价值值得传承？

次仁罗布：传统藏族文学经过几千年的发展，文学的体裁种类繁多，作品数量也极其浩瀚，有神话传说、翻译文学、传记、历史文学、诗歌、寓言、格言、小说、史诗、戏剧等，其中藏族人的《格萨尔》是全世界最长的史诗。《仓央嘉措道歌》近十年里在国内外也是引起了热烈的追捧，还有《米拉日巴传》《旬努达梅》《噶伦传》等优秀的文学作品。传统藏族文学大多关注的是心灵的塑造，以及使人向善的引导，我想这就是传统藏族文学给我们留下的最大财富。以《米拉日巴传》为例，故事中当年富有家庭的公子，因父亲的去世，家产被叔叔和姑姑强占，一家过着艰难的生活。为了复仇，母亲让他去学咒，米拉施咒夺去了叔叔的儿子和媳妇，以及很多人的生命。在此之后他就为自己的罪孽忏悔，开始了漫长的赎罪。还有《朗萨雯波》讲的是一个年轻的姑娘，被当地的酋长强迫，嫁给自己的儿子做媳妇。朗萨嫁到酋长家后，姑姑嫉妒她的才能和善良，挑拨夫妻和公公的关系，以致使她受到不公的待遇。朗萨姑娘忍辱负重，最后看破红尘，皈依佛门。这些作品的宗教意味很浓，给读者指出这人世间的无常，包括作为一个人应以怎样的心态去迎接这些未知将来，进而让人懂得要做一个有底线、有坚守的人。

传统藏族文学还有一个特点，就是藏文词汇的丰富性、准确性、简洁性，以及具有张力和优美的韵味。藏族人平时对长辈、老师都是讲敬语，对同辈和晚辈就可以按平常的话来交流。藏语的词汇量大得惊人，光太阳都有几十个别名，"野生动物"等词几百年前就在西藏地方政府的公文里使用。更让我们惊异的是，祖祖辈辈待在山沟里的格萨尔说唱艺人，绝大部分都是文盲，但他们说唱的《格萨尔王》被录音再整理成文字时，语言的那种华丽、精到、奇美，是我穷尽一生都达不到那般境地。有如得到了文字的般若一般，浑然天成。这些都是藏族作家需要传承和学习的地方。

周新民：到了 2000 年之后，可以说是从小说《焚》开始，我感觉您创作的立足点发生了变化，温和悲悯的色调减弱，感情基调开始变得复杂。之后的《尘网》《前方有人等她》等作品，您直接书写了人的欲望心理，有对物质上的强烈追求，也有浓重的情欲，比如《焚》中的女主人公维色、《尘网》中设计抢走女儿心上人的母亲达嘎。能否谈谈您在创作上的这种转变？

次仁罗布：确实如您所发现的。写这几篇小说时，整个社会都在追求利益，追求财富，并以财富的多少来评定一个人的成功与否。而财富和权力带给人的是更大的欲望，欲望又给人带来了无尽的烦恼和痛苦。这样的生存状况和社会现实，使我周围的很多人都发生了深刻的变化。是固守原有的淡泊和知足，还是迎合时代的进步，疯狂地追求物质财富和欲望，成了我们必须要面对的问题。但那时我是没有答案的。因为追求美好的生活是每个人拥有的权利，但我认为无底线的追求只能伤害自己也伤害了别人，是在把自己的福运过度地透支。因此我在创作时，把《焚》中的维色，《前方有人等她》中的夏辜老太太的儿子，作为这样的例子呈现给读者，是希望人应该有道德的底线，而不是让欲望把人给支配着。

当整个社会都在倡导物质利益时，人就抛弃道义，忽视因果，遗忘孝道了，所以我希望塑造夏辜老太太和她的丈夫顿丹那样的人，既谦卑、淳朴、诚实、仁厚，又能坚守自己的信仰。这种人虽然很平凡，但我觉得他们是有伟大人格的人。

周新民：虽然描写了诸多人性的欲望，但您在故事的结尾，往往都留下了温情的一笔。《尘网》中跛子在临去世前感受到的是世间的爱，认为有了爱一切都不用惧怕；《前方有人等她》夏辜老太太在临终前回忆自己与丈夫过去的生活，他们善良、诚实、仁慈、温顺的美好品德照亮了曾经艰苦的日子，这才是夏辜老太太切切实实感受到的幸福。在您的文学价值观里，是否不论触及什么题材，爱和善是您一直贯穿的写作基点？

次仁罗布：我想文学应该给人温暖，给人希望。

藏族的传统文化和世俗生活中都是劝导人要做一个纯粹的人，做一个善良的人，经常有人会言说因果报应。受到这样的传统文化和生活环境的影响，使我对爱和善情有独钟，也确信只有对他人付出爱，自己的心情才能愉悦和快乐。西藏著名宗教人士宗喀巴大师曾说过："心善道路自然宽，心黑道路自然窄，一切皆有心来定。"在藏族传统文学作品中，把无私的爱的施与大加礼赞，在藏传佛教里更是把这种爱提高到了菩提心。

我想文学作品里应该提倡爱和善，这是人类共有的情感，这种情感不会因肤色、语言、地域而受到阻隔，爱和善是人类应有的品质。人们在阅读国外的优秀作品时，感受到作品中传达的诸如对亲人的爱、对故乡的爱、对祖国的爱而感动或流泪，这份情感拨动着我们内心深处最柔软的琴弦，使我们与之共鸣。

周新民：在我看来，您不仅仅接受了藏族文学传统的影响，也深受国外优秀文学的熏陶。您可否举例说明最新欢的外国文学作品有哪些？它们给了您什么样的启迪？

次仁罗布：这些年里我读了不少的国外优秀作家的作品。但个人的成长经历、生活环境、教育经历导致我对有些作品能产生强烈的共鸣，有些却在心头激不起涟漪。在这些外国的优秀作品里我最推崇的有海明威、福克纳、鲁尔福、川端康成、奈保尔等人的作品。海明威的《老人与海》给我的影响不仅是那永不言败的精神，更有那人之为人的坚韧、执着；从文学性上来说，这部作品从简洁的文字到寓言式的故事架构，包括准确生动的动作描写，让我大开了眼界。在读鲁尔福的《佩德罗·巴拉莫》时，有时候我错误地认为他是一名藏族作家。这样说来肯定会有很多人不高兴的，但是我确确实实有这样的感觉。因为藏民族跟南美的诸多民族，在服饰、长相、配饰方面都有很多相似相近的地方。再说，以往的藏族历史书籍，很多都是用近乎神话的形式来记录的，整个民族史里充盈着天界、地狱、魔鬼、人等等。鲁尔福的作品让我看到了小说叙事中的无限可能。

周新民：佛教文化倡导人们要向善，要心怀仁慈、宽容、友爱。您的作品《杀手》《界》《放生羊》《传说》《阿米日嘎》《绿度母》对这些品质都有表现。在您的创作实践中，怎样将本民族的宗教文化融合进文学创作呢？能否结合作品谈一谈。

次仁罗布：吐蕃时期藏族的传统文学，更多的是在叙写征伐兼并，建立吐蕃王朝，以及对外的扩张侵略。后来佛教传到西藏，吐蕃王朝分崩离析，藏族文学的主题就变成了宣扬宗教思想。直到西藏和平解放以后，文学的主题才回到了写最普通人，表现他们的喜怒哀乐。到了上世纪 80 年代中期以扎西达娃为首的一批西藏作家，率先探索起了小说该怎样写，并推出了魔幻现实主义的创作方法。但这种文学潮流像流星一样划过，没有能够延续很长时间。因为后来的创作者们已经游离了现实生活，是在一种臆想中重构藏地的生活，写出来的也就是虚幻缥缈的西藏，跟广大人民没有关系，也不能反映藏族人的精神价值观。这时西藏的很多作家在探索一种新的文学表现方式。央珍的《无性别的神》给后来的创作者提供了一些启迪——那就是深入生活中去，表现民族的日常生活和传统文化。我的创作正是在这个时候开始的，也是沿着这条道路在寻找新的突破。

我之前的作品《罗孜的船夫》《朝圣者》《秋夜》《尘网》等在写最普通的藏族人。但是您会发现这些作品里宗教的意味比较淡，更多的是在一种情节的推进中，展现他人命运的变化，也缺少对人精神世界的探究。恰好，这个时期我读到了日本作家夏目漱石、森鸥外、川端康成等人的作品，我被这些作品中表现的那种不完美和残缺的人生所震撼，被字里行间充斥的淡淡忧愁和感伤所吸引。这些特质和藏族的传统文学有很多的相似处，这使我觉得应该从传统文学中汲取养分，写出有新意的藏族文学来。从 2005 年开始，我的创作发生了很大的改变：首先是对小说怎么写的探索；其次是思考怎样才能把藏族人骨子里的东西（精神）呈献给读者，这两者成为我小说创作探索的方向。在小说《杀手》《界》《放生羊》里，读者可以感受到我的这种努力。以我的长篇小说《祭语风中》为例，小说从

1959 年西藏上层发动武装叛乱起始，写到改革开放之后近四十年来西藏发生的重大变化，通过主人公晋美旺扎命运的轨迹，表现整个民族在时代变迁中的兴衰荣辱。这部作品承续了传统文学中所一再表现的世事无常，以及在这种易变的时代中如何坚守内心的那份安宁，不为外界的改变而改变。同时，重新叙写米拉日巴大师的故事，就是为了指出藏民族的这种精神渊源。

  周新民：我注意到，您的许多小说中都涉及主人公的灵魂救赎问题。在《杀手》里，复仇者康巴人历时十三年走遍西藏寻找杀死自己父亲的凶手玛扎，可是最后当他见到尚有四岁儿子的仇人后，选择放弃了复仇，放下仇恨，这是他对灵魂的自我拯救；《放生羊》也是一篇自省与救赎的小说，藏民族相信轮回转世，在这种文化背景下，"放生羊"无疑体现出人面对苦难，从逃避、觉醒到坦然面对的精神变迁过程，主人公"我"也完成了自己的灵魂救赎；《界》中的僧人多佩以自己的生命感化母亲放下恶念，而母亲查斯也在年复一年的石刻六字真言的过程中完成对灵魂的净化；《绿度母》中的巴桑背负着家族没落、兄长背弃、自身残疾、母亲猝死的沉重的精神枷锁，最后是宗教的力量拯救了她，让她领悟到只有经历生命的苦痛才能感受生命的欢畅，得到灵魂的救赎。您在创作中是否是有意识地进行这样的处理？为什么着意于探讨关于灵魂救赎的问题？

  次仁罗布：您在上面举了很多作品为例子，进而证明我是在有意识地进行这样的安排。其实在藏地生活的人，总体来讲绝大多数人时刻都有这种救赎的意识。藏族人在寺庙、在自家的佛堂在听传法时，都会下意识地回想自己的所作所为，然后省察自己有没有伤害到别人，或做错过什么事，如果有就会忏悔。这就是普遍藏族人的日常生活。在藏地宗教和日常生活是彼此交融的、没有间隔的。所以我这样写并不是有意为之的，而是把藏族人平常生活（精神的）呈现出来而已。

  藏传佛教就是一个修心的宗教，它将吐蕃时期争强好斗的民族，经过几百年的锻造，变成了一个谦恭、温顺、忍耐的民族。藏族的民族性格中，人们对追求物质世界没有太多的热情，更多的是希望通过今生的积善修德，来世有个好的归宿，并且对此深信不疑。熟悉了这种民族性格，也就会理解我的小说里呈现的一切是日常的藏人生活，世俗化的藏人图景。

  周新民：我注意到，虽然您的文学创作有着浓厚的宗教意识，但是，您并不是在宣传佛教教义。您是从文化视野来处理宗教问题的。比如，藏传佛教强调悲悯、忍让、友善、宽容和爱，这也是藏族传统文化的重要元素。您从藏民族传统文化的角度来理解藏族宗教的。您能否结合作品谈谈您对本民族传统文化的理解？

次仁罗布：任何一种文化都处在时代发展的脚步中，好的文化被保留下来，不适应的那一部分自然会遭到淘汰。藏民族的传统文化也是在这种新陈代谢中，不断完善和充实着。从我的体会来讲，藏民族传统文化最核心的就是两个字"宁皆"，翻译成汉语就是悲悯一切众生，这里包括了有生命的和无生命的。在藏地有那么多的神山圣湖，而且每个神山圣湖都有一段优美动人的故事，每一座山每一面湖水都会受到人们的膜拜，给他们赋予生命。如果没有对世间万物的这种悲悯情怀，而是类似征服者的心态去无节制地开采、挖掘，我们的长江黄河还会源远流长吗？青藏高原上的绿水青山还会依然这般的绿意盎然吗？

正是藏族传统文化中的这种悲悯，使青藏高原的生态环境得到了保护，为子孙后代留下了一笔宝贵的财富。这是从大的方面说的。从微观上来说，如小说《杀手》所叙述的那样，杀手一定要找到杀父仇人，然后将其杀死，以解心头之恨。可是，最终杀手看到花白头发的杀人者时，人人皆有的悲悯情感让他放弃了行动。不仅挽救了一个家庭，也挽救了杀手本人。再如《雨季》中的那家农民，孙子格来在去上学的路上被汽车给轧死，爷爷赶过去处理孙子的尸体，然后让司机离开这个地方。让悲伤和痛苦注入自己的心间，却不愿再给轧死孙子的司机一丝伤害，这就是一种悲悯情怀。

周新民：在现代化城市日益发展，市场经济持续活跃的大背景下，传统无疑遭受到强烈的冲击，您的作品对西藏传统乡村社会的分化，新旧两种价值观念的冲突，民族传统文化和现代文明之间的碰撞等都进行了细致的描绘，这一点一直贯穿于您的创作之中。从一开始的《罗孜的船夫》中老船夫与女儿的思想冲突，到《前方有人等她》夏辜老太太与儿子、女儿在价值观念、处事方式上的巨大差别，以及《阿米日嘎》《神授》中城市的现代文明给传统的强烈打击，特别是《神授》，我认为是批判现代化，表达坚守藏族传统文化理想的标志作品，说唱艺人亚尔杰被研究所接到拉萨后，远离了草原和传统文化的精神源泉，对着录音机说唱《格萨尔王传奇》，最终导致被现代化的城市生活抽空了生命的激情与灵性。能不能谈谈您在作品中表现的这种，对传统与现代的二元对立关系的理解？

次仁罗布：传统与现代这两个词本身就是一种对立，传统代表着过去，有时也代表着落后。现代就是潮流，是时尚，是面向未来的。当我们面对滚滚而来的现代化时，心里的确有些恐慌和无措，在这种向前的过程中发现很多的问题，于是人们会怀念以往的时代，把过去想象得一切都美好尽善。其实，这就是人的一种心态，我自己也不例外。

南怀瑾先生的《亦新亦旧的一代》这本书里已经讲得很清楚了，就如父亲在儿子成长过程中，总觉得他们这一代不如自己这一代，在他们身上总能找出很多的不足；这儿子又在面对自己的下一代时，同样是这样的感觉。其实，这是在历史的循环性中不满当下的现实的通病。我说过文化是有很强的生命力的，但是随着时代的快速发展，其中有些不适应这个时代的发展，遭到我们摒弃也是必然的。举个例子，西藏和平解放前有一种讲故事的艺人，藏语里叫"喇玛玛尼"，它是艺人拿着一幅唐卡，挂在树上或墙壁上，然后给听众讲唐卡画面上每一幅图的故事。在我参加工作后，曾经在拉萨八廓街里见到过这样一位艺人，但从那以后再也没有见到过。想想现在电子传媒这么发达，当然就使得这种传统的文化形态没法立足了。

但是，作为一名写作者，对于这种文化形态的消失，心里的确有些伤感和无奈，只能借助文学作品，表达这份哀叹，算是一首挽歌吧。

周新民：综上来看，您在作品中着意表现对藏族生活"常"与"变"的书写。"常"就是我们之前谈到的，有关西藏传统文化与佛教文化中悲悯、仁慈、宽容、爱人等精神内核，而"变"关注的是现代文明对传统生活方式、思维方式和价值观念的冲击，关注藏族同胞在本民族传统文化和现代文明冲突中的焦虑与现状。您是否同意这样的概括？

次仁罗布：您对我作品的主题思想进行了很概括的总结，我是认可的。西藏的年轻人享受着现代物质文明带来的成果，对一切的变化都是最积极的参与者与践行者；但上了点岁数的人在享受这种现代文明带来的便利的同时，也看到了其间依附的种种危机，于是保持着一种审慎的甚至批判的态度。我是属于这后一种。

周新民：我注意到，您在小说叙事中经常采取倒叙、插叙的手法，同时伴随着多重叙事视角，是有意为之吗？能不能谈谈您在小说创作中有关艺术形式技巧方面的想法与经验？

次仁罗布：小说中采取倒叙、插叙、多重叙事都是有我意为之的。在我的观念中，也就是我对小说的理解来讲，作者不仅是故事的讲述者，同时必须是有高超叙事能力的人。要是一个作者不断重复同一种叙事方法来讲述不同内容的故事，也就证明他缺少叙事的能力，只能是一般的小说作者。真正的小说家应该是不断尝试各种叙事方法，写出的作品让人耳目一新，同时具有深刻的哲理性与思想性。

作为我个人，我是很重视小说的叙事技巧的，虽然有时候我的作品会显得笨拙，但这是我今后奋斗的一个方向。小说的叙事技巧是一门艺术，能看出作者的用心和能耐。我非常钦佩阎连科、莫言、余华等作家，他们对叙事上的探索，给中国文学留下了极其宝贵的财富。

周新民：您的小说中往往还穿插着西藏民间流传的古老传说、历史事件和一些掌故。重述历史，对事件的再度叙述，一直是当代作家和批评家们关注与争论的重点，您的小说《言述之惑》也表明了语言与重述的变轨和奥妙。您如何看待历史？又是怎样在创作中践行您的观念的呢？

次仁罗布：历史纷繁复杂，有正统的记载，同时也有野史的存在。所以我认为在掌握总体的历史粗线的同时，要体会其下那些没有被记录的最底层的人的命运。这可能就是最疼痛、最真实、最有温情的那一部分，也是小说之所以被人期待、被人愿意接受的原因吧。我在创作小说时，主人公都是社会中最不起眼的那些人，讲述他们个体的命运，也是展现着一个民族整体的命运。《言述之惑》就是讲民主改革时，一名被叛匪砍去双脚的牧民的故事。为了宣传我们会有一个视角，但在普通民众的心里又是另外一个角度，生活的丰富性和复杂性，也是我们所选择的立场而决定的。

周新民：《尘网》讲述的是跛子与三个女人的传奇，与阎连科的《天宫图》有异曲同工之妙；而阿来的《格萨尔王》与您的《神授》不约而同地书写了史诗说唱艺人的当代命运。在中国文坛，您有没有比较欣赏的作家呢？

次仁罗布：在国内作家中有很多我喜欢的作家，他们的作品给了我很多的启发与思考，要是让我举例的话，余华是我以前非常推崇的一位作家，他的《细雨中的呼唤》《活着》《许三观卖血记》都让我读得爱不释手。阎连科也是个我非常喜欢的作家，他的《日光流年》我到现在还在重读。刘醒龙的作品我也很喜欢，如《圣天门口》《凤凰琴》等，他的作品里有股正气和骨气，让我记忆深刻。

周新民：《祭语风中》是你很重要的作品，您能谈谈这部作品的缘起和目的吗？

次仁罗布：2016 年，这部作品被《长篇小说选刊》转载时，我就写过一段文字，它表达了这部作品的由来和目的等，我现在把这段文字摘录下来：

我们会慢慢地老去，哪一天离开了这个尘世，记忆里的一切也将同时消亡掉。曾经我们编织过的那些个生活轨迹，会蒙上尘埃不再被人提起，它们冷冷地躲在一个灰暗处腐烂掉，直至从后人的记忆中销声匿迹，像一阵风什么都留不下来。

我所熟稔的八廓街也已经面目全非，很多曾经住在这里的那些年轻人，被岁月雕琢出了老态，在清晨的八廓街里弓着背，手里捻动一串佛珠，虔诚地行走在岩板道上；更有的早已离开了尘寰，他们在人世时的那些经历，已经不被我们所谈论。每次我在八廓街里见到这些熟悉的老人，心头总是弥漫一丝悲伤来，努力忆起年轻时的他们。但每每想起的只是一些很零碎的记忆，甚至有些人的名字都已叫不出来。这使我感到惶恐，这些父辈经历的可是西藏历史上最值得书写的峥嵘岁月，他们亲历了一个旧制度的灭亡，迎接了一个全新的社会制度的施行。因那个时代的波澜壮阔，他们每一个人所经历的故事都是丰富多彩的。可是，我的头脑里只有一些碎片化的记忆，不能串起一整段的完整记忆。这段历史要是不被文字所记录下来，今后我们的后代所能看到的只能是一些书本上的数字和枯燥的简短文字记录。后人无法感知他们的情感经历，无法触摸他们的喜悦与疼痛，无法进入他们的内心世界中，一个鲜活的时代，一个丰沛而跃动的年代，将变得干巴巴的。于是，我有了创作一部小说的想法，唯有文字才能挽留住这些鲜活的岁月轨迹，让曾经的往昔凝固在时间的长河里代代相传下去。

周新民：2017 年我曾在《文学评论》杂志上撰文，论述了《祭语风中》的思想上、文学史上重要价值和意义。《祭语风中》在艺术上的探索也值得称道。这主要表现为两个方面：一是《祭语风中》承续了自然主义描写人物和环境的细致、逼真的风格。其二是《祭语风中》在叙事形式上通过叙事分层的方式，讲述了一个颇为复杂而有意义的故事。我注意到，扎西达娃的小说也是在叙事形式上也很有特色。这种对于艺术形式的卓有成效的探索，也和藏族传统有着紧密关系吧。

次仁罗布：在聊这个问题之前，我把话题再往藏族的历史上延伸一下。您知道青藏高原上最初出现了象雄文明，之后是雅砻文明，这些都是藏族祖先创建的文明。从这些文明的繁荣兴衰过程中，我们能看到这个族裔特别能吸收其他各民族的优秀文明成果。雅砻文明后来兴起的时候，兼容了象雄文明的很多成果，以及中原文明和印度文明的成果。相似的，文学叙事上也在兼收并用，不断吸取最先进的成果，藏族诗歌创作的经典范本就是印度人幽巴坚所创作的《诗镜论》。

我在阅读国内优秀作家的作品时，也能感受到他们的不断创新和开拓，给我的创作提供了很多新的经验。任何一名作家都是渴望写出新意来，渴望开辟出叙事增长点的。

周新民：在我看来，您不仅仅接受了藏族文学传统的影响，也深受国外优秀文学的熏陶。您可否举例说明最喜欢的外国文学作品有哪些？它们给了您什么样的启迪？

次仁罗布：喜欢的作家有很多，读过作品的每一位作家，都给了我新的东西，包括小说的结构、人物的塑造、场景的描写、文字的运用等。要是列举的话有海明威、福克纳、川端康成、奈保尔、肖洛霍夫、马拉默德、略萨、鲁尔福等。福克纳的作品超越了故事本身，更多的直指传统精神、价值、观念的消亡，给人类带来的精神危机。他的每一篇短篇小说都在结构上精心安排过，每一部作品结构都是不一样的；海明威的简洁的文风、照相式的场景叙写、冰山理论等；川端康成的小说以风物和民俗作为背景，唤醒我们对传统文化的乡愁；肖洛霍夫的《静静的顿河》，让我感受到了宏伟叙事的气魄和波澜壮阔。其间对场景描写的入微细致，仿佛是在看一幅画一般。每一次阅读都是学习、提升的过程。

周新民：能否请您谈谈您的小说观？您认为怎样的小说可以称之为好的小说？

次仁罗布：我想小说就是用艺术的手法，展现人的生存状况、命运的不可捉摸性，以及人的良知和道德底线。这些都是通过作者多年观察的积累，自己的人生体验，经过塑造人物的过程，潜移默化中呈现出来。

以我的愚见，好的小说有两个标准：一是表现手法上的创新；二是表现人类共有的优秀品质。叙事文学的发展，从最初的《伊索寓言》《一千零一夜》《十日谈》到现在有上千年的历史。这漫长的发展过程，是在不断创新突破的一个过程，不断有新的流派涌现出来，使其一直保持鲜活的生命力，表现形式更加的丰富而多样。如果没有创新和开拓，小说的生命力也将会枯竭。小说之所以能一代一代地被人们接受、喜爱、传承，光有叙事上的创新是不够的，还应该要有对人的命运的关切，以及忧思。

我自己的创作虽然离这两个标准相差一万八千里，但一直在努力，这也是个不断发现问题，纠正问题的过程。

周新民：请您谈谈您接下来的创作计划？

次仁罗布：我的工作重点是继续办好《西藏文学》这一刊物，发现和培养更多的文学爱好者，让他们走得更远。其次，从我个人来讲，要利用好工作之余的时间，完成历史长篇小说《乌斯藏》。

（载《芳草》2018 年第 3 期）

次仁罗布

　　西藏拉萨市人，1981年考入西藏大学藏文系，获藏文文学学士学位。1986年大学毕业后，被分配到西藏昌都地区县中学担任藏文老师。1988年调回西藏邮电学校，任藏文老师。1995年调到《西藏日报》社担任编辑、记者。2015年年底调《西藏文学》编辑部工作至今。现为中国作家协会全委会委员，西藏作家协会副主席，《西藏文学》主编。西藏自治区学术带头人，中宣部文化名家暨"四个一批人才"。

第七辑

文史之思

文学批评的视野与使命
——对话贺桂梅

周新民：你从 1989 年开始，在北京大学求学，2000 年毕业，留校任教。这十来年也是中国学术思潮激荡的十年。我想知道，这十年间你对文学有哪些思考？北京大学给你提供了怎样的学术滋养？

贺桂梅：我 1989 年从湖北鄂南高级中学考入北京大学中文系，但我们当年的情况有点特殊，就是被北大录取后，先到河北石家庄陆军学院军训了一年，1990 年才进入北大。之后我在北大读书十年，2000 年毕业后留校任教。我的基本文学与文化素养都是在北大这十年养成的。

我选择中文系，和许多人一样，是因为热爱文学。我从中学开始一直坚持写作（当然写的都是"抽屉文学"），也读了不少书，并且把一些文学名著诸如《约翰·克里斯多夫》（罗曼·罗兰）、《红与黑》（司汤达）、《边城》（沈从文）、《飞鸟集》（泰戈尔）、《猎人笔记》（屠格涅夫）等当成枕边书，是个标准的小"文青"。但北大的十年改变了我。

90 年代北大校园的思想与文化都非常活跃，但经历了 80—90 年代之交的社会与文化转型，还是有很大变化。学生社团和整个校园的文化环境，不像 80 年代那样热闹。其实从我们这一届进入北大起，北大校园的整体氛围有所变化。因为对 80 年代有许多浪漫想象，所以记得我那时常常会有"错过了好时候"的感觉。学术氛围也有变化，大致是从活跃的文化实践转向思想性的学术思考。我的许多老师都在这种转型的社会语境中探寻新的研究路径。这些对我都产生了直接影响。

比如我从 1994 年研究生时期开始，参加了谢冕、洪子诚老师主持的"批评家周末"。这个论坛从 90 年代初期办起，一直坚持了十年，探讨 90 年代文化界的各种热点话题，参与者主要是中文系当代文学专业的硕士和博士生以及在京的批评家们。正是借助这个论坛，我直接参与了 80—90 年代文学转型、"人文精神"论争、"女性文学热"等 90 年代最重要的几场讨论，也开始发表一些评论文章。

又比如戴锦华老师主持的"文化研究工作坊"，是国内最早的文化研究讨论小组，讨论内容不限于文学，而是社会、文化、思想等重要现象都纳入讨论范围，对开阔我的研究视野起了极大的作用。我是从戴老师的课、参与工作坊的讨论，开始尝试文化研究的实践，并且较为系统地阅读了文化研究理论，从而在知识谱系上完成了所谓"语言学转型"。也是在参与文化研究工作坊的一些学术会议上，我开始接触到一些美国、韩国、中国台湾、中国香港、日本等地的批判学者，使自己的思考具有了某种国际性视野。戴老师是非常富于人格魅力的人，在我们学生中有极大的亲和力，和她的接触、交往，不仅仅是学术、知识上的影响，对于我的研究风格、研究立场的形成以及人格塑造上都起了极大的促进作用。

还比如我的导师洪子诚先生，他从 90 年代开始写作完成了他最具代表性的文学史研究著作（最著名的是《中国当代文学史》），我也辅助他做了一些资料性的工作。如果说 80 年代是个文学批评非常活跃的时期，那么应该说 90 年代文学界更多地趋向一种文学史的研究实践，反省 80 年代的"纯文学"观，在许多理论前提下追问文学的意义和文学体制的塑造过程，因此，历史视野变得格外重要。洪先生的文学史研究在这方面有极大的开拓和示范意义。我也是在努力揣摩他的研究思路、学习他严谨的治学风格和亲身参与他的研究实践过程中，形成了自己基本的文学观和研究特点。

在我的理解中，90 年代我的老师们的主要研究路径，大致是从 80 年代的批评实践，转向理论性和历史性研究实践。除了洪子诚先生的文学史研究、戴锦华老师的文化研究和女性主义研究，在我读书期间受过很大影响的，还有钱理群老师和汪晖老师的思想史研究、陈平原老师的学术史研究，以及张颐武老师的后现代主义批评等。这些实际上也是 90 年代中国学术界最有开创性并产生极大影响的几种研究路径。如果说 80 年代的主导知识谱系是新启蒙观念和"纯文学"理论的话，那么 90 年代北大校园为我提供的主要是启蒙知识之外的批判理论，如结构—后结构主义、文化研究、后现代主义、解构主义、西方马克思主义、后殖民主义、女性主义等。这也可以说是我的主要理论功底。另外，北大中文系一贯注重史学研究，强调对研究史料和对象的全面把握，对所给出结论的严谨论证，这也使我在注重理论性创新的同时，受到了颇为严格的学术规范的基本训练。

同样重要的一点是，我的老师们在 90 年代的学术探索并不主要是一种学院式知识生产，而有着强烈的现实关怀和问题意识，新的研究路径的生发都尝试针对中国社会和知识界的具体问题。这一点也对我产生了深刻影响。比如如何分析 80—90 年代转型，如何理解"人文精神"论争，如何看待知识界所谓"新左派"与"自由派"论战等，当时不仅在课堂上争论热烈，与朋友聚餐的饭桌上我们也经常争得面红耳赤，有时甚至闹得不欢而散。可见当时对这些问题，我们是带着极大的情感投入的，与个人的安身立命、立场的选择等直接相关。这也使我并不把做学问当成一种冷冰冰的知识操作，而努力地思考它们可能与社会现实之间的互动关系。

我自己在北大求学的十年时间中，在具体的治学方式上也有一些选择上的变化。我本科期间开始发表论文，直到硕士毕业，主要都是做当代文学批评。特别是硕士期间，发表了好些篇女性文学方面的批评文章。那时也算是个"学术小新秀"了。不过我自己开始感到"心虚"。主要是不断地忙于应付约稿、写稿，自己渐渐有被"掏空"的感觉，写文章越来越套路化，对一些观点的判断觉得缺乏必要的理论和历史反思。既然不想人云亦云地继续写一些应景文章，我意识到自己需要停下来，加深思想和文化的素养。因此，从博士期间开始，我开始明确地转向理论和历史研究。这期间，因为偶然的机遇，我也完成了自己的第一部学术著作，是 1999 年出版的《批评的增长与危机》，主要讨论 90 年代文学批评的几种路径及其大致轮廓。这本书做得不算深入，但对于理清自己的知识谱系，理性地反思文学批评方面的问题，如何自觉地寻找带有个人风格的研究路径，却是一个比较好的总结和准备。

周新民：在今天的社会语境下，我们对于 80 年代有过多的"浪漫"解读。你借鉴"知识社会学"的方法，解读 80 年代，给我们描绘了和一般人印象不同

80 年代。我感兴趣的是，你怎么会对 80 年代研究产生兴趣。在 20 世纪 90 年代，80 年代的文化和文学相关研究还比较冷僻，做 80 年代文化与文学研究的难度也很大。

贺桂梅：我做 80 年代研究，是从博士论文写作开始的。大约是 1998 年左右，我需要为博论确定选题。当时其实没有很明确的想法，一是因为我那时对思想史非常感兴趣，比较用心地读过钱理群老师、汪晖老师以及此前的李泽厚等先生的书籍，也对思想界讨论的话题感兴趣，便发现如何理解和阐释"五四传统"是个特别重要的问题。特别是在"人文精神"论争和所谓"新左派"与"自由派"论战中，如何看待"五四传统"与 80 年代这个"新时期"的关系，是其中的关键；另一是因为我对 80 年代其实一直怀有颇为浪漫的感情。80 年代那十多年，我还是中学生，并没有机会参与知识界的活动，不过，我成为一个文学青年，却与 80 年代的整体社会与文化氛围密切相关。我对文学的兴趣，受到我的姐姐们和老师们的影响，他们都是 80 年代的浪漫"文青"。可以说，在 80 年代，有点浪漫情调和自我期许的人，无论大城市还是小地方，其实都有某种文学梦。我的两个姐姐都是"文青"，她们读书期间，都办过或参与过文学社团，写诗啊写散文啊，也经常把一些文学书和期刊带回家。我是读着这些书知道了什么是"文学"。我的中学语文老师也是"文青"，他鼓励我坚持写作，并期望我将来成为"文学家"，而且也给我读一些名著，比如我最早从他那里知道了司汤达的《红与黑》，当然那时真是读不懂这本书到底在讲什么。这些看似偶然的个人际遇，其实也是一个时期整体文化氛围的呈现。可以说，"文学"代表的是所有可能不切实际的浪漫幻想，我们的愿望、情感和情调，其实都是文学式的。我想，再没有哪个时期有 80 年代那么"文学化"了。因此，我一直想有机会以专业的方式研究 80 年代这个文学时代；另外一个原因是因为我当时大致完成了关于 90 年代文学批评研究的那本书，发现很多问题都是从 80 年代生长和延伸出来的，因此也想在做完 90 年代之后继续深入研究一下 80 年代。

这些因素综合在一起，使我当时选定的题目是"80 年代文学与五四传统"。当时文学界的一个普遍看法，是把 80 年代看作"第二个五四时代"，所以我一开始的选题设定是讨论"五四传统"如何在 80 年代延伸或实践。为此，比较系统地阅读了有关"五四接受史"的各种材料，也对 80 年代文学的实践过程，包括文学思潮、代表性作家作品、不同时段的主要特色等，进行有意识地全面阅读。这个过程其实非常紧张和痛苦。一方面因为"五四接受史"和"80年代文学"本身就是两个很大的问题，如何在广泛阅读的基础上概括出两者的主要特点并对它们的关联性进行论证，是一件特别需要功力的事情。更关键的是，将"五四传统"与"80年代文学"并置，一开始就有一个先在的假定，即认为80年代文学是从"五四"那里延伸出来的。而我实际的研究发现，80年代文学远非可以用"五四"来概括，80年代所接受的"五四传统"及其基本内容，也主要是一种80年代视野内部的重构。在这样的庞杂而包含着内在矛盾的写作过程中，我完成了博士论文。

博论完成之后，得到了老师们的一些肯定，也有过几次出版的机会，但我一直想推翻重来。主要是将研究的重心移到80年代，讨论在80年代的历史结构和文化视野中，来看作为新时期主流的"新启蒙"知识如何构造和实践。这个过程花了10年，直到2010年我才出版了《"新启蒙"知识档案——80年代文化研究》。不过这时，跟以前的博论已经关系不大了。

在我开始确定博论选题的时候，有关80年代文学与文化的研究，确实如你所说，是比较"冷僻"的。其实当时研究界的热点话题，比较集中于50—70年代的文学史研究。在80年代，最热的是对80年代文学同期展开的批评实践，50—70年代研究格外冷落，因为从80年代的"纯文学"观来看，50—70年代文学是一种过分"政治化"的文学（甚至算不上"文学"）。比如洪子诚先生就经常开玩笑说，在80年代，那些有才华的人，如黄子平和季红真都去做文学批评，只有他这样搞不了批评的人才来做50—70年代文学史研究。但是，到90年代之后，80年代那种创作与批评"共生"的状态已经崩解了，人们更多谈论的是"新时期的终结"。这也意味着80年代式的文学观、批评观遇到了问题，无法对90年代后的复杂文学现实做出恰当的分析。这时，需要人们对于何谓"文学"、文学的"体制性"、"纯文学"的限度等做出具有开阔视野的反思，特别是对当代文学借以展开的历史过程，进行学术性的理性反思。这就要求在更大的历史视野中理解和分析文学，站在一种比"纯文学"视野更高的位置上来思考问题。在这样的研究视野中，一方面是新的研究思路的开创，比如洪子诚先生的文学史研究，不仅研究了"纯文学"，同时也研究了整个"文学体制"，包括作家的生存方式、文学出版和传播的媒介、文学的评价体系等，可以说是一种大的文学史观，由此当代文学的构造、生成过程得到了历史性的学术呈现；另一方面，"当代文学"不再仅仅是指 80 年代那种"纯文学"，而是从 40—50 年代之交开始构造并一直延伸到 90 年代的一个整体过程，在这样一种"历史"视野中，曾被冷落和忽视的 50—70 年代文学开始备受关注。相应地，80 年代文学的历史化还未展开。这就造成了在 90 年代，文学史研究主要集中在 50—70 年代这种现象。

我对 80 年代文学的研究，从五四传统的再阐释角度切入，其实也是想将 80 年代历史化，就是想在整个 20 世纪的长历史视野中来讨论 80 年代文学。不过，由于没有更好地理解两者的关系，特别是某种程度上将"五四传统"本质化和本体论了，所以做起来格外吃力。后来我干脆抛开了"五四传统"，直接从 80 年代文学实践的内在视野出发，来讨论 1984—1987 年"新启蒙"文学与文化思潮的构造过程。如何重构 80 年代的历史语境和文学实践的历史图景，需要跳出"80 年代意识"，也就是从当事人的主观理解中跳出来，在一种更开阔的历史和理论视野中分析 80 年代文学为什么以这样而不是那样的方式展开。这大概是一种"文化唯物主义"的方法，它所打开的历史面向和呈现的文学图景，确实与一般人"印象"中的 80 年代有所不同。

周新民：我发现在你的笔下，文学与社会文化之间有着紧密的联系，作为"纯粹"的文学不复存在，文学被叙述成众多复杂社会文化力量角力的结果。你的这一文学观是怎样产生的？

贺桂梅：确如你所说，我在讨论文学问题时，是努力尝试把它放在"众多复杂社会文化力量角力"的"场域"中来展开的。这种文学观的形成有几个方面的考量：

其一是对 80 年代"纯文学"观的理论反省。所谓"纯文学"观，其实是相信存在任何人、任何时间、任何场合都可以共享的一套关于文学标准的判断。80 年代人们谈论最多的，就是"摆脱政治对文学的束缚""让文学回到文学自身""文学的自律性"等。但是仔细研究，就会发现，人们总是在一种与"政治"的对立关系中来理解所谓"纯粹的文学"的，而他们所谈的"政治"其实有具体所指，就是 50—70 年代那些特定政策、政治理念、政治运动等国家、政党、行政层面的限制。要求文学家具备独立的精神而不是通过外在的行政管理来完成创作，这自然是没有问题的，但这并不是说，作家的文学创作就与"政治"无关。"政治"

的理解其实是可以非常宽泛的，它涉及社会生活和群体关系中的各种权力。因为文学作为一种现代的文化实践，总是在一种社会性场域中展开的，不存在纯粹的私人的文学。一方面文学的写作涉及对世界、时代、社会、人性等的基本理解，在这一点上文学与政治并无本质区别，只是方式不同而已，另一方面任何文学作品一旦发表就会产生"政治"影响。比如在80年代，人们称为"纯文学"的那些作品，其实承担的是非常重要的社会与文化功能，可以说那个"文学化时代"人们对于政治的基本理解都是以文学的方式展开的。你可以反对某种具体的政治，但不可能脱离政治本身。因此，不能把"文学"和"政治"对立起来。另外，当人们说"纯文学"的时候，好像有某种超越性的文学观，但具体到每个作家、每个读者，可能他们理想的文学、他们文学评价的标准，都是充满分歧的，更不用说，任何所谓"文学"，其实都是一种训练、规训的产物，用理论术语来说，是一套特殊的"知识"。因此，什么是"文学"，特别是什么是"好文学"，其实都是一个体制性社会结构关系（也可称"场域"）里的产物。如果意识不到这个"场域"的边界，就没办法讨论文学之为"文学"的过程与条件。

其二，是出于对90年代以来文学现实的一些判断和思考。90年代以来，人们经常谈论的话题是"文学的边缘化"。一方面是80年代那种"纯文学"实践的崩解，另一方面是文学置身的社会环境发生了很多变化，比如大众文化的兴起，比如基本社会形态（市场社会）的变化等。如果还局限在"纯文学"视野里，不仅使作家和批评家看不到社会现实的真实状况，而且也对文学生产的历史机制缺少自觉意识。特别是那种把文学与政治、个人与群体、写作与社会等对立起来的看法，其实极大地限制了作家和批评家的视野，沦为某种"圈子"里的活动。我记得90年代后期，李陀、王晓明、蔡翔等人曾发起一场讨论，就提出文学已经没有了介入"思想"场域、回应社会问题的能力。其实，90年代一些重大的社会与文化问题，都不是文学界提出来的，而是思想界、社会科学界和理论界在讨论。我认为这种状况到今天也没有很大改变。"文学"变成了文学圈里的事，作家的创作和批评家的讨论，不能回应很急切的现实问题，更不用说提出具有想象力和创造力的图景，这些其实都与"纯文学"观限制作家和批评家的视野有关。

其三，也与我受到的理论训练有直接关系。"纯文学"观其实背后有一套特定的文学理论，主要是新批评理论、形式主义研究、诗学研究等，它们预设了文本的"内部"与"外部",并且特别强调有关修辞、叙事、结构等方面的讨论。除了这种专业化的纯文学研究,还有一种经验主义式的审美批评,强调"灵性""感受""共鸣""体验"等等。这些对于文学研究者固然重要,但缺少对文学本身的理论性自觉。我读书的时候,觉得英国理论家伊格尔顿的一句话特别有启发意义。他说:"所有那些反对把文学和理论联系起来的人,其实都是因为他们忘记或假装忘记了自己的'理论'。"每个人对文学做出判断或研究的时候,其实背后都有一套"理论性"的标准,不然他没办法下判断、做研究或写作。但这种理论性的知识没有得到自觉的意识,也就是需要意识到文学实践首先是一种语言行为,而语言和现实本身的关系是一种历史性的也是体制性的关系。这是从 1960 年代以来所有结构—后结构主义、解构主义、后现代主义、后殖民主义等理论的一个基本前提。从"语言学转型"基础上发展出来的文化研究,就更强调无论文学还是诸种形式的艺术、文化、社会活动,都是一种"意义实践"行为。真正的批判性的研究,应该讨论诸种意义实践的整体过程,从其构想、生产、传播到再生产的整个过程。以这样的理论视野来看,"文学"无疑是各种社会形式中最丰富最复杂也最值得深究的一种意义实践行为,不能从某种抽象的审美观出来做出简单的判断,也不能只从作家或读者的角度进行感性的评价,而需要对整个的写作、发表、评价和传播过程进行研究。而要进行这种研究,就必然要将"文学"放到诸种社会力量关系交互作用的"场域"中来加以讨论。

周新民:你在谈论"80 年代文化和文学"的时候,主要使用了知识社会学的方法,你还用女性主义来研讨女性文学。这自是 1990 年代以来文化研究在中国盛行的结果。我想知道,在你看来,知识社会学、女性主义等文化学研究方法评述文学的价值和意义是什么?

贺桂梅:所谓"知识社会学"的方法,主要借鉴了德国社会学家曼海姆的理论和思路,特别强调的是"知识"与"社会"之间的关联性。也就是说,80 年代文学的具体实践方式、构成其合法性叙述的知识来源等,也包括美学、哲学、艺术等看似很"玄妙"很空灵的思想文化活动,都是由当时中国诸种社会条件和话语场域决定的。我在书中主要借鉴了曼海姆的"视角"、总体意识形态和特殊意识形态等范畴。不过,我在全书中使用的基本方法,当然不是曼海姆的照搬,不如说是综合各种理论提出的一种可能思路。比如福柯的话语理论、阿尔都塞的意识形态理论、沃勒斯坦的社会科学理论、雷蒙德·威廉斯的文化唯物主义理论等，总的思路确实是想对文学与文化问题做一种文化研究式的探讨。

采用"知识社会学"这个具体说法，其实是想把这种方法和相关的一些研究路径做些区分，比如不是"思想史研究"，不是知识分子研究，不完全是"知识考古学"，也不完全是"意识形态批评"等。也没有采用"文化研究"这个说法，是因为国内关于"文化研究"的理解很含混。比如它被看成是"关于文化的研究"，又或者是"大众文化研究"。其实文化研究作为一种特定的研究路径和研究领域，有其具体的历史脉络，经历了英国伯明翰学派从文化主义到结构主义的发展，然后到美国学院左派的理论改造，再扩散到澳大利亚、日本、韩国、中国等。它是一个非常宽泛的研究谱系。但大体而言，文化研究包含一些基本的理论方法和研究立场。在我的理解中，这就是一种文化唯物主义的基本思路，强调文化与社会的辩证关系，特别是将对"文化"的研究扩展到对所有"意义实践的整体研究"。它最为成功的实践领域是大众文化研究、亚文化群体研究、媒体研究等。

用这种研究方法来讨论文学问题，一是将文学问题放在一个跨学科的场域中展开讨论。"跨学科"是文化研究很重要的一个特点，但实践起来也有一些误解。比如很多人认为跨学科，就是从文学里跨出去，文学批评家经常在谈的倒是一些历史问题、经济问题、社会问题等。在我的理解中，"跨学科"其实是一个分享共同社会问题的场域性存在，不同学科的学者比如社会学家、历史学家、经济学家等需要有共同的开放的社会问题意识，这就需要从某个具体学科领域中"跨出去"才能获得这种"整体性"的公共意识；但仅仅跨出去是不够的，因为共同的问题在不同领域和社会层面表现的形式和涉及的内容还是有很大不同，并且也不能老是在一种泛泛而论的层面讨论，而需要借助本学科的知识、方法和视野，在共同问题域的前提下，加深和推进对公共问题的讨论。这就是一个"再回来"的过程了。但是也不是"回到文学自身"，而是把文学问题放在一个开放的问题域中推进对这个问题的思考。

在《"新启蒙"知识档案》这本书中，我讨论了80年代的六个文学思潮。"思潮"本身就是一个跨学科的论域。比如人道主义思潮，涉及文学创作、文学批评、哲学、美学、文艺理论等不同领域，但在话语层面上分享共同的历史意识。因此，处理这个思潮就需要一种跨学科视野，需要同时了解美学界、哲学界和理论界等的情况。而且80年代当时的情况是，"思潮"本来就是整体性地展开的，并不是文学界说文学的事、美学界说美学的事，而是共同形成了一种波浪式的"潮流"，因此跨学科视野可以说是必不可少的。

　　另一是要打破那种精英主义的文学观，不认为文学研究只应该筛选经典、只研究那些具有"审美价值"的作家作品，而将文学的讨论扩大到对文学生产（作家）、传播（媒介）、评价（批评和研究）、再生产（教育）等领域，并将其视为一个整体的意义实践过程加以看待。这样，很多以前文学研究不涉及的领域，比如作家的身份、作家群体的组织、出版社和报纸杂志研究、教学体系等，都被纳入其中。在《"新启蒙"知识档案》这本书中，我理解这其实主要涉及的是一个研究"视野"的问题，意识到文学作品仅仅是很大的意义实践过程的一个环节，并且这些作品以何种形式出现和书写，都受制于这个意义整体。我一方面会将文学放置于"思潮"之中来讨论，另一方面也关注文学与文化问题产生和成型的"历史场域"。比如对现代主义文学思潮的分析，会考察60—70年代现代派文学的传播接受与80年代现代派热的关系，并进一步将这个问题放在全球冷战格局与中国国际位置的思考中。我在处理"文化热""重写文学史"等问题时，都采取了这种将文学问题放在大的历史格局和知识体制中加以分析的方法。在"绪论"部分，尤其阐释了80年代中国文化问题与全球格局的关系。这些在一般的研究中可能不会处理，但我认为如果不能廓清这些知识生产、文化实践的"历史场域"本身的轮廓，很多问题讨论的前提和限定仍旧是不清楚的。

　　用文化研究的方法处理文学问题，还涉及一个"研究"和"判断"之间的关系问题。一般的文学批评特别强调的是一种审美判断，即评判作品的高下、筛选经典作品等。这样的研究确实是需要的。但文化研究的思路会比较警惕这种价值判断式的研究。不是说不应该做价值判断，而是在做出判断的时候，你对自己据以做出判断的依据和前提必须有反省和自觉意识。这大约也主要是"批评"和"研究"的差别。"批评"是下判断、说好坏，它的坏处是意识不到自己评判标准的有限性，甚至相信自己的标准就是"真理"，这无疑导致了批评的狭隘。而"研究"则要求先搁置价值判断，厘清评价的标准和限度，深入到历史对象的内部逻辑中去理解它之所以出现的轨迹，呈现历史的"本来面貌"。但有的研究就仅止于"呈现"了，研究工作仅限于对一堆历史材料和现象的清理，好像怎么都是有道理的。在我的理解中，文化研究一方面需要深入"历史现场"去呈现一个对象出现的不同脉络，同时也需要研究者在对自身评价立场有自觉意识的基础上，在一种现实与历史的对话关系中，重新估价对象的意义。怎么做到研究的客观和评价的公正，我觉得是很难把握的问题。

女性主义理论宽泛意义上是文化研究的一个构成部分，比如我们很早就了解到文化研究的"三字经"是阶级、性别和种（民）族。但是女性主义还是有其独特的脉络，是一种性别政治运动和理论实践的产物。我是从 90 年代中期读硕士阶段开始接触这种理论并进行研究实践的。那时，一方面是 1995 年第四届世界妇女大会前后在中国出现了"女性（文学）热"，这就为讨论女性问题提供了许多机会；另一方面也是对个人的成长经验有困惑，女性主义理论帮助我更自觉更理性地面对这些经验，因此开始做女性文学研究。从那时起一直到现在，性别研究是我研究和思考的重要维度。这主要因为性别是思考所有问题的最重要维度之一。许多所谓"中性的""人类的""普遍的"问题，其实背后都涉及不同层次的性别权力关系。我觉得女性主义和性别问题并不是一个特殊的领域，比如只有女性才需要去做女性文学，或者女性研究只研究女性等，而是思考人类社会所有问题的基本维度之一。

周新民：你的文学批评呈现出鲜明的思想性，这和你所使用的资源有重要关系。另外，我注意到，你也很注重文学史和文学批评之间的关系。你认为，文学批评如何进入文学史？文学批评和文学史的关系如何？

贺桂梅：所谓"思想性"，在我的理解中，就是强调学术研究要有一定的问题意识和现实关怀。固然不能用"立场"的判断来取代客观的学术研究，但仅仅把学术研究视为一种冷冰冰的知识操作，在我看来是不可取的。如果我们不在学术研究中带入自己的感性经验、自己的热情和愿景，那真就是"为稻粱谋"了，学术道路也走不了多远。我一直努力尝试把学术研究和个人生命体验融合起来，注入自己的希望和热情，这也是我多年做学问的重要动力所在。知识是必要的，但只有知识是不够的，因为知识是死的，而"思想"是活的，也就是你要用它来应对各种社会的、个人的现实问题，并时时处在一种创造性的实践中。我是这样理解学术研究的意义的。

关于文学史与文学批评的关系，我的看法主要是受我导师洪子诚先生的影响。前面提到，我硕士阶段之前，主要是做文学批评。那时，我不太能进入洪先生严谨的学术思路中。他一直主要从事文学史研究，每篇论文几乎无一处无出处，极其严谨和慎重。后来我自己开始尝试文学史研究时才意识到，表面上看起来历史研究主要是依据史料展开的，好像你读够了史料就行了，但其实是，史料本身并不会说话，也不会自动提供观点，研究者如何解读和组织这些史料，提出切近历史事实的阐释观点，才是最需要功力的事情，也需要更高的文学素养和分析判断能力。有了这样的理解之后，才算打通了文学史研究和文学批评的边界。后来我自己做《转折的年代——40—50年代作家研究》和《"新启蒙"知识档案》，对这些有了更深切的体认。

一般而言，文学批评进入文学史，涉及研究者对史料的筛选，特别是对文学作品的判断，以及在已有阅读和判断基础上提出总体性的阐释思路。对于同一历史现象，不同史料其实有其长短和不同意义，如何判断和筛选，这是需要"批评"介入的；尤其是文学作品和作家研究，需要研究者审美素养的介入。比如洪子诚先生的《中国当代文学史》，尽管将文学研究扩大到文学体制研究，但对具体作家作品和文学现象的评价仍旧极为精到，有评论者称其"寸铁杀人"。我做不到洪先生那样的程度，不过体会到，一个文学史研究者如果缺乏精到的文学批评眼光，这种研究是缺乏深度的。比如我在做《转折的年代》这本书时，涉及40—50年代转型的5位作家萧乾、沈从文、冯至、丁玲和赵树理，比较受人称道的部分，其实都有批评的介入，尤其是对具体作品的阐释和作家内在精神气质的把握。

反过来，文学批评与文学史的关系也绝对不是二分的。文学批评主要涉及对作品的评价，特别是对当下新出现的作家和作品的评判。表面上看起来，只要你有鉴赏力、感性体验、良好的文学素养和表达能力，就可以做好批评，但事实上，如果缺少文学史眼光和素养，文学批评要做得好其实是挺难的。因为所谓"文学素养"不是天生的，而是对经典的大量阅读和文学史的娴熟把握才能逐渐养成。特别是，许多当下的文学问题，其实与历史有着不同层次的关联，你要对一部新作品做出恰当的评价，如果缺少文学史的眼光，不了解这些问题的前因后果，就可能把"旧"的当"新"的，或反过来把"新"的当"旧"的。我觉得当前许多文学批评上的问题，其实主要是因为缺少必要的文学史眼光造成的。固然可以说，仅有文学史素养而做文学批评是不够的，但没有文学史眼光的文学批评却肯定是肤浅的。

周新民：你的文学批评具有很强的思想史、文学史视野，你觉得这样的文学批评的优势和短板在哪里？

贺桂梅：我因为经历过读书期间从批评撤回到研究的经历，所以一直很注意在进行批评实践时纳入思想和历史视野，一方面对所讨论的问题有较为开阔的视野，有恰当准确的定位，另一方面也借助理论素养而与研究对象形成更为对等的对话关系。我觉得，理想的批评家在从事批评实践时，应该站在比他评价的对象更高的位置，应该具有比评价对象更大的视野，而不应该是附属于批评对象，做次一级的阐发。

在具体的实践上，因为个人兴趣和研究领域的关系，比较多地借鉴了思想史和文学史视野。思想史可以提供一种更富于现实性的问题意识，文学史可以提供更开阔的历史视野。当然，我并不认为自己做得已经很好，毋宁说这一直是我实践的理想和目标吧。这种研究风格的优势是从狭隘的文学视野中摆脱出来，把文学问题放在更具社会性的场域中来加以讨论。我觉得我们研究界的很多问题，其实是因为"太文学"了，具体说一是过度审美评价，另一是把文学圈子化了，好像文学就变成了文学圈里的事情了，而没有能力介入知识界的思想场域。这种批评自然有其短板，不过我觉得不是研究思路本身的问题，而是研究者能力的问题，因为文学批评者的思想和历史视野永远是需要的。但要是弄得不好，也可能有两种趋向，一个是"去文学化"，谈的都是文学外围的思想、社会、历史和文化问题，而对文学（包括文本、批评、作家、文学理论等）反而深入不下去。另一个是模糊了文学批评的"锐气"。批评总是要求作出评判和显示评判立场，这是其锐气和力量所在。但有时过分侧重历史分析，或过度靠近研究对象自身的逻辑，或过于强调对历史做不偏不倚的评价，就会模糊了观点的鲜明性。我自己很多时候也免不了这样的问题。我觉得这主要是因为功力还不够深、自己能力还不够强的缘故，所以一直在努力。

周新民：当下社会文化背景下，在我看来，文学不再以追求个人审美趣味为要旨，有时还需要承担社会情感的释放，需要凝聚人的精神，有时还得承担一定社会功能。我认为，当今的社会文化语境中，文学发展面临新的机遇，文学评论也面临着重要转型。促进文学消费，繁荣知识生产式的文学批评的重要性毫无疑问在下降。在我看来，文化研究推动着文学批评的转型。作为一名长期注重文化研究的文学批评家，你对当下的文学批评转型有何思考？

贺桂梅：与80年代及以前相比，近30年来文学的社会位置及功能确实发生了很大变化。90年代到世纪之交，主要是所谓"文学边缘化"问题，简单地说是电影、电视、流行文化等大众媒介和图像文化的兴起，同时也因为社会转型导致社会科学问题成为关注的焦点，相对而言，文学不再居于社会文化的中心位置，许多重要的社会问题与社会情绪的表达，不再由文学来承担。特别是自90年代后期以来，网络媒介和新媒介的扩张及其对纸媒的挤压，也使得文学和文化的传播方式发生了很大变化。

但在我的观察中，近10年来，文学的情况也有许多新变化。今天很难一般地说"文学的边缘化"，而某种程度上出现了"叙事的复兴"。也就是说，文学在大众社会中慢慢找到了自己的位置，既不像80年代那样处于中心地位，也并不能说是边缘。比如我最近几年带领学生们持续开设的一门课程，是讨论新世纪以来的文化热点现象。我有意识地把文学和电影、电视剧、纪录片、非虚构作品、畅销书、思想性论著、网络文化等，放在同一个讨论的平台，分析它们对当下中国社会问题的回应和介入方式。在这样一种讨论平台中，文学仍旧是各种文化再现形态中最有力量和深度的表达媒介之一。同时，我也感觉到，最近几年，文学的社会影响也一定程度在扩大，比如莫言、刘慈欣、曹文轩等获得最高国际奖项可以是某种症候。相应地，文学批评也显示出不同于90年代以来的活跃状态，比如我们北大毕业的年轻学者，很多都活跃在文学批评而非研究场域。这种现象，我认为主要原因是相较于90年代，今天中国社会进入到某种平稳状态，人们更需要文化提供的是某种"叙事"的可能性。如果说"研究"是一种对于置身其中的社会结构的自反性思考，它往往在转型时期表现更活跃的话，那么应该说，文学与批评则相应地需要提供某种"故事"和"价值"，往往在社会结构稳定和共享某些价值观的时期会表现更活跃。我们今天就处在后一种状态中。中国社会的阶层、区域分化和经济发展趋于某种平稳状态，人群的社会流动性趋缓，这时，人们更需要的是"叙事"，以帮助他们获得对自己生存状态的认知和精神世界的满足。这也是我所谓的"叙事的复兴"。

在这种境况下，文学批评其实承担了更重要的社会功能，不仅是筛选作品，同时也要对社会情感做出历史性阐释，并对普遍的文化和精神状况进行总体性描述。确如你所说，不仅是文学在转型，文学批评也面临重要转型。文化研究在文学批评的转型中扮演了极其重要的角色。其实，自90年代开始，文化研究就开始极大地影响文学批评，以至当时就有研究者提出文学批评的"文化转型"。我自己的研究实践很大程度上也可以说是受到这种思路的影响。

但是我认为，在如何看待文化研究与文学批评的关系上，还有许多需要厘清的地方。有一些相关的批评和研究，或者简单地把两者的关系理解为从文学批评到文化批评的转移，搞文学研究的人谈的都不是文学，而是各种文化现象；又或者把两者的关系对立起来，认为搞文学批评就是做"纯文学"的研究和审美评价。这两种方式都有很大问题。在我的理解中，文化研究最重要的是提供两点：一是跨学科的分析视野，这就需要批评者有能力将文学问题放在不同学科共同面临的问题场域的参照中，同时又不忽视文学自身的独特性，从而在一种更开放更开阔的视野中来处理文学问题；另一是自反性的批判立场，"批判"不是简单的"否定"，而是"入乎其内，出乎其外"，这就需要批评者对自己站立的位置，对批评对象的内部逻辑及其置身的社会结构位置等，有自觉的评价和分析。

今天我们谈论文学问题，不能只在文学内部谈论，而需要有开放的社会视野。比如，今天的文学实践其实很大程度上已经体制化了，简单地说，文学是在三种体制性力量中运作，其一是媒体市场，其二是国家机构，其三是学院体制，它们各有其运行场域而又互相交叉。媒体背后主要是资本逻辑，国家机构主要是在国家再分配体制下的保障与约束，而学院则主要是各种学科规范下的知识再生产。如果对这些大的权力机构本身的限定缺少自觉意识，那就无法真正地把握文学的实质。但是，意识到这些体制性限定，也并不是就简单地对抗或否定它们，因为缺少这些体制性支撑，文学其实就没有了实践场域。真正重要的，是批评者在从事文学批评时，意识到不同体制背后的逻辑而又超越它们，站在一个高于体制的立场和位置上发言。这个"高"的位置，或许才是真正属于"文学""本身"的。这也是我所谓的"批判"的含义。

周新民：你认为理想的文学批评如何在文学史、思想史、社会价值之间言说？

贺桂梅：我觉得"理想的文学批评"不能一概而论，其实就像有多种多样的文学一样，文学批评也有各种各样的可能性，主要视批评者的个性与风格而定。

我理想的文学批评，大致包含两点吧：第一是将"批评"看作一种独立的创作形态，也就是说，不要把批评看成是文学作品的附庸，好像批评的功能就主要是在解释作家怎么想、作品怎么写，居于文学的"次一等"位置。批评应该是对文学的"二度创作"，它不仅要把握作品说出的内容，还要有能力分析作品没有说出的内容。那些好的文学批评，有时它们评价的作品已经淹没或不再受到关注，但批评的阐发及其提出的问题却成为文学史上的经典。这就涉及理解的第二点，也就是"理想的批评者"应该是怎样的。我觉得一个好的批评者，应该拥有与作家同一、甚至更高的视野和素养，是在同一甚至更高的水平上与作家及其文学进行的对话和再创作。文学创造的是一个"综合的人文世界"，除了文学叙事自身的独特性，必然要涉及如何理解"人""世界""时代""社会"等等。作家是以感性的文学方式处理这些问题，他有时意识到了这些问题，但未必对这些问题有自觉的理论性思考。而批评家应该是在对这些问题有更自觉的理性思考的前提下做出对文学作品的分析的。我有时甚至觉得，一个文学批评家，应该同时具有思想家、哲学家、社会学家等的视野和素养，才能对文学问题中包含的丰富历史与社会内涵做出恰当的评价。

具体到文学批评与文学史、思想史、社会价值之间的关系，我认为文学史是一个批评者必须要有的视野和素养，缺少这样的视野和素养，很难对文学作品做出恰当的定位和评价，也对文学作为一种独特的叙事形态的媒介特点缺乏专业性的深度分析。思想史提供的应该是敏锐的问题意识，它一方面关注我们所使用的基本观念范畴的历史性构成和基本内涵的反思，另一方面也注重思想或观念与社会实践之间的互动性。文学虽然是以"故事""形象""感性"等来表达意义，但文学的表达离不开一个时期特定语境下的基本思想问题，只是有时作家有自觉，有时作家没有自觉而已，而批评家的思想史视野可以更自觉地"打开"这些问题。社会价值涉及批评者的基本立场。"价值"是一种主观性的伦理体系，可能在具体内涵的理解上存在着种种分歧，但是在一个特定的历史时期、在一种特定的社会结构体中，总是存在一些可以共享的、并且总体地有利于社会往好的方向发展的"价值"。但"价值"不同于"道德",不是一种可以强制要求的东西,而需要通过文学的想象力,通过作家和批评家的创造性书写加以呈现、展示和想象性实践,才能召唤或获得不同社会群体认同的内容。从这个角度来说,社会价值其实涉及批评者如何理解自己的位置、如何理解文学的意义、如何理解人的社会存在和总体性的社会想象这些根本问题。也可以说,这是一个文学批评者安身立命之所在。

(载《长江文艺评论》2016 年第 2 期)

　　　　　贺桂梅

　　　　　1970 年生于湖北，现任教于北京大学中文系，文学博士、教授。主要从事中国当代文学史研究，同时进行当代思想史研究、当代文化批评与 20 世纪中国女性文学研究。

　　　　　已独立出版专著《转折的时代——40—50 年代作家研究》(2003 年)、《人文学的想象力——当代中国思想文化与文学问题》(2005 年)、《历史与现实之间》(2008 年)、《"新启蒙"知识档案——80 年代中国文化研究》(2010 年)、《思想中国——批判的当代视野》(2014 年)、《女性文学与性别政治的变迁》(2014 年) 和学术随笔《西日本时间》(2014 年)。发表专业学术论文百余篇。完成教育部青年基金项目"当代文学 (1940—1970) 与民族形式建构"，承担国家社科基金一般项目"女性镜像与当代中国的主体认同 (1940—2010)"，另承担北京大学立项教材《20 世纪中国女性文学》与自主立项项目"革命时代 (1950—1970) 的知识分子"。

　　　　　曾获中国当代文学研究会第十届优秀成果奖 (2006)、北京大学 2013—2014 年度人文社会科学研究表彰奖、北京大学 2014 年度人文杰出青年学者奖、北京大学第十二届人文社会科学研究优秀成果二等奖、第四届唐弢青年文学研究奖 (2015)、教育部青年长江学者 (2016) 等奖项。

批评伦理的探询

——对话谢有顺

周新民：有顺教授你好！我记得你从事文学批评的时间是 20 世纪 90 年代初期。20 世纪 90 年代初期的文学批评的文化语境有两大特点。从国内总体环境来看，市场经济体制刚刚确立，中国开始陷入快速致富的经济狂欢之中。我当时在家乡浠水县的一所乡村中学任教，也感受到了这股经济至上的社会氛围给中国人带来的冲击；从 20 世纪 90 年代初期盛行的文学批评知识资源来讲，西方后现代文学、思想成为当时文学批评的主要资源。从你在《文学评论》《小说评论》《南方文坛》等国内重要文学批评杂志上发表的文学评论来看，你的文学评论更多地关注人的内心、精神、灵魂与价值。我想知道你这阶段文学评论特色形成的缘由。

谢有顺：我是 1990 年上大学的。尽管我在大学期间就发表了不少文章，也受到了一些关注，但刚进大学时其实是很懵懂的，没有任何阅读基础。我读的初中是村里办的，没有英语课，没有图书室，也没读过任何文学杂志，初中毕业时只能去考不要英语成绩的师范学校。师范期间，也只读过《人民文学》和《福建文学》，几乎没有涉猎过理论和学术著作，文学的经典作品也读得很少，即便像《莫斯科郊外的晚上》这么著名的歌曲，我也是到了大学校园后才第一次听到，当时还以为是流行歌曲，结果被同学嘲笑一通。

上大学之后，我开始饥渴地阅读。从大一开始，我多数时间是在图书馆，当时看了很多书和期刊，特别是那些过刊，使我了解了中国当代文学的发展，而对西方现代派作品的阅读，又使我进入了当时的文学语境，我知道中国文学正处于一个变革和实验的时期，用很短的时间建立起了这个观察点，非常重要；同时，我那时还看了大量的思想、哲学著作，比如当时流行的存在主义哲学翻译过来的书，我大多读过。这样的阅读，尽管未必深入，但帮助我理清了自己的兴趣和思路：我对先锋文学，尤其是先锋小说，对那些带有实验性、现代性的文学作品有着浓厚的兴趣。所以，我从大二开始发表学术论文，研究的兴趣就集中在了先锋文学上。

但我那时毕竟只是一个农村来的学生，由于自卑，甚至都没胆量和老师接触，那些名师，更是遥不可及了。那时可供交流的同学也很少。如何读书，也就只能靠自己摸索。阅读的确是最好的导师。通过阅读，你就知道别人在读什么书，在思考什么，别的研究者是如何提出问题、解决问题的；通过阅读，也能不断调整自己，不断寻找和自己内心相契合的方面。有了阅读的基础，就会有写作的冲动。当时我写作的速度很快，一般都在宿舍写，即便周围的同学在打牌，很吵，我照样可以写文章。

那时我就隐约感觉到，批评如果没有学理，没有对材料的掌握和分析，那是一种无知；但如果批评只限于知识和材料，不能握住文学和人生这一条主线，也可能造成一种审美瘫痪。尼采说，"历史感和摆脱历史束缚的能力同样重要"，说的也是类似的意思。那时很多批评家为了切合当下这个以文学史书写为正统学术的潮流，都转向了学术研究和文学史写作，这本无可厚非。只是，文学作为人生经验的感性表达，学术研究和文学史书写是否能够和它有效对话？当文学成了一种知识记忆，它自然是学术和文学史的研究对象，可那些正在发生的文学事实，以及最新发表和出版的文学作品，它所呈现出来的经验形式和人生面貌，和知识记忆无关，这些现象、这些作品，难道不值得关注？谁来关注？文学批评的当下价值，就体现在对正在发生的文学事实的介入上。批评当然也有自己的学理和知识谱系，但比这个更重要的是，它还有自己的人性边界，它的对象既是文学，也是文学所指证的人性世界。但是，这些年来，批评的学术化和知识化潮流，在规范一种批评写作的同时，也在扼杀批评的个性和生命力——批评所着力探讨的，多是理论的自我缠绕，或者成了作品的附庸，失去了以自我和人性的阐释为根底。但文学和批评所面对的，总是一种人生，一种精神。可是，中国的批评家正逐渐失去对价值的热情和对自身的心灵遭遇的敏感，他们不仅对文学没有了阐释的冲动，对自己的人生及其需要似乎也缺乏必要的了解。批评这种独特的话语活动，似乎正在人生和精神世界里退场。这个趋势是我一直警惕的。

周新民："文学和批评所面对的，总是一种人生，一种精神。"这观点我很赞同。你在《我们内心的冲突·自序》中有一段话，我也十分认同。这段话是这样说的："……首先来源于对自身存在处境的敏感与警惕，没了这一个，批评家必定处于蒙昧之中，他的所有价值判断便只能从他的知识出发，而知识一旦越过了心灵，成了一种纯粹的思辨，这样的知识和由这种知识产生出来的批评，就会变得相当可疑。我很难想象，一个人文领域的知识分子，可以无视自己和自己的同胞所遭遇的精神苦难。"我知道，你的文学评论是着眼于"人"本身的，而不是一种知识的演绎和生产。对于"人"本身的关注为何成为你文学批评的核心追求？

谢有顺：我开始从事文学评论写作的时候，就有一种强烈的意识，觉得学术探讨和个人感悟之间是有关系的。我希望自己的文章不是那种枯燥的、炫耀知识的，我更愿意把阅读作品、探讨问题和我个人对生活、生命的思考联系在一起，我渴望实现与作品、作家在精神层面的对话，这就使得我的文章多了一些感受和精神沉思的成分；同时，我对语言也是有自己的追求的，我本能地拒斥一种八股文式的文体，从题目到行文，我都注意词语的选择，我那时崇尚一种学术论文和思想随笔相结合的写作方式。

这可能也跟我的阅读经验有关。我在大学期间就不仅读文学和文学理论，更是大量阅读哲学、历史和思想类著作。像海德格尔、萨特、加缪的著作，雅斯贝尔斯、波普尔，甚至维特根斯坦的那么难啃的书，我也读得津津有味。这个思想背景很重要。这样，我读20世纪以来现代派的小说、诗歌，对那种以反叛、探索和先锋为标志的思潮，内心就有呼应。正是通过这些思想性著作的阅读，我发现，大学者和思想家在思考问题的时候，并非僵化、枯燥的，而是有很多个人生命的投入，表达上也往往独树一帜。这当然都影响着我。到现在我指导学生，都不赞成他们只读文学作品或文学理论书，反而鼓励他们要多读历史、思想和哲学著作。如果一个人没有思想，没有对自身精神处境的警觉，他面对世界，或者面对一个问题，他的思索就没有穿透力，尤其是没有那种精神穿透力，学问也自然做不好，做不深。

周新民：你的批评风格与特点的形成和你的成长经历、阅读状况相联系。正因为你自觉地关注"人"的精神与心灵，你的文学批评才形成独特的品格。你的文学批评文本本身也很有特点。你的文学评论注重文学作品细读，追求散文化的体式，行文中弥漫着诗性的气韵。我认为这是你的文学评论之所以引起广泛重视的一大原因。当下盛行的文学批评文体充溢着"匠气"，知识的生产成为这类文学批评的最大特征。请问，你对文学评论的文体有些什么样的思考？

谢有顺：我所梦想的批评，它不仅有智慧和学识，还有优美的表达，更是有见地和激情的生命的学问。它不反对知识，但不愿被知识所劫持；它不拒绝理性分析，但更看重理解力和想象力，同时秉承"一种穿透性的同情"（文学批评家马塞尔·莱蒙语），倾全灵魂以赴之，目的是经历作者的经验，理解作品中的人生，进而完成批评的使命。只是，由于批评主体在思想上日益单薄（20世纪90年代以后，批评家普遍不读哲学，这可能是思想走向贫乏的重要原因），批评情绪流于愤激，批评语言枯燥乏味，导致现在的批评普遍失去了和生命、智慧遇合的可能性，而日益变得表浅、轻浮，没有精神的内在性，没有分享人类命运的野心，没有创造一种文体意识和话语风度的自觉性，批评这一文学贱民的身份自然也就难以改变。

而我之所以一再重申用一种有生命力的语言来理解人类内在的精神生活，并肯定那种以创造力和解释力为内容、以思想和哲学为视野的个体真理的建立作为批评之公正和自由的基石，是因为要越过那些外在的迷雾，抵达批评精神的内面。我甚至把这看作必须长期固守的批评信念。而要探究文学批评的困局，重申这一批评信念，就显得异常重要。所谓"先立其大"，这就是文学批评的"大"，是大问题、大方向——让批评成为个体真理的见证，让批评重获解释生命世界的能力，并能以哲学的眼光理解和感悟存在的秘密，同时，让文学批评家成为对话者、思想家，参与文学世界的建构、分享人类命运的密码、昭示一种人性的存在，这或许是重建批评精神和批评影响力的有效道路。也就是说，要让批评主体——批评家——重新成为一个有内在经验的人，一个"致力于理解人类精神内在性的工作"的人，一个有文体意识的人。批评主体如果无法在信念中行动，无法重铸生命的理解力和思想的解释力，无法在文字中建构起一种美，一些人所热衷谈论的批评道德也不过是一句空话而已。

周新民：说起批评的道德问题，我注意到，你的文学批评一直关注批评的伦理问题。到了你写作《消费社会的叙事处境》《叙事也是一种权力》《小说的逻辑、情理和说服力》等评论时，你对文学批评伦理的追求从自发阶段上升到自觉的理论建构阶段。你的博士学位论文《中国小说叙事伦理的现代转向》更是系统地探讨了小说叙事伦理问题。你为何把"叙事伦理"作为你较长一段时间思考的核心问题？

谢有顺：我一直认为，小说不仅是一种语言叙事，更是一种心灵叙事、灵魂叙事；叙事问题不仅关乎文学的形式，也关乎作家内心的精神伦理，以及他对这个世界的基本认识。而就文学对精神、灵魂的叙事而言，20世纪的中国小说应该被看作一个整体。尽管20世纪小说的精神传承有多次的中断，但自70年代末的文学变革开始，中国作家又一次对"五四"以来的叙事精神作了有力的回应，也写出了一大批表达中国人生存状况的作品，特别是到了90年代中后期，很多作家都实现了从向西方借鉴到回归传统的话语转变，小说的叙事伦理中开始洋溢出浓厚的中国味道和传统文化精神。这是一个意味深长的信号：中国作家经过二十几年的借鉴和模仿之后，开始发现中国的人情美、中国的生存方式、中国的白话文，都有别国文化所难以同化和比拟的地方。一种追求本土话语的叙事自觉，开始在越来越多的作家心中慢慢建立起来。如果我们把20世纪的中国小说当作一个整体来考察，进而找到从现代小说到当代小说之间那条贯穿始终的精神线索，并指出它是从哪一种叙事传统中延伸、发展而来的，我想，这或多或少能帮助我们进一步辨清中国小说今后的发展方向。

叙事伦理的根本，关涉一个作家的世界观。作家有怎样的世界观，他的作品就会有怎样的叙事追求和精神视野。而我关于中国小说叙事伦理的研究，主要是从两个起点上开始思索：首先，我认为，叙事伦理也是一种生存伦理，它关注个人深渊般的命运，倾听灵魂破碎的声音，它以个人的生活际遇，关怀人类的基本处境。这一叙事伦理的指向，完全建基于作家对生命、人性的感悟，它拒绝以现实、人伦的尺度来制定精神规则，也不愿停留在俗常的道德、是非之中，它用灵魂说话，用生命发言。因此，以生命、灵魂为主体的叙事伦理，重在呈现人类生活的丰富可能性，重在书写人性世界里的复杂感受；它反对单一的道德结论，也不愿在善恶面前作简单的判断——它是在以生命的宽广和仁慈来打量一切人与事。其次，中国文学中也有"通而为一"的精神境界，不过多数时候被过重的现世关怀遮蔽了而已。我不否认，中国文学自古以来，多关心社会、现实、民族、人伦，也就是王国维所说的多为《桃花扇》这一路的传统，较少面对宇宙的、人生的终极追问，也较少有自我省悟的忏悔精神，所以，《红楼梦》的出现，就深化了中国文学的另一个精神传统，即关注更高远的人世、更永恒的感情和精神的传统。《红楼梦》中，没有犯错的人，但每个人都犯了错；没有悲剧的制造者，但每个人都参与制造了悲剧；没有哪一个人需要被饶恕，但每一个人其实都需要被饶恕。这就是《红楼梦》的精神哲学。

这条独特的精神线索，其实在 20 世纪的很多作家身上，都有传承和继续，只是，它们可能不完整，不过是一些隐藏在作品中的碎片而已。如果能把这些碎片聚拢起来，我们当可发现中国小说的另一个传统：很多作品，它们不仅关怀现实、面对社会，更是直接以作家的良知面对一个心灵世界，进而实现超越现实、人伦、民族之上的精神关怀。

周新民：我注意到，前段时间《人民日报》上发表了你的《如何完成中国故事的精神》一文。这篇文章引起了我的许多思考。你引用了克罗齐"没有叙事，就没有历史"一语，重申了叙事的重要价值和意义，你能否在这里充分展开说明一下叙事之于中国精神的重要价值和意义呢？

谢有顺：文学叙事的重点是关注个体生命的展开，但在 20 世纪的中国，蔑视个体、压抑生命的力量非常强大，除了审美逻辑，政治逻辑、革命逻辑甚至军事逻辑，都试图在文学写作中取得支配权，许多时候文学叙事就淹没在社会大叙事中，个体根本无从发声。但社会喧嚣终归要退去，文学要面对的，也终归还是那颗孤独的心，那片迷茫的生命世界。我强调叙事伦理，其实就是强调小说所呈现的精神处境。小说如果不能表现人生的疑难，不能为存在做证，不能成为一个伦理存在，那和它有关的美学问题、语言问题、叙事视角问题等，就不过是技术问题，毫无讨论之必要。

去理解，而不是去决断，这是文学叙事最基本的意义之一。因此，我很重视作家是如何理解人、理解生命的，坚持所谓"个体伦理中的生命叙事"，就是要看作家如何面对具体的生命，如何面对这些生命内部潜藏的善、恶与绝望的风暴——当这些生命的景象得到了公正的、富有同情心的书写，真实的个体可能就出现了；文学叙事中的个体伦理，就是个体的生命发出声音，并被倾听；个体的痛苦得到尊重，并被抱慰。新时期以来，中国小说关于个体生命的叙事，主要是参照西方现代主义的文学经验和哲学思想，那种孤独和痛苦，也多是从存在主义哲学中来的。如何讲述中国经验，让中国人的生活洋溢出本土的味道，并找到能接续传统的中国话语，这一度是当代作家的焦虑所在。大约是进入新世纪以后，不少作家普遍有一种退回到中国传统中以寻找新的叙事资源的冲动，从模仿、借鉴西方作家，到转而书写中国的世道人心、人情之美，并吸收中国的文章之道、民间语言、古白话小说语言的精髓，进而创造出既传统又现代的文体意识和语言风格。这样的叙事转向，是生命伦理朝向语言伦理的转向，它同样可看作一个现代性的事件，因为在一个盲目追新、膜拜西方的时代，先锋有时也可以是一种后退，创新也可表现为一种创旧。

另一方面，经验、身体和欲望，借助消费主义的力量，已经成了当下小说叙事的新主角。但经验正在走向贫乏，身体正被一些作家误读为肉体乌托邦，欲望只是作家躲在闺房里的窃窃私语，写作的光辉日趋黯淡，这也是一个事实。这时，强调身体和灵魂的遇合，召唤一种灵魂叙事，由此告别那种匍匐在地上的写作，并在写作中挺立起一种雄浑、庄严的价值，使小说重获一种肯定性的、带着希望的力量，这可能是接下来中国小说叙事发展的趋势。

周新民：贴近中国文化讲述中国故事，这是你在《如何完成中国故事的精神》一文中的重要观点。你认为当下中国故事的叙述，在文化层面有哪些亟须重视的问题？

谢有顺：要讲好中国故事，最重要的是运用好文学形象，创造好文学形象。就目前的写作现状而言，我觉得，当代作家在以下三个方面有所缺失：

一是缺少写作的专业精神。作家对自己笔下的生活没有调查、研究、分析、比较，只凭苍白的想象或纸上的阅读这种二手经验，他就难以写出一种有实感的真实来。文学的实感，不是一句空谈，而是在一个个细节、一个个用词里建立起来的。你写历史，就得研究历史；你写现实，就得体察现实；你写案件，就得对法律知识有基本的了解；你写农民，就得熟悉农民的习俗、用语、心思。这其实都是写作常识，而现在的文学，常识被普遍忽略，这正是导致作品失真的重要原因。写作有时是要花一点笨功夫的，而这种笨功夫、常识感，在我看来，就是写作不可或缺的专业精神。

二是缺少写作耐心。你看现在的小说，作家一门心思就在那儿构造紧张的情节，快速度地推进情节的发展，悬念一个接着一个，好看是好看，但读起来，你总觉得缺少些什么。缺少什么呢？缺少节奏感，缺少舒缓的东西。中国传统小说的叙事有个特点，注重闲笔，也就是说，在"正笔"之外，还要有"陪笔"，这样，整部小说的叙事风格有张有弛，才显得舒缓、优雅而大气。所以，中国传统小说常常写一桌酒菜的丰盛，写一个人穿着的贵气，写一个地方的风俗，看似和情节的发展没有多大的关系，但在这些描写的背后，你会发现作家的心是大的，有耐心的，他不急于把结果告诉你，而是引导你留意周围的一切，这种由闲笔而来的叙事耐心，往往极大地丰富了作品的想象空间。

三是缺少活跃的感受力。一部好的作品，往往能使我们感受到，作家的眼睛是睁着的，鼻子是灵敏的，耳朵是竖起来的，舌头也是生动的，所以，我们能在他们的作品中，看到花的开放、田野的颜色，听到鸟的鸣叫、人心的呢喃，甚至能够闻到气息，尝到味道。现在的小说为何单调，我想，很大的原因是作家对物质世界、感官世界越来越没有兴趣，他们忙于讲故事，却忽略了世界的另一种丰富性。

文学的真实是专业、耐心和感受力的产物，离开了这些，写作不过是另一种形式的造假而已。那个时候，再高大的写作意旨，也不能保证他写作出好的作品来。所以，中国作家在与世界文学对话的过程中，精神抱负固然重要，但这些最基本的写作常识的建立，可能更为急需。

周新民：你在《如何完成中国故事的精神》一文中说："如何才能更好地完成中国故事的精神呢？我以为，最重要的是要公正地对待历史和生活。"你能充分解释下，此处"公正"的具体内涵吗？

谢有顺：文学的力量并不是来自声嘶力竭的叫喊，也不是来自鲜血淋漓的批判，而是来自一种对生命处境的真实体会，来自作家对人类饱含同情的理解。好的文学，总是力图在"生活世界"和"人心世界"这两个场域里用力，以对人类存在境遇的了解，对人类生命的同情为旨归。文学的正大一途，应该事关生活、通向人心。

文学是一种生命的学问，里面必须有对生命的同情、理解和认识。你越对人类的生命有了解，就越觉得人类真是可悲悯的，如梁漱溟所说："我对人类生命有了解，觉得实在可悲悯，可同情，所以对人的过错，口里虽然责备，而心里责备的意思很少。他所犯的毛病，我也容易有。平心说，我只是个幸而免。……这样对人类有了解，有同情，所以要帮助人忏悔、自新；除此更有何法！人原来如此啊！"确实，有同情，有忏悔，能公正地对待人世，能发现人心里那些温暖的事物，这样的文学才称得上在精神上已经成人。没有精神成人，写作就如同浮萍，随波逐流，少了坚定、沉实的根基，势必像洪流中的泡沫，很快就将消失。"五四"以来，我们几乎在文学作品中看不到成熟、健康、有力量的心灵，就在于20世纪的中国人，在精神发育上还有重大的欠缺——西方的文明没有学全，中国自己的老底子又几乎丢光了，精神一片茫然、混乱，这些都不可能不影响到文学写作。在这个意义上说，剑走偏锋、心狠手辣的写作确实已经不新鲜了，我更愿意看到一种温暖、宽大的写作，就是希望在精神上能看到成熟的作家，在写作上能看到一个敢于肯定的作家。在这个一切价值都被颠倒、践踏的时代，展示欲望细节、书写黑暗经验、玩味一种窃窃私语的人生，早已不再是写作勇气的象征；相反，那些能在废墟中将溃败的人性重新建立起来的肯定性的写作，才是值得敬重的写作。

无论是批判，还是肯定，我觉得目前最重要的是，作家们要重新确立起一种健康、正大的文学信念，套用英国女作家维吉妮亚·伍尔芙的话说："我们同时代的作家们所以使我们感到苦恼，乃是因为他们不再坚持信念。"现在的作家，不仅普遍没有了信念，甚至把技术活做得精细一些的抱负都没有了，而粗制滥造一旦成了一种写作常态，就是典型的作家丧失了文学信念的标志。一个作家，如果对文学失去了基本的信念，对语言失去了敬畏，对精神失去了起码的追索的勇气，对灵魂失去了与之一同悲伤、一同欢乐的诚实，你又怎能奢望他能写出更大、更有力量的作品呢？

另外，当代中国的许多作家，在骨子里其实并不爱这个时代，也不喜欢现在这种生活、这个世界，他们对人的精神状况，更是缺乏基本的信任，所以，在他们的作品中，总能读到一种或隐或现的怨气，甚至是怨恨。而作家心中一旦存着怨气，他就很难持守一种没有偏见的写作。因此，如何重铸一种文学信念，并重新学习爱，使自己变成一个宽大、温暖的人，这就是我所理解的"公正"，这对于作家而言，我认为也是极为紧要的事情。

周新民：中国文学批评在 20 世纪 90 年代开始出现分化，习惯用传媒批评、作家批评、学院批评来概括文学批评局面。三股力量之中，学院批评又呈现出独步天下的情形。你曾在媒体工作，也曾在作家协会工作，现在又在高校工作，你的经历和身份对于你的文学评论的关注点有何影响？今天的文学评论显然处于一种十分尴尬的位置：作家不满意，觉得和创作自身有些"隔"；读者不满意，觉得缺乏阅读的快感。你觉得应该如何解决文学评论面临的困境？

谢有顺：传媒批评、作家批评、学院批评这样的分类，其实是一种思想懒惰的表现。以批评家的工作身份或以批评文章发表的阵地来区分批评的种类，这是肤浅的。学理性是一切理论话语的基本伦理，而直觉力是批评家是否有艺术感受力、是否敢于在第一时间下判断的核心才能，无论你以什么身份从事批评，我想，都离不开这两种素质。只是，由于很多的批评显示出了一种创造力的贫乏，他们要么用术语堆砌来遮掩自身的贫乏，要么用一种专断的话语来展现自己的"勇敢"，而丧失了以简明、理性的语言把问题说清楚、说准确的能力。其实，无论是哪一种批评，都要有独特的艺术见地，也要有诚恳、朴素的话语方式，才能真正赢得读者。

对批评困境的真实探讨，正在被一些外在的话语迷雾所遮蔽。公众对文学批评的不满，批评家与批评家之间的互相指责，作家谈论起批评家时那种轻蔑的口吻，媒体不断夸张批评家的一些言论，关于人情批评，等等——这些症候，正在被总结为文学批评日益堕落或失语的标志，仿佛只要解决了以上问题，批评就能重获生命力和影响力。但我觉得，关于批评，还有更重要的问题值得探讨，那就是批评主体的贫乏。批评也是写作，一种有生命和感悟的写作，然而，更多的人，却把它变成了一门死的学问或审判的武器，里面除了空洞的学术词语的堆砌和貌似庄严实则可疑的价值判断，并没有多少属于批评家自己的个人发现和精神洞察力。没有智慧，没有心声，甚至连话语方式都是陈旧而苍白的，这样的写作，如何能够唤起作家和读者对它的信任？

批评主体的空洞和退场，才是造成批评日益庸俗和无能的根本原因。可这些年来，文学界在讨论问题时，总是习惯把责任推诿给时代，似乎处于一个罪恶的时代，才导致了一种文学罪恶的诞生。但作家自己呢？批评家自己呢？如果在他们的内心能站立起一种有力量的价值，并能向公众展示他们雄浑的存在，时代的潮流又算得了什么？人情和利益又算得了什么？说到底，还是主体的孱弱、贫乏、自甘沉沦，才导致了写作和批评的日渐萎靡。因此，批评主体的自我重建，是批评能否走出歧途的重点所在。批评也是一种心灵的事业，它挖掘人类精神的内面，同时也关切生命丰富的情状和道德反省的勇气；真正的批评，是用一种生命体会另一种生命，用一个灵魂倾听另一个灵魂。假如抽离了灵魂的现场，批评只是一种知识生产或概念演绎，只是从批评对象中随意取证以完成对某种理论的膜拜，那它的死亡也就不值得同情了。

周新民：你从事文学批评不同时期的身份和这么多年的经历，使你对文学批评所面临的问题洞悉得格外充分。相比较而言，作家批评更看重创作经验的传达，学院批评更依仗知识的播撒，媒体批评更追求传播效应。就像你在前面所说的，文学批评的关键是要有"独特的艺术见地"。你于20世纪90年代发起、策划的"华语文学传媒大奖"，正是坚守"独特的艺术见地"的准则，推出了许多重要作家作品，也引起了文学界的广泛重视。你能谈谈"华语文学传媒大奖"介入中国当代文学的立场吗？

谢有顺：我发起、策划的"华语文学传媒大奖"，迄今已经走过了十四年，马上要评第十四届了。十几年前，文学奖在中国，根本不足以成为一个公共话题，也没有人会在设计评奖规则和保证程序公正上耗费心神；十几年之后，如何评文学奖、评什么样的文学奖，已经成为对任何文学奖项的拷问。我不敢说这个风潮肇始于"华语文学传媒大奖"，但我相信，"华语文学传媒大奖"所建立起来的坐标至关重要。我参与这个文学奖，最大的感受是，实践比空谈更重要。做成一件事情，做好一件事情，都不容易。坐而论道，是知识分子的长项，但空谈多了，最终你就会什么事情也不想做，会觉得个人的力量多么渺小，我无论说什么、做什么，都无济于事，那就干脆不做了吧，顶多发发牢骚，于是，知识分子就开始气馁、放弃，开始退出公共空间，局面就会进一步恶化下去。

在一个价值混乱、利益至上的时代，有必要用一种坚定的方式将真正的文学从一种泥沙俱下的局面里分别出来。我们今天所面临的文学境遇正变得日益复杂和艰辛，为什么？因为文学正在丧失信念，写作正在远离作家的内心。有太多的喧嚣，太多的炒作，太多消费文化的影响在左右着整个文学传播，以致很多人的文学口味都被这些喧嚣和泡沫弄坏了，他们都不知道何为真正的文学了。今天，只要一提起文学，很多人以为就是那些面上的东西，就是当下炒得最热的作家和作品，其实不是。相反，有太多创造性的文学，因为寂寞就被喧嚣遮蔽了。就连所谓的文坛，也早已经分裂。一统天下的文学时代已经结束了。今天，纯粹的行政官员都可以兼任作协主席了，专业作家都可以被号召去为三流企业家写传了，被主管领导召见一回就把合影照片印在书的扉页上了，作家的个人简历都打上"国家一级作家"这种并不存在的称号了，连一千册书都卖不出去，甚至连上网都还没学会的作家都敢嘲笑点击率过千万的网络作家了，这样的文坛还有什么值得留恋和信任？当时我就在想，耗费无数财力和智慧所创办的文学奖，就是为了讨好这样的文坛吗？让他们继续玩他们的游戏吧，我却提醒自己要坚决远离这种腐朽的气场。

　　一年一度的"华语文学传媒大奖"存在价值在哪里？就在于反抗遮蔽、崇尚创造，在于向人们重申真正的文学到底是什么。因此，年度文学评选的意义，说大一点，是为了留存一个民族的文学记忆；说小一点，则是一种必要的提醒——提醒那些对文学还怀有感情的人，重视那些创造者的努力，并张扬一种纯正的文学品质。很多文学奖之所以中途夭折或者饱受诟病，固然有资金短缺、政策变动等客观原因，但也不否认，更多的是因为它失去了价值信念，或者说，它所要坚持的价值极其混乱，无从取信于人。何以一些文学奖每一届都在变，都在修改章程，都在被动应对外界的质疑？原因就在于它没有自己的价值观。而如何保持一种值得信任的价值观的连续性和稳定性，是一个文学奖如何才能走得更远的关键所在。但很多文学奖，由于缺少建立一种新的评奖文化的雄心，过度放纵个体的艺术偏好，也容易流于小圈子游戏，这同样是一种需要警惕的趋势。必须清楚，文学写作是个人的创造，文学评奖呢，则是对文学现场的一种检索和观察，它应该最大限度地分享文学的公共价值。过度意识形态化和过度个人化、圈子化，其实都是一种评奖危机。还有一种更隐秘的危机，就是渴望这个奖能获得文学界的普遍誉美。这是一种诱惑，也是一个陷阱。我并不刻意鄙薄文学界，但我也无意讨好它。在一个价值失范，甚至连谈论理想主义都成了笑话的时代，要想获得一个群体对你的赞美，你往往需要向这个群体谄媚。文学奖的命运也是如此。这么多人在写作，这么多声音在回响，你应该倾向谁？又应该倾听哪一种声音？假如你没有价值定力，你就会六神无主。你谄媚了一群人，会获罪于另一群人；你听从了一种声音，会屏蔽更多种声音。最后，你即便疲于奔命，也无力改变你卑微、恭顺的可怜命运。你只能做你自己，文学奖也只能做有自我的文学奖。你认定你的价值信念是有力量的，就要坚持，哪怕是孤独前行，你也终将胜利。"华语文学传媒大奖"要守护的是那份对文学原初的爱，对艺术近乎偏执的坚守。当庸众成为主流，当商业和权位都可以凌辱文学，真正的艺术不应该害怕孤立。就现在的情势而言，孤立是一种价值，也是一种光芒。

（载《长江文艺评论》2016 年第 1 期）

谢有顺

1972年生，福建长汀人。现任中山大学中文系教授、博士生导师，中国当代文学研究中心主任。文学博士，一级作家。教育部青年"长江学者"，广东省"珠江学者"特聘教授，湖北省"楚天学者"特聘教授（三峡大学），国务院特殊津贴专家。兼任中国小说学会副会长，广东省作家协会副主席，广东省文艺批评家协会常务副主席。在《文学评论》等刊发表论文近三百篇，出版有《小说中的心事》等著作十几部。主持多个国家社科基金项目。曾获冯牧文学奖、中国文联文艺评论奖等多个奖项。入选全国宣传文化系统"四个一批"人才，教育部"新世纪优秀人才"，广东省文化领军人才，并于2010年被国际经济组织达沃斯论坛评选为"全球青年领袖"。

做真正的文学批评家

——对话刘复生

周新民：你硕士研究生毕业后到山东电视台工作，而没有像其他大多数同龄人一样，继续读博士。工作几年后，你再考入北京大学师从洪子诚先生攻读文学博士学位。于今回想起，你觉得这几年的工作，对你今后的文学批评有何影响？

刘复生：我的硕士专业是中国现当代文学，当代文学方向，自己既是个文艺青年，又想走学术道路。硕士研究生阶段，我本来是打算继续读博士然后从事学术工作的，但是由于某种个人原因，没办法再继续考，所以就到了山东电影电视剧制作中心（即现在大名鼎鼎的山影集团），从事电视剧的策划和文学编辑工作。当时对这份工作的确还是有兴趣，主要是觉得好奇和好玩，想了解影视剧的创作秘密与生产规律。因为潜意识里早就认准了自己早晚和最终都是要回来从事学术研究的，并没打算以此为业，所以只当是人生中的一个悠长假期，心态也比较放松。如果真的想走影视这条路，明智的选择当然是往编剧方向发展，这是再显然不过的事，几乎是惯例了，当时也有一些好心的前辈和朋友提醒我，我也三心二意地试了一下，也只是玩票而已，并不认真。不过，随着工作的深入，我逐渐收起了对电视剧的轻慢之心，认真研究起来，这一研究，收获不少。

首先，我对原来从事研究的体制化的"纯文学"脱离社会、假模假式的本质有了切身体会。原来一直身在其中，虽然有时也觉得难以下咽，但不敢怀疑，而且习惯成自然，也能勉强自娱自乐，有时甚至还能从脱离群众中升腾出一种虚假的智性优越感。但参与电视剧创作，这种幻觉就保持不住了。电视剧真的给我上了生动一课，它绝对不敢轻视受众，这个行当在叙事上讲规矩，重法度，甚至拘束到教条主义，讲科学，讲生活逻辑，讲模式，技术性强。它天生接地气，甚至有点小心翼翼地看观众脸色，不太能乱来，不容易滥竽充数。电视剧就像19世纪欧洲的现实主义小说，比较严谨，注重和社会生活的连接，虽然有点刻板，但要做到高境界，绝对需要才华和厚实的生活积累。叙事上技术性要求和限制很多，但艺术就是限制，以及对限制的超越，或者说在限制中获得的自由，这是一切艺术的本质，没有限制就没有艺术，这种张力，或者说沿着法则切线逃逸的弧度，决定了艺术的水准。入了电视剧这一行，对此有了切身的体会，那几年我比较系统地研习了编剧法，研究性地看了很多经典的编剧理论著作、剧作和影视剧，对叙事艺术有了更深的理解。我一下班就关在屋里研究，进益很快。记得那时我住在山东电影洗印厂的单身宿舍里，很长一段时间，影视中心只有我一个人住在那里，晚上下楼放放风，偌大一个厂子，四下静悄悄，只有梧桐森森，气氛都有点恐怖。不过后来新进的几个大学生就住进来了，包括李晓东、张永新、张开宙，他们现在有的都已经是著名导演了。

和电视剧艺术相比，文学界就太容易装，尤其现在，似乎也没个标准。其实从80年代末以后，小说与诗歌写作就逐渐丧失了规矩和判断尺度，再加上文学创作与批评的利益集团化，完全可以指鹿为马，可以胡作非为。只要以艺术的名义，那些江郎才尽的知名作家，可以随便胡来；以艺术的名义，批评家们也可以完全不讲原则。可能只有装作高深莫测，只有装神弄鬼，玩花活，蒙和骗，才能维持这场文学名利场的神话与游戏吧。试想，如果像电视剧那样好好叙述与描写，写人物，拼生活积累，拼观察思考能力，拼扎实的艺术功底，文学作品的高下深浅是一目了然的，还怎么骗呢？所以必须玩花样，欺负老百姓，这和卖假药与电信诈骗有什么区别？比方说美术吧，别说那么热闹，连素描都画不好，玩什么行为艺术？现在的文学界，说得难听一点，就是一个行为艺术大派对！这样的大势一旦形成，老实人就不好混了，懂行的批评家要么同流合污，要么就被边缘化了。

其次，我对大众文化的运作体制，以及社会主流意识形态的生产和再生产机制有了深入的理解，也有了批判性的反省。深入其中，才使上学时读的那些文化研究的著作鲜活起来。领导和同行们追求"艺术"，更时刻紧绷市场弦和政治弦，融资啊，资本盘活啊，成本啊，利润啊，写人性啊，"主旋律"啊，上"一黄"啊，大会小会谈的就是这些内容，它们也贯穿在了前期策划和剧本创作阶段。一对照，当代文学生产其实也一样，并不那么纯粹，在新的主流意识形态的政治正确和文学市场体制中，不说那些明显的商业性的畅销书，就是有的知名"纯文学"作家，暗地里念的也是生意经，只不过更隐蔽罢了。二者的逻辑甚至内容都有相似性。

后来我对"纯文学"体制与观念的批判也与此潜在相关。这段从业经历也形成我的一种文艺态度，即对种种非历史化的，拒绝和现实对话的创作不感冒，对端着架子、故作高雅、假惺惺的贵族做派很反感。与此同时，我对被主流的"纯文学"体制所刻意压抑和污名化的大众文艺样式，包括文学内部的第三世界，比如"主旋律"小说、"官场小说"和某些网络文学，有了某种本能的同情和好感。这种不平等的文学的等级制是很蛮横的，它有时甚至把"底层文学""历史小说"都打到另类去。似乎只要和社会历史联系过紧，尤其是对革命史不反着写，不那么会虚构和玩花样，尤其是坚持老实的现实主义讲故事，甚至好读，都成了罪过。我就曾亲耳听到一位极其著名的作家在评奖时批评某部小说，小说好是好，就是故事性太强，太好看，文学性可疑，不通过。这是什么逻辑？当然，我们也不必矫枉过正，大众文艺尤其网络文学的确有它的毛病，但它们很多说人话，让人看得下去，这得肯定。

这一段的训练，让我对包括文学在内的当代文艺重新去认识，后来我用"历史能动性"的说法来概括好的文艺和社会历史的关系。这段职业经历也洗净了我大学期间的现代主义的教养所形成的那点文艺腔，引导我重新充满敬意地认真去阅读 18 世纪以来的中外现实主义文学传统。当然，我也不断提醒自己，要保持理论的反省：我们也算是文化企业吧，别因为自己从事了大众文化生产的工作，就丧失了批判性，至少别变得太世俗吧。当然，山影也还不单纯是一个企业，作为政府的意识形态生产机构，尤其是山东广电厅的下属机关，它还形成了一种正统的气质，至少当时是这样。这种特性，好处是具有传统的社会使命感，坏处是有时表现出某种保守和僵化的色彩，可能这只是当时年轻的我的主观感受，大概全国的同类机构都是如此吧，或许面向市场和获奖的电视剧生产必然是保守的，循规蹈矩，模式化最安全，这就难以给新思想、新视野和新鲜的艺术表达留下太多空间。时间一长就让我没有了激情。另外，由于岗位的性质，我也不能像其他年轻人一样四处跑，一般是待在办公室里，就觉得山影的气氛还是有点压抑，衙门官僚作风比较严重，那又是个"官二代"等扎堆的地方，裙带关系和门阀气味重，也不是一个公平竞争的环境。所以几年之后，自认为如果不从事创作的话，也没有太多可学的了，再待下去只能简单重复劳动，意思不大了，于是就考博士走了。

事后回顾这段五六年的工作经历，我特别感谢命运，让我增长了见识和阅历，经受了社会的历练，不再是一个不谙世事的书生了。更重要的是，对我此前大学里学的东西有了一种系统的批判和整理，这对后来的学术研究，包括文学研究与批评都有重要影响。

周新民：你于新世纪走进北京大学，这个时期整个学术环境和学术范式都发生了变化。当你再次接触学术后，你最大的感受是什么？你觉得新世纪北京大学的文学研究和20世纪80年代、90年代相比较而言发生的最大变化是什么？这种学术范式的转换给你的文学批评带来了什么样的影响？

刘复生：我在2001年考入北大中文系中国现当代文学专业，师从洪子诚先生读博士。再次回到校园，感觉无比幸福，对学习机会也特别珍惜。有些事说出来你可能都不信，几年下来，我连近在身边的颐和园与圆明园也没去过，这两个地方还是毕业后出差又抽空去的。当然，这也可能只是证明了我是个多么没情趣的人。其实即使在山影期间也没有中断学术研究，那时也已经可以感觉到中国学术思想的变化，对90年代末轰轰烈烈开展的左右思想论争也一直很关注，这样的思想文化背景深刻地影响了中国现当代文学研究的格局，因为对近代以来的文学史和作家作品的评价与判断不可能离开对这一段历史的认知判断，也不可能离开对正在展开的现实实践的理解。另外，90年代初泥沙俱下的后现代主义思潮最初的混乱理解过后，大浪淘沙，沉淀下来一些非常积极的思想资源，那些批判现代性的"后现代精神"（姑且这么说吧）体现出价值。文化研究的兴起，也为当代文学研究和批评更新了思想视野和理论方法，一批前沿性的成果正在涌现，对1980年代以来形成的"新启蒙主义"文学观、新批评式的"纯文学"观念、"现代性"的文学价值观都有了反省和批判思考的可能性。当然，这一切之所以会发生，是因为最深刻的根源还是社会历史的变化，当80年代的解放性能量逐渐耗尽，知识分子们以"现代"或"西方"象征式命名的理想彼岸慢慢物化为灰暗的现实世界，改革开放以来的社会发展道路导致的现实问题也越来越明显，越来越尖锐，而随着中国全球化程度的加深以及信息时代的到来，越来越多的中国人开始了解外部世界的真实情况，一系列的历史事件也清晰地显现了建立在不平等和殖民主义之上的世界政治格局，引导我们去重新理解被我赋予那么多浪漫美好想象的现代性逻辑，对现代文化的普遍性和真理性的信仰开始破碎，在一些思想较为敏锐的知识分子中间率先开始了对 80 年代以来深信不疑的思想框架进行质疑，"新时期"以来形成的"启蒙主义"知识共同体解体了。这也引导我们去重新评价近现代以来的历史，尤其是 1949 年以来的历史，也放弃 80 年代式的进步主义观念和中西比较视野去重新看待几千年的中华文明。这种思想文化的变化从 90 年代末开始浮出地表，终于在新世纪第一个十年的末期获得巨大的社会文化影响力。

北京作为中国学术的中心，当然是新思想的策源地，北大无疑又居于中心位置，只要用心，就会不断受到富于活力的思想激荡。课堂上所学其实有限，主要还是通过各种方式接触自己感兴趣的学者，然后根据他们提供的线索建立自己的阅读谱系。其实北大并不代表某种实质性的思想或立场，它只是一个多元思想并存甚至交锋的场域。走什么样的路，选择什么样的方向，能有什么样的修为，还是要看个人。但在这样的环境里，选择的自由空间会比较大，换一个比较沉闷的环境可能就没那么容易摆脱旧有观念的束缚。当然，我也非常感谢洪子诚老师，他在我的立场和发展方向上很宽容，并没有提具体要求，却一直盯着我们（我和张雅秋是他的关门弟子），他不管过程，只看你是不是好好读书思考，看你进步没有，过段时间聊一聊就看得出来。记得我刚入学把我的硕士论文改了一篇文章发邮件给他看，他很不客气地说，没什么新意，太陈旧了，还得努力（大意）。后来再给他文章，他看过说，可以。再后来说，不错。我一想到导师对我的"全景敞视"，就格外努力。

我一开始也是广泛学习和比较，慢慢地就形成了自己的阅读系统。这么成体系地阅读和思考，让我对自己之前接受的那些通行的知识与观念有了认真的清整与反省，也打开了新的视野。对社会历史著作的兴趣也浓了起来，除了做论文期间，其实大部分时间都在读文学以外的书，"汝果欲学诗，功夫在诗外"，回过头来看文学，忽然就想通了很多问题。

周新民：你为何选择"主旋律文学"作为研究和评论的重要对象？你觉得中国"主旋律文学"的意义和价值在哪里？"主旋律文学"的问题何在？如何取得

突破？

刘复生：首先当然是想借由文学研究与批评展开对现实意识形态叙述的批判。我的一个基本判断是，针对改革开放以来的社会发展道路产生的越来越尖锐的社会矛盾，官方生产出一套新型的意识形态进行解释和抚慰，"主旋律"文学就是这套新型意识形态战略的一个体现，也是卓有成效的载体，它和旧有的那一套主流意识形态既有联系，又有重要的区别和发展，融进了很多市场时代的新内容，其中既有对旧有意识形态资源进行"权且利用"式的继承和改写，又和全球意识形态背景具有深刻的关联，值得好好地分析。

其次，"主旋律"文学往往具有多重因素。在山影期间，由于工作的关系，研究了很多电视剧作品，我发现，在大众文化中，比如某些电视剧中，其实包含着一些革命性因素，或者说新的文化生长点。电视剧这样的大众文艺样式，天然地就和社会历史保持着紧密的联系，哪怕是那些进行意识形态化叙述的作品，固然试图对现实矛盾进行想象性化解，也要首先对现实进行正视和有效回应，对社会潜意识具有敏感领会和把握，它们只不过是在结论部分和解释层面进行了意识形态化的处理而已。而且，这些大众文艺内部并非铁板一块，而是可能具有多重的意义空间，各种意义有时在不断地进行争夺与博弈，有些是无意识的，有些则是有意识的，比如有些具有批判性的作者在表面遵从主流意识形态成规的前提下也在巧妙地利用它传达自相矛盾的内容，或对其意识形态前提进行自反式的反讽，这样的复杂结构是我特别感兴趣的。这是我后来进行"主旋律"文学研究的一个重要诱因。山影的一个重要创作传统就是这种类型的创作，这也被认为是山东电视剧注重现实，具有社会责任感的重要标志。我也参与了一些"主旋律"剧目的创作。众所周知，"主旋律"小说作品和影视剧关系密切，它们体现了共同的意识形态叙述逻辑，所处的艺术场域及其生产法则也相通。像周梅森、陆天明、柳建伟等既是小说家也是编剧，这种文体之间的转换也构成了"主旋律"文化生产场的一个重要特征，"主旋律"小说被改编成影视剧的概率很高，有些此类小说就是根据剧本改编成的所谓"同期书"。这些我都不陌生，研究起来驾轻就熟。由于当代文学研究与批评界受制于80年代以来"纯文学"观念，对这一重要的创作领域不屑于涉足，没有系统的研究，单篇像样的文章都没有，基本算是空白吧，所以我就选择了这个题目，算是做了点开创性的工作吧。

其实我集中研究"主旋律"文学也就一两年，后来它只是我众多关注点之一。2000 年以来，我已经不再看好主流的文学创作，它已经僵化为一种日益狭隘的文学体制，故步自封，自诩"纯文学"，把不符合这个标准的文学一律贬为非文学或不文学的行列中去。这种文学的等级制很多时候是非常专横，没有什么道理的，其目的在于维护这一文学体制背后的新型主流意识形态，以及"新时期"以来形成的利益分配格局，也包括文学界自身的利益格局。所以，指望主流文学本身发生革命性的变革是近乎不太可能的，即使有也很小、很慢，于是我就希望边缘闹革命，从农村包围城市，也就是从那些被"纯文学"贬抑的区域寻找新的可能性。但是，必须看到，这些领域也是泥沙俱下，问题不少，比如现在的网络文学等。既要批判，又要看到其中蕴含的潜能。对待"主旋律"文学也是如此，它其实也分享了"纯文学"的缺点，而且为新的主流意识形态辩护的色彩也很浓，但是，千万不要简单化，不要想当然地认为"主旋律"就是为政府说话的，就是"五毛"。

　　要说"主旋律"文学突破的方向，我觉得不是文学本身的问题。如果国家能够认真反思并调整社会发展方向，然后提出一种崭新的中华民族的生活愿景和生命哲学，并以新的国际主义视野重新思考如何为建立一个更美好的世界秩序贡献力量，在此基础上构建一种作为文明国家的文化战略，"主旋律"文学才能获得更远大的发展空间。"主旋律"文学不能仅仅是一种为具体的社会政治目标服务，为某种现实秩序站台的意识形态载体，而应该承担起文明责任，也应该具有批判性的锋芒。当然，我已经离现有的"主旋律"文学的概念太远了。姑妄言之吧。

　　周新民：作为一名批评家，我觉得你最大的特点是格外关注社会现实。我还注意到，你关于中国的底层文学也有自己的观点。你为何关注"底层文学"？

　　刘复生：从 90 年代末至新世纪初的学习思考，让我发生了一个重要的转向。从那时起，即使仍然做文学研究，我也不再是以文学为中心和本位来考虑问题了，文学问题只是镶嵌在思想文化或社会历史中的一个部分和环节而已。作为一种审美意识形态，一方面，文学表达要受到社会历史的根本性的制约，后者是前者的绝对的地平线；另一方面，文学还扮演着积极的能动角色，承担着塑造现实、打开新的历史实践的急先锋任务——从好的方面和坏的方面来说都是如此。如果一切人文学科的最根本意义在于理解现实并改变现实的话，文学研究的价值也在于批判地把握文学对现实的意识形态限制，寻找那些对现实的革命性的想象和乌托邦维度，重新构想另类的现实和未来世界。正因如此，我对政治哲学和古典美学理论也产生了浓厚的兴趣。当然，不能因此而忽略文学本身的特殊性，不能化约掉那种美学的激动人心的力量。文学自有艺术传统赋予的相对独立的一面，只是我们不能对它进行神秘化、非历史化、非政治化的狭隘理解。应该指出，这是中国老马克思主义文艺批评的缺陷与误区，同样需要我们警惕。如何在历史与形式之间打通，也是一个需要我们认真思考的理论问题和批评实践问题，对此一些西方马克思主义的理论家也给了我重要的启示，如伊格尔顿、杰姆逊、卢卡契等。我之所以对主流文学感到失望，可能也是思想重心转移的结果吧。是不是随着年纪变大，社会阅历多了之后，很多人都会蜕去"文青"的色彩，而对社会历史更感兴趣？反正我是开始对这个世界能不能变得更好一些更为关心，至少不要变得那么坏，或坏得慢一点，这话说得似乎有点大，但却是真实想法，有点不自量力呵。世界变得好与坏，文学的作用，或者说广义的文学艺术作用很大——当然我不是从非常保守的伦理意义上来说的。广义的文学，包括影视剧，各类通俗文学样式，大众文化样式，只要是以讲故事的形式进行叙述，都属于文学，这也是我从来没有把自己的研究局限于一般意义上的文学的原因。其实如果我们把视线拉长，几千年来的文学从来都是镶嵌在社会历史与诸种文化之中，独立的文学观念是非常晚近的事情，即使中国现当代时期，人们对文学的朴素认知仍然延续了古典的文学概念，只是到了 80 年代中后期以来，作家们和批评家们才弄假成真，主流文学才变得越来越封闭，只能在非历史化的内心世界和形式层面打转转，可以说，文学从来没有像今天这样狭隘过，轻浮过。

"底层文学"的确是新世纪以来非常重要的一个文学现象,它代表了"纯文学"或主流文学创作内部分裂出自己的反对力量，它在恢复文学与社会历史有效连接的前提下进行美学表达，意义当然是重大的。对于底层文学的认真系统的研究与批评主要是李云雷这些批评家进行的，我只是从旁提了个醒：当心"纯文学"体制及其文学惯例对"底层文学"的反噬与再收编，更要防范在其成为文学创作热点以后被跟风的投机写作者引向不良的方向。现在看，这种担忧并非多余，后来不是有些著名的"纯文学"作家如贾平凹和方方也写起了所谓的"底层小说"吗？

周新民：你曾对文学批评的功能、价值和意义有思考，你也对青年一代批评家提出了"新文化"的构想。在你看来，文学批评最重要的价值和功能是什么？

刘复生：我前面总是在批评纯文学体制，呼唤革命性的新因素，根本的目标还是希望社会历史朝好的方向转化。这个时代的变化其实大家也都能感受到了，好的一面和不好的一面都是真实存在的，思想文化共同体的任务应该是扶正祛邪，把初萌头角的革命性因素激发出来，把潜藏的积极的可能性召唤出来，甚至创造出来，让历史朝好的方向转化。这个时代时遇既为新文化提供了初步的条件，也热切地渴望和呼唤着新文化来打开历史实践的空间，二者互相倚重。现在，思想文化的突破已经呈现散点群发的阶段，可能大的变局和根本性的突破会到来，中国摆脱殖民思维，深刻地清理这份意义复杂暧昧的思想资源，包括各种传统资源，并对历史现实与未来重新理解，有可能创造出一种新的世界性的中华文明。文学艺术既是这种文化创造的一部分，也是其前沿阵地，这也是我所说的"伟大的中国文学"的意思。

在这个前提之下，文学才能获得新的"人道"情怀，它们对个体经验和内心生活的书写才真正能获得历史的深度和美学的深度，正如十八世纪以来那些伟大的中外文学经典所昭示的一样。它们也才能有资格为大历史留下一份鲜活的、或悲或喜的人性记录，并以其理想性启示获得感人至深的情感力量。

催生这样的文学的批评才是我认为的真正的批评，相对于这个文化目标，文艺批评只是一个小抓手而已，一个工作的界面和开口罢了。但是，要履行这样的批评职责，无疑需要艰苦的知识、思想与技术上的准备，我理想中的批评家，必须首先是一个出色的人文学者，一个百科全书式的学者，而且必须关注社会现实，对思想文化走向保持敏感，不局限于专业主义的狭隘思维，不迂腐，思想视野与判断力还必须远高于知识界或学术界的一般水平。这个要求是不是太高了？要求是不低，难也肯定是难，但如果没有一批这样的批评家涌现出来，也不太可能通过文艺批评根本改观文艺创作的风气与状况，并经由文艺真正推动"新文化"的建设，虽然学术与思想界仍然会有创造性或突破性的成果不断出现，但它和社会往往隔得太远，渗透太慢，力道有限，无法打通最后一公里，这需要文艺做中介。当然了，文艺也要有新气象，除了思想内容，还包括文风，这都要文艺批评去改变，现在的文艺批评自己的文风就有问题，包括我本人，文章都很难看，惭愧呀。思想作风就更不必说了，基本上是拉帮结派，吹吹捧捧，给假冒产品做虚假宣传，按最低要求说，也没有体现出某些人所说的批评的职业精神与专业态度啊！

基于以上的认识，我曾呼吁年轻的批评家担负起这种使命来，要有抱负干点大事，不要受"纯文学"体制的利益诱惑，在我看来，这点小利益和残羹剩饭也不值得我们枉抛心力，辜负一生志业，当所谓"纯文学"的炮灰和陪葬有点太不值了。也没什么意思，整天看那些无聊的东西，还要违心说好话，才是真的苦。

做个真正的批评家不容易，我只能尽量努力，能做到什么程度，只能看天命了。

（载《长江文艺评论》2017 年第 1 期）

刘复生

1970年12月生，山东菏泽人。现任海南大学人文传播学院教授，海南师大兼职教授，《天涯》杂志兼职编辑，海南大学文艺学专业文艺批评方向硕士生导师，海南省"有突出贡献的优秀专家"，海南省"515人才工程"第二层次人选，中国作家协会会员，海南省作家协会会员，海南省作家协会理事，海南省文联理论与评论委员会副主任委员，海南省青年诗人协会副主席。发表学术论文120余篇，出版《历史的浮桥——世纪之交"主旋律"小说研究》《海南当代新诗史稿》等多部专著。

批评何为、文学共和与重建集体性

——对话刘大先

周新民：看到你的个人简介，发现我们在最初的学术道路上有些共同点。我们硕士研究生期间都读的是文艺学专业，而进入博士研究生期间，我们都选择了中国现当代文学专业。我之所以不在文艺学专业继续深造，是因为在学习过程中，觉得当时的文学理论研究，以"搬运"西方文学理论为主业。我日益感觉到，西方文学理论无法贴切地解读中国文学。为此，我开始了学术转向。你学术转向的内在原因又是什么？

刘大先：我起初没有你那种学术自觉，倒有种随波逐流的意味。因为我 2003 年硕士毕业就到中国社科院工作了，按照当时社科院的规定——现在好像仍然是这样——进院第一年需要下到地方，比如到内蒙古或者甘肃某个地方挂职做个副县长之类，接触一些类似计生、招商之类的实际工作锻炼一下，满两年之后才能考博继续深造。我所在的部门不是研究室，而是编辑部，这也算是事务性工作，所以没有"下放"，一开始就在前辈的带领下审稿、编稿。我们单位的主流是做史诗学和民俗学，风气影响下我也拉拉杂杂读了一些此方面的书。2005 年，一起进单位的其他三位同事都开始准备考博了，我也有点着急，其实还是一种学生心态，觉得别人都考，也跟着想考，至于自己未来的学术之路，并没有想清楚。一个偶然的机会，文学所的老先生建议我考汪晖先生的思想史，我也联系过他，还去清华听了一个学期关于民族主义的博士课程，也到隔壁旁听了葛兆光先生的古代典籍解读课程——纯粹出于对于知识本身的兴趣，倒并没有想到是否对自己未来的研究有什么帮助。因为之前一直学文艺学，硕士论文是写当代审美文化的，类似文化研究的路子，基础是西方文论，跟思想史的做法有些差别。我可能没有显示出在思想史方面特别的学术潜力，单位的领导也建议说可以继续学美学，后来就改报了文学所的美学和北师大的现代文学，后者是为了保底。这两个地方倒是都考取了，最终我还是选择了去北师大，因为意识到美学可能已经是个夕阳学科，五六十年代和80年代的两次美学热有其背后复杂的政治因素，人们借谈美学来说政治；而90年代之后兴起的生活美学之类逐渐向文化批判和日常生活审美两个方向走，可以将它们作为知识背景和方法，但如果真要建立自己的学术根基，可能还是需要一块比较"实"的领域。

我的博士导师是做现代戏剧研究的，不过并没有硬性规定我必须走这条路。在一种比较宽松的氛围中，我选择了一个之前没有人做过的话题：现代中国与少数民族文学，试图将现代文学和少数民族文学这两个原本在学科分类体系中不同的学科勾连起来。事实上，这个话题也与我正在从事的工作息息相关，毕竟如果专业相距过远，对于将来的工作很不利。这些都是实际的考虑，并没有"以学术为志业"的崇高感，相信很多与我类似的朋友会有同感：我们这类人出自底层，家庭和接受教育的环境注定了在成长的过程中缺乏有效而明晰的指导，会走很多弯道，做很多无用功，仿佛走在歧径丛生的暗夜，只能慢慢蹚出自己的路。这个从蒙昧到自觉转化的过程异常艰难，如果没有自身天赋的因素和些许的运气，几乎不可能形成一种自觉的追求。做博士论文的几年应该是我获得这种自觉的过程，就是意识到可以在已有的基础上开辟属于自己的话题，通过"六经注我"式的综合，将文艺学、现代文学、少数民族文学乃至思想史的内容提炼为一套解释系统，来对一种边缘的文学文化现象进行知识考古、现状描述和理论前瞻。这是一种所谓的"跨学科"尝试，面对的是实际的"问题"，而不是为了学位而强为之文的高头讲章。当然，那时候心中多少也有一些野心，想在这个领域建立起一个标杆性的东西。也就是在这个过程中，逐渐发现之前散乱读的书、听的课乃至无聊时候练笔写的一些评论都是有用的，它们都可以成为整合成自己这套话语的营养，而早先文艺学的影响还是在将具体批评与文学史研究理论化的冲动中打下了深刻的烙印。

周新民：从理论上的"虚"转向"实"的研究领域，这可以看作你学术转向的一个重要标志。不管自觉还是自发的行为，从某种意味上"决定"了你的学术道路。不过，在你的学术道路中，文学批评占有重要的比重。何为文学批评？这是一个老话题。不同的历史时期，答案又是千差万别的，这其中既有个体的原因，又有时代差异性的因素。不过，在我看来，"文学批评何为"这一古老命题在今天应该有崭新的答案。今天，文学批评的功能和价值与建构现代民族国家的理念密不可分。批评家的思想资源可以不同，理论方法可能会参差有别。但是，有价值的文学批评必须为建构中华民族这个现代民族国家的核心文化理念提供思想资源和智力支持。我认为，你的文学批评的最大的特色恰恰就在这里。

刘大先：你这一说我倒是想起来前几天在南宁张燕玲老师办的一个青年批评家培训班上，黎湘萍先生说到蒂博代的《六说文学批评》。蒂博代把文学批评分为三种形态：读者的自发批评、教授的职业批评和文学家的批评。在他看来，批评的功能，不仅要有趣味上的判断，也要有建设，还要有创造。这是八九十年前的话，现在看依然有其合理性。我在其他的文章中曾经说过批评的专业性，相当于蒂博代说的职业批评。因为批评本身作为一种评价是人的本能，谁都可以对某个文本、现象或问题发表意见，但"意见"如果不经过学理性的梳理与反思就只有个体的意义，而我们这些执业者应该从这种本能中超越出来，在个人审美趣味、文学内部的技巧与形式之外，有更为广泛的生产性。这种生产性就体现在要将文学批评变成一种知识的生产、思想的启发与文化的实践。换句话说，它是建设性和创造性的，不仅仅是文学的附庸，而是具有自己的独立性，能够能动地反作用于文学，并且有机地加入到文化的再生产之中。

诚如你所说，无论持有如何的思想资源和理论方法，任何时代的批评都一定是建基在当时的社会语境之上，立足于同具体时代种种思潮的交锋与对话之中。"文学批评何为"的话题指向的是它的功能和价值。文学在现代民族国家建立的过程中获得了前所未有的重要性，所谓兴观群怨、浸熏刺提，它在"想象的共同体"建构过程中的意义连带着赋予了文学批评在美学意义之外的政治性、教化性与乌托邦维度，使批评的位置一下得以跃升到文化导向的地位，这在现代文学史上可以找到一系列的例证和论述。到了我们现在当下，因为新媒体传播方式和文化多元化带来的新变，文学的这方面功能有所弱化，文学批评也有着向"帮忙"和"帮闲"

发展的趋势。但作为一个有勇气和担当的批评者，不能妄自菲薄。事实上文学批评可能是我们时代少数无法被消费社会和商业逻辑全然腐蚀的文化形态，它在有意无意中仍然可以发挥着不可替代的跟时代交锋与对话的功能。而要做到这一点，最关键的是要抓住我们时代重要而真实的问题，并将之历史化和政治化，进而在"碎片化"的语境中建构出具有共识性的理念。这就是你所说的为一个国家的"核心文化理念"提供思想资源和智力支撑。这听上去比较高蹈，在实际过程中却是有现实针对性的。我所做的少数民族文学批评不过是其中的一个侧面——既不能无视现实中存在的多样性文学与文化生态现状，同时也要摆脱偏狭的差异性认同，而要将多元化与一体性之间的互动与博弈揭示出来，从中寻找到平衡点，进而为现实中的边疆、民族、地缘政治、身份认同、跨文化传播与交流等问题提供一定的参考。如此一来，一个貌似边缘、冷僻的学科就具有了普遍的意义，它已经不再局限于某个二级学科的内部知识循环或自娱自乐，而是公共性的议题。所谓学者的人间情怀，大致就是这个意思。

周新民：你的著作《现代中国与少数民族文学》认为，"多民族一体的中国现代文学中少数民族文学诞生的文化史前因、思想史意义与文化人类学价值。在彰显少数民族文学独特性的同时，也依托于统一的国家文化领导权，从而使得少数民族文学作为一种国家文化软实力成为复兴中华民族文化的动力源泉之一。这并不是'边缘活力'范式的翻新，而是意识到少数民族与主体族群一样，都是平等的中国公民，从而有着共同的命运"。在我看来，这是你研究中国少数民族文学的基本出发点。你能围绕中国少数民族文学史具体情形阐释下这一观点么？

刘大先："少数民族文学"这种提法有种鲜明的当代性。我这里说的"当代性"显然不仅是个时间概念，而是包含着明确的政治意味，即它的发生首先是一种国家行为，是自上而下的社会主义意识形态作用的结果，表征着翻身做主人的中国各个族群人民的平权实践。这样说并不意味着少数民族文学在此之前不存在，恰恰相反，各个民族，哪怕是那些直到20世纪中叶还处于刀耕火种状态的族群，也几乎都有着自己悠久的文化传统和书面或口头的文学。这就是所谓"文化史前因"，即它并不是"想象"虚构的产物，不是"无中生有"，而是有着从《礼记》就记载的"五方之民"的区别和联系，同时也有着从《春秋公羊传》就衍生的"大一统"传统。这种"五方"之别的现实与"一统"政教的理想，提供了"多元一体"政治文化理念的思想资源，使得现代中国能够进行所谓的"创造性转化"。在帝制中国应对现代性危机的时候能够从容转圜，旧邦新命、再造中华，而没有像莫卧儿王朝、俄罗斯、奥匈、奥斯曼土耳其那些煊赫一时的大帝国一样分崩离析，在保持了统一的同时也没有窒息内部多样性的生机。从这个意义上来说，多民族共有的文学文化遗产有着集体记忆般的思想史意义，很容易与现代意义上的民主协商、平等互进、团结共荣、多元发展观念相接榫，启发了现代中国的政治治理、社会调节、文化措施与文学样态。

另一方面，前现代时期的少数民族文学尽管存在，却一直是自然化的存在，现代意义上的"民族"与"少数民族"还没有产生。这中间有着文化民族主义向政治民族主义转变的过程，一旦现代民族诞生了，必然要求国家的文化领导权起到统摄多元族群小传统的作用，进而让种种差异性和独特性因素成为国家整体文化规划的有机组成部分。我们会发现，"少数民族文学"命名、创作与研究的起步推动力，最初正是基于社会主义国家人民权力平等的诉求而展开的。最初的研究样式是编写各兄弟民族族别文学史与文学概貌，而这些少数民族文学史和文学概貌的书写语法和逻辑都是遵循与模仿主流"中国文学史"的分期、断代和文类划分标准，在总体上是按照政治史和主导性意识形态的要求进行的，只是在其内部有些许的差异，比如某些民族独有的文类、信仰和美学趣味等。后者以差异性的面目出现，最初只是描述性与展示性的，经过新中国成立后几十年起承转合、此消彼长的主流文学思潮变迁，现在成了一种文化软实力的资源了。

从中国文学史的流变来看，每次大的思想与文化转型或强势文体的出现，从魏晋南北朝到唐帝国、唐宋变革、辽金元清，往往都有着外来因素与内部多族群文化碰撞交流的刺激作用。文学史的现代创立与研究者们对此也多有关注，五四新文化运动在延续晚清以来吸收西学的热潮中，也开始关注本土的民族民间文化，提出"到民间去"，试图结合中西文化的新要素来革故鼎新。甚至游离在新文化运动边缘地带的老舍，因为在帝国首善之区长大，也痛感"老大帝国"的腐朽不堪，而闻一多、沈从文这些文学家因为亲历了从文化中心到西南多民族边地的流亡过程，接触了多民族文化，深感边地边民带有的未被主流文明腐蚀的朴野生命力。这种对于"边缘"的再度发现与发明甚至可以贯联起今文经学比如龚自珍、魏源等人的"山林"之学、边政史地之学到 20 世纪 20 年代末期和 40 年代中期的几次西北科学考察，以及吴文藻、马长寿等人提倡的边政学和蛮族学。这一脉学统直到杨义新世纪提出的"重绘中国文学地图"都可以算作"边缘活力"的模式。但是，我的观点是应该对这种模式也要提出反思与超越，即这种模式摆脱不了有一种进化论的潜在框架，无意识中将边地、边疆和少数民族视作一个普遍性时间（现代性）中的特殊性空间与人群，似乎这些地方、人群及其文化体现了我们文化中那些"活化石"般的存在——它可以作为被发明和利用的矿藏，而拒绝了他们的"同时代性"。而事实上少数民族文学／文化与主流文学／文化从来都是共生在中国的共时性空间之中，自从民族识别与人民代表大会制度之后，就转化为社会主义国家中的平等公民组合而不再是和亲、羁縻、藩属、朝贡、土司、流官等历史上不同时期的关系形态，在当下更是要面对全球性的相通语境，比如移民、流散、多媒体技术、大众文化与消费主义、资本增值与新自由主义等一系列复杂纠缠的政治、经济、社会、文化权力生态。在共同的遭遇和命运中，少数民族文学如何在整体的中国文学中凝聚共识，在思想分化与社会撕裂的现状中打造所谓的"核心价值"，我想应该是研究的出发点，也是归宿。

周新民：" 五四"以后很长时间以来，观照中国少数文学的批评思想资源主要是进化论与科学话语，中华人民共和国成立后少数民族文学基本上纳入到统一的意识形态话语体系中，上个世纪 80 年代以来基本上采用文化研究的方法来观照少数民族文学。你认为，当下应该在怎样的话语谱系之中去观照中国少数民族文学？

刘大先：你归纳得很到位，确实在少数民族文学批评的思想资源选择上，不同时期有着不同的侧重。总体而言，进化论和科学主义话语作为现代以来的"知识范型"，几乎笼罩在从少数民族文学诞生与发展的始终，无论是意识形态一体化时期，还是后来的反抗与认同、承认的政治、亚文化与少数者话语等，背后都隐藏着一种源自启蒙运动的现代性视角。这种视角就是所谓的打破了政教一体整合状态的"现代性分化"，像马克斯·韦伯所说，价值领域被分化为认知—技术、道德—实践和审美—表现等不同领域，政治上的自由、民主、平等与学术上的科学、理性、独立等成为普遍接受的认识基础。这个认识论基础决定了少数民族文学必然处于"分化"后的一个各司其职式的二级学科，它的功能也就被窄化成了一种无伤大雅、无关紧要的知识补充和文化多元的一个表征。但是，随着现实语境的变迁，我们的文学研究和批评似乎在"分"之后又到了要重新"合"的时候。不打破现代性分科这种思想的牢笼，就很难在文学批评（不仅仅是少数民族文学批评）上有所突破。许多学者已经注意到这个涉及学术范式转型的关键问题，比如从 2012 年开始由清华大学和美国哥伦比亚大学联合召开的几次关于文明等级论和殖民史学的研讨会，后来结集为《世界秩序与文明等级：全球史研究的新路径》论文集，就是集中对现代知识生产与现代历史和国际秩序的形成进行的知识考古和反思。我也参与并撰写了其中关于中国人类学与"他者"话语的文章，作为知识与方法背景，这种学术史梳理与反思其实也是涉及少数民族文学批评的认知框架问题。任何话语都有其难以完全覆盖的隙缝和暗处，在既有的研究中因为囿于种种方法和视野的局限，往往难以解释少数民族文学当中许多特有的问题，或者将某些特殊性化解和压抑在普遍性之中。比如关于特定民族的宗教信仰、文化小传统里不为现代性所制约驯化的部分、偏离了主流美学一系列范畴的观念等。这就需要我们正本清源，在清理既有知识与观念体系的基础上，从少数民族文学的原始材料和现实生态出发进行观照。我想强调的是，这种观照并不是一般少数民族文学批评无所用心地说的那种建立少数民族文学的"主体性"，那不过是重复了压抑性话语的逻辑，使自己成为它所反对对象的镜像而已。无论少数民族文学还是主流义学其实都是"你中有我，我中有你"，甚至是"你就是我，我就是你"的混血状态，不存在单一纯粹的本质主义式的主体。所以，我所提倡的是结合"客位"的介入与观察和"主位"的自我表述和诉求，或者可以说是一种交互主体性的视角和思维。

周新民：有学者认为，中国当代少数民族文学经历了"社会主义的民族文学—民族的民族文学—后殖民弱势文学三种身份的历史演变"，你同意这样的论断吗？

刘大先：这应该是姚新勇先生的观点，在 2004 年第一届"中国多民族文学论坛"的时候，他就表达过类似的说法。我认为这是用现象的描述性抽绎替代了现实，同时可能有些简单地套用后殖民理论之嫌，正如我前面强调的中国有着"大一统"与"五方之民"调和与博弈的传统，这与殖民和移民国家有着历史性的区别，在挪用西方批评话语内部自我反思产生的理论的时候，对于其间的区别不可不察，即后殖民理论在多大意义上能够适应本土的文学现实，是需要细致梳理和辨析的。我曾经在一篇回应姚新勇的文章《民族文学研究的方法、立场和理论命题的生产》

中也说过这个问题，他刻意强调的是"自我本位主体性呈现""返还本族群文化之根"，也即一种"少数民族文学中心论"，而忽略了所谓少数民族文学的"自我本位主体性"始终无法摆脱笼罩其上的国家主导性文学规划和体制，即无论如何，少数民族文学主体都是在中国这个"大主体"之下的"亚主体"。诚然，"弱势"与"强势"、"边缘"与"中心"在长时段中看，存在易位互换的可能性，然而从现实来看，任何当代合法的"少数民族文学"总是受庇于（当然也受限于）当代国家文学组织和体制体系，比如少数民族文学教育规划、扶持计划、作协系统与评奖机制等，先天地属于国家主流意识形态辖制下的文学之一种，而不可能超脱这个限制。还有一点值得注意的是，在进入一般文学史家所谓"新时期""后新时期"之后，许多少数民族作家的主体话语姿态实际上是在以一种强化特殊性的方式获取自身的象征资本，从而在整个全球文化符号流通的文化场域获取入场券。它只不过是换了视角，并不能改变文学事实，并且该话语的语法实际上与某些异见话语不谋而合，刻意建造自己的特殊性、差异性与文化例外。这无疑是对文化融合现实（这种融合自古及今体现在从民俗、仪轨、符号到精神、理念、信仰的多个层面，在全球化、信息化、便利交通的背景下尤为明显）的反动。这倒并不是说"国家主义"立场天然就具有了合法性，而是说现实与话语建构必须区分其界限，尽管想象和话语具有能动性，能够进入实践领域，但不能以想象和话语取代现实实践，那就不是学理性的研究，而是一种想象性导向。

其实，当我们用"少数民族文学"这个全称判断的时候，就是做一种"整体研究"，而中国少数民族的诸种多样性（比如语言、文化传统、表述样式、文类与风格等）很难削足适履地囊括进来，所以做任何"整体研究"都只能是理想类型的归纳和抽绎，对其内在理念进行总结和提炼。从历史来看，多民族国家的中国有其统一、交流、融合的文化与制度传统，族群间的亲疏之见、族类之异、他我之别、内外之分只在具体的历史语境中发生作用，这也是维护中国没有像欧洲那样分散为多个国家的原因；从现实看，面对日益复杂、冲突并起的现状，有必要树立一种所谓的"核心价值"，这是一种立场选择和价值关怀。我们现在的批评话语往往在很大程度上遵循了一种中庸的"政治正确"，即价值判断上的多元主义立场，似乎任何旗帜鲜明地确立某种标准和尺度都难以摆脱霸权的嫌疑。但是，换个角度来看，在价值问题上如果放任个人选择的自主性，很容易走向一种后现代相对主义的犬儒式纵容。因而我们在谈论某种"多元共生"或者"少数者文学"的时候，一定不能抽象化，而要努力建立起该概念、观念、词语与具体语境之间的关联。早在 20 世纪 90 年代，就有学者强调要对少数民族文学进行"分解研究"，即针对具体族群、具体作家进行有针对性的研究，这样的话反而可能更有效。

当然，在进行"分解研究"的时候也需要注意避免陷入"边缘研究"的另一种单向度之中。"边缘研究"对于社会主义早期民族识别中的本质主义倾向是一种反拨，在后者的民族界定中更多地考量不同族群对自身历史形成渊源的追寻与认同，族群内涵的确认往往是由非族群出身的成员和政治势力通过语言、地域、经济生活、心理素质等要素加以表述的结果，未必真实地反映了族群的历史演变过程，也很难表达出族群自身的真正要求，而貌似族群原始特征的一些民族溯源的要素，可能仅是通过一些历史记忆而建构的表征，而非历史的事实。"边缘研究"则将"族群"看作一个人群主观的认同范畴，而非一个特定语言、文化与体质特征等凝聚而成的综合体。族群边界既然由主观认同加以维系和选择，那么它就是可变的和移动的，常常具有多重的可被利用的意义。也就是说，族群的界定一定是受特定政治经济环境的制约，在掌握知识与权力之知识精英的引导和推动下，通过共同称号、族源历史，并以某些体质、语言、宗教或文化特征来强调内部的一体性、阶序性，以及对外设定族群边界以排除他人。如此一来，随着周边环境的变化，族群认同的边界也可随之改变。这样的叙述策略对传统"大一统"历史观仅仅强调因治理方面的行政规划需要而界定族群的思路是一种有益的修正，特别是把被界定族群的自我认知纳入了考察的范围，也可以防止上层统治者和知识精英任意使用权力界定族群特质和边界的弊端。"边缘"立场提供了一种有效补充视角，然而也不能忽略中国少数民族文学作为一种社会主义文学的基本事实——它的确是强势话语的建构，但并非全然外在的"干预"的结果，不能无视少数民族内在承传与流变——它同时也是少数民族作家主动的选择，是内外双向合力作用的结果。无论是历史遭遇还是现实实践，"少数民族文学"的发生和创立最初具有文化平权的作用，但其最终目的是旨在消灭民族，走向一种消除身份的乌托邦理想。

我认为应当在少数民族文学的多元性中寻求中华民族的共同价值，承认具体的文化认同要求，同时开发中华民族共同价值和实践，以之作为民族身份的功能性基础，并且也相应施行具体的针对性政策，对特定族群由于历史性原因造成的不利和落后进行必要的扶助。近些年中国出现的少数民族问题，更多是由于经济问题造成的，不过被学术、媒体和知识传播体系改造成了概念的暴力、话语的冲突和语词的较量。对于此，一方面需要从理论上加以辨析，另一方面也要从实践中进行改进；民族身份、民族文化上应当理解、尊重少数民族的要求，同时少数民族也应该通过转换性地融入主流社会来提升自己的社会地位。我想，这是研究少数民族文学的现实伦理。任何少数民族的作家总是个体化的，而某族文学则是一个集体的类型归类，"少数民族文学"天然就是内部多样性的存在，它们自身之间构成了类似维特根斯坦所谓的"家族相似"状况，呈现出本雅明所说的"星丛"的异质并置特征，而"中国文学"又是多样性的各族文学的集体共和，少数民族文学这一个个具有"多样性的集体"才形成了中国文学的"集体的多样性"。如果说，我们研究中国少数民族文学能够为中国文学乃至全球范围内的其他文学提供什么理念上的启示，如何超越既有的后殖民理论、区域研究、边缘研究，"集体的多样性"可能是一个真正意义上的突破。这也是近年来我在一些文章中提出"文学共和"与"重建集体性"的意义所在。

我所说的"集体性"区别于革命文学时期的政治一体化集体，而是主张要从个人主义的意识形态封闭圈中走出，重新让文学进入到历史生产之中，个人不再是游离在现实之外的分子，而是通过文学联结现世人生的零碎经验，恢复与发明历史传统，重申对于未来的理想热情，营造总体性的规划，建构共通性的价值。这要求文学从学科的机械划分中走出来，走向公共空间，联结社会与时代最切要、重大的问题，而不是拘囿于某种孤芳自赏、酬唱往来的小圈子。这样的文学超越了曾经的对于世界的模仿，也不再是对于世界的阐释，而是要成为世界本身的实践组成部分，进而改造生活。中国是个非均质存在，充满着种种区域、族群、经济、文化的不平衡。在文学上最突出的特点是多民族叙述与抒情的差异性，这种由生产与生活方式、民俗仪轨、宗教信仰、语言、地域等因素造成的内部多样性不能忽视。但是问题的另一方面是，这个多元的中国也有自己的"总体性"问题，毕竟无论"全球化"如何深入渗透到政治、贸易、消费、文化乃至生活的方方面面，全球体系依然是以主权国家为单位进行的对话、合作、联盟与冲突的格局。这种多元与一体的辩证法要求我们必须在尊重差异的基础上，以文化的公约数，建构某种共通经验和未来可能。诚然，随着多元主义、现实利益与价值观念的差异扩大，建构 20 世纪 80 年代的那种"态度的同一性"也许未必可行，却不妨碍我们重新思考求同存异、想象同一个美好未来的可能性。

回到文学的层面，就是建构一种"文学共和"，即重申中华人民共和国建立的理论根基"人民共和"。"人民"具体存在的丰富多元与理想愿景的共同诉求，决定了需要用"共和"来建构一种集体性。这里的集体性不是铁板一块的"一体性"——事实上从来就不存在那种"一体性"，它总有裂口和隙缝；也不是孤立分子式的聚合，它指向一种有机与能动。在所谓的"大历史"结束之后，意识形态并没有终结，而"人"也依然充满了各种生发的契机。这样语境中的"中国"是机能性而不是实体性的，需要再次恢复个人与历史之间的联结。"文学"应该既是知识性、娱乐性、教育性、审美性的，又是有机性、实践性、能动性、生产性的。只有建构了对于"中国故事"的集体性，才有可能谋求中国主体既保持对内对外的开放，又能够独立自主地重建。解决了如何理解这样的"中国故事"，那么如何"讲述"便不再成为问题，"讲述"内涵在这种中国理解之中，技术性的层面永远都无法脱离内容而存在，"共和的集体"题中应有之义便是讲述手法与方式的多元共生，而少数民族文学作为中国研究的问题与方法也就落在了实处。

周新民：你提出一个重要的观点："跨国的、协作的、多元共生的、和而不同的观念可能是世界文学中多民族文学的最终旨归。"这一构想的精髓在于承认各个民族文学的差异性，并保持各个民族文学差异性的基础上，去建立"世界文学"。请你详细解释下这一观点的具体内涵。实现这一宏伟目标的路径有哪些？

刘大先：虽然在很多持有普适性文学观的学者那里，"民族文学"是一个过时的乃至不具备合法性的概念，但我并不因此责怪他们的偏狭。因为我理解那种言论背后的认知框架的局限性，而那种局限性恰恰是在既定的教育中产生，在没有突破这层思想的天花板之前，他们无法拔着自己的头发离开地球。我所谈论的"少数民族文学"，同时也是"中国文学"，更是"全球性的文学"，它涉及的是如何脚踏实地地看待他人的命运与生活、别样的风景与文化、可资参照的资源与遗产——"我"总是与"你"以及"他"共生在复杂的关系网络之中。在这样的视野中，研究对象本身是否符合主流的审美标准和文化等级形成的趣味已经不再重要，重要的是我们基于此要开发出一种新的文化眼光。这种眼光是整体性和历史性的，同时也是充满现实感和未来导向的——文学批评不能满足于充当阐释者或者描述者，更应该有信心再次为我们时代的"文学"立法。多民族文学正是我们时代文学的一种，它早已经不再仅是某种地域性写作或族群性言说——这当然也是它题中应有之义——而同时也是带有时代症候的表述，是描摹和回应我们时代生活的种种面向与问题，因而也是"世界文学"。

我强调"跨国、协作、多元共生、和而不同"是想要表明一种理想类型，那就是只有当我们意识到多民族文学在当下现实中已经跨越了地理空间、族别身份和意识形态隔阂的界限，成为不同人群表达情感、政治诉求、美学理想的言说，才能自觉地把它作为一种全球化时代的文化现象。它的外延不仅包含中国境内的多民族文学，同时也纳入了其他国家的少数族裔文学和流散文学，以及不同文学之间的译介与交往；它的内涵则是不同文学形式，包括口头传统、书面文学、网络文学乃至影像书写的"泛文学"之间必然形成的参差不齐、多姿多彩的题材内容、美学风格、价值理念。这种文学上的多样性常常会被拿来与自然界的生物多样性做类比，成为充满生机与活力的文学生态系统的合法性证明。如今已经不再是某种单一性话语可以涵盖一切、包打天下的时代了，在文学的民主化浪潮中，形形色色的话语都会出来谋求自己的话语权，一个严肃的批评者应该鼓励并促成不同话语开放性的蓬勃发展和彼此对话，而不是抱残守缺地死守着既定的文学观和美学观去遮蔽乃至压抑多样的可能性。

理论并不是为了指导具体的创作，从而实现某种蓝图式的文学乌托邦盛景，那恰恰是一种封闭，已经在以往的文学实践中被证明失败了，所以我不能指定一条道路，事实上谁也无法划定清晰的路径。但是理论的探讨却可以改变人们的思维观念和观察视角，异质性他者角度的观察思考与原先主位角度的"视域融合"，蕴藏着无限的可能，也恰合了文学本身应该具有的自由天性。

（载《长江文艺评论》2016 年第 4 期）

刘大先

1978 年生于安徽六安，中国社会科学院研究员，《民族文学研究》杂志编辑部主任，文学博士。兼任中国现代文学馆客座研究员，中国老舍研究会秘书长，中国少数民族现当代文学研究会理事。先后就读于安徽师范大学、北京师范大学，曾访学及任教于美国哥伦比亚大学。著有《文学的共和》《现代中国与少数民族文学》《时光的木乃伊：影像笔记》《无情世界的感情》《中华多民族文学史观及相关问题研究》（与他人合作），曾获中国社会科学院优秀科研成果奖、中国作协民族文学年度评论奖，《人民文学》《南方文坛》"2013 年度青年批评家"奖，第四届唐弢青年文学研究奖。系国家"万人计划"青年拔尖人才。

在现场，新伤痕，怎么办？

——对话杨庆祥

周新民：我注意到你的文学批评，始于你的关于路遥的一系列研究。你的这些研究和一般意义上的研究有较大的不同。返回 20 世纪 80 年代的文学现场是最大的亮点。你能谈谈你切入路遥研究的想法吗？

杨庆祥：这个问题在很多地方被反复提起，我有时候都觉得有点奇怪。是因为我那篇《路遥的自我意识和写作姿态》"流传"得比较广吗？当然，我前后写过四篇关于路遥的文章，对一个并不以单个作家研究作为自己职业规划的批评家来说，这个数量占比很高，以至日本的一位学者加藤三由纪在一篇介绍我的文章中也认为我是一位路遥的研究专家。但我必须否认这一点，路遥当然是一位非常重要的作家，但我并没有觉得他已经重要到需要我付出全部的心智来对其进行研究。我在博士就读期间之所以选择路遥，是因为在当时我个人的语境中，路遥的作品给了我一些触动，我又是一个非常执着于自己经验和感受的人，我觉得应该将其表达出来，于是，才有了那几篇文章。非常有意思的是，最近我在给本科生上课时，又讲到了路遥的《人生》，然后发现已经没有特别让我激动的地方了。阅读的不可重复性正在于此，也许过了很多年后我又会爱上路遥，谁知道呢，反正最近几年，我已经将他彻底忘记了，并自动将其移出了我的精神谱系。

我并没有觉得我切入路遥的角度和视野有多么的与众不同，学术上的创造力，如果在前人的基础上稍微别出心裁，已经非常不容易了。我当时研究路遥，一方面受到了我的导师程光炜先生的"重返80年代"的一些影响，另外一方面，当然是我喜欢"标新立异"的个性使然，但即使如此，这些研究在多大层面上有开拓性甚至是靠得住，我也没有多少把握。一篇文章，总是在刚刚构思和写完的时候最激动人心，等过了一段时间再去看，会觉得羞愧难当。所以我几乎不去看自己以前的文章，写路遥的那几篇，每每被人提及，我在心里都有点犯嘀咕：这是我写的吗？我当时会这么愚蠢地想问题吗？

周新民：回到历史现场成了你的文学批评的最大的特色，包括你关于80后作家的批评，也体现出鲜明的回到历史现场的理路。你能谈谈在面对你的同代人作家的创作时，你有何感想？

杨庆祥：我们一直在强调回到历史现场，这几乎变成了学术研究上的"政治正确"。但其实每一个人都明白，根本就没有什么历史现场可以回去。这一点上我们应该向考古系的同学们学习，比如考古学家兼历史学家柴尔德，就对所谓的回到历史现场表示怀疑，柴同学认为一切不建立在"物质"上的历史现场都是耍流氓，也就是说，必须借助具体的历史遗物才能稍微地回到历史的"现场"。对中国当代文学这么年轻的学科来说，回到"现场"也不能说有错，但是建设"现场"可能更重要。所以我的工作主要是"建设现场"，让这一"现场"更丰富，更有戏剧性和更有张力。为后来者留点好玩的现场，供他们重返和研究，这难道不是更重要的工作吗？对一个像我这样热爱戏剧性的人来说，这简直太有意思了。所以，不用天天逼我"回到现场"——我正在现场，正在现场，正在现场啊——重要的事情说三遍！哈哈。

对于同代人的写作，我的态度是，写得好的，我会羡慕嫉妒，同时会不遗余力地高声赞美；写得不好的，我会努力抱以理解之心，但同时会不留情面地批评。这就是我的态度。我觉得我们这一代最精致的大脑也许并不在文学这个行业，毕竟，这是一个文学非中心的时代。但话又说回来，当那些最精致的大脑在金融和投资那些领域堕落为愚蠢的投机分子的时候，那些二流三流的头脑也许在文学的滋养下变成了第一流的大脑，这些历史的辩证法，谁说得清楚呢？对于我的同代人的写作，我既热情又犹豫，既好奇又厌倦，既赞美又诅咒，我的同代人——从鲁迅到未来——他们必然会有所创造，也必然只是历史的中间物。

周新民：你认为80后作家群体所面临的最大问题是什么？

杨庆祥：80 后作家严格来说是我的同龄人，而非同代人。当然，他们中的一部分会成为"同代人"，而另外一部分，只能是停留在同龄人的层面。这就是写作残酷的淘汰法则，只有那些真正观察了时代，体验了生活，并真实地表达了自我的作家作品，才能成为同代人的精神参考系。

　　我被无数次问及对 80 后作家的看法。好像一个同龄人就一定比别的人更有优先发言权。其实这是一个误会，因为经验、生活趋同的原因，同龄人对同龄人的作品可能更有认同感，但这种认同感不一定是好事情，也许会导致标准的降低和同声相求的迎合。因此，一个同龄的批评家对其同龄人的写作应该更加警惕甚至更加严苛，最重要的是，需要一个更复杂的心智来阅读、理解和反思。

　　我认为所谓的 80 后作家群体面临的问题和所有其他年龄段的作家面临的问题在根本上是一样的。这些问题包括但不限于以下几个方面：第一，缺少一个真实的主体自我，因为这种自我的确实，使得当代写作缺少强烈鲜明的个人性；第二，缺少一种"主观的战斗精神"，对生活世界的观察不够深入、体己、血肉相关，这使得很多的作品显得虚假，停留在认识的表层；第三，缺乏一种超越性的精神向度，被一种琐碎的生活主义或者物质主义所裹挟，无法从具体的事物中抽象并上升到美学和精神的境界；第四，在具体的技术层面，容易陷入唯技术或者唯修辞主义，而不能将技术化为艺术，将修辞化为一种认知。

　　其他还有很多，暂时就谈这么几点吧。

　　周新民：说到你的文学批评，我觉得你组织的"联合文学课堂"也很有意义。"联合课堂"组织年轻的作家、批评家参与到文学批评现场，研读当下有代表性的作家作品。你能谈谈当初组织"联合课堂"的初衷和目的吗？

　　杨庆祥：联合文学课堂是我以中国人民大学为平台，联合北京大学、北京师范大学等高校的青年学者、批评家、在校博士生、硕士生组织的一个讨论平台。我记得是在 2012 年吧，当时作家蒋一谈的小说集《栖》刚刚出版，我和他商量做一个小型但又有质量的活动。我当时灵光一闪，北京有这么多年轻优秀的大脑，为什么不联合起来做点事呢？这大概就是联合文学课堂的起源。我记得当时我因为这个想法的产生而很激动，并立即就付诸实践，设计了联合文学课堂的图标，举行了第一次讨论。迄今为止，联合文学课堂已经举办了 21 次，并由北京大学出版社出版了前面 9 次讨论的成果《寻找文学的新可能——联合文学课堂》。通过这种形式的活动，我们直接面对当代文学的现场发言，在作家、作品、批评家和读者之间完成了真正有效的互动。我 2014 年曾经就联合文学课堂写过一段寄语之类的东西，也可回答上述提问，特转引如下："组织联合文学课堂，是我最近的一个想法。我想把一些对当下文学写作感兴趣的同学聚拢起来，不仅是人大，还包括北大、北师大等高校的同学，大家一起来研读新的作家作品。这里面有那么几层意思：首先是目前高校中文系的教学以文学史为主，对当下的作品缺乏敏感性，教学严重滞后于创作的实践，通过这种方式可以让大家比较有效地接触文学的现场；其次是大家可以借此了解怎样做一个'合格的读者'，我们姑且不说'理想读者'，作为中文系或者对文学感兴趣的人，至少应该知道怎么去阅读、欣赏一部作品；再次是希望这种具体的，有时候是与作家面对面的交流，能形成一个良性的互动，读者与作者在这之间能够找到一些有意思的东西。当然，也可能什么都找不到，这也没有关系，阅读即误读，只要是'真正地读过'，就很好了。最后，我当然希望这样一种形式能够形成一种特别的氛围，能够找到一些'核心小伙伴'，能够在雪夜'听到友人和五点钟'。如此，文学与人生，也算是相得益彰。"

周新民：你不是一般意义上的批评家，你的视野广阔，多有跨界。除了理论之外，你还创作了大量诗歌和随笔，其中思想随笔《80 后，怎么办》引起了很多关注。能否谈谈你的这本书？

杨庆祥：我在很多时候被人目为一个诗人而不是一个批评家。我写诗的历史比较长，从高中开始至今已经有 20 多年的时间，迄今已经出版了《趁这个世界还没有彻底变形》《这些年，在人间》《我选择哭泣和爱你》等数本诗集。我自己的感觉是，这几年我诗歌写作的状态很好，而且会越来越好。

《80 后，怎么办》是一部思想随笔。我最早起念写这样一本书，是在 2011 年，当时我刚刚博士毕业不久。最初的想法，是想整体性地描述 80 后这一代人的写作和美学症候，所以最开始的题目是"80 后：文体与主体"，其实还是在文学的范围内讨论一些看起来很正确，但实际上没有什么生产性的问题。我立即意识到这种写作本身的限度和缺陷，它无法直接地与社会语境发生勾连，因此既不能真实地揭露出问题，也不能有力量地回应问题。因此，我决定推倒重来，并偏离既有的"成规"式的规范和无意识，将社会批评、个人经验和文本细读融合在一起，创造出一种属于我自己的思考和表达的范式。相对应的，题目变成一种自我提问和自我质询：怎么办？

　　文章初稿其实只有 16000 多字，2012 年底完成。发表其实并不顺利，因为学术期刊不愿意发表此类不规范的文章。后来有一次和北岛、李陀等老师聊天时，他们问及我近期的写作，于是知道我写了这么一篇文章。他们读完后觉得非常有意思，决定在《今天》上头条推出。并在发表后立即组织了一次讨论，程光炜、孙郁、孟繁华、陈福民、贺桂梅、杨早、黄平等师友参加了研讨会，其后《今天》又以大篇幅刊发了讨论会的专题，并在一些网站上引起热烈的争议。同时国内的刊物《天涯》也在头条发表了该文，但是把标题改为了"我希望我们能找到那条路"，我记得当时是李陀老师将文章转给了韩少功老师，然后韩少功老师推荐给了《天涯》，并希望能够引起讨论。

　　当时还没有想写成一本书。随后我去香港参加一个学术会议，和阎连科老师住在一起，他在《今天》上读到了我的那篇文章，非常激动，他建议我加大篇幅，将更多的内容涵括进去，他认为这是关于 80 后一代最深刻的反思，而且是由一个 80 后来完成的，意义重大。我在他的鼓励之下在原有文章的基础上重新调整思路，进行扩写，最终完成了整部书稿的写作。

　　2015 年 7 月，经过辗转多次，这本书最终在十月文艺出版社出版，7 月在北京的单向街书店举行首发式，现场的热烈超出了我们所有人的想象，整个书店都挤满了人，甚至很多人站在书店的窗台上，都是年轻人。我当时大概明白了一点，对身处社会急剧转型的中国人，尤其是年轻人来说，"怎么办"是一个切身的命题。

　　虽然这本书在某种程度上构成了我的一个标志性符号——据说有一段时间我在江湖上的外号就是"怎么办"。但我个人对这本书并不满意，它仅仅是提出了问题，至于更深层复杂的开掘，都没有来得及展开。但是它好像就必须在那个时候出来，早也不行，晚也不行。我不能想象我在 40 岁的时候再来写这样一本书，这大概就是一本书的宿命吧。

　　周新民：你最近提出了"新伤痕文学"的概念，发表了《新伤痕时代及其文化应对》等文章，引起文化界的热议。你认为"新伤痕文学"的内涵和价值是什么？

　　杨庆祥：最近几年，我一直在观察中国当代文学和当代文化的整体性特征以及可能的走向。在 2013 年，我曾经写了一篇长文《重建一种新的文学》，我在那篇文章中指出了 21 世纪以来的文学创作出现了一种"新伤痕书写"的迹象，我认为莫言的《蛙》、阎连科的《炸裂志》、余华的《第七天》都属于这一类创作，我觉得这些写作内含了 20 世纪 80 年代"伤痕文学"的结构和美学原则，但是其书写的内容，又是 20 世纪 80 年代以来的中国现实。也就是说，伤痕文学书写的是"文革"的伤痕，而新伤痕文学，书写的是改革的伤痕。在这篇文章里，我既对这些作家对中国当下现实的"新伤痕书写"持赞赏的态度，同时又批评了他们在美学的内在质地上还没有突破旧伤痕的规定。

我把观察的目光继续投向更年轻的写作者，我发现在青年一代那里，这种"新伤痕"的写作也是一种普遍化的倾向，包括我自己的诗歌写作。我在 2016 年整理出版我近十年的诗歌写作时候，发现一个贯穿性的主题就是"新伤痕"。所以在我的诗集《我选择哭泣和爱你》的扉页上写下了"这是新伤痕时代，我的这些诗是新伤痕诗歌"的题词。不同的是，包括我在内的青年一代的写作中，"新伤痕"已经与"旧伤痕"有了质的区别，不仅仅是题材从"文革"转为"改革"，更重要的是，美学的模式从"对抗"转变为"对话"，哲学的指向也由"恨的哲学"变为"爱的哲学"。

这种种情况促使我从更广大范围来对新伤痕进行集中的思考和描述。很显然，这是一个时代的精神症候，我在 2017 年 3 月左右完成了《新伤痕时代及其文化应对》一文，对此进行提纲挈领的论述，这篇文章首发在凤凰文化上，在新媒体上被广泛传播。文中我对新伤痕时代的内涵进行了如下四点界定：

第一，从世界性的角度看，冷战后的发展主义重建了一种以欧美为主导的世界政治经济新秩序，而这一新秩序构成了新的不平衡和不平等的利益秩序，在这一秩序下，新一轮的剥削和掠夺造成了新的伤害：失业、高强度的工作和日益没有保障的未来生活。更重要的是，围绕这种发展主义生产了一套强大的话语，那就是"发展万能论"，并在这种"发展万能论"的基础上产生了一种道德的野蛮主义，并不惜为此损害个体的全部身体和心理。

第二，中国近三十年与这种世界性同步，并内化了这种世界性，将发展主义推向了极端。GDP 和利润至上主义不仅绑架了社会，同时也绑架了个体。在这个意义上，中国过去几十年的发展对社会和个体造成了巨大的伤害。在这样的历史情势中，一种真正意义上的社会生活和一种真正意义上的个人生活都几乎变得不太可能。在人文主义的传统中，对这种真正的社会生活和个人生活的保护是非常重要的面向，福柯在 20 世纪 70 和 80 年代曾经发表了两篇非常重要的文章：一是《必须保卫社会》，二是《什么是启蒙》。福柯正是在当时的政治经济语境中看到了"个人"和"社会"的双重危机，从而在康德的传统上来捍卫人的主体地位和社会的自我能动性，并以此抵抗日益强势的经济—政治的一元主义。

第三，与前此时代的伤痕不同，在前此时代，伤痕往往是可见的，它有一些具体而现实的表征，比如战争、暴力和政权的更迭带来的伤害。但新伤痕时代的伤害往往是隐性的、不具体的、绵软的，是一种可以称之为"天鹅绒式"的伤害。这是一种真正的精神和心理的内伤，它导致的直接后果是精神焦虑、抑郁等精神分裂症的集体爆发，而吊诡的是，因为并没有意识到这种精神分裂症背后的伤痕，对之的诊断和分析也变得模棱两可，甚至陷入道德的两难。

第四，总结来说就是，新伤痕时代是在"世界"和"中国"的双重坐标轴中，同时兼具中国性和世界性的一种时代精神症候。它在普遍的意义上指的是一切非人性的秩序对个体和共同体的伤害，它在其最具体性上指的是中国的"改革"之阵痛及其伤害。

周新民：从文学批评和文学史的角度看，"新伤痕文学"的提出有什么积极意义？它能否构成一个有效的文学史概念？

杨庆祥：我觉得最近这些年，批评界缺乏一种命名的能力，这一方面是由于新的创作层出不穷，难以进行整体性的描述。但更重要的原因在于批评家的惰性，这一惰性使得批评停留在现象的表层或者成为作家作品的影子，缺乏建构自我的主体意识。在这个意义上，命名意味着一种批评主体性的重新回归。无论是批评史还是文学史，都需要一种建设性的归纳、总结和建构，唯其如此，才称得上是在历史的现场工作。因此，新伤痕文学的提出是一次大胆的总结和创造，它超越了简单的代际命名的惯性，在对时代的逼视中切入问题的核心。至于它能否成为一个有效的文学史概念，还需要投入不断的工作。据我所知，已经有很多作家和批评家都对此概念持肯定的态度，并会以不同的形式加入到相关的讨论和建构中来。

周新民：文学批评、诗歌创作以及随笔写作，构成了你工作的三个维度，能否简单谈谈这三者之间的关系？另外，未来的写作计划是什么？

杨庆祥：文学批评是我的职业，诗歌创作是我的志业，随笔写作是我的偏业。

这三者表面上看是不同的文类或者文体，但是在最本质的意义上，它们都是我精神表达的一种方式。有些情况下我选择批评，有时候我选择诗歌，有时候我选择随笔，也许有一天我还会选择小说、戏剧、书法，或者什么都不选择。只要有助于提高我的精神层次，提升我对自我、他者和世界的认知，任何一种方式的选择都有其美妙之处。

未来渺远而不可触及，就说五年吧，五年内准备写出一本高质量的诗歌集，一本高质量的随笔集，一本译诗集，一本关于某经典作家的批评集，一本关于地铁的短篇小说集。大概就是这些计划，也许都不能完成，不过就这么想一想，也觉得挺美好。

最后要感谢新民兄富有启发性的提问，否则我根本无法完成这个访谈录。

2017/6/1 于合肥望湖城

（载《长江文艺评论》2017 年第 3 期）

杨
庆
祥

1980 年出生，安徽安庆人，文学博士，文学评论家、诗人，中国人民大学文学院副院长、教授，中国现代文学馆特邀研究员，北京市文艺评论家协会青委会副主任。研究方向为中国当代文学与当代文化，在《文学评论》等刊物发表多篇学术论文，出版《重写的限度——"重写文学史"的想象与实践》《分裂的想象》《社会问题与文学想象》等多部学术专著，发表思想随笔《80 后，怎么办》、诗集《我选择哭泣和爱你》、诗集《这些年，在人间》等文学著作。

国家社科基金项目"中国当代小说理论发展史研究"阶段性成果、中宣部文化名家暨"四个一批"项目阶段性成果。